PETITS MEURTRES À L'HEURE DU THÉ

HELEN COX

BRISEURS DE CŒUR

Traduit de l'anglais
par Marie Chabin

Les Presses de la Cité

Publié au Royaume-Uni sous le titre original MURDER BY THE MINSTER
par Quercus Editions, une marque de Hachette UK, en 2019.

Les Presses de la Cité, un département Place des Éditeurs
92, avenue de France 75013 Paris

ISBN 978-2-258-19384-0
Dépôt légal : mars 2022

Presses de la Cité un département **place des éditeurs**

place des éditeurs

Aux bibliothécaires

CHAPITRE 1

Kitt Hartley sentit naître un léger frémissement à la commissure gauche de ses lèvres. Elle ferma les yeux et formula une prière silencieuse : puisse-t-elle, lorsqu'elle les rouvrirait, découvrir Grace, son assistante, avec la tasse de Lady Grey fumante qu'elle l'avait envoyée chercher depuis plus d'un quart d'heure. Quand elle se décida à soulever les paupières, hélas, l'homme à l'anorak vert sombre était toujours devant elle. Il continuait de répandre autour de lui des relents de chou bouilli et ses sourcils noirs broussailleux étaient toujours arqués en accents circonflexes, comme pour lui signifier qu'il attendait une réponse.

— *Tess d'Urberville* ? répéta-t-elle.

— Oui, je ne le trouve pas. Notre professeur a dit que c'était un classique. Vous en avez sûrement un exemplaire ! On est dans une bibliothèque, après tout, ironisa l'homme-chou.

La bibliothécaire fit glisser ses doigts dans ses longues mèches rousses – un petit geste anodin qui avait pour but de l'aider à canaliser sa frustration.

— Nous en avons plusieurs exemplaires, en effet, mais à l'étage de la fiction. Comme vous pouvez le voir, vous êtes à l'étage consacré aux études féminines, expliqua Kitt en dirigeant son regard vers la grande pancarte bordeaux placée en haut de l'escalier qui indiquait en toutes lettres : « Département Études féminines ».

Les personnes qui entraient pour la première fois dans cette bibliothèque oubliaient parfois de passer leur cerveau en mode lecture. Kitt leur pardonnait bien volontiers : avec ses rayonnages en chêne vertigineux, ses vitraux et ses hauts plafonds recouverts de fresques tarabiscotées, la bibliothèque universitaire de Vale of York intimidait souvent les nouveaux visiteurs. Ce lundi matin n'était cependant pas comme les autres. Kitt peinait à se remettre d'un week-end bien arrosé et son capital patience frôlait le néant. Sans compter qu'elle n'avait toujours pas bu sa première tasse de thé.

— Oh, marmonna le jeune homme tandis que ses yeux en amande s'écarquillaient, devenant ronds comme des noix.

Il pencha la tête en arrière, comme s'il découvrait pour la première fois le cadre qui l'entourait.

— En fait, je ne suis là que depuis une semaine. Je suis encore en phase d'exploration.

— Je vois, fit Kitt en se forçant à sourire – elle ne voulait pas qu'il se sente gêné de ne pas avoir vérifié l'étage avant de formuler sa requête. Ce n'est pas facile de se repérer, au début, mais on finit par s'y habituer, ajouta-t-elle en levant son visage souriant vers le fragment de plafond où l'on voyait Prométhée offrant le feu aux hommes. Accordez-vous un peu de temps et vous vous sentirez bientôt comme un poisson dans l'eau, vous verrez.

— Mmm, fit l'homme-chou d'un air maussade. Pour revenir à nos moutons, je ne vois vraiment pas pourquoi les études féminines occupent tout un étage.

— Pardon ? lança Kitt en espérant avoir mal entendu,

même si l'onde de chaleur qui se répandait dans sa poitrine était un signe qui ne trompait pas.

— Bah, à ce que je sache, il n'y a pas d'étage réservé aux livres sur les hommes, si ? rétorqua l'homme-chou sans se démonter.

La bouche de Kitt se crispa de nouveau. S'il s'était contenté de dévaloriser son métier, elle aurait laissé couler. Après tout, cela faisait des années qu'elle encaissait ce genre de remarques désobligeantes. Des commentaires comme celui-ci, en revanche, trahissaient une arrogance aussi dangereuse que totalement illégitime. Pour quelle raison ce type s'arrogeait-il le droit d'étouffer des voix différentes de la sienne ?

Luttant pour maîtriser la tempête qui assombrissait son front, Kitt parcourut mentalement les livres qu'elle avait lus sur le thème de la pleine conscience. Une bonne douzaine, au total. Elle se remémora le chapitre expliquant qu'il était indispensable d'identifier la sensation physique généralement déclenchée par la colère. Car si l'on parvenait à soulager cette sensation, le cerveau, par une sorte d'osmose spirituelle, se calmait à son tour.

Selon les mêmes ouvrages, la colère se manifestait la plupart du temps par une contraction prolongée des épaules. Dans le cas de Kitt, c'était une sensation de brûlure dans la poitrine. Il ne lui paraissait toutefois pas très utile de décortiquer ce ressenti. En cas de réaction musculaire, on pouvait toujours se mettre au Pilates. Mais il n'existait aucune solution miracle pour éteindre un feu de joie qui embrasait une cage thoracique. Sans compter que la science était formelle : inspirer profondément ne servirait qu'à attiser les flammes en leur apportant de l'oxygène.

— En fait, il y a un étage entier presque entièrement

consacré aux hommes, répliqua-t-elle finalement. C'est le département Histoire.

Les traits du type se chiffonnèrent bizarrement tandis qu'il digérait sa repartie.

— C'est très impoli de votre part, ce genre de remarque.

Kitt posa une main sur sa hanche.

— Parce qu'il ne vous semble pas impoli d'insinuer que les points de vue qui diffèrent du vôtre ne méritent pas d'être publiés ?

Au moment où l'homme ouvrait la bouche pour riposter, la voix de Grace, à l'accent prononcé du West Yorkshire, avec des voyelles presque aussi âpres que des consonnes, lui coupa le sifflet.

— Une tasse de thé Lady Grey pour madame, annonça l'assistante tandis que les effluves apaisants des agrumes flottaient jusqu'aux narines de Kitt.

— Merci beaucoup, Grace.

Kitt prit la tasse et se cala dans son fauteuil de bureau vert sapin qu'elle avait agrémenté d'un coussin violet bien moelleux, orné d'un paon délicatement brodé.

L'homme-chou lui lança un regard noir que Kitt esquiva rapidement, préférant se concentrer sur les plis de sa longue jupe bleu marine qu'elle lissa du plat de la main. Les vêtements qu'elle portait ce jour-là – jupe et blazer bleu marine, chemise blanche et ceinture fauve – étaient devenus au fil des ans une espèce d'uniforme de travail. Sa garde-robe comprenait plusieurs déclinaisons de cette tenue… et pas grand-chose d'autre.

L'homme-chou émit un grognement puis, jetant un dernier regard réprobateur aux deux collègues, tourna les talons en bougonnant.

— C'était quoi, son problème ? demanda Grace en

secouant la tête, faisant onduler ses boucles châtain foncé sur ses épaules.

— Je crois qu'il n'a pas apprécié que sa démonstration matinale de sexisme décomplexé n'ait pas rencontré l'accueil souhaité, répondit Kitt en soufflant sur son thé avant de porter la tasse à ses lèvres.

Le liquide parfumé glissa le long de sa gorge, éteignant au passage les flammes attisées par le premier visiteur de la journée. Mais tandis que le feu se transformait en braises, des doutes familiers s'élevèrent des cendres encore chaudes. Peut-être avait-elle eu tort de monter aussi vite sur ses grands chevaux.

— Oh flûte, fit Grace. Je suppose que tu n'es pas vraiment d'humeur à supporter ce genre de malotru, aujourd'hui. Cela dit, ça m'étonne que tu aies encore la gueule de bois depuis vendredi. Tu tiens plutôt bien l'alcool, d'habitude...

— Vendredi et samedi, rectifia Kitt. Deux soirs d'affilée. La faute à Evie... ou à Meg Ryan. Je ne sais pas trop, en fait.

— Meg Ryan ? Excuse-moi, mais j'ai un peu de mal à l'imaginer en train de partager une pinte avec vous au Nag's Head un samedi soir.

— On est pourtant de très bonne compagnie, Evie et moi... Je suis sûre que Meg serait ravie de nous avoir comme copines !

Un sourire attendri joua sur les lèvres de Kitt tandis qu'elle pensait à sa meilleure amie – même si celle-ci était en partie responsable de son état de fatigue intense. Evie ne se sentait pas mieux qu'elle, apparemment. Tous les lundis matin, Kitt recevait un SMS de sa part disant en substance qu'elle n'avait aucune envie de retourner au boulot. Tous les lundis, sauf celui-ci. Sachant qu'Evie était une accro des textos, elle devait tenir une sacrée gueule de bois si elle ne trouvait même plus la force de pianoter sur son téléphone. Ah, le sherry... quel breuvage diabolique !

Levant les yeux, elle vit Grace esquisser sa mimique penaude favorite : après avoir coincé une mèche de cheveux derrière son oreille, son assistante plaqua une main sur sa bouche pour camoufler un petit rictus.

— Qu'est-ce qu'il y a ? fit Kitt.

— Rien, rien, éluda Grace. C'est ce que tu viens de dire qui m'amuse.

Elle ponctua ses paroles d'un geste désinvolte. Les manches turquoise de son long gilet à fleurs chatoyèrent sur sa peau cuivrée. Elle l'avait assorti à un jean et à une chemise blanche. Son teint était encore plus mat depuis son séjour en Inde au mois de septembre. Elle était allée rendre visite à ses grands-parents maternels.

Kitt secoua la tête. En deuxième année de psychologie, Grace travaillait à la bibliothèque entre les cours pour financer une partie de ses frais de transport, car elle habitait Leeds et effectuait le trajet quotidiennement. Mais, contre toute attente, l'étude des comportements humains ne l'avait pas encore conduite à analyser ses propres tics, pourtant tellement révélateurs. Elle avait un joli visage effilé, avec des pommettes saillantes qui accentuaient la moindre de ses expressions.

— Ce n'est pas pour ça que tu souris, objecta Kitt. C'est encore la tasse, c'est ça ? Tu ne vas jamais t'en remettre ?

— Jamais ! confirma Grace en regardant Kitt porter à ses lèvres le mug qu'elle lui avait offert pour son anniversaire, en avril précédent.

Jaune canari, le mug était orné d'une inscription en grosses lettres noires : « Embrassez la bibliothécaire ».

— Quelle journée mémorable, ajouta-t-elle.

— Grace…, murmura Kitt.

Mais trop tard : son assistante avait déjà attrapé le chapeau en feutre posé sur son bureau. De couleur bordeaux, le trilby de Kitt était orné d'un ruban noir et elle le portait tous les jours, été comme hiver. Il était aussi l'accessoire indispensable des pantomimes improvisées de Grace et de ses sketchs parodiques souvent inopportuns.

Posant le chapeau sur sa tête, cette dernière leva les mains devant elle, les écartant d'une quinzaine de centimètres.

— Un cadeau ? Pour moi ? Vraiment, Grace, nous nous connaissons à peine… Est-ce bien raisonnable ?

Kitt esquissa une grimace.

— Je ne suis pas aussi snob, quand même.

Ignorant les protestations de sa cheffe, Grace fit mine d'ouvrir un paquet.

— Oh, comme c'est ravissant ! Un contenant pour mes boissons chaudes… Mais pensez-vous vraiment que l'inscription soit de très bon goût, vu notre lieu de travail ?

— Laisse tomber, OK ? la coupa Kitt en récupérant son chapeau. On croirait une mauvaise imitation de la reine.

Dans n'importe quelle autre région du monde, le geste de Grace aurait été interprété comme une marque d'irrespect. Mais Kitt était née dans le Middlesbrough, où elle avait passé toute sa vie. Elle savait donc que l'affection et la moquerie allaient souvent de pair ici, dans le comté du Yorkshire. En vertu de cela, le cadeau de Grace à une femme qui n'avait pas eu un seul rendez-vous galant depuis qu'elles se connaissaient était un témoignage d'admiration sincère, raison pour laquelle Kitt mettait un point d'honneur à utiliser la tasse tous les jours.

Sans compter qu'elle avait beaucoup de chance d'avoir une assistante, même un brin insolente. C'était devenu un véritable luxe. Elle avait fait un triste constat pendant sa formation et ses amis bibliothécaires dans d'autres structures le lui rappelaient souvent : aux quatre coins du pays, les bibliothèques publiques ne survivaient que grâce au travail dévoué de bénévoles motivés.

— Quand tu auras fini de te moquer de moi, pourras-tu, s'il te plaît, t'occuper de la pile des retours ?

Un sourire étira les lèvres fines de Grace tandis qu'elle mimait avec espièglerie un salut militaire avant de tourner les talons pour se diriger vers le premier des chariots remplis d'ouvrages à ranger.

Tout en avalant quelques gorgées de thé, Kitt porta une main à sa tempe et la massa délicatement. Plus elle vieillissait et plus elle avait du mal à se remettre de ces soirées entre amis, surtout quand l'alcool était de la partie. Thomas Hardy avait raison, songea-t-elle en se remémorant le titre de la cinquième partie de *Tess d'Urberville* : « Il faut payer ». Oui, c'était tout à fait ça.

Jetant un coup d'œil par la fenêtre la plus proche, elle se mit à jouer avec le pendentif orné d'une citation de *Jane Eyre* qu'elle ne quittait jamais. Le tableau automnal lui arracha un soupir. Elle lisait énormément, bien sûr, mais aucune strophe, aucun paragraphe n'avait jamais, à ses yeux, aussi parfaitement transcendé la mort qu'une journée d'automne dans la ville de York. La vue qui s'offrait à elle ressemblait à un vers qu'aurait rêvé d'écrire Keats. Un vers qu'il n'avait, hélas, jamais réussi à composer. Les grappes de baies brillaient d'un éclat farouche dans les haies de sorbier et d'églantier. Les berges de la rivière étaient jonchées de châtaignes, de pommes de pin et de feuilles de lierre tandis que, rougeoyant comme des braises, les métaséquoias se détachaient sur le ciel. Comme si cette débauche de beauté déliquescente ne suffisait pas, le campus était proche du centre-ville et le tintement des cloches de la cathédrale de York traversait régulièrement l'Ouse pour emplir de son joyeux vacarme la bibliothèque de faux style Tudor située sur la berge méridionale de la rivière, en bordure du parc Rowntree.

Kitt reçut soudain deux petites tapes sèches sur l'épaule droite. C'était un code entre Grace et elle... Cela signifiait qu'il fallait se donner l'air occupé.

Levant les yeux, elle aperçut Michelle, sa responsable, qui se dirigeait d'un pas vif vers son bureau. Avec des yeux de lapin apeuré, Grace attrapa trois livres de plus sur le chariot avant de détaler en direction des rayonnages, chargée comme un baudet.

Kitt se redressa et fit apparaître sur son écran d'ordinateur le tableau Excel le plus compliqué qu'elle ait pu trouver en un temps aussi limité. Michelle avait un regard féroce de Gorgone, capable de changer en pierre les cœurs les plus vaillants. Et à cet instant précis, ce regard était fixé sur Kitt.

— Katherine ?

— Michelle, répondit Kitt en s'efforçant de ne pas tiquer en entendant son prénom de baptême. Tout va bien ?

— Pas vraiment, non.

Kitt feignit l'étonnement. Rien n'allait jamais bien dans le monde de Michelle. Les coins de sa bouche pointaient naturellement vers le bas et même ses cheveux d'un brun terne coupés au carré avaient l'air triste.

Aucun ressort. Aucun volume. Aucun signe de vie.

— Nous avons reçu une plainte, déclara Michelle en serrant une écritoire mauve sur sa poitrine.

— Oh mince, fit Kitt. À quel sujet ?

— À votre sujet.

L'homme-chou était déjà allé pleurnicher ? Il n'avait pas perdu de temps…

— C'est une dame dont vous vous êtes occupée vendredi dernier qui s'est plainte. Selon ses dires, vous avez « bafoué sa liberté d'expression ».

— Oh, ça, fit Kitt.

Michelle attendit la suite, martelant d'un talon de botte impatient le sol de la bibliothèque, recouvert de mosaïque bleue sur les six étages de l'immeuble, semblable à un océan de céramique.

— Elle a adressé une remarque raciste à un autre membre du club de lecture.

— Elle ne m'a rien dit à ce sujet, argua Michelle.

Et pas un instant vous n'avez songé à me laisser le bénéfice du doute, pensa Kitt, alors que je travaille ici depuis dix ans.

— Ce n'était pas dans son intérêt, lança-t-elle à l'adresse de sa supérieure.

Michelle croisa les bras sur sa poitrine.

— Les commentaires discriminatoires ne sont évidemment pas admis ici, mais vous devez faire en sorte de gérer ce genre de situation avec tact et courtoisie.

Réprimant à grand-peine l'envie de répliquer qu'elle ferait de son mieux à l'avenir pour se montrer aimable avec les racistes, Kitt exhala un soupir sonore, presque aussi éloquent qu'une remarque ironique.

— J'essaierai de rester polie, promit-elle en restant délibérément vague.

— Merci, fit Michelle, dont le visage n'exprimait pas la moindre trace de gratitude. Pour information, je ne serai pas là cet après-midi. J'ai rendez-vous à l'hôpital.

Michelle souffrait d'un ulcère à l'estomac depuis des années. Kitt l'avait toujours connue comme ça.

— J'espère que tout ira bien, dit-elle.

— Salut, ma belle ! lança au même instant une voix rauque qu'elle connaissait bien.

Kitt se tourna vers Ruby Barnett qui avançait cahin-caha vers le bureau d'information réservé aux étudiants. Presque nonagénaire, Ruby fréquentait la bibliothèque alors qu'elle n'avait strictement aucun lien avec l'université. Percluse d'arthrose, elle ne se déplaçait jamais sans ses cannes et soufflait comme un bœuf après l'ascension des deux volées de marches. Elle aurait pu prendre l'ascenseur mais s'y refusait toujours, pour d'obscures raisons. Ce matin-là, cependant, elle paraissait plus essoufflée que d'habitude, ce qui ne pouvait signifier qu'une chose : elle avait encore eu une de ses visions médiumniques.

— Il va vraiment falloir songer à renforcer les contrôles de sécurité dans cette bibliothèque, persifla Michelle avec un regard à Ruby.

Celle-ci esquissa une moue mais garda les yeux rivés sur Kitt.

Michelle n'avait jamais beaucoup apprécié la vieille femme mais son antipathie était encore montée d'un cran le jour où Ruby lui avait confié avoir eu une vision d'elle. Dans cette rêverie hallucinée, alimentée par l'étrange vin de pissenlit que Ruby concoctait dans sa baignoire, Michelle allait partir en Amérique du Sud où elle ferait une importante découverte. Les semaines s'étaient écoulées et le seul voyage qu'avait entrepris Michelle était un week-end à Cleethorpes. Son attitude à l'égard de Ruby avait viré du dédain à l'irritation manifeste.

— J'ai eu une vraie vision, cette fois, Kitt, déclara Ruby d'une voix hachée. Quelque chose de très important.

— Ben voyons, lâcha Michelle tandis que son regard de Gorgone refaisait surface.

— Vous devriez vous asseoir, suggéra Kitt en indiquant la chaise en face d'elle.

Les prédictions de Ruby ne se réalisaient jamais, en tout cas pas plus souvent que le voulaient les statistiques, et elles étaient totalement inoffensives. Kitt s'inquiétait cependant pour la santé de la vieille femme qui se mettait dans tous ses états à chacune de ses fameuses visions. Michelle lui reprocherait certainement son hospitalité mais c'était bien la moindre des choses de proposer à Ruby de s'asseoir le temps qu'elle se ressaisisse.

— Y a pas une seconde à perdre, pas une seconde à perdre, ânonna Ruby en se laissant choir sur la chaise. C'est au sujet de ton avenir. Ton avenir tout proche.

Kitt la dévisagea. Ses cheveux courts teints en orange tranchaient avec son imperméable magenta. Personne n'aurait pu dire ce qui se passait sous ce vêtement deux fois trop grand pour elle. Un beau jour de juin, Ruby avait débarqué à la bibliothèque déguisée en lutin du père Noël, sans juger bon d'expliquer à quiconque ce choix vestimentaire. Même si ces frasques étaient dans l'ensemble plutôt amusantes, Kitt n'était pas sûre d'avoir envie d'entendre de nouvelles prédictions.

— S'il s'agit de mon avenir immédiat, chère Ruby, je le découvrirai bien assez vite par moi-même, non ? fit-elle remarquer dans l'espoir de calmer un peu l'agitation de la vieille femme.

— Non, non, protesta Ruby, ses yeux verts exorbités. Je les ai vus.

— Qui donc ?

— Des policiers. Deux. Un homme et une femme. Ils te cherchent.

Kitt eut un léger mouvement de recul.

— Des policiers ? Je ne crois pas que…

— Euh, Kitt ? intervint Grace qui venait de réapparaître pour faire le plein de nouveaux livres à ranger.

— Qu'est-ce qu'il y a ? fit Kitt d'un ton plus brusque qu'elle l'aurait souhaité.

— Regarde, répondit simplement Grace.

Suivant le regard écarquillé de son assistante, Kitt aperçut deux inconnus en uniforme, un homme et une femme, qui avançaient vers elles d'un pas rapide et assuré.

CHAPITRE 2

— Veuillez nous excuser, mesdames, lança l'agent de police en s'approchant avec sa collègue.

Il avait l'accent de la région, mais avec d'intriguantes intonations râpeuses. Il marqua une pause et, tandis que son regard passait d'un visage à l'autre, Kitt remarqua que ses yeux étaient du même bleu que l'océan un jour d'orage. Bien plus sombres que les siens, qui rappelaient davantage le bleu délavé de la topaze de Californie. Il considéra à tour de rôle Michelle, Grace et Ruby avant de se tourner vers Kitt. Sans la quitter des yeux, il se redressa légèrement, comme pour se grandir encore, puis sortit de sa poche intérieure un badge de police qu'il montra à la ronde.

— Malcolm Halloran, inspecteur principal, et voici l'inspectrice adjointe Charlotte Banks, déclara-t-il en désignant sa collègue qui hocha brièvement la tête. Nous souhaiterions parler à Katherine Hartley.

Sourcils froncés, Kitt se leva en glissant un coup d'œil à Grace. Elle sentait le regard réprobateur de Michelle sur elle et préféra l'éviter.

— C'est moi. Il s'est passé quelque chose ?

Quelle question ridicule… La police n'était pas du genre à venir vous faire la causette quand tout allait bien et, pendant une fraction de seconde, son cerveau turbina plus vite que sa langue.

— Attendez, articula-t-elle enfin, ma famille va bien ? Dites-moi qu'il ne s'agit pas de mes parents... Ce n'est pas non plus Rebecca, j'espère ?

Médecin dans un hôpital du Northumberland, dans le nord de l'Angleterre, Rebecca était la jumelle de Kitt. Même si elles avaient toujours été très proches, les deux sœurs ne partageaient pas ce fameux « truc de la gémellité » que les jumeaux étaient censés ressentir dans leur chair quand l'autre était en danger, malade ou mourant.

— Il ne s'agit pas de votre famille, répondit Halloran d'une voix grave non dénuée de douceur, en levant les mains dans un geste rassurant.

Posant une paume sur son cœur, Kitt ferma les yeux quelques instants.

— Je suis désolée. Je n'ai pas l'habitude de recevoir la visite de la police.

Halloran serra les lèvres, comme pour réprimer un sourire, puis observa de nouveau les visages interdits de Grace, Michelle et Ruby avant de demander :

— Pourrions-nous vous parler en privé ? Il s'agit d'une situation... assez délicate.

Cette phrase n'augurait rien de bon.

En tant que lectrice compulsive, Kitt était passée maîtresse dans l'art de décrypter les signaux envoyés par le monde extérieur. Le ciel, les cours d'eau, les visages ridés des vieillards, les bâtiments en pierre du cœur de ville. Elle cernait aussi assez rapidement la personnalité des gens qui croisaient son chemin. Mais ni Halloran ni Banks n'avaient laissé transparaître le moindre indice sur les raisons pour lesquelles ils souhaitaient s'entretenir avec une bibliothécaire de l'université de York.

Malgré ses bottes à talons hauts, Banks n'arrivait pas à l'épaule de son collègue. Elle semblait visiblement avoir appris à compenser sa petite taille. Droite comme un I, mâchoire serrée, ses cheveux noirs noués en un chignon impeccable, cette femme avait sûrement été obligée de prouver ses compétences beaucoup plus souvent que ses collègues masculins et son mode de fonctionnement paraissait assez simple.

L'expression de Halloran, en revanche, n'était pas facile à déchiffrer, peut-être parce que son visage était en partie dissimulé par une barbe sombre soigneusement taillée et striée de gris, comme ses cheveux. Kitt sentit son estomac chavirer en croisant son regard bleu. Elle fut incapable de le soutenir et baissa les yeux sur sa cravate gris anthracite parfaitement nouée, sa chemise blanche bien repassée et les lignes sobres de son costume.

Inspecteur principal, avait-il précisé. Ce qui signifiait que la raison de sa visite était sans doute plus grave que ce qu'il voulait bien laisser paraître devant le petit attroupement d'habitués des lieux.

— Excusez-moi, intervint Michelle, arrachant Kitt à son analyse psychologique des deux visiteurs indésirables. Je suis responsable des trois premiers étages de cette bibliothèque et, à ce titre, j'aimerais savoir de quoi il retourne.

— J'ai bien peur de ne pouvoir en parler qu'à Mlle Hartley, expliqua Halloran.

Des rides se creusèrent autour des yeux de Michelle tandis qu'elle se tournait vers Kitt.

— J'espère pour vous que ce n'est pas grave. Qu'on se plaigne de vos remarques sarcastiques, passe encore, mais si vous avez des démêlés avec la justice, je me verrai dans l'obligation de vous renvoyer. Et tant pis si...

La voix de Michelle se brisa et, au même instant, elle disparut de la vue de Kitt. L'inspecteur Halloran s'était posté entre elle et sa supérieure. Elle ne voyait que le dos de son imposante silhouette mais imagina parfaitement l'expression médusée de Michelle lorsqu'il lança d'un ton sans réplique :

— Ça suffit, maintenant. Nous sommes venus nous entretenir avec Mlle Hartley, rien de plus. À présent, si vous n'y voyez pas d'inconvénient, nous aimerions faire notre travail.

— Oui, bien sûr, murmura Michelle d'une voix fluette que Kitt n'avait encore jamais entendue.

Sa responsable passait le plus clair de son temps à se plaindre et à invectiver ses employés mais, bizarrement, elle perdait vite ses moyens quand on lui tenait tête. C'était précisément ce que Kitt avait eu l'intention de faire avant que l'inspecteur ne s'en mêle.

Ce dernier pivota sur ses talons.

— Donc, mademoiselle Hartley, y a-t-il un endroit où nous pourrions parler tranquillement ?

— Euh, oui, il y a un bureau au deuxième étage, fit Kitt en croisant brièvement son regard avant de se tourner vers son assistante. Grace, tu peux me remplacer un petit moment ?

— Mais oui, voyons, absolument, répondit l'intéressée d'un ton un peu trop désinvolte pour être honnête, compte tenu de la situation pour le moins insolite.

Kitt connaissait bien l'incorrigible curiosité de son assistante. Dès l'instant où Michelle aurait disparu, elle s'empresserait d'élaborer des stratagèmes pour se rapprocher du bureau dans l'espoir de capter des bribes de conversation.

— Je te l'avais dit, pas vrai ? fit Ruby en gratifiant Kitt d'un sourire triomphant. Ruby ne s'est pas trompée, cette fois. Elle a tout vu.

— Oui, c'est vrai, concéda Kitt tandis que Banks, qui n'avait pas encore ouvert la bouche, examinait la vieille femme en haussant un sourcil. Vous avez prédit une visite de la police trente secondes avant son arrivée, ce qui constitue une preuve éclatante de vos compétences de médium. Vous ne les auriez pas entendus donner mon nom à l'accueil, par hasard ?

Baissant le menton, Ruby se mit à triturer les boutons en corne de son imperméable.

— Non…

Kitt ne put s'empêcher de sourire. Le regard de Malcolm Halloran passa de nouveau sur elle. Intense, pénétrant. Mais sans doute était-ce une qualité nécessaire à tout inspecteur de police digne de ce nom.

— Si vous voulez bien me suivre, dit-elle à l'adresse des deux policiers.

— C'est l'une de vos étudiantes seniors ? demanda Halloran en pressant le pas pour rester à côté de Kitt, qui ne savait pas marcher autrement que vite.

C'était soit ça, soit rester immobile, il n'y avait pas de juste milieu possible chez elle.

Kitt lui coula un regard en biais. De toute évidence, il ne lâcherait aucun indice sur l'objet de leur visite tant qu'ils ne seraient pas tous les trois enfermés dans une pièce, à l'abri des oreilles indiscrètes. À cette pensée, elle accéléra encore l'allure.

— Ruby ? Oh, non, répondit-elle en laissant échapper un petit rire, incongru dans cette ambiance plutôt tendue – c'était aussi le signe que sa gueule de bois touchait à sa fin, ce qui était rassurant quand on s'apprêtait à parler d'une « situation assez délicate » avec deux inspecteurs de police. Le campus est ouvert au public. Ruby est notre voyante attitrée mais non officielle.

— Ruby ? répéta Halloran. Ce ne serait pas Ruby Barnett, par hasard ?

— Euh, si, je crois bien que c'est son nom de famille.

— Mlle Barnett a appelé plusieurs fois le commissariat pour nous faire part de ses visions concernant des personnes disparues, confia Halloran.

— Oh, j'espère qu'elle ne vous a pas dérangés, fit Kitt en posant la main sur la poignée en étain de la porte du bureau. Elle est très agitée quand elle croit avoir vu quelque chose. Si j'avais su qu'elle vous faisait perdre un temps précieux avec ses prédictions, je me serais montrée plus ferme avec elle…

— On reçoit toujours pas mal d'appels dans les affaires de disparitions inquiétantes. Des gens qui prétendent avoir « ressenti » des choses qui pourraient nous être utiles. Certains de ces appels se transforment parfois en pistes intéressantes, expliqua l'inspecteur avant de baisser les yeux, comme si une pensée trop pesante l'obligeait soudain à fixer le sol.

— Les suggestions de Ruby, par exemple ? demanda Kitt.

Halloran reporta son regard sur elle.

— Désolé, mademoiselle Hartley, je ne suis pas autorisé à entrer dans les détails des enquêtes de police.

— On peut dire que vous savez éveiller la curiosité, en tout cas, plaisanta Kitt en jetant un coup d'œil à l'inspectrice Banks pour tenter de l'inclure dans la conversation.

Le visage de cette dernière demeura parfaitement impassible. Il y avait quelque chose de dérangeant dans son attitude réservée. Cela, et le grade de Malcolm Halloran, signifiait sans doute que l'affaire qui les amenait n'était pas sans importance.

Elle s'éclaircit la gorge puis ouvrit la porte. L'inspectrice Banks pénétra dans la pièce sans mot dire.

Kitt chercha le regard de Malcolm Halloran.

— J'aurais très bien pu me défendre toute seule, vous savez, quand ma cheffe s'en est prise à moi, lança-t-elle sans trop savoir pourquoi elle se sentait obligée de le préciser.

— Je n'en doute pas, mais le temps joue contre nous et j'ai pensé que mon badge d'inspecteur nous permettrait de régler la situation plus rapidement.

Ils se dévisagèrent jusqu'à ce qu'un léger toussotement rompe le silence. L'inspectrice Banks commençait à s'impatienter. Kitt fit signe à Halloran d'entrer dans le bureau, le plus encombré de la bibliothèque universitaire de York. Voire de la ville entière.

Le personnel du deuxième étage n'y était pour rien, c'était juste que la pièce avait une forme bizarroïde. Un peu comme si les ouvriers du bâtiment s'étaient trompés dans leurs mesures et avaient essayé de camoufler leurs erreurs en aménageant cet espace plein de coins et de recoins, de niches et d'alcôves. Dans cette pièce pour le moins originale flottait heureusement l'odeur familière et réconfortante du thé aux fruits qui y infusait presque en permanence.

— Asseyez-vous, je vous en prie, fit Kitt en désignant deux fauteuils avachis recouverts d'un tissu fleuri. Vous voulez boire quelque chose ?

— Non, merci, mademoiselle Hartley, répondit l'inspecteur. Comme je vous l'ai déjà dit, le temps joue en notre défaveur et, si je puis me permettre, c'est vous qui devriez vous asseoir. La nouvelle que nous sommes venus vous annoncer n'est pas agréable à entendre.

Kitt s'installa dans le fauteuil le plus proche. Le silence

s'abattit sur la pièce, si épais qu'elle eut l'impression de suffoquer, et l'étrange tournure qu'était en train de prendre cette matinée la frappa de plein fouet. L'heure n'était plus aux bavardages désinvoltes sur les aspirantes Mme Irma du troisième âge. Halloran referma la porte du bureau. Elle était coincée ici, seule avec deux officiers de police, sans la moindre idée de ce qu'ils s'apprêtaient à lui dire.

CHAPITRE 3

— Compte tenu de l'urgence de la situation, je vais aller droit au but, reprit Halloran tandis que Banks, toujours mutique, sortait de sa poche un stylo et un carnet, prête à prendre des notes.

— Très bien, acquiesça Kitt, pressée de savoir de quoi il retournait.

Lorsque le regard de Halloran se posa sur elle, toujours aussi perçant, elle sentit sa poitrine se contracter bizarrement. Il ouvrit la bouche, la referma, et attendit un instant avant de reprendre la parole.

— Il faut que vous compreniez que… qu'il s'agit d'une affaire grave. Nous comptons sur votre entière coopération pour nous aider à y voir plus clair.

— Pas de problème, dit-elle en s'efforçant de ne pas s'affaler contre le dossier du fauteuil.

De toute évidence, l'expression « aller droit au but » ne signifiait pas la même chose pour elle et pour Malcolm Halloran.

— Owen Hall fait-il partie de votre cercle d'amis ? demanda Halloran.

Kitt fronça les sourcils.

— L'ex d'Evie ?

Pourquoi diable venaient-ils la trouver, elle, si l'affaire concernait Owen ?

— J'en conclus que vous le connaissez, insista Halloran.

— Je… Eh bien, Evie est ma meilleure amie, répondit Kitt, curieuse de savoir ce qu'avait fait Owen pour attirer l'attention de la police. Mais je ne connais pas beaucoup Owen, si c'est ce que vous voulez savoir.

— Ils sont restés ensemble un bon moment, d'après ce qu'on nous a dit, fit observer Halloran.

— Presque deux ans, précisa Kitt en esquissant une grimace.

Deux années au cours desquelles son amie avait été dévalorisée, maltraitée, sous-estimée. Deux années pas très joyeuses, de l'avis de Kitt.

— Et pendant tout ce temps, vous n'avez pas eu l'occasion de le connaître davantage ?

— Chaque fois que je passais les voir, Owen filait à l'étage au bout de cinq minutes pour jouer à la Xbox. Je ne lui parlais que lorsqu'on sortait avec d'autres amis, et encore, on n'avait pas grand-chose à se dire, tous les deux. Pour vous donner une idée, un soir, on en est arrivés à parler des rideaux du restaurant où nous mangions tous ensemble.

— Mais si vous êtes amies, Evie vous a forcément parlé de lui, fit remarquer Halloran.

— Oh, on discute d'un tas d'autres choses avec Evie, vous savez. Même s'il est vrai qu'elle a tendance à parler de lui un peu plus souvent depuis qu'ils ont rompu.

— Justement, que pouvez-vous nous dire au sujet de cette rupture ? enchaîna Halloran.

Occupée à griffonner dans son carnet depuis le début de l'entretien, Banks marqua une pause et darda sur la bibliothécaire un regard peu amène qui lui aurait donné envie de disparaître dans un trou de souris… si elle avait été facilement impressionnable.

— Pourquoi m'interrogez-vous sur leur rupture ?

— Il serait préférable que vous nous disiez ce que vous savez, éluda Halloran d'un ton ferme, le genre qui ne supportait pas d'objection.

Kitt réprima un soupir, de peur que cela ne fût interprété comme un signe d'agacement.

— Au cours de ces dernières semaines, Evie m'a confié beaucoup de choses. Dont certains détails que j'aurais préféré ne pas connaître.

— Partez du principe que le moindre détail a son importance, justement, souligna Halloran.

— Owen a rompu en lui écrivant sur Messenger. Alors qu'ils habitaient sous le même toit.

Kitt secoua la tête en se remémorant l'éprouvante conversation téléphonique qu'elle avait eue avec Evie juste après la réception du fameux message.

— Comment peut-on faire ça à la personne avec qui on vit depuis deux ans, franchement ? Surtout que leur relation était sérieuse. La pauvre Evie avait même commencé à acheter des magazines spécialisés pour organiser leur mariage.

Kitt s'attendait à une réaction de la part des policiers. De la compassion. De l'indignation. Ou même de la pitié. N'importe quoi. Au lieu de ça, ils restèrent muets et parfaitement impassibles.

La bibliothécaire inclina la tête sur le côté comme pour essayer de décrypter l'ambiance qui régnait dans la pièce.

— Vous savez déjà tout ça, n'est-ce pas ?

— Oui, admit Halloran. Mais nous avons besoin de savoir ce que vous savez, vous.

Kitt plissa les yeux.

— Attendez une minute, c'est quoi, ce cirque ? Vous me soupçonnez de quelque chose ou quoi ?

— Pas à proprement parler, répondit Halloran. Et je vous en prie, mademoiselle Hartley, cessez de perturber notre interrogatoire, d'accord ? C'est nous qui posons les questions, ici.

— Je n'ai aucunement l'intention d'entraver votre enquête, répliqua Kitt en s'évertuant à dissimuler son irritation – cet inspecteur ne manquait pas de culot, tout de même. Cela étant dit, poursuivit-elle en repensant à plusieurs articles parus au fil des ans sur le site de la mairie, il me semble que la police est un service public financé par tous les contribuables de ce pays, y compris moi. J'ai accepté de vous parler et de vous apporter mon aide dans la mesure du possible, mais je suis également en droit de connaître le motif d'un tel interrogatoire.

Halloran et Banks échangèrent un regard. Pour la troisième fois en moins d'une minute, Kitt eut envie de secouer l'inspectrice pour la faire réagir. Rien n'était plus insupportable que ce genre de silence. Elle venait d'affirmer qu'elle était prête à les aider. Il n'y avait donc aucune raison de rendre l'entretien encore plus pénible.

— Vous avez raison, concéda Halloran en faisant glisser son pouce et son index le long d'un de ses sourcils avant de croiser de nouveau le regard de Kitt. En revanche, ce que je vais vous dire ne devra pas sortir de cette pièce, c'est bien clair ? Les médias seront informés en temps voulu, mais nous devons nous assurer que les informations concernant cet incident seront soigneusement canalisées.

— Je n'ai pas l'intention de faire le buzz sur YouTube, si c'est ce que vous craignez. Je sais tenir ma langue.

Halloran croisa les bras sur son torse.

— Nous enquêtons sur une affaire de meurtre.

— De meurtre ? répéta Kitt, interloquée.

Les assassins ne couraient pas les rues, à York. Les personnes qui mouraient dans l'enceinte de la ville étaient la plupart du temps victimes d'accidents tragiques. *Un étudiant alcoolisé se promène sur les berges, tombe dans la rivière et se noie.* C'était sans doute la une la plus horrible jamais parue dans les journaux du coin.

— Et Owen est… impliqué là-dedans ?

— Eh bien… c'est la victime, en fait, lâcha Halloran.

— Quoi ? s'exclama Kitt en plaquant une main sur sa bouche. Owen est… mort ?

Halloran acquiesça d'un signe de tête.

— Mais c'est complètement… ridicule.

— « Ridicule » n'est pas l'adjectif que j'aurais choisi, commenta Halloran, sourcils froncés.

— Est-ce que c'était un accident ? Je veux dire, est-ce qu'il a été victime d'une agression, quelque chose comme ça ?

— Non, c'est tout le contraire. Les éléments recueillis jusqu'à présent nous portent à croire qu'il s'agit d'un meurtre prémédité.

— Dans ce cas, je maintiens ce que je viens de dire : c'est complètement ridicule.

— Pourquoi donc ?

— Écoutez, j'ai toujours pensé qu'Owen n'était pas un type assez bien pour Evie. Il a profité de sa gentillesse pendant tout le temps où ils sont restés ensemble, c'est tout ce qu'il savait faire.

L'onde de chaleur familière envahit sa poitrine tandis qu'elle se remémorait ce qui s'était passé lorsque le couple avait dû rendre l'appartement qu'il partageait. Comme par hasard, Owen avait prétexté une « semaine de folie » au bureau et Evie avait dû se coltiner seule le grand ménage précédant l'état des lieux. Owen étant réfractaire aux tâches domestiques, la pauvre avait passé deux jours à désinfecter la pièce qui servait de « caverne » à son petit ami et appelait Kitt, en larmes, entre deux séances de récurage intense. Peut-être était-il en train de dégraisser le four le plus crasseux de l'enfer, à l'heure où ils parlaient…

— Qu'insinuez-vous, mademoiselle Hartley ?

— Rien du tout. Ce que je veux dire, c'est qu'Owen avait beau être lâche et mal éduqué, je ne vois franchement pas qui se donnerait la peine de tuer un type comme lui. Il gagnait sa vie en vendant des vitamines haut de gamme à des gens pleins aux as, et passait le plus clair de son temps dans les bureaux d'un parc d'activités de Leeds. À ma connaissance, c'était un homme très ordinaire. Je serais vraiment étonnée d'apprendre qu'il trempait dans des affaires louches.

— C'est aussi notre avis, pour le moment, fit observer Halloran.

— Owen est mort, murmura Kitt.

En levant les yeux, elle se rendit compte que Halloran et Banks la scrutaient. Une question s'échappa de ses lèvres.

— Comment… comment est-il mort ?

Halloran se rapprocha du fauteuil où elle était assise.

— La femme de ménage a retrouvé son corps sans vie hier après-midi.

Kitt se retint de lever les yeux au ciel. Owen et Evie s'étaient séparés six semaines plus tôt et le vendeur de vitamines avait apparemment vite compris qu'il ne s'en sortirait pas s'il ne payait pas quelqu'un pour accomplir toutes les corvées qu'il laissait jusqu'alors à sa petite amie.

— Le médecin légiste dépêché sur la scène de crime a confirmé la présence d'un poison dont la nature reste à déterminer.

— Un poison, répéta Kitt, désemparée. Un empoisonnement. Ça se fait encore, ça ?

— Il est plus facile de se procurer des substances toxiques que des couteaux et des armes à feu, expliqua Halloran.

Kitt inspira puis expira lentement pour se donner le temps de digérer l'information. Une autre pensée germa soudain dans son esprit.

— Vous avez appelé Evie ? Je veux dire, pour lui annoncer le meurtre ?

— Oui.

— Oh mince ! Comment va-t-elle ?

— Elle avait l'air… bouleversée, répondit Halloran avec un coup d'œil à sa collègue.

Kitt se raidit puis hocha la tête. L'adjectif choisi par l'inspecteur était forcément en deçà de la vérité. Si elle se fiait à la réaction d'Evie quand Owen l'avait lâchement larguée, elle ne pouvait que l'imaginer recroquevillée dans le noir, rêvant de noyer son chagrin dans un Malibu-Coca bien tassé.

— Mademoiselle Hartley, reprit Halloran, je suis désolé de devoir vous poser cette question mais je n'ai pas le choix : où étiez-vous samedi soir entre 22 heures et minuit ?

— Est-ce que… est-ce que le meurtre a été commis à ce moment-là ?

L'inspecteur opina du chef.

— Mais vous avez dit que je ne faisais pas partie de la liste des suspects…

— Vous, non, lança Banks en levant les yeux de son carnet.

C'étaient ses premiers mots depuis son arrivée à la bibliothèque, prononcés avec un fort accent écossais et d'un ton glacial.

Kitt rencontra le regard noisette de l'inspectrice. Il lui fallut quelques instants avant de décoder le véritable sens de ces deux petits mots.

— Vous croyez que… qu'Evie pourrait être impliquée, c'est ça ? fit-elle en plissant le nez – cette hypothèse lui paraissait totalement extravagante. Pourquoi ?

— Nous avons nos raisons, répondit Banks du même ton froid, presque menaçant.

Qu'avait-elle donc fait pour déclencher une telle animosité ? songea Kitt en contenant à grand-peine les questions qui se pressaient sur ses lèvres. Insister, persévérer, aller au fond des choses… C'était dans sa nature, elle n'y pouvait rien. Grâce à cette ténacité, elle avait brillé durant ses études, milité et organisé des manifestations en faveur des causes qui lui tenaient à cœur, voyagé en solo aux quatre coins du monde. Elle aimait avant tout provoquer sa chance, mais elle n'était pas idiote : mieux valait s'abstenir, dans ce cas précis. Son insistance ne ferait qu'enfoncer Evie et c'était évidemment tout ce qu'elle souhaitait éviter.

— Je suis très étonnée, avoua-t-elle simplement. Cela fait des années que je connais Evie. Nous sommes très proches, toutes les deux. L'idée qu'elle puisse être soupçonnée de meurtre me semble… – elle pensa « grotesque », mais se décida à terminer sa phrase par un adjectif plus neutre –… inconcevable.

— Elle aurait un mobile, en tout cas, intervint Halloran. Et comme vous l'avez souligné vous-même, mademoiselle Hartley, nous n'avons pas grand-chose à nous mettre sous la dent. M. Hall menait effectivement une vie très ordinaire.

— Oui, bien sûr, mais…, bredouilla Kitt en se maudissant d'avoir aggravé sans le vouloir le cas d'Evie.

— Et c'est juste le début, intervint Banks. Plusieurs éléments relevés sur la scène du crime nous poussent à envisager sérieusement l'implication de Mlle Bowes. Je vous conseille donc de cesser de tergiverser et de coopérer en répondant le plus précisément possible aux questions de l'inspecteur Halloran.

Kitt dévisagea Charlotte Banks d'un air hébété. Comme toujours dans ce genre de situation, son imagination s'emballa et elle vit les deux officiers de police jouer à pile ou face sur le chemin de la bibliothèque pour se répartir les rôles du bon et du méchant flic. De toute évidence, Banks avait hérité du second. Mais si elle croyait qu'il suffisait de lui parler sur ce ton pour la rendre plus coopérative, elle se fourrait le doigt dans l'œil. Kitt se trouvait dans une position délicate. Elle ne voulait surtout pas se mettre à dos les deux policiers, mais tenait en même temps à leur prouver qu'ils faisaient fausse route en soupçonnant son amie.

— Je suis tout à fait disposée à coopérer, assura-t-elle. Mais de votre côté, vous devez comprendre ma perplexité : je viens quand même d'apprendre que ma meilleure amie, la personne la plus douce et la plus altruiste que j'aie jamais rencontrée, est accusée de meurtre…

— Arrêtez de vous dérober, mademoiselle Hartley, trancha Banks d'un ton moins agressif. Où étiez-vous samedi soir ?

— Samedi soir… j'étais chez moi avec Evie. J'habite une petite maison dans Ouse View Avenue.

— Quel numéro ? demanda l'inspectrice, le stylo en suspens.

— Treize.

— À quelle heure Mlle Bowes est-elle arrivée ? enchaîna Halloran.

— Aux alentours de 20 heures. Nous avons regardé un film.

— Quel film ?

— *Nuits blanches à Seattle.*

Cette soirée avait été un vrai fiasco, d'ailleurs... Evie lui avait assuré qu'elle se sentait mieux, malgré sa séparation encore fraîche et un premier rendez-vous post-rupture absolument désastreux. Une comédie romantique bien gratinée ne lui faisait pas peur. Kitt avait essayé de la convaincre de choisir un autre film mais son amie n'avait rien voulu entendre. Résultat des courses : Evie pleurait comme une Madeleine au bout de vingt minutes de visionnage et l'alcool s'était révélé être le remède le plus rapide et le plus efficace pour apaiser son chagrin. Elles avaient sifflé une bouteille de champagne. Kitt se souvenait avoir ouvert une bouteille de sherry et après ça, tout était devenu un peu flou.

— À quelle heure Mlle Bowes est-elle repartie ? demanda Halloran.

— Elle n'est pas repartie, répondit Kitt. Evie a passé la nuit chez moi, dans la chambre d'amis.

— Alors à quelle heure êtes-vous allées vous coucher ?

— Eh bien, nous avions bu pas mal de sherry et on perd un peu la notion du temps dans ces cas-là, mais je me souviens avoir jeté un coup d'œil au réveil posé sur ma table de chevet juste avant d'éteindre la lumière et il était 23 h 45.

Halloran et Banks échangèrent un regard.

— Est-ce que je peux en conclure que le problème est réglé ? reprit Kitt, incapable de déchiffrer leur expression. Je veux dire, Evie était chez moi, il est donc impossible qu'elle ait tué Owen.

— Sauf si Mlle Bowes avait un complice, objecta Banks.

Un complice ? Kitt faillit rire de bon cœur mais se remémora à temps le tragique de la situation. Elle n'oublierait pas le chagrin qu'avait causé Owen à Evie en la quittant aussi brutalement et ne chanterait certainement pas ses louanges, comme cela se faisait souvent quand quelqu'un mourait, mais elle ne souhaitait à personne de succomber à un empoisonnement.

— Vous pensez sûrement avoir de bonnes raisons de la soupçonner, dit-elle, mais Evie n'est pas le meurtrier que vous recherchez.

Halloran croisa les bras et ses muscles jouèrent sous l'étoffe de son costume. Bien sûr... Un bon flic devait garder la forme pour pouvoir traquer les criminels en cavale. Son visage s'était assombri et les rides au coin de ses yeux paraissaient plus profondes.

— Nous ne connaissons pas toujours les gens aussi bien que nous le pensons, vous savez.

— Je connais Evie ! protesta Kitt. En dehors de toute autre considération, ma meilleure amie se remet difficilement d'une des ruptures amoureuses les plus douloureuses de sa vie et se bourre de bonbons Haribo dès le petit déjeuner, pour vous donner une idée. On peut raisonnablement penser que ce n'est pas le comportement d'un meurtrier occupé à fomenter un plan machiavélique pour empoisonner un ex.

— La question sera soulevée dans un tribunal, répliqua Banks en rempochant son carnet de notes.

Lisant probablement l'exaspération sur les traits de Kitt, Halloran s'empressa d'ajouter :

— Merci de nous avoir dit ce que vous saviez, mademoiselle Hartley. Nous allons vous laisser : nous sommes attendus au commissariat.

— Très bien, fit Kitt en se levant. Juste une chose : pourriez-vous me dire où se trouve Evie en ce moment ?

— Au commissariat, bien sûr, répondit Banks.

— Pardon ? fit Kitt, consciente d'avoir haussé le ton. Attendez, vous ne l'avez tout de même pas arrêtée ?

Halloran secoua la tête.

— Non. Nous l'avons convoquée pour l'interroger et elle nous a suivis sans problème. Il n'est pas nécessaire de prendre d'autres mesures, à ce stade. Je vous rappelle toutefois qu'il s'agit d'une enquête pour meurtre. Nous allons donc remonter cette piste et voir où elle nous mène, jusqu'à ce que le ou la coupable soit arrêté et réponde de son crime devant la justice. Et pour le moment, mademoiselle Hartley, les seuls indices dont nous disposons désignent votre meilleure amie.

CHAPITRE 4

Il s'était écoulé plus de deux heures depuis le départ de l'inspecteur principal Malcolm Halloran et de son adjointe Charlotte Banks. Durant ce laps de temps, Kitt avait aidé quelques étudiants à se connecter aux revues en ligne, apaisé la curiosité de Michelle et Ruby en évitant de leur révéler trop de détails sur les raisons de la visite des policiers et géré plusieurs crises impliquant, entre autres, les caprices de la photocopieuse. Aucune de ces occupations n'avait, hélas, réussi à lui faire oublier que sa meilleure amie était la principale suspecte dans une affaire de meurtre. Dans son dernier texto, Evie disait que la police l'avait laissée partir et qu'elle comptait passer à la bibliothèque. Depuis, Kitt guettait son apparition en haut de l'escalier, en proie à une impatience grandissante.

Pour tromper sa nervosité, elle avait entrepris de faire ce que n'importe quel individu un tant soit peu curieux aurait fait dans les mêmes circonstances, à savoir chercher sur Internet la liste des poisons les plus répandus et essayer de trouver lequel aurait pu causer la mort d'Owen.

Les médicaments vendus avec ou sans ordonnance figuraient en tête de liste. Kitt plissa les yeux. À sa connaissance, Owen ne suivait aucun traitement médical. C'était le genre de détail qu'on ne connaissait pas forcément à propos de l'amoureux de sa meilleure amie, mais la discrétion n'étant pas la principale qualité d'Evie, Kitt se dit qu'elle l'aurait su si Owen était malade et devait prendre des médicaments.

Venait ensuite le monoxyde de carbone. Kitt réfléchit en se mordillant la lèvre inférieure. L'inspecteur et son adjointe n'avaient fourni aucun indice précis sur l'état dans lequel le corps avait été découvert, aucune information exploitable à ce sujet. Ce genre d'intoxication était sans doute facilement détectable, non ? C'était une hypothèse à retenir dans le cas d'un meurtre par préméditation – car il s'agissait bien de cela, au dire de la police.

Elle s'apprêtait à passer en revue une liste de produits ménagers toxiques lorsqu'un cri résonna dans tout l'étage : « Kitt ! »

L'espace d'un instant, la voix d'Evie étouffa le bourdonnement incessant de la photocopieuse, les débats chuchotés sur des concepts émergents tels que « l'esprit androgyne » dans l'espace dédié aux projets collectifs, et le grognement poussif de l'antique imprimante à jet d'encre qui encombrait le bureau de Grace.

Tournant la tête, Kitt aperçut Evie qui se dirigeait d'un pas vif vers le bureau des renseignements. Son grand imperméable à motifs turquoise dissimulait la tunique et le pantalon en toile écrue qu'elle portait dans l'institut de beauté où elle prodiguait ses massages bien-être. Si ses épaules légèrement affaissées trahissaient sa tristesse, son visage ne reflétait aucune émotion particulière. Sans doute s'efforçait-elle de faire bonne figure dans cet endroit public, sachant que York était une petite ville et que la nouvelle de l'irruption d'une femme à moitié hystérique dans la bibliothèque universitaire aurait eu tôt fait de se répandre comme une traînée de poudre. Au moment où

Kitt se faisait cette réflexion, Evie, cédant finalement au besoin pressant de se réfugier auprès de son amie, se mit à trottiner, ses courtes boucles peroxydées sautillant en cadence tandis qu'elle parcourait les derniers mètres qui les séparaient.

Kitt la prit dans ses bras, assaillie par les senteurs sucrées de son parfum. En temps normal, les notes d'amande lui ouvraient l'appétit, mais ce n'était pas une journée ordinaire. Devoir répondre aux questions de deux officiers de police, dans le cadre d'une enquête pour assassinat, lui avait coupé l'envie de manger. Au moins pour une heure ou deux.

Dans la chaleur de leur étreinte, Kitt fut soudainement prise par une envie de pleurer. Elle parvint toutefois à ravaler ses larmes – elle avait un bon entraînement dans ce domaine.

— Il est mort..., sanglota Evie contre son épaule, pressant son corps frêle contre celui, plus robuste, de sa meilleure amie.

Le menton posé sur sa tête, Kitt croisa les regards curieux de plusieurs étudiants mais c'était le cadet de ses soucis. Tout ce qu'elle souhaitait, c'était consoler son amie, l'entourer de son affection. Elle resserra son étreinte.

— Je sais, je sais, murmura-t-elle en caressant les cheveux d'Evie. Je suis désolée. Chuuut...

— Ils croyaient que c'était moi. Que j'avais...

— Je sais, la coupa Kitt.

Saisissant Evie par les bras, elle l'obligea à s'écarter pour pouvoir la regarder.

— Ce que je sais aussi avec certitude, c'est que tu n'y es pour rien. Samedi soir, tu étais bien trop bouleversée par les déboires amoureux de Meg Ryan pour envisager de tuer quelqu'un.

— Oh, arrête, ne me fais pas rire, implora Evie en émettant un drôle de gargouillis, à mi-chemin entre le rire et le sanglot. C'est pas le moment. C'est tellement… affreux.

— Je dis juste la vérité, insista Kitt d'un ton taquin. Oh, encore une chose : comment fais-tu pour ne pas ressembler à un panda alors que tu as dû pleurer toutes les larmes de ton corps ?

L'ombre d'un sourire joua sur les lèvres d'Evie.

— Je te montrerai. Dès que j'aurai échafaudé un plan pour me sortir de ce pétrin.

— Comment ça ? La police t'a relâchée, non ?

Jetant un coup d'œil par-dessus son épaule pour s'assurer que personne ne les écoutait, Evie répondit à voix basse :

— Ils n'en ont pas fini avec moi. Ils m'ont dit qu'ils me convoqueraient de nouveau s'ils découvraient de nouveaux indices. Kitt…

Elle marqua une pause avant de poursuivre :

— Il y avait plusieurs éléments sur la scène du crime… qui me désignent comme coupable.

Kitt fronça les sourcils.

— Quel genre d'éléments ?

Mais au moment où Evie ouvrait la bouche, elle la fit taire d'un geste de la main.

— On ferait mieux de poursuivre cette conversation en privé, expliqua-t-elle. Grace est en train de nous préparer du thé dans le bureau. On pourra discuter tranquillement, là-bas.

Evie parut sur le point de fondre de nouveau en larmes mais son attention fut soudain attirée du côté des rayonnages.

— Il y a un gusse dans l'allée des essais sur l'égalité des sexes qui te reluque bizarrement.

Quiconque rencontrait Evie pour la première fois aurait sûrement souri en l'entendant employer des mots d'une autre époque, mais connaissant l'amour qu'elle portait au vintage, Kitt n'y prêtait même plus attention. Le goût d'Evie pour tout ce qui était suranné s'étendait jusqu'aux champs lexicaux et il n'était pas rare qu'elle utilise des expressions tombées dans l'oubli depuis un bon demi-siècle.

Kitt jeta un œil dans l'allée en question. Le fanatique de *Tess d'Urberville* qu'elle avait renseigné quelques heures plus tôt déambulait à présent entre les rayonnages proches de son bureau, feignant de s'absorber dans la lecture du *Deuxième Sexe* de Simone de Beauvoir.

— L'homme-chou, murmura Kitt.

— L'homme-chou ? répéta Evie.

— Chuuuut.

Environ toutes les dix secondes, il levait le nez du livre et jetait un coup d'œil vers Kitt. Sans doute était-il revenu dans le seul but de la narguer après sa réflexion du matin.

— C'est qui, l'homme-chou ? voulut savoir Evie.

— Laisse tomber. Je te rejoins dans une minute, d'accord ? Tu connais le chemin.

Evie s'éloigna en direction du bureau. La tristesse qu'elle trimballait était presque palpable. Kitt se tourna vers sa table de travail et se mit en quête d'un stylo et d'un morceau de papier sur lequel elle griffonna la bonne vieille formule mensongère : « Je reviens dans cinq minutes. » L'homme-chou se ferait probablement un plaisir de chronométrer son absence, mais elle s'en fichait. Grace ne tarderait pas à la remplacer, les étudiants pouvaient très bien se passer de ses conseils pendant quelques minutes, et puis ce n'était pas tous les jours que sa meilleure amie était accusée de meurtre, bon sang… C'était un cas de force majeure, après tout.

Kitt se dirigea à son tour vers le bureau en longeant les étagères par la gauche, effleurant du bout des doigts le dos des volumes soigneusement alignés. Forçant sa concentration, elle tenta de dresser une liste des personnes susceptibles d'avoir eu une bonne raison de tuer Owen. En dehors d'Evie, évidemment. Hélas, aucun nom ne lui vint à l'esprit. Owen manquait trop de personnalité pour compter dans son entourage des ennemis jurés. Il n'était toutefois pas impossible qu'il se soit retrouvé mêlé à une affaire louche, voire illégale, s'exposant de son propre fait à une issue fatale. D'un autre côté, ni Halloran ni Banks n'avaient évoqué cette éventualité tant il leur semblait évident que sa mort avait un rapport avec sa vie amoureuse et donc qu'Evie était impliquée. Fallait-il en conclure que la police n'avait aucune autre piste ? Ou s'étaient-ils précipités sur les présomptions de preuves récoltées sur la scène du crime, ces fameux « éléments » incriminants dont avait parlé Evie… ?

La tête bourdonnant de questions sans réponse, Kitt arriva devant la porte du bureau. Le battant peint en vert foncé, entouré d'un encadrement orné de cygnes, était entrouvert. Kitt s'apprêtait à le pousser pour entrer dans la pièce lorsqu'elle entendit la voix d'Evie demander :

— Tu en as parlé à Kitt ?

— Non, répondit Grace. J'adore la taquiner, pourtant, et je sais que j'ai réussi mon coup quand je la vois plisser le nez…

— C'est vrai qu'elle fait ça, approuva Evie d'un ton rieur.

— … mais je ne me sentais pas d'humeur à plaisanter

aujourd'hui, poursuivit Grace. Pas avec tout ce qui se passe pour toi.

— C'est clair, murmura Evie d'une voix beaucoup moins enjouée. Tu as vraiment eu l'impression que Halloran la regardait avec insistance ?

— Carrément. Enfin, dans la limite du raisonnable, vu qu'il était en service.

— Incroyable…, souffla Kitt.

Un meurtre avait été commis, une enquête était en cours et Grace et Evie ne trouvaient rien de mieux à faire que d'imaginer une idylle entre l'inspecteur et elle. Là, c'était le pompon.

— Et Kitt, comment elle se comportait avec lui ? demanda Evie.

— Disons qu'elle…

Il y eut un bref silence, puis :

— Elle soutenait son regard quand il lui parlait. Mais je n'irais quand même pas jusqu'à dire qu'elle avait des étoiles plein les yeux.

Tant mieux, songea Kitt. Parce que si tu avais dit ça, j'aurais déboulé dans le bureau et je t'aurais fait ravaler tes paroles. Des étoiles plein les yeux… On aura tout entendu !

L'inspecteur Halloran était plutôt bien de sa personne, d'accord, mais Kitt n'était pas du genre à s'amouracher facilement. Et il fallait beaucoup plus qu'une paire d'yeux bleu saphir pour lui tourner la tête. En fait, c'étaient les âmes qui l'intéressaient, et de préférence celles des personnages de fiction qui, couchées sur la page, restaient à jamais parfaites et intouchables. Halloran avait du charme et Kitt ne doutait pas qu'il puisse être extrêmement séduisant dans d'autres circonstances, mais il n'avait rien d'un Edward Rochester. Ses préférences en matière de personnages de fiction étaient peut-être discutables.

Pourtant, elle n'avait jamais été attirée par les êtres lisses et sans consistance, qu'ils fussent de chair ou de papier. Les membres de son club de lecture pouvaient bien critiquer sévèrement Rochester, aucun n'avait jamais songé à juger son profil psychologique simpliste.

— Si tu veux mon avis, reprit Grace en l'arrachant à ses pensées, elle n'a rien remarqué du tout. Peut-être que ce n'est pas son genre d'homme, et puis voilà.

— Aucun homme n'est son genre, lâcha Evie.

— Comment ça ?

— Oh rien… C'est une histoire un peu triste.

En entendant son amie prononcer ces derniers mots, Kitt inspira profondément, humant le parfum doucereux des vieux livres et de la poussière, puis fit un pas sur le côté pour s'adosser au mur. Son regard se heurta à la rangée d'épais répertoires alignés en face d'elle, leurs dos baignés par une lumière rouge feu. Si seulement elle avait eu la force d'entrer dans le bureau maintenant, l'affaire aurait été réglée, mais quelques secondes s'écoulèrent et il fut trop tard.

— Là, tu en as trop dit ou pas assez, insista Grace. C'est si triste que ça, vraiment ?

Un silence accueillit sa question. Les yeux bleus de Kitt papillonnèrent de droite à gauche. Qu'allait bien pouvoir répondre Evie ?

— Bah, c'est à cause du dernier type avec qui elle est sortie. Il s'est pour ainsi dire volatilisé.

De l'autre côté du mur, Kitt baissa les paupières, submergée par un flot de souvenirs.

— Volatilisé ? Tu veux dire, comme les personnes qui disparaissent et qu'on ne retrouve jamais ?

— Non, pas exactement. Disons qu'il a stoppé tout contact avec elle du jour au lendemain. Il n'a plus répondu aux messages qu'elle lui envoyait, ni à ses coups de fil. Elle est allée le voir à Manchester, mais la chambre qu'il louait était vide. Il avait déménagé.

— Oh, mais c'est terrible ! Ça s'est passé quand ? Il était parti où ?

— Ça doit faire un peu plus de dix ans, maintenant. Elle n'a jamais su où il s'était carapaté, raconta Evie d'une voix ténue qui rappela à Kitt la sensation de fragilité qu'elle avait éprouvée en comprenant que l'homme qu'elle aimait était parti. Kitt m'a dit qu'il n'avait même pas laissé d'adresse à son colocataire pour faire suivre son courrier, continua Evie. En revanche, il avait donné son préavis. Ce qui veut dire qu'il avait pris la décision de partir un mois plus tôt.

— Ouh là, murmura Grace. Elle s'est fait ghoster.

— Ghoster ? répéta Evie d'un ton perplexe.

— Oui, c'est quand la personne avec qui tu sors se volatilise sans avertissement. Comme un fantôme, quoi.

Se faire ghoster.

L'expression tourna et retourna dans l'esprit de Kitt, à la manière d'un caillou charrié par l'océan, poli par le ressac. Le terme était bien choisi, songea-t-elle, pour décrire une expérience qui la hanterait probablement jusqu'à la fin de ses jours. Tripotant nerveusement le pendentif accroché à son cou, elle lut la phrase signée Charlotte Brontë gravée dans l'or : « Je ne suis pas un oiseau et aucun filet ne me prend au piège. »

Pas même un filet de sécurité, pensa Kitt avec ironie.

— Je comprends mieux pourquoi elle ne parle jamais de ses amours, commenta Grace.

— Elle n'a eu aucune relation sérieuse depuis que je la connais, renchérit Evie. Mais je m'en fiche, en fait, du moment qu'elle est heureuse.

— Elle en a l'air, non ?

— Je crois bien, oui. Malgré son caractère de cochon, Kitt est sans doute la personne la plus heureuse que je connaisse.

À ces mots, les yeux de Kitt se rouvrirent d'un coup. Elle s'obligea à afficher un sourire de circonstance. « Courage, ma fille. Force et acier », murmura-t-elle, récitant dans un souffle la formule réconfortante que leur répétaient leurs parents, à elle et à sa sœur jumelle, chaque fois qu'elles n'avaient pas le moral, que ce fût à cause de la mort d'une arrière-grand-tante ou d'un ratage vestimentaire – ce qui, pour des filles ayant grandi dans les années 1980, arrivait plus souvent qu'elle ne l'aurait admis à présent.

Le dos bien droit, les épaules rejetées en arrière, Kitt poussa la porte du bureau d'un geste déterminé.

CHAPITRE 5

Le sourire de Kitt s'élargit lorsqu'elle rencontra les regards éberlués de ses deux amies. Le soleil de l'après-midi brillait et la pièce était inondée d'une lumière colorée filtrant par le seul élément esthétique présent dans ce bureau biscornu : un vitrail ouvragé figurant une scène de la pièce de Shakespeare, *Beaucoup de bruit pour rien.* Un silence accueillit son arrivée.

— Le thé est prêt ?

Evie était assise à sa droite dans l'un des deux vieux fauteuils à fleurs et Grace se tenait à sa gauche, près du bureau en bois sombre trônant au centre de la pièce.

— Tout juste, oui, répondit son assistante.

Kitt lui adressa un petit signe de tête.

— Je m'occupe du service. Assieds-toi.

Le silence se prolongea tandis qu'elle tendait une tasse de thé à chacune. Puis elle tira une chaise près du fauteuil d'Evie.

— J'ai bien peur que nous ne puissions pas discuter tranquillement, dit-elle à l'adresse de Grace. Ça fait déjà trois bonnes minutes que j'ai laissé le fameux écriteau « Je reviens dans cinq minutes ».

— C'est bon, fit Grace. J'y retournerai dans un petit moment. Mais j'aimerais bien en savoir un peu plus…

— Evie, est-ce que tu as envie d'en parler ? demanda Kitt.

— Je crois que ça me fera du bien, oui, répondit Evie en baissant les yeux sur son thé. Mais je vous préviens, je risque de me remettre à pleurer. J'ai encaissé pas mal de chocs, ce matin.

— Je sais, ma belle.

Le front de Kitt se plissa tandis qu'elle observait son amie. Evie tenait son mug à deux mains, comme si c'était la seule source de chaleur disponible au monde.

— Commence par le commencement et arrête-toi quand tu veux, conseilla-t-elle.

Evie humidifia ses lèvres sèches en les pressant l'une contre l'autre. Son regard navigua entre Kitt et Grace.

— J'ai appris la nouvelle lorsque Halloran et Banks ont débarqué à l'institut ce matin, déclara-t-elle en faisant allusion à l'institut de beauté Daisy Chain Center où elle disposait d'une petite pièce pour prodiguer ses massages.

— Qu'est-ce qu'ils t'ont dit ? demanda Grace.

— Ils m'ont dit qu'il valait mieux que j'annule mes rendez-vous parce que je devais les suivre au commissariat. Ils ont ajouté qu'ils voulaient me parler au sujet d'un meurtre et qu'il était dans mon intérêt de coopérer. Je leur ai répondu que je les aiderais volontiers mais que je ne pouvais pas annuler tous mes rendez-vous parce que j'avais besoin de gagner ma croûte.

Le visage d'Evie se rembrunit comme elle se remémorait la suite de la conversation.

— C'est à ce moment-là qu'ils t'ont appris qui était la victime, devina Kitt.

Evie reprit la parole d'une voix tremblante :

— Je me suis effondrée. Je ne les ai pas crus, en fait.

— Je suis sincèrement désolée, murmura Kitt en se penchant en avant pour serrer la main d'Evie dans la sienne.

— Moi aussi, intervint Grace.

— Je sais… Merci, les filles, chuchota Evie avant de poursuivre son récit, les traits crispés par le chagrin. Diane était à l'accueil ce matin. C'est elle qui s'est chargée d'annuler mes rendez-vous. Halloran et Banks m'ont conduite au commissariat. Ils m'avaient dit qu'ils voulaient me parler, mais ce n'était pas une simple discussion. Ils m'ont sorti les mêmes salades que dans les séries policières, vous voyez ce que je veux dire ?

— Vous avez le droit de garder le silence et tout le toutim… ? fit Kitt.

— C'est ça. J'ai repéré les caméras fixées au plafond. Ils ont filmé tout l'entretien. Le mot « interrogatoire » est un peu fort parce que l'inspecteur est resté très calme tout du long mais ils m'ont quand même posé un tas de questions.

— Mais pourquoi ? demanda Grace. Parce que tu es l'ex d'Owen ?

— Pas seulement. Pour commencer, il n'y avait aucun signe d'effraction chez Owen, ce qui signifie…

— Qu'il connaissait son meurtrier, compléta Kitt. Ce qui ne prouve aucunement que c'est toi. Owen connaissait beaucoup de monde. Je ne vois pas pour quelle raison tu serais la principale suspecte.

Evie baissa les yeux sur sa tasse de thé.

— Quoi ? reprit Kitt. Qu'est-ce qu'il y a ?

— Le poison a été versé dans du champagne, répondit Evie. La bouteille était encore dans la cuisine quand la police est arrivée sur les lieux. C'était une bouteille d'Egly-Ouriet brut.

— Oh non…

— C'est du très bon champagne, non ? lança Grace en regardant les deux amies tour à tour.

Kitt la regarda en secouant la tête.

— Owen avait voulu impressionner Evie en achetant une bouteille d'Egly-Ouriet pour leur premier rendez-vous.

— Je suis loin d'être experte en œnologie, mais j'avais cherché le prix par curiosité et, crois-moi, ce n'est pas donné, fit observer Evie.

— D'accord, c'est pas terrible. Mais comment est-ce qu'ils ont su qu'Owen avait acheté ça pour votre premier tête-à-tête ?

— J'ai posté deux fois une photo de la bouteille sur Facebook, parce qu'il en avait acheté une autre pour fêter l'anniversaire de notre rencontre, expliqua Evie. Voilà à quoi ça mène, de fanfaronner.

— Bon, bon, d'accord, fit Kitt. Owen achetait du champagne pour te faire plaisir. Tu n'en as jamais acheté toi-même, si ?

— Pas avec ce que je gagne, non.

— Dans ce cas, il n'existe aucune trace comptable qui puisse démontrer que tu as acheté l'arme du crime, déclara Kitt. Il faut bien plus que ce genre de coïncidence pour prouver ton implication.

Evie pinça les lèvres en jetant un coup d'œil angoissé à Kitt.

— Quoi ? Il n'y a pas que ça ?

— Owen a été retrouvé…

La bouche d'Evie se déforma mais elle parvint à se ressaisir pour terminer sa phrase :

— Il avait un mot épinglé sur la poitrine lorsqu'on l'a découvert.

— Un mot ? répéta Kitt. Les inspecteurs ne m'en ont pas parlé.

— Je crois bien que ce que je vous raconte là est strictement confidentiel.

— Et il y avait écrit quoi, sur ce mot ? demanda Grace.

— Je ne sais pas comment te dire ça autrement…, articula Evie.

— Pas de problème, prends ton temps.

— Non, protesta Evie. C'est ce qu'il y avait d'écrit sur le papier : « Je ne sais pas comment te dire ça autrement. »

— Attends une seconde, intervint Kitt en sentant les battements de son cœur s'accélérer. Cette phrase, là… c'est celle qu'avait écrite Owen dans son message de rupture.

— Mot pour mot, confirma Evie.

— Il y avait autre chose ?

Evie secoua la tête et laissa passer quelques instants avant de reprendre :

— Les enquêteurs ont fouillé dans son téléphone et ils sont tombés sur nos messages de rupture. On en a échangé pas mal pendant plusieurs jours et j'avoue que le contenu de certains ne joue pas en ma faveur. Mais il y a encore plus macabre.

— Ah bon ?

— La note… Elle était accrochée à sa poitrine, expliqua Evie.

— Oui, ça, tu nous l'as déjà dit.

— Elle était… Le tueur l'a plantée avec…

La voix d'Evie s'étrangla et bien que sa bouche ait tenté de former des mots, aucun son n'en sortit.

— Avec quoi ? insista Kitt tout en songeant qu'il valait peut-être mieux ne pas savoir, à en juger par l'expression de son amie.

— Avec un stylo-plume. Fiché dans le cœur…

Kitt posa une main sur sa poitrine, songeuse.

— Han, mais c'est carrément…, bredouilla Grace.

— Glauque ? suggéra Kitt.

— Oui et… tordu, vous ne trouvez pas ?

— Je ne suis pas sûre que l'adjectif soit assez fort, répliqua Kitt. Un empoisonnement, un stylo-plume planté dans le cœur… On se croirait dans *Une étude en rouge*…

Evie la dévisagea, sourcils froncés.

— C'est quoi, un code entre bibliothécaires ?

— Non, c'est le titre d'une enquête de Sherlock Holmes.

— Je ne me souviens pas avoir vu cet épisode, s'étonna Grace.

— C'est un livre, Grace, répliqua Kitt en gratifiant son assistante d'un regard consterné. Dois-je en déduire que tu n'as jamais lu un seul roman d'Arthur Conan Doyle de ta vie ? Tu préfères regarder les cinq *Paranormal Activity* d'affilée, je suppose.

— Il y a six films en tout, sans compter le *spin-off* non officiel…

— Oh, Seigneur, marmonna Kitt en portant une main à son front.

— Cela étant dit, tu te trompes, poursuivit Grace. Je préfère lire les enquêtes de Byomkesh Bakshi, qui surpassent celles de Sherlock Holmes à bien des égards, d'après ce qu'on m'a dit.

Un sourire éclaira le visage de Kitt.

— Elles sont pas mal, c'est vrai. *Le Triangle invisible* fait partie de mes préférées.

— Ohé, lança Evie en les regardant à tour de rôle. Quand vous aurez terminé votre réunion du club de lecture, vous pourrez éventuellement vous intéresser à l'être humain en souffrance qui se trouve dans la même pièce que vous...

— Désolée, fit Kitt.

— Pas grave.

Evie renifla puis attendit quelques instants avant d'ajouter :

— Juste au cas où, qui était le meurtrier, dans le livre ?

— La trame d'*Une étude en rouge* est assez touffue mais pour aller à l'essentiel...

— Oui ? la pressa Evie.

— Les meurtres commis dans le livre sont tous dictés par le désir de vengeance après une rupture amoureuse.

— Oh... C'est pas bon pour moi, ça, qu'est-ce que vous en pensez ?

Kitt balaya l'air d'un geste désinvolte.

— Oublie ça. Tu es innocente. Ils n'ont trouvé aucune preuve tangible et il n'y a aucune trace de ton ADN sur les lieux du crime. On ne serait pas en train de papoter ici sinon, crois-moi.

Evie se contenta de hocher la tête sans rien dire.

— Donc, dans *Une étude en rouge*, la victime meurt d'un empoisonnement et se fait transpercer le cœur ? demanda Grace, rompant le silence qui s'était installé.

— Non, pas exactement, répondit Kitt. Il y a deux victimes mais pas de stylo-plume. C'est bizarre, d'ailleurs. Ça m'étonnerait beaucoup qu'on puisse tuer quelqu'un de cette manière. En tout cas, ça ne doit pas être facile. Halloran a dit qu'Owen avait été empoisonné ; le meurtrier serait donc resté auprès du cadavre pour épingler le mot en utilisant cette mise en scène pour le moins... théâtrale.

— Mais tu crois vraiment qu'on peut transpercer la chair avec la plume d'un stylo ? fit Grace.

— Je dirais qu'il ne faut pas y aller de main morte. À moins d'inciser d'abord la poitrine à l'aide d'un autre instrument puis d'y insérer le stylo.

Evie se couvrit les oreilles en gémissant.

— Excuse-moi, murmura Kitt en lui caressant le bras. Je ne voudrais surtout pas paraître insensible, j'essaie juste de comprendre.

Evie tenta un sourire mais son extrême pâleur en disait long sur son état émotionnel. Cela dit, depuis sa rupture avec Owen, elle avait également arrêté les séances de bronzage en cabine du salon de Coney Street. Toutes leurs employées avaient la couleur du Tang à l'orange et Kitt n'avait jamais compris comment on pouvait leur faire confiance, vu ce résultat. Lors de son deuxième rendez-vous avec Evie, Owen avait laissé échapper qu'il était très sensible au charme des femmes « exotiques » et Evie n'avait rien trouvé de mieux que de se payer des séances d'UV pour lui plaire.

Son bronzage artificiel avait mis un peu de temps à s'estomper mais, Dieu merci, elle ressemblait désormais davantage à une pêche qu'à une orange.

— Est-ce que… est-ce qu'ils t'ont donné la marque du stylo-plume ? demanda Kitt.

Evie la dévisagea d'un air éberlué.

— Je sais que tu adores les articles de papeterie mais, franchement, je doute que ce soit le détail le plus important pour le moment.

Kitt soupira.

— Si c'est une marque particulière, la police trouvera la boutique où il a été acheté. Les gens n'écrivent plus beaucoup avec des stylos à plume, de nos jours.

Evie leva les yeux vers le plafond d'un air concentré.

— Je crois me souvenir qu'ils ont parlé d'un stylo Stanwyck.

— Je me demande si on trouve encore cette marque dans les magasins. Personnellement, ça fait des années que je n'ai pas vu ce genre de stylos. Le tueur l'a probablement acheté dans une papeterie spécialisée. Ce qui facilitera le travail des enquêteurs.

Grace leva la main comme une écolière demandant la permission de s'exprimer.

— Tu n'es pas obligée de lever la main, Grace, la taquina Kitt.

— Désolée, je voulais juste être sûre de ne pas vous interrompre. Dans notre cours de psychologie criminelle, on a appris que le mode opératoire révèle beaucoup de choses sur la personnalité du meurtrier.

Kitt réfléchit au commentaire de Grace.

— Owen a été empoisonné, dit-elle au bout d'un moment. C'est assez sournois, comme méthode, non ? Le meurtrier n'a pas fait usage de sa force. Et il n'est pas impossible que le truc avec le stylo-plume ait été fait après coup. Tout ça a demandé du temps. Cela laisse à penser que le meurtrier s'est attardé sur les lieux du crime pour peaufiner la mise en scène découverte par la police.

— Tu veux dire qu'il ou elle a tout fait pour qu'Evie soit la première suspecte ? demanda Grace.

— Oui. Mais ça ne s'arrête pas là. Si le meurtrier est resté pour… disons, arranger les derniers détails, cela veut dire que tout était calculé. Et qu'il ou elle n'éprouvait aucune culpabilité par rapport au crime commis.

— Je suis désolée, intervint Evie d'une petite voix. Je crois que je me suis trompée… Ça ne me soulage pas du tout de parler de ça.

Kitt enserra les mains de son amie dans les siennes.

— Non, c'est *moi* qui suis désolée. On va arrêter là, d'accord ? Ce que j'aimerais comprendre, en revanche, c'est pourquoi la police s'est mis en tête que c'est toi qui as fait ça.

— Dans la plupart des affaires de meurtre, les victimes sont tuées par des personnes de leur entourage, fit remarquer Grace.

— OK, lança Kitt en décochant à son assistante un regard noir.

Evie venait à peine de se remettre de la description plutôt explicite de la manière dont le stylo-plume avait transpercé le cœur de son ex-amoureux et voilà que Grace remuait le couteau dans la plaie – enfin, façon de parler…

— Merci pour cette remarque rassurante, Grace. Peut-être qu'il serait temps pour toi d'aller me remplacer.

— Oh… je… je ne voulais pas me montrer indélicate, balbutia Grace en se levant.

— Je sais, ce n'est pas grave, la rassura Evie. On ne sait jamais trop quoi dire dans ce genre de situation.

Grace esquissa une moue contrite et posa la main sur l'épaule d'Evie quelques instants avant de laisser sa tasse à thé sur le bureau et de quitter la pièce.

— Ne t'inquiète pas, conseilla Kitt en cherchant le regard de son amie.

— Je suis bien obligée, protesta Evie.

— Écoute-moi : la police ne peut pas t'accuser d'avoir commis un meurtre au seul prétexte qu'Owen et toi n'étiez pas en très bons termes.

— Ils n'ont pas que ça, souligna Evie. Le tueur a retranscrit mot pour mot ce que m'avait écrit Owen dans un de ses messages de rupture.

— Toutes les personnes qui étaient au courant du contenu de ce message auraient pu faire ça.

— C'est vrai, concéda Evie. L'inspecteur Halloran m'a demandé de dresser une liste de ces personnes, justement.

— Parfait. Tu vois, c'est exactement ce que je te disais. Ils ne peuvent pas te jeter en prison comme ça. Il leur faut des preuves de ta présence sur les lieux du crime et, comme tu étais avec moi ce soir-là, ils n'en trouveront aucune. C'est la raison pour laquelle l'immense et regrettée autrice de polars Sue Grafton a commencé sa série alphabétique par un roman intitulé *A comme Alibi* : l'alibi est l'un des piliers de toute enquête criminelle et le tien est en béton armé.

— Tu as raison. En plus, je n'avais jamais mis les pieds dans son nouveau logement. Je...

La sonnerie de son téléphone l'empêcha de finir sa phrase. Compte tenu de sa passion pour tout ce qui était vintage, Evie avait choisi d'enregistrer la chanson « Kiss Me, Honey Honey » de Shirley Bassey. Le tintamarre des cuivres surgissant de nulle part faisait systématiquement sursauter Kitt, au début, mais elle s'était vite habituée à ce que la mélodie fasse irruption dans sa vie sans crier gare.

— Allô ? lança Evie. Oh, Heather, je suis navrée, j'ai complètement oublié. J'ai passé une journée cauchemardesque, je ne te raconte pas.

Il y eut un silence, puis :

— Ah bon ? Oui, désolée pour le dérangement. Ils m'ont demandé la liste des personnes qui savaient qu'Owen et moi avions rompu.

Nouveau silence.

— Choquant, c'est le moins qu'on puisse dire. Oui, d'accord, encore toutes mes excuses. OK, au revoir, conclut-elle avant de reposer son téléphone. J'avais complètement oublié que j'avais pris rendez-vous pour une manucure cet après-midi, expliqua-t-elle à Kitt.

— Tes collègues devaient bien se douter que tu ne viendrais pas te faire polir les ongles aujourd'hui...

— J'avais pris rendez-vous dans un autre institut, sur Bishy Road. Quand je suis sortie avec ce type, la semaine dernière, je n'avais pas envie que tout le monde soit au courant, au boulot. Premier rancard depuis Owen et tout le tintouin, tu vois le genre. C'est pour ça que j'ai pris rendez-vous ailleurs. Heather, la propriétaire de l'institut, faisait une promo et le résultat était impeccable, alors j'ai décidé d'y retourner.

— Logique.

— Mais avec tout ce qui s'est passé aujourd'hui, ça m'est complètement sorti de la tête.

— Tu m'étonnes. Je suis sûre que tes clients ne t'en voudront pas si tu t'absentes pendant une semaine.

— J'avoue que le travail n'est pas ma priorité, vu les circonstances. Ce qui me rassure, c'est que la police a déjà commencé à explorer les pistes que je leur ai indiquées.

— Ah bon ? fit Kitt, sa curiosité piquée.

— Oui, Heather était sur la liste que j'ai remise à Halloran. Je la connais à peine, mais comme nous avions parlé de ma rupture pendant qu'elle me faisait les ongles, j'ai été obligée de mentionner son nom. Je n'ose même pas imaginer ce qu'elle a pensé en voyant les poulets débarquer dans son salon aujourd'hui.

— Ça a dû lui faire un choc. On est tombées des nues, nous aussi, mais tu n'y es pour rien : tu as suivi leurs instructions et, à partir de là, ils mènent leur enquête, c'est tout. Bon, j'ai vérifié le planning de la bibliothèque et, malheureusement, personne ne peut me remplacer. Est-ce que ça va aller ? Tu peux rester ici si tu as envie de passer un petit moment tranquille, loin de l'agitation du monde extérieur. Tu n'as qu'à prendre un bouquin… Ou tu peux même faire une sieste, si tu veux.

— Je serais bien incapable de faire l'un ou l'autre, mais merci quand même. Je crois que je vais plutôt aller me balader le long de la rivière.

— Ça te mettra un peu de baume au cœur, tu as raison, approuva Kitt. On se retrouve chez moi à l'heure du thé ?

— Merci, Kitt, murmura Evie en se penchant vers elle pour la prendre dans ses bras. Heureusement que je peux toujours compter sur toi.

CHAPITRE 6

Un coup frappé à la porte du numéro 13, Ouse View Avenue, résonna dans le silence de la nuit. Arrachée à son sommeil, Kitt se redressa dans son lit, le cœur battant à tout rompre, la bouche sèche.

Elle attendit, l'oreille aux aguets.

Avait-elle réellement entendu un martèlement ou bien n'était-ce qu'un écho de son cauchemar ? Ce n'était pas vraiment un cauchemar, d'ailleurs : elle avait rêvé d'Owen, des circonstances de son assassinat. Et comme souvent dans les rêves, des événements sans queue ni tête s'emmêlaient confusément. La dernière chose qu'elle se rappelait, c'était le regard bleu et implacable de Halloran fixé sur elle tandis qu'il lui passait sans ménagement les menottes aux poignets. Pour une raison étrange, ce geste ne l'avait pas paniquée plus que ça et une drôle de sensation réchauffait son ventre quand le bruit l'avait réveillée.

Elle secoua la tête en soupirant.

— Freud s'en serait donné à cœur joie avec toi, marmotta-t-elle.

À peine avait-elle terminé sa phrase qu'on recommença à taper sur la vieille porte en chêne.

Kitt sursauta. Ainsi donc, elle n'avait pas été réveillée par la simple vision de Halloran brandissant une paire de menottes. Après avoir allumé la lampe de chevet, elle écarta son journal intime et l'exemplaire d'*Un meurtre sera commis le*… qu'elle n'avait pas pu s'empêcher d'emprunter à la bibliothèque avant de rentrer chez elle, quelques heures plus tôt, et elle attrapa sa montre.

Deux heures du matin.

Un grognement involontaire s'échappa de ses lèvres.

De toute évidence, la personne qui tapait à la porte se fichait de l'heure indue, signe qu'il s'était passé quelque chose de grave… encore. Maudit soit le visiteur nocturne si ce n'était pas le cas.

Balançant les jambes hors du lit, Kitt traversa la courte distance qui la séparait de la fenêtre donnant sur la rue, sentant sous ses pieds nus le froid du plancher de bois sombre.

Elle écarta fébrilement le rideau. Les yeux plissés pour tenter de voir qui se trouvait devant sa porte dans la pâle lueur du réverbère posté un peu plus haut dans la rue, Kitt distingua une silhouette familière enveloppée dans un imperméable à capuche bleu. Un renard glapit dans le lointain, faisant sursauter de concert Kitt et le mystérieux visiteur. Celui-ci leva alors la tête vers la fenêtre et les contours du visage d'Evie apparurent dans le halo de lumière. Lorsque son amie lui adressa un petit signe de la main, Kitt le lui rendit mécaniquement avant de froncer les sourcils. Après avoir pris le thé, Evie avait passé une bonne partie de la soirée ici. Pourquoi diable était-elle revenue aussi vite, qui plus est en pleine nuit ?

Réprimant un nouveau soupir, Kitt laissa retomber le rideau qui voleta gracieusement, puis enfila son peignoir en soie orné de roses blanches et descendit au rez-de-chaussée. Son amie avait forcément une bonne raison de venir la réveiller à 2 heures du matin. Depuis qu'elles se connaissaient, Evie avait essuyé les foudres de Kitt à une ou deux reprises et elle n'avait certainement aucune envie de renouveler l'expérience.

Lorsqu'elle alluma le salon, son chat Iago lui jeta un regard topaze lourd de contrariété.

— Je n'ai pas choisi de me lever au beau milieu de la nuit, lança-t-elle au félin. Pense à toutes les fois où tu me réveilles alors que je dors comme un bébé. Ça s'appelle le karma, mon vieux.

Visiblement peu intimidé par les paroles de sa maîtresse, Iago continua de la toiser mais Kitt l'avait déjà oublié, trop occupée à insérer la clé dans la serrure puis à tirer de toutes ses forces sur la poignée de la vieille porte en chêne massif, toujours récalcitrante à l'arrivée de l'automne.

Sur le seuil, Evie tremblait comme une feuille.

— Coucou. Avant que tu t'énerves, je te présente mes excuses, débita-t-elle d'un trait. Je sais que tu n'es pas du matin.

— Disons plutôt que je ne suis pas du milieu de la nuit. Entre vite, ajouta Kitt en étouffant un bâillement.

Evie pénétra à sa suite dans le salon. Après avoir refermé la porte derrière elles, Kitt lui prit son imperméable.

— Assieds-toi et raconte-moi ce qui ne va pas. Parce que j'imagine que, vu l'heure, tu ne passais pas dans le quartier par hasard.

Kitt suspendit le vêtement de pluie à la patère près de la porte d'entrée puis rejoignit son amie devant la cheminée.

— Mm, il fait bon ici, par rapport au froid mordant de l'extérieur, fit remarquer Evie en se laissant choir dans l'un des deux fauteuils tendus d'un épais tissu vert foncé.

Kitt avait choisi cette couleur parce qu'elle lui rappelait

les teintes de la forêt de Dalby en été. C'était bizarre de remuer des souvenirs ensoleillés un jour comme aujourd'hui – ou plutôt comme hier, d'ailleurs.

— J'ai lu un peu après ton départ, expliqua-t-elle en omettant de mentionner qu'elle s'était plongée dans un roman policier – Evie aurait peut-être trouvé ça un peu déplacé. J'ai éteint le feu il y a à peine deux heures et la maison est bien isolée.

Elle pointa le menton vers la bibliothèque la plus proche. En dehors du mur occupé par la cheminée, tous les autres disparaissaient derrière les étagères garnies de livres, brochés ou éditions de poche, traitant de tous les sujets possibles et imaginables.

— Bref. Que se passe-t-il ? Ça ne va pas ?

Evie secoua la tête.

— Je commence par quoi ?

— C'est aussi grave que ça ? fit Kitt.

— Tu te souviens de la liste que j'ai remise aux inspecteurs ? Celle où j'ai noté les noms de toutes les personnes qui étaient au courant du message de rupture que m'avait envoyé Owen ?

— Oui, bien sûr. Ne me dis pas qu'ils soupçonnent quelqu'un sur cette liste ?

Si Evie avait cru bon de raconter à ces gens les détails de sa rupture avec Owen et leur rapporter ce faisant le contenu exact du fameux message, c'est qu'elle leur faisait confiance. Et si l'une de ces personnes avait trahi son amitié – et commis le pire –, Evie ne s'en remettrait jamais, c'était couru d'avance.

— Beth Myers, murmura Evie en ponctuant ces deux noms d'un hochement de tête tremblant.

— Beth My… la fille avec qui Owen sortait avant de te rencontrer ?

— Celle-là même, confirma Evie. J'ai été réveillée par un coup de fil de sa mère, il y a à peu près une heure. La pauvre femme était dans tous ses états… Elle contacte tous les amis de Beth pour savoir qui était avec elle le soir du meurtre. Figure-toi que Beth a donné un faux alibi à la police. Ils l'ont donc embarquée au poste pour l'interroger. Et pendant ce temps, sa mère remue ciel et terre pour essayer de savoir avec qui elle était vraiment. Ou pourquoi elle a menti.

— Elle n'aurait pas pu attendre un peu avant de t'appeler ?

— Il faut croire que non. Elle essaie de joindre tous les contacts de Beth, sans exception. J'imagine que c'est ce qu'on appelle une mère poule…

— Ou une mère sous le choc parce que sa fille est mêlée à un meurtre, trancha Kitt. Tu crois que Beth serait capable de faire un truc pareil ?

Evie croisa les bras sur sa poitrine et haussa les épaules.

— Je ne la connais pas beaucoup. Owen et elle étaient à l'université ensemble et on ne se voyait que lorsqu'ils organisaient des soirées avec d'anciens étudiants. Mais, franchement, elle ne m'a jamais paru bizarre… Je veux dire, son comportement n'était pas plus inquiétant que celui de n'importe qui d'autre, un samedi soir de fête. Et puis, son histoire avec Owen date de Mathusalem. Ça faisait six mois qu'ils étaient séparés quand je l'ai rencontré et il était sorti avec deux autres filles entre-temps. Ils s'entendaient incroyablement bien pour des ex.

— Peut-être parce qu'il n'avait pas rompu en lui envoyant un message sur Facebook ? répliqua Kitt en faisant la moue.

— Ça aide, c'est vrai. Toujours est-il que je ne la vois pas du tout en train de tuer Owen, et encore moins de cette manière sordide. Ça ne colle pas. Mais pas du tout. Quand j'avais demandé à Owen pourquoi ils s'étaient séparés, il m'avait dit que c'était d'un commun accord.

— Une rupture à l'amiable, commenta Kitt. Elle n'avait aucun reproche à lui faire, pas une once de rancœur…

Evie la dévisagea quelques instants en silence.

— Oui, enfin, tu sais ce qu'on doit comprendre, généralement, quand un type parle de rupture d'un « commun accord » ?

— Non, mais tu vas éclairer ma lanterne, répondit Kitt.

— Quand un mec dit ça, c'est souvent que c'est lui qui s'est fait larguer.

Malgré la gravité de la situation, Kitt ne put s'empêcher de rire.

— Oh, Evie, je crois que tu vas un peu vite en besogne, quand même.

— Pas du tout, protesta son amie. Un soir où on était sortis avec ses potes de fac, j'ai bu un peu plus que de coutume et ma curiosité a eu raison de moi.

Kitt inspira une grande bouffée d'air.

— Oh non… Qu'est-ce que tu as fait, encore ?

— Rien d'extravagant, rassure-toi. J'ai juste suivi Beth aux toilettes et je l'ai questionnée au sujet de leur rupture.

— Comment a-t-elle réagi ?

— Bah, elle était un peu éméchée, elle aussi, alors elle a répondu sans se faire prier. Je ne m'étais pas trompée, en tout cas. C'est elle qui a largué Owen. Apparemment, elle était tombée amoureuse d'un autre type, sauf que…

— Sauf que quoi ?

— Je ne l'ai jamais vue accompagnée. Il faut croire que ça n'avait pas duré très longtemps.

— Tu ne l'as jamais vue avec un autre homme ?

— Pas pendant les deux ans qu'a duré ma relation avec Owen, répondit Evie en croisant le regard de Kitt. Mais ça n'a rien de louche. D'abord parce que je la voyais rarement, disons une fois tous les deux mois, et puis parce que ce n'est pas si extraordinaire que ça, à notre époque.

— Tu as raison, admit Kitt en haussant les sourcils avant de poser son regard sur l'âtre noirci par les flammes.

Beth était peut-être comme elle, au fond : elle en était arrivée à la conclusion que les relations amoureuses étaient un passe-temps beaucoup trop dangereux.

— Mais surtout, reprit Evie, Beth est peu trop... raffinée pour se glisser dans la peau d'une meurtrière.

— Tu aurais tort de croire que tous les meurtriers ont des trognes balafrées et des bouches édentées.

— Je sais, je sais. Ce que je veux dire, c'est que Beth attache une attention toute particulière à son apparence. Elle était sur son trente et un chaque fois qu'on est sorties ensemble. Ongles vernis, coiffure impeccable, tu aurais dû voir ça. Je ne l'imagine vraiment pas plonger ses mains parfaitement hydratées dans une flaque de sang.

— Apparemment, la police ne partage pas ton avis, répliqua Kitt.

— Tu parles... Il y a six heures, ils croyaient que c'était moi, la coupable. Connaissant ma chance, ils vont revenir me chercher parce qu'ils travailleront sur une nouvelle théorie dans laquelle Beth et moi serons complices.

Evie s'interrompit et considéra son amie avant d'ajouter :

— À moins que...

Kitt fronça les sourcils.

— À moins que quoi ?

— Eh bien, en venant ici, j'ai commencé à réfléchir.

— Cette phrase mène toujours à des endroits intéressants, plaisanta Kitt.

— Mieux vaut ça qu'un trou perdu, rétorqua Evie, et le sourire que Kitt avait tant espéré voir se dessiner sur ses lèvres charnues, très Marilyn Monroe, fit une apparition fugace. Si on essayait de savoir ce que Beth faisait réellement le soir du meurtre ? suggéra-t-elle.

Kitt plissa le nez.

— Tu peux m'expliquer à quoi ça va te servir d'innocenter un autre suspect ? À part attirer de nouveau l'attention des enquêteurs sur toi ?

— Je n'ai évidemment aucune envie d'aggraver mon cas, mais j'ai l'impression que la police s'y prend un peu n'importe comment, expliqua Evie. Et je ne veux surtout pas qu'une amie subisse les mêmes désagréments que moi. En plus, si j'étais coupable, je n'essaierais pas d'aider Beth, ça n'aurait aucun sens. En voyant ça, les policiers finiront peut-être par accepter l'idée que je n'ai tué personne samedi dernier.

— Peut-être, fit Kitt en évitant de s'appesantir sur le plan certes bien intentionné mais totalement bancal de son amie.

Evie avait traversé pas mal d'épreuves au cours des dernières vingt-quatre heures et son instinct de préservation avait manifestement pris du plomb dans l'aile.

— C'est quoi, ton plan pour essayer de savoir où se trouvait Beth le soir du meurtre ? reprit-elle. La police bosse sur l'affaire à plein temps et si la mère de Beth se donne la peine de contacter ses amis un par un, c'est qu'ils n'ont pas encore réussi à lui tirer les vers du nez.

— On pourrait commencer par poser la question à sa colocataire. D'après sa mère, Beth a dit qu'elle avait passé la soirée de samedi avec elle. Je suis prête à parier qu'elle doit avoir une petite idée de l'endroit où se trouvait Beth en réalité.

— Tu ne penses pas que la police l'a déjà interrogée ? objecta Kitt. Si tu veux mon avis, soit la colocataire ignore vraiment où était Beth, soit elle ne veut pas dire la vérité aux enquêteurs.

— C'est possible, concéda Evie. D'un autre côté, ils ne lui ont peut-être pas posé les bonnes questions. Peut-être que certains indices pourraient nous conduire sur la bonne voie et que la colocataire n'a pas su les assembler.

Le silence retomba dans la pièce tandis qu'elles se laissaient absorber par leurs réflexions.

Malgré la curiosité qui l'avait poussée à faire des recherches sur les poisons les plus fréquemment utilisés puis à échafauder quelques théories inspirées des intrigues d'Agatha Christie avant de sombrer dans un sommeil agité, Kitt savait qu'elle devait éviter de proposer un plan grossièrement ficelé à 2 heures du matin. C'était dans l'intérêt de son amie, car les répercussions d'une telle initiative ne joueraient pas nécessairement en sa faveur.

— Écoute, Evie, même si je pensais pouvoir obtenir de la part de la colocataire de Beth des informations que la police ignore, je ne crois pas que ce soit une bonne idée de te mêler de l'enquête. Il faut que tu restes à l'écart parce que si tu mets ton nez là-dedans, les inspecteurs croiront vraiment que vous êtes complices, Beth et toi.

— Puisqu'on aborde le sujet, vieille branche…, murmura Evie en tortillant l'extrémité des boucles blondes qui encadraient son visage.

Dans les yeux verts de son amie, Kitt décela la petite étincelle trop souvent synonyme d'ennuis à venir.

— Quoi ?

— Je suis d'accord avec toi : il vaudrait mieux que j'évite de me pointer chez Beth demain, puisque je suis sur la liste des suspects.

— Effectivement, fit Kitt. Donc, tu renonces à t'en mêler ? Excuse-moi, mais je ne suis pas sûre de te suivre, là.

— Le truc, c'est que tu ne fais pas partie des suspects, toi, pas vrai ?

Kitt la dévisagea d'un air interdit tandis que les sous-entendus de sa question cheminaient jusqu'à son cerveau.

— Ah non, lâcha-t-elle en se levant. Non, non et non.

Elle fit les cent pas sur le tapis bleu marine qu'elle avait installé pour tenter de dissimuler les boules de poils noires que son chat semait sans relâche dans la maison. Kitt était intimement convaincue que l'animal attendait qu'elle ait passé l'aspirateur pour se débarrasser de ces touffes superflues – et ce n'était là que l'une des nombreuses bassesses du félin, raison pour laquelle Kitt l'avait baptisé d'un nom de traître.

— S'il te plaît, insista Evie. Accepte au moins d'y réfléchir. C'est déjà suffisamment horrible pour moi de savoir qu'Owen est… parti. L'idée que les policiers soient en train de suivre une mauvaise piste ne fait qu'empirer les choses, crois-moi.

— Le problème, c'est que chaque fois que tu montes des plans de ce genre, ça se termine mal. Et souvent pour moi, en plus.

Evie pencha la tête sur le côté.

— Excuse-moi, mais on est quand même dans une situation assez inédite, là. Je peux savoir à quel « plan » tu fais allusion ?

— Les détails diffèrent mais les conséquences sont toujours désastreuses, éluda Kitt.

— Tu exagères.

— Ah oui ? Tu as déjà oublié le régime détox que tu m'as pour ainsi dire obligée à suivre avec toi ?

— C'était au mois de janvier, laisse tomber.

— Je laisserai tomber dès que le souvenir de cette diète débile se sera estompé, rétorqua Kitt en secouant la tête. Se nourrir exclusivement de graines de sésame, quelle idée, franchement…

Elles avaient dû interrompre le régime au bout de quatre jours parce que la quantité d'huile de sésame ingérée par leur organisme avait déclenché chez elles d'impressionnantes réactions cutanées, avec de violentes démangeaisons à la clé. Seul aspect positif de l'expérience : Evie avait été définitivement vaccinée contre les régimes fantaisistes qui ne cessaient de se multiplier.

— Kitt, je t'en supplie, insista Evie en enveloppant son amie d'un regard implorant. La situation est un tout petit peu plus grave qu'un régime éclair post-agapes de Noël. Beth a peut-être fait quelque chose qu'elle n'aurait pas dû faire, mais ce n'est absolument pas une meurtrière.

— Écoute, Evie, répondit Kitt d'une voix aussi douce que possible, si Beth n'a rien à se reprocher, pourquoi n'a-t-elle pas dit la vérité à la police quand ils lui ont demandé où elle se trouvait le soir du meurtre ? Admets tout de même que c'est louche, cette histoire de faux alibi.

Evie ferma les yeux et inspira profondément avant de les rouvrir.

— Je ne peux pas expliquer pourquoi, mais je suis persuadée que Beth n'est pas coupable. Je le sens, c'est tout. Malheureusement, je ne peux rien faire pour l'aider. Mais toi, si.

Kitt ne répondit pas. Passant les doigts dans sa longue chevelure rousse, elle démêla quelques nœuds d'un air pensif, les yeux fixés sur le cadre doré accroché au-dessus du manteau de la cheminée. Le tableau représentait un border collie occupé à rabattre un troupeau de moutons dans un enclos perdu au milieu de la lande.

— Je te demande juste de passer chez Beth dans la matinée, le plus tôt possible, pour poser quelques questions à sa colocataire. Si elle ne sait rien, tant pis, je laisserai tomber. Mais il faut absolument tenter le coup…

Reportant son attention sur Evie, Kitt posa une main sur son front. Pour dire la vérité, ce ne serait pas la première expérience de Kitt dans la quête de la justice. Kitt avait passé deux ans à voyager avant de rencontrer celle qui était devenue sa meilleure amie et elle gardait dans sa besace des anecdotes qu'elle n'avait encore jamais racontées, pas même à Evie. Cela dit, ces aventures avaient eu lieu alors qu'elle avait une vingtaine d'années, à une époque où sa propre mortalité n'était qu'une vague idée cachée dans un recoin de son esprit, bien avant qu'elle entame sa carrière de bibliothécaire dans la ravissante ville de York.

— Tu sais, Kitt, insista encore Evie, tu es la seule à savoir pourquoi c'est si important pour moi.

En entendant ces mots, Kitt retint son souffle.

Trois ans plus tôt, Evie lui avait confié un secret sur son passé. Elle s'était effondrée en lui racontant ce qui lui pesait sur le cœur et aucune d'elles n'en avait reparlé depuis. Il fallait vraiment qu'Evie ait besoin de son aide pour faire allusion à ce douloureux épisode…

— D'accord, murmura Kitt. J'y ferai un saut avant

d'aller travailler. Mais si la colocataire de Beth n'a pas la moindre piste à m'indiquer, on laissera la police se débrouiller, d'accord ?

— D'accord, déclara Evie avec le sourire entendu de celle qui a réussi à piquer la curiosité de sa meilleure amie.

Une curiosité qui, une fois attisée, était impossible à étouffer.

CHAPITRE 7

Evie avait toujours insisté sur l'apparence ultra soignée de Beth, aussi Kitt n'avait-elle pas imaginé un seul instant que la principale suspecte dans une affaire de meurtre habiterait une maison mitoyenne de l'époque victorienne plus délabrée que chic, située par-dessus le marché du mauvais côté de Holgate Road, et donc difficilement accessible depuis le centre-ville. En même temps, avec la flambée incessante des loyers, une jeune réceptionniste d'hôtel ne pouvait guère espérer mieux qu'une chambre dans ce genre de vieille bâtisse à la façade écaillée – sans parler du problème manifeste de moisissure qui grignotait le perron.

Après la visite nocturne d'Evie, Kitt avait été incapable de se rendormir. Elle avait écrit quelques lignes dans son journal intime mais cette activité n'ayant pas suffi à l'apaiser, elle s'était plongée dans l'exemplaire d'*Un meurtre sera commis le...* qu'elle avait lu jusqu'à la dernière page. Le jour pointait lorsqu'elle avait refermé le livre. Dans cette enquête de Miss Marple, la victime était un réceptionniste d'hôtel au passé louche qui en savait trop sur le meurtrier. L'imagination de Kitt s'était évidemment emballée au fil des pages et elle se demandait à présent si Beth n'était pas réellement impliquée dans ce drame mystérieux, contrairement à ce qu'Evie voulait croire. Et si, par exemple, il s'était passé quelque chose pendant que Beth et Owen sortaient ensemble… Un épisode qu'ils avaient décidé de garder pour eux, sauf qu'ils avaient rompu et Beth avait alors eu peur que leur secret soit ébruité… et n'avait pas eu d'autre choix que de supprimer Owen.

Consultant une dernière fois sa montre pour s'assurer qu'elle avait le temps d'accomplir sa mission avant d'aller travailler, Kitt aspira une grande bouffée d'air puis gravit d'un pas sautillant les quelques marches menant à la porte d'entrée.

Elle frappa un coup sec en s'efforçant d'ignorer la question qui lui trottait dans la tête depuis qu'elle avait quitté son cottage : comment diable avait-elle pu se laisser embobiner par Evie ? Ces choses-là se produisaient uniquement lorsqu'on permettait aux personnes de son entourage d'exercer sur soi une forte emprise émotionnelle. Or, Kitt maîtrisait parfaitement l'art de dire « non » à tout le monde – ou presque, l'exception étant Evie.

Il y eut un bruit de pas traînants puis la porte s'ouvrit sur une jeune femme aux cheveux teints aux couleurs de l'arc-en-ciel d'un côté de la tête. Elle dévisagea Kitt en fronçant les sourcils – il était à peine 9 heures, après tout, encore un peu tôt pour les visites surprises.

Jetant un coup d'œil par-dessus l'épaule de la femme, Kitt se rendit compte qu'elle n'était toutefois pas la première à frapper à la porte de bon matin. Un peu plus loin dans le couloir, deux agents de police passaient de pièce en pièce, ouvrant des tiroirs et farfouillant dans des piles de papiers.

— Je peux faire quelque chose pour toi ? demanda l'autre d'un ton peu amène en terminant d'enfiler un duffle-coat vert.

— Tu es Gina ? s'enquit Kitt, sûre d'avoir affaire à la colocataire de Beth.

— Euh, non. Tu as dû te tromper d'adresse. Je m'appelle Georgette, pas Gina.

— Oh, fit Kitt en sentant ses joues s'empourprer.

C'était forcément la bonne adresse : il y avait peu de chances que la police fouille deux maisons dans la même rue, le même jour. Evie avait dû se tromper de prénom, ce qui n'était guère surprenant : elle n'était pas très douée pour se rappeler ces choses-là.

— Désolée, je ne me souvenais plus de ton prénom. Je suis une amie de Beth, enchaîna Kitt pour la rassurer.

Ce n'était qu'un demi-mensonge : elle connaissait Beth et avait eu l'occasion de bavarder une ou deux fois avec elle. Pour des raisons désormais un peu floues, elles avaient même eu une conversation assez poussée sur l'idylle entre Johnny Cash et June Carter. Dans les souvenirs de Kitt, et aussi farfelu que cela puisse paraître, Beth était une experte dans le domaine des mariages ratés que les chanteurs enduraient avant de rencontrer l'âme sœur et de se poser enfin... Bref, tout à fait le genre de sujets loufoques qu'affectionnent les cerveaux embrumés par les vapeurs d'alcool.

— Beth est... comment dire...

La colocataire baissa les yeux sur ses chaussures, une paire de Converse à l'imprimé léopard, puis les releva pour compléter sa phrase :

— Elle n'est pas là pour le moment.

L'un des deux policiers, une femme, les rejoignit à la porte. Ses cheveux grisonnants, coupés court, formaient un halo argenté autour de son visage et elle tenait dans ses mains plusieurs objets, appartenant sans doute à Beth : une liasse de billets de train – des allers-retours

York-Leeds – ainsi qu'un lot de cartes magnétiques du White Horse Hotel, l'établissement où elle travaillait comme réceptionniste.

Étrange, songea Kitt. Pour quelle raison Beth rapporterait-elle des cartes magnétiques chez elle ? Elle s'efforça d'examiner les différents objets en évitant d'attirer l'attention de l'enquêtrice. L'encre des billets de train s'étant à moitié effacée, les détails étaient presque illisibles, et les cartes magnétiques n'étaient que de simples rectangles de plastique blanc frappés du sigle du White Horse Hotel et d'un numéro de série. Rien de particulier à signaler.

— Puis-je connaître la raison de votre visite, madame ? lui demanda l'agent de police, mettant un terme au discret examen auquel elle était en train de se livrer dans l'espoir de trouver un détail susceptible de disculper Beth et d'apaiser du même coup l'angoisse d'Evie.

— Bien sûr. Je suis désolée de vous interrompre en plein travail, débita Kitt pour laisser à son cerveau le temps de trouver les mots justes. Voilà, je suis une amie de Beth et je suis tombée des nues en apprenant ce qui s'était passé. Ça a été plus fort que moi, j'ai eu envie de venir voir sa colocataire pour lui demander si je pouvais faire quelque chose…

Tout en tentant de justifier sa présence, Kitt se demanda si elle avait déjà lu quelque chose sur les peines encourues par tout individu entravant délibérément une enquête pour meurtre. Argh, Evie et ses plans bidon…

La policière la regarda fixement avant de la détailler de la tête aux pieds. Face à elle, Kitt, les yeux écarquillés, s'efforçait d'afficher un air candide.

— Je comprends, déclara finalement l'enquêtrice. Puis-je noter votre nom ?

— Naturellement, répondit Kitt en sentant son estomac se nouer.

Et voilà : Halloran et Banks apprendraient vite qu'elle était passée chez Beth le lendemain de leur entrevue avec Evie, qu'ils soupçonnaient alors de meurtre. Cela n'augurait rien de bon pour son amie – ni pour elle, d'ailleurs.

— Je m'appelle Kitt Hartley. Katherine, si vous voulez mon prénom de naissance.

Elle laissa échapper un petit rire forcé, d'abord parce qu'elle n'avait pas l'habitude de mentir, mais aussi pour tenter de détendre l'atmosphère. La policière plissa les yeux puis ouvrit la bouche pour ajouter quelque chose mais, au même instant, son regard déserta le visage de Kitt pour fixer un point derrière elle.

— Il ne manquait plus que ça, marmonna-t-elle.

Pivotant sur ses talons, Kitt aperçut un petit attroupement qui marchait en direction du perron. Elle ne vit pas tout de suite de quoi il retournait et ne comprit donc pas la réaction de la policière, mais au bout de quelques secondes, elle remarqua une femme tenant à la main une caméra. Derrière elle, un jeune type était en train de sortir du matériel de sonorisation d'une fourgonnette stationnée de l'autre côté de la rue. À peine dix secondes plus tard, une autre camionnette se gara près de la première. Deux hommes en sortirent et se dirigèrent aussitôt vers elles.

— Des journalistes, murmura Kitt en se retournant vers Georgette. Est-ce que... est-ce qu'il y a une porte à l'arrière de la maison ou une autre issue, peut-être ?

— Pourquoi ? s'enquit la colocataire de Beth en croisant les bras sur sa poitrine.

— Je... je n'ai pas très envie qu'on me prenne en photo ou qu'on me pose des questions, bredouilla Kitt.

C'est trop horrible, cette histoire, je n'ai pas le cœur d'en parler.

Ce n'était pas complètement faux, même si elle voulait surtout éviter de retrouver sa photo dans le journal, à côté d'un gros titre ou d'un article relatant les circonstances du meurtre. Elle était l'alibi d'Evie, le seul et unique rempart existant entre sa meilleure amie et les soupçons des enquêteurs. À ce titre, elle devait rester crédible aux yeux de l'inspecteur Halloran.

— Vous ne pouvez pas entrer dans la maison tant que la perquisition est en cours, objecta la policière avant de reporter son attention sur la foule de journalistes qui continuait de se rapprocher, grossissant à vue d'œil.

Kitt reconnut parmi eux le présentateur du journal télévisé *Northward News* qu'elle regardait de temps en temps, quand elle sortait à l'heure de la bibliothèque. Chris Machinchose – elle n'avait jamais prêté attention à son nom de famille, trop focalisée sur ses dents tellement blanches, tellement bien alignées. Une dentition digne d'un animateur de jeu télévisé…

— OK, on tourne, lança Chris Machinchose avant de braquer son micro sur Kitt. Faites-vous partie des proches de la suspecte, madame ?

— Non. Je n'ai aucun commentaire à faire et je ne répondrai à aucune question.

— Est-ce parce que vous savez quelque chose sur le meurtre ? insista le journaliste.

Ses yeux noisette s'étrécirent tandis qu'il rapprochait encore le micro des lèvres de Kitt.

— Absolument pas, martela celle-ci en le foudroyant du regard. C'est juste que…

Elle s'interrompit, distraite par le flash d'un appareil photo qui l'aveugla momentanément.

— Vous n'avez pas entendu ce que la dame vient de vous dire ? intervint l'agent de police. Elle ne fera aucun commentaire.

Feignant d'ignorer la question, un grand balaise dont la bedaine dépassait du tee-shirt souleva une caméra pendant qu'à côté de lui une femme vêtue d'un élégant tailleur-pantalon kaki pointait un dictaphone en direction de Kitt.

— Justine Krantz de *News on the Ouse*, se présenta-t-elle en coinçant derrière son oreille une longue mèche de cheveux noirs brillants. Est-ce que vous connaissez bien la suspecte ? Avait-elle montré des signes préoccupants ?

— Je ne vais pas…, commença Kitt avant d'être une nouvelle fois interrompue.

— Attends ton tour comme tout le monde, Justine. On était là avant vous, lança Chris Machinchose avant de s'adresser à l'agent de police qui observait la scène, sourcils froncés : C'est une enquête d'intérêt général. Les informations que nous livrerons sur le sujet permettront peut-être de sauver des vies.

— Ne me servez pas cette soupe, je vous en prie, ironisa la policière. Ce qui vous intéresse, c'est l'audimat, pas les vies en danger.

Imperturbable, Chris continua à les bombarder de questions.

— Peut-on rassurer les habitants de la ville en leur annonçant que le coupable a été arrêté ? Ou doit-on craindre un nouveau meurtre parce qu'il est toujours en liberté ?

La mâchoire de l'officier se contracta.

— Bon, ça suffit : la conférence de presse est terminée. Nous avons été très claires : nous ne souhaitons pas répondre à vos questions et si vous ne partez pas tout de suite, vous devrez répondre d'accusations de harcèlement, conclut-elle en plaçant la main devant l'objectif de la caméra.

Kitt en profita pour se tourner vers elle avec de grands yeux implorants. Elle aurait pu se débrouiller toute seule – ce n'était pas une bande de journalistes affamés qui lui faisait peur –, mais, dans l'intérêt d'Evie, il était préférable qu'on ne voie pas trop sa tête à la télé et pour cela, elle n'avait pas d'autre choix que de se réfugier dans la maison.

Croisant son regard, la policière exhala un soupir.

— Suivez-moi, mademoiselle Hartley.

Kitt s'exécuta, immensément soulagée d'échapper aux flashs et aux micros des chroniqueurs et autres envoyés spéciaux. Elle franchit le seuil et, l'instant d'après, la porte se referma sur un brouhaha de protestations.

CHAPITRE 8

Dès qu'elle pénétra dans l'entrée, des senteurs de fruits exotiques assaillirent les narines de la bibliothécaire. Papaye, peut-être, et mangue. Un parfum exhalé par une espèce de désodorisant d'ambiance, probablement dans le but de masquer la forte odeur d'humidité qui imprégnait si souvent ces vieilles bâtisses. C'était assez efficace, cela dit, et, côté décoration, Beth et Georgette avaient fait de leur mieux pour camoufler le plafond jaunissant, façon pop-corn géant, et la moquette élimée parsemée de feuilles mordorées. Un vase de dahlias jaunes trônait sur une petite console en bois près de la porte d'entrée tandis qu'un peu plus loin dans le couloir une tapisserie murale représentant dans un camaïeu de mauves les ondulations subtiles de la lande du Yorkshire recouvrait le papier peint fané.

Après avoir attaché la chaîne de sécurité, l'officier de police se dirigea rapidement vers l'arrière de la maison. Georgette lui emboîta le pas et Kitt les suivit.

— Vous n'avez qu'à sortir par la porte du fond pour éviter les curieux. Et surtout, quoi que vous fassiez, ne touchez à rien, ordonna l'enquêtrice.

— Je ne comprends pas, fit Georgette. Pourquoi est-ce qu'ils ont débarqué tous en même temps ?

Le trio arriva dans la cuisine percée de larges et hautes

fenêtres qui laissaient entrer la lumière automnale de ce début de matinée. Ces ouvertures étaient une vraie bénédiction, sachant qu'une personne avait jugé bon de peindre la pièce, du sol au plafond, en un vert foncé déprimant.

— Quelqu'un dans l'entourage de la suspecte a dû balancer l'info sur Twitter, répondit l'enquêtrice en posant les billets de train et les cartes magnétiques sur la table de la cuisine, à côté d'autres objets déjà enveloppés dans des sachets en plastique transparent. Ce n'est pas vous, par hasard ? demanda-t-elle à l'adresse de Kitt.

— Bien sûr que non, s'insurgea cette dernière en s'efforçant, sans grand succès, de prendre un ton indigné. Je n'ai pas de temps à perdre sur les réseaux sociaux.

— Tant mieux, fit la policière. Les réseaux sociaux peuvent nuire gravement à l'avancement d'enquêtes comme celle-ci. Les gens adorent répandre de fausses informations et c'est…

Interrompue par un craquement assourdissant en provenance d'une pièce voisine, elle ferma les yeux.

— Wilkinson, maugréa-t-elle avant de rouvrir les yeux pour se diriger vers la source du vacarme.

— Qu'est-ce qu'ils fabriquent ? demanda Kitt en tendant le cou par la porte de la cuisine.

— Apparemment, ils se livrent à une fouille méthodique de la maison, répondit Georgette en passant une main dans la moitié châtaine de ses cheveux. L'autre type m'a tout l'air d'un débutant et, à en juger par le boucan qu'il fait, il est plutôt du genre maladroit.

Quelle guigne, songea Kitt. Comment était-il possible de confier une perquisition à un policier sans expérience dans une affaire aussi importante ? La réponse ne se fit pas attendre : les coupes budgétaires, bien sûr.

Avec une moue dépitée, Kitt se retourna vers la table de la cuisine. Les sachets en plastique contenaient diverses choses : un vieux tee-shirt délavé orné du logo Coca-Cola ; plusieurs enveloppes de couleurs différentes dont une ou deux avaient été affranchies à Leicester, mais qui ressemblaient à des courriers ordinaires de compagnies d'assurance, de banques ou d'organismes du même style ; une liasse de relevés bancaires et d'autres lettres d'aspect plus personnel avec des adresses manuscrites. Près de cet assortiment hétéroclite se trouvaient les objets déposés par l'enquêtrice quelques minutes auparavant : les billets de train et les cartes magnétiques de l'hôtel. Cette dernière serait de retour d'un instant à l'autre pour s'assurer que Kitt avait bien débarrassé le plancher... Peu importe que ces objets les orientent ou non sur la piste de l'endroit où se trouvait Beth le soir du meurtre : ça valait la peine d'essayer et il n'y avait pas une seconde à perdre.

Aussi vite qu'elle put, Kitt sortit son téléphone de sa besace, déverrouilla l'écran et appuya sur l'icône appareil photo.

— Qu'est-ce que tu fiches ? souffla Georgette tandis que son regard passait de Kitt à la porte donnant sur le couloir. Elle t'a demandé de ne rien toucher.

Les yeux de la bibliothécaire s'arrondirent. Flûte... Elle n'avait pas anticipé cette réaction désapprobatrice.

— Je n'ai pas l'intention de toucher quoi que ce soit, si c'est ce qui te tracasse. Mais tu m'as dit toi-même qu'ils avaient collé un bleu sur le coup, alors ce serait peut-être bien de prendre quelques photos. Juste au cas où ils passeraient à côté d'un détail important, expliqua-t-elle en prenant un maximum de photos en gros plan des enveloppes, des cartes magnétiques et des relevés bancaires avant de fourrer son téléphone dans son sac.

— Pourquoi est-ce que tu te donnes tout ce mal ? voulut savoir Georgette en veillant à ne pas hausser le ton.

Kitt arqua un sourcil.

— Ça ne te dérange pas que Beth soit accusée à tort d'avoir commis un meurtre ?

— Beth a menti à la police. Elle ne leur a pas dit où elle était le soir du meurtre de son ex-petit ami et elle s'est servie de moi pour leur fournir un faux alibi.

— Deux initiatives discutables, j'en conviens, mais est-ce que tu crois vraiment que Beth est une meurtrière ?

Georgette baissa les yeux sur les carreaux de terre cuite mais ne pipa mot.

— Écoute, reprit Kitt en tentant une dernière fois de rallier la colocataire à sa cause. Je connais Beth mais je suis aussi une très bonne amie d'Evie. Tu l'as déjà croisée ?

Georgette plissa le front dans un effort visible pour replacer le prénom dans son contexte.

— Beth a parlé d'elle une ou deux fois, je crois. Elle est sortie avec Owen, c'est ça ? Punaise, ça a dû être un sacré choc pour elle. Ils étaient encore ensemble ?

— Ils avaient rompu récemment, répondit Kitt. Ça peut paraître bizarre, mais j'ai l'impression que c'est encore pire, et quand Evie a appris que Beth était soupçonnée d'avoir tué Owen, la pauvre était catastrophée. Est-ce que tu aurais une idée de la raison pour laquelle Beth a menti à la police ? J'aimerais tellement pouvoir rassurer Evie.

— Est-ce que moi, j'ai une idée ? fit Georgette d'un ton perplexe. J'ai déjà tout dit aux flics, désolée.

— Je sais, je sais, mais tout est arrivé si soudainement… Je me demandais juste si tu n'aurais pas quelques indices qui nous aideraient à comprendre pourquoi Beth n'a pas dit la vérité sur son emploi du temps, le soir du crime.

— Non, mais pour être franche, c'est un peu la faute de Beth.

— Comment ça ?

— Bah, c'est quelqu'un de très secret. En tout cas, ça fait un moment qu'elle ne partage plus grand-chose avec moi.

— Tu veux dire qu'elle n'a pas toujours été aussi renfermée ? insista Kitt en repensant à sa théorie du secret que Beth regretterait d'avoir partagé avec Owen à l'époque où ils étaient ensemble.

— En fait, elle n'était pas comme ça quand elle sortait avec Owen, au contraire. Elle me racontait plein de choses sur leur relation… même des trucs que j'aurais préféré ne pas savoir. Après leur rupture, en revanche…

— Qu'est-ce qui s'est passé ?

— Disons qu'elle s'est repliée sur elle-même – pour ce qui concernait sa vie amoureuse, en tout cas. Elle ne m'a plus fait jamais de confidences. Chaque fois que je la questionnais, elle changeait de sujet alors j'ai fini par laisser tomber…

Georgette marqua une pause et Kitt vit son corps se raidir tandis qu'elle reprenait la parole :

— Elle n'aurait jamais dû rompre avec Owen. Il était fou d'elle mais elle l'a laissé tomber comme si leur histoire n'avait aucune importance. Comme s'il n'avait jamais compté pour elle.

Kitt cligna des yeux, interloquée. Elle scruta le visage de Georgette qui, comprenant sans doute qu'elle en avait trop dit, ramassa une besace sur l'une des chaises et jeta à l'intérieur le trousseau de clés et le téléphone qui traînaient sur un plan de travail.

— Je dois aller bosser, déclara-t-elle.

Kitt était sur le point de poser une dernière question lorsqu'un bruissement se fit entendre sur le seuil, aussitôt suivi d'une voix sèche :

— Qu'est-ce que vous faites encore là ?

— Euh... C'est-à-dire que... je voulais être sûre que je pouvais sortir sans problème. Vous croyez que les journalistes sont partis ?

Kitt fit de son mieux pour avoir l'air à la fois intimidée et désemparée – deux réactions si peu familières pour elle qu'elle avait presque oublié de quelle manière les exprimer.

L'enquêtrice la toisa avant de se diriger vers la porte du fond. Elle l'ouvrit, inspecta la rue des deux côtés.

— Vous n'avez qu'à suivre cette allée qui longe les jardins jusqu'au bout de la rangée de maisons. S'il y a des traînards, ils seront certainement restés devant la porte de devant.

— Merci beaucoup, fit Kitt d'un ton faussement léger et désinvolte. Excusez-moi encore de vous avoir dérangée.

Sans mot dire, l'enquêtrice la suivit des yeux tandis qu'elle franchissait le seuil de la maison.

— Tu viens, Georgette ? demanda Kitt.

— Euh...

La colocataire regarda Kitt puis l'agent de police.

— Non, je... je viens de me souvenir que... que j'avais oublié quelque chose à l'étage.

— Très bien, lança l'enquêtrice en refermant la porte sur Kitt, sans même prendre la peine de lui dire au revoir.

La bibliothécaire aperçut le visage de Georgette souligné par les carreaux de verre placés en haut de la porte. Lorsqu'elle croisa le regard gris-vert de la jeune femme, sa respiration s'accéléra mais elle fit un effort pour rester impassible. L'officier de police l'observait également par la fenêtre, elle devait à tout prix se comporter le plus naturellement possible. Bifurquant sur la gauche pour prendre le chemin indiqué par l'enquêtrice, Kitt sentit son estomac se nouer. Georgette avait-elle l'intention de parler des photos qu'elle avait prises dans la cuisine ? Ou de rapporter leur conversation ? Kitt eut tout à coup le terrible pressentiment qu'elle venait d'aggraver considérablement le cas d'Evie.

CHAPITRE 9

— Grace, tu peux m'expliquer ce qui se passe ? demanda Kitt sans détourner les yeux du tableau illuminant l'écran de son ordinateur.

— Comment ? Rien du tout, répondit Grace en se tournant lentement pour faire face à sa cheffe.

Ses yeux sombres papillonnèrent lorsque Kitt la dévisagea. Son assistante lui mentait, c'était évident. Croisant les bras sur sa poitrine, elle continua de fixer Grace sans ciller. Sa matinée n'avait pas été très productive et c'était une litote ; elle avait échangé des dizaines de SMS avec Evie après son passage chez Beth. Marjorie, sa mère, l'avait appelée à deux reprises, folle d'inquiétude à l'idée que sa fille se promène dans une ville qui abritait un meurtrier en cavale. Sa sœur Rebecca lui avait laissé un message vocal du même tonneau. Et comme si tout cela ne suffisait pas à retarder le référencement en cours des derniers ouvrages reçus par leur département, Grace semblait complètement ailleurs. Encore plus que d'habitude, en tout cas.

— Tu n'es pas très bavarde, ce matin, insista Kitt.

— Je t'ai demandé des nouvelles de l'affaire, se défendit Grace.

— Et je t'ai répondu que l'article que tu avais trouvé sur Internet ce matin était un tissu de mensonges. Mais ça fait une demi-heure que tu traînes autour de mon bureau et que tu fais la navette entre les rayonnages sans but particulier.

— Ça, c'est ce que tu crois, marmonna Grace en haussant les épaules.

Kitt pencha la tête sur le côté et fronça les sourcils d'un air intrigué.

— Silencieuse, agitée *et* sur la défensive ? Le doute n'est plus permis : tu me caches quelque chose.

— Je ne suis pas sûre qu'il faille t'en parler, éluda Grace.

Kitt se laissa aller contre le dossier de sa chaise puis croisa les jambes sous les plis de sa jupe bleu marine.

— Pour que tu hésites à me dire quelque chose, toi qui n'as pas la réputation d'avoir la langue dans ta poche, c'est qu'il doit s'agir d'un truc énorme. Vas-y, lâche-toi. Tu ne pourras pas tourner autour du pot jusqu'à la fin de tes jours, de toute façon.

Grace s'appuya contre son bureau qui collait presque celui de Kitt.

— Promets-moi d'abord de ne pas te mettre en colère.

Kitt balaya l'air d'un geste nonchalant.

— Tu peux me dire combien de fois je me suis emportée contre toi depuis qu'on travaille ensemble ?

— Bah... tu n'étais pas très contente le jour où je t'ai imitée en train de parler au téléphone avec Michelle, lui rappela Grace, les yeux soudain pétillants.

— Mais je n'étais pas en colère, précisa Kitt, incapable de retenir un sourire. C'était plutôt de la contrariété, en fait. Après quatre mois de collaboration quasi quotidienne, ton imitation était assez décevante et tu ne t'es pas améliorée depuis.

Grace sourit à son tour mais ses yeux glissèrent sur le sol recouvert de mosaïques bleues.

— C'est juste que… je ne voudrais pas te faire de peine.

— T'inquiète pas pour moi. Je viens de Middlesbrough. Mon cœur est fait de cet acier inoxydable qu'on fabrique sur les rives du fleuve Tees.

Grace écarta de son visage une mèche de cheveux noirs et ondulés.

— OK, mais je n'ai aucune envie d'être la Margaret Thatcher de ton cœur, figure-toi.

Kitt pouffa.

— Évite de mentionner ce Premier ministre en ma présence, d'accord ? Je songe parfois à réclamer une pièce à tous ceux qui prononceront son nom devant moi.

Grace laissa échapper un rire amusé avant de retomber dans le silence.

— Je t'assure, Grace, tu n'as aucun souci à te faire pour moi, reprit Kitt de sa voix la plus douce.

Elle avait un ou deux sujets de préoccupation beaucoup plus importants que la dernière facétie en date de son assistante mais, d'un autre côté, elle avait toujours encouragé Grace à lui parler quand quelque chose la tracassait.

— D'accord, fit celle-ci avant de prendre une longue inspiration. Je veux juste que tu saches que ça partait d'une bonne intention.

— Qu'est-ce que… tu as fait ? demanda Kitt.

— Hier, Evie m'a parlé du type avec qui tu sortais il y a longtemps et qui a… disparu, si on peut dire.

Voilà donc ce qui turlupinait Grace… Elle se sentait coupable d'avoir discuté dans son dos avec sa meilleure amie.

— Evie t'a parlé de Theo ? fit Kitt en esquissant un sourire forcé.

— Oui. De lui et de la façon dont il s'est volatilisé.

— Et pourquoi je t'en voudrais ?

Grace joignit nerveusement les mains.

— Ce n'est pas tant ce que m'a dit Evie mais plutôt ce que j'ai fait après notre discussion.

— Ce que tu as… Comment ça ? demanda Kitt en se redressant sur sa chaise.

En voyant l'expression de Kitt, Grace fixa de nouveau le sol et se mit à respirer de la même manière que les acteurs des séries télévisées lorsque leur personnage subit un stress intense. Chaque inspiration produisait une sorte de sifflement, comme si l'air peinait à franchir la barrière de ses dents.

— Au début, Evie ne m'a pas dit grand-chose sur Theo, expliqua-t-elle. Mais petit à petit, elle m'a raconté ce qui s'était passé et après ça je n'ai pas arrêté d'y penser.

— OK, Grace : dis-moi ce que tu as fait, d'accord ?

Au prix d'un effort visible, Grace détacha les yeux des carreaux de céramique pour les planter dans ceux de Kitt.

— Si tu retrouvais Theo… si tu avais l'occasion de lui parler, de lui demander une explication, est-ce que ça te ferait du bien ?

— Pourquoi tu me poses cette question ? demanda Kitt d'une voix endurcie par la suspicion.

— Je… j'ai envoyé un mail à Evie pour lui demander son nom de famille et… enfin, tu imagines…

— Quoi ?

Grace bredouilla quelques paroles inintelligibles, ce qui l'obligea à répéter d'un ton pressant :

— Quoi ? Quoi ?

— J'ai lancé une recherche hier soir, après le travail. Sur Facebook.

Kitt se figea. Ses yeux s'écarquillèrent tandis qu'un vaste nœud de possibilités toutes plus perturbantes les unes que les autres valsait dans sa tête.

— Et que… qu'est-ce que tu lui as dit ? balbutia-t-elle à son tour.

— Rien, voyons. Je ne lui ai pas envoyé de message. Je l'ai retrouvé, c'est tout. Au cas où tu le chercherais. Au cas où tu voudrais savoir la vérité, lui demander pourquoi il a agi comme ça. En fait, une de mes amies a vécu la même chose il y a à peu près un an et elle n'arrive toujours pas à… passer à autre chose.

— Tu l'as cherché sur Facebook, c'est tout ?

— Oui.

— Rien d'autre ?

— Non.

— Tu ne crois pas que ta réaction est un peu disproportionnée par rapport aux faits ? Je veux dire, c'est pas comme si tu l'avais invité à York pour un dîner de réconciliation, ironisa Kitt avant de marquer une pause pour dévisager son assistante. Tu n'as pas fait ça, j'espère ?

— Non, non, non. Je te promets que non. Le truc, c'est que ça me paraissait être une bonne idée sur le moment mais plus j'y pensais après, plus je m'en voulais de m'être immiscée dans ton histoire.

— Depuis quand ça te dérange de t'immiscer dans mes affaires ?

— Je… je me suis dit que ça te ferait peut-être du bien de… tourner la page une bonne fois pour toutes.

— Grace, je te rappelle que je suis bibliothécaire.

— Je sais… Les bibliothécaires n'ont besoin de personne pour tourner les pages, c'est ça ?

Kitt leva les yeux sur Prométhée qui les contemplait toutes les deux du haut de son plafond.

— Non, ce que je veux dire, c'est que, par définition, c'est mon métier de faire des recherches. Donc, si j'avais voulu retrouver Theo, je l'aurais fait. Facebook ne date pas d'hier, tu sais. La vérité, c'est que je n'ai aucune envie de le revoir.

Et c'était tellement plus facile de faire comme s'il n'existait pas, ajouta Kitt en son for intérieur. Comme s'il ne se trouvait pas quelque part, peut-être pas très loin, en train de vivre sa vie sans elle.

— Tu n'es même pas un tout petit peu curieuse ? demanda Grace en se rapprochant discrètement du bureau de Kitt.

— Non.

— Il a mal vieilli.

— C'est vrai ? fit Kitt si précipitamment qu'elle parla presque en même temps que Grace.

— Je veux dire, je ne sais pas comment il était à l'époque où vous sortiez ensemble…

— *À l'époque*… J'ai l'impression que, pour toi, ma jeunesse tient tout entière sur des photos sépia, mais 35 ans, ce n'est pas si vieux que ça, tu sais.

— Oui, je sais, excuse-moi. Cela dit, j'ai du mal à croire qu'il ait été aussi dégarni quand tu le fréquentais. Les années ne l'ont pas épargné.

— Ah bon…

Kitt hésita. Il aurait été plus avisé de changer de sujet, bien sûr, mais sa curiosité naturelle avait toujours raison d'elle et cette fois ne ferait pas exception à la règle.

— Tu pourrais peut-être m'envoyer le lien de son profil Facebook. Au cas où je changerais d'avis.

Grace hocha la tête. Alors qu'elle s'écartait pour regagner son bureau, Kitt la retint par la main et serra légèrement ses doigts entre les siens.

— Je ne suis pas en colère contre toi. Et si tu veux tout savoir, je ne suis même plus en colère contre lui.

Au moment où ces derniers mots franchissaient ses lèvres, Kitt se demanda s'ils exprimaient la vérité. Ou s'ils reflétaient une maturité d'esprit qu'on était en droit d'attendre chez une femme de 30 ans et des poussières. Après tout ce temps et à son âge, elle avait forcément dépassé le stade de la rancœur, non ? Elle était censée savoir maîtriser ses émotions.

Grace lui serra la main en retour.

— Tant mieux. Mais si tu veux, je peux le détester à ta place.

Kitt laissa échapper un petit rire avant de renvoyer Grace à son bureau d'un geste.

Elle reporta son attention sur l'écran d'ordinateur. À peine une minute plus tard, un message électronique de Grace apparut dans sa boîte de réception. Le nom inscrit en objet appartenait à une vie antérieure.

Theodore Dent.

La dernière fois qu'elle avait vu ce nom, il était écrit de sa propre main sur une enveloppe qu'elle avait envoyée à la dernière adresse connue de Theo. Oh, les méchancetés qu'elle avait couchées sur le papier, ce jour-là... Rien que d'y penser, elle sentit sa poitrine se comprimer.

Le lien du profil Facebook était là, dans l'encadré réservé au texte du message. Kitt approcha la souris de l'incompréhensible série de lettres, de chiffres et de signes de ponctuation qui avaient l'air aussi confus qu'elle lorsque, tant d'années auparavant, elle avait pris conscience qu'elle ne pourrait pas dire au revoir au seul homme qu'elle avait aimé de tout son cœur. Elle sentit ses épaules se contracter à l'idée de ce qu'un simple clic de souris pourrait lui révéler.

Pour un homme qui avait disparu sans laisser aucune trace derrière lui, Theo ne semblait pas très à cheval sur la confidentialité de son compte Facebook : toutes ses photos et ses publications étaient accessibles à quiconque désirait les voir, sans restriction d'aucune sorte.

Kitt cliqua sur sa photo de profil qui s'agrandit instantanément sur l'écran. Il se tenait à côté d'une jolie brune au visage constellé de taches de rousseur. Le couple était au restaurant. Ils souriaient mais leurs sourires semblaient étrangement figés, voire contraints. Peut-être était-ce juste une impression qui l'arrangeait bien, songea Kitt.

Une chose ne laissait toutefois aucune place à l'interprétation et les paroles de Grace lui revinrent à l'esprit. Son assistante avait raison : le temps n'avait pas fait de cadeau à Theo. Son crâne s'était considérablement dégarni et, pour tenter de dissimuler sa calvitie naissante, il avait coupé ses cheveux bruns très court, presque à ras. Son regard, en revanche, n'avait pas changé. Ses yeux avaient toujours la couleur des feuilles mortes à l'automne – elle aurait dû se douter que ce brun doré qui variait selon ses humeurs reflétait une personnalité imprévisible...

Le regard de Kitt se promena sur la page de profil. Il travaillait au musée d'Airedale comme spécialiste de l'histoire anglo-saxonne et habitait à Leeds. Pendant toutes ces années, l'homme qu'elle avait tant aimé, et qui continuait de hanter ses rêves après sa disparition inexpliquée, avait vécu et travaillé à une demi-heure de train de chez elle. Ce constat douloureux lui arracha une grimace. Les habitants de Leeds et de York faisaient quotidiennement la navette entre les deux villes. Ils auraient pu se croiser dans la rue ou au comptoir d'un pub… Au marché de Noël de York, alors qu'ils achetaient des cadeaux pour leurs proches. Toujours d'actualité, cette éventualité lui donna la nausée.

Ses yeux glissèrent ensuite sur la situation amoureuse de Theo. En lisant le fameux statut : « C'est compliqué », la bibliothécaire ne put s'empêcher d'esquisser un sourire narquois. Après toutes ces années, Theo n'avait pas réussi à s'engager dans une relation durable. N'importe quel observateur extérieur aurait évidemment pensé la même chose d'elle mais, en réalité, Kitt s'était engagée d'une autre manière, envers elle-même et la sincérité de ses sentiments.

Elle n'avait aucune envie de se forcer à tomber amoureuse pour faire plaisir à son entourage. Non, Kitt s'était juré de ne plus jamais offrir son cœur à un homme qui ne lui donnerait que la moitié du sien en retour, et c'était une promesse qu'elle avait la ferme intention de tenir.

Elle reporta son attention sur la photo de Theo. Ce n'était pas un effet de son imagination : il n'y avait aucune profondeur dans son sourire, c'était une sorte de rictus superficiel. Rien à voir en tout cas avec le sourire qu'il lui adressait quand elle l'embrassait sans crier gare ou quand il découvrait un petit mot doux qu'elle avait glissé dans sa poche. Ensemble, ils avaient goûté au grand amour. Kitt en était persuadée. Pourquoi Theo avait-il jeté aux orties leur belle histoire ? Cette question n'avait jamais cessé de la tourmenter.

Le téléphone de son bureau émit sa sonnerie stridente.

Prenant une courte bouffée d'air, Kitt enfonça la

touche « Échap » de son clavier. Le visage de Theo disparut.

— Grace, tu peux répondre, s'il te plaît ? demanda-t-elle à son assistante en dardant sur l'appareil un regard furibond. J'en ai assez de devoir rassurer ma mère… Ça fera trois fois en une seule matinée que je lui répondrai que, non, je n'ai pas encore été assassinée.

Grace décrocha le combiné en souriant.

— Bibliothèque universitaire de la vallée de York, département des études féminines, Grace Edwards à l'ap… Oh, salut, Evie. Oui, elle est là.

Grace se leva pour donner le combiné à Kitt mais au lieu d'aller se rasseoir à son bureau, elle posa une fesse sur celui de Kitt.

— Allô, Evie ?

— Je n'ai pas pu te rappeler plus tôt, désolée. Je suis retournée travailler aujourd'hui et j'ai dû rattraper tous les rendez-vous que j'ai été obligée d'annuler hier.

— Tu n'as pas à t'excuser. Qu'est-ce que tu as pensé des SMS que je t'ai envoyés après ma visite chez Beth ?

— Georgette n'a pas été d'une grande aide, on dirait. Tu crois vraiment qu'elle a raconté à la police que tu as pris des photos ?

— Je ne sais pas. À l'entendre, on penserait presque qu'elle en pinçait pour Owen, elle aussi.

— Qui aurait pu croire qu'Owen avait un tel pouvoir de séduction ? fit remarquer Evie d'un ton morne.

— Pas moi, répondit Kitt avant de changer de sujet : Tu as eu le temps de jeter un coup d'œil aux photos, justement ?

— Oui. Je n'ai vu que des babioles insignifiantes datant de l'époque où Beth et Owen sortaient ensemble.

Les billets de train et quelques autres bricoles. Owen habitait à Leeds à l'époque et, en ce qui concerne le tee-shirt, je l'ai entendu se plaindre plus d'une fois que Beth avait oublié de lui en rendre un. Je suppose que c'est celui qui se trouve dans le sac en plastique.

— En clair, tu n'as rien trouvé de bizarre ? demanda Kitt dans l'intention de tester l'embryon de théorie en germination dans un coin de son esprit.

— Non, pas vraiment. Sauf peut-être un détail... Je me demande pourquoi elle rapporte chez elle des cartes magnétiques de l'hôtel où elle travaille.

— Ah oui ? fit Kitt en s'efforçant de garder un ton neutre.

— Ouais. Beth m'a dit plusieurs fois que son patron était hyper tatillon et qu'il était toujours sur son dos pour des broutilles.

Evie marqua une pause avant de reprendre :

— Peut-être qu'elle s'est mise à voler des clés juste pour l'enquiquiner ?

— Peut-être. Mais c'est quand même étrange, comme idée de vengeance.

— Je te l'accorde. Surtout qu'apparemment elle préfère éviter de croiser son chemin. D'un autre côté, pourquoi aurait-elle ça chez elle ?

— Elle les a peut-être embarquées par inadvertance ? C'est possible, tu sais, quand tu es fatiguée après une journée de travail et que tu ramasses tes clés, ton portefeuille et tout le reste...

— Peut-être, oui, admit Evie. Mais, dans ce cas, pourquoi les aurait-elle gardées ? Tu ne les aurais pas rendues, toi, ou même carrément jetées si tu ne voulais pas que ton boss soit au courant ?

— Attends une seconde, d'accord ? demanda Kitt

avant de se tourner vers son assistante : Grace, donne-moi trois bonnes raisons pour lesquelles une réceptionniste rapporterait chez elle des clés magnétiques de l'hôtel où elle travaille.

Grace réfléchit, sourcils froncés.

— Euh... Elle a prévu d'organiser un karaoké avec toute une bande d'amis dans une des chambres, un samedi soir ? Ou bien... il s'est passé quelque chose qu'elle tient à garder secret dans une de ces chambres... Elle a cassé un truc, par exemple.

— OK, ça fait deux.

— C'est quel hôtel ?

— Le White Horse.

— Je ne sais pas, moi... Elle adore les chevaux et il y en a sur les clés magnétiques ?

— Tu as entendu ? demanda Kitt dans le combiné du téléphone.

— Oui, répondit Evie dans un gloussement.

— Aucune explication vraiment plausible, commenta Kitt.

Du coin de l'œil, elle vit le visage de Grace se renfrogner et s'empressa d'enchaîner :

— Quoi qu'il en soit, la police a embarqué les cartes magnétiques comme pièces à conviction. Ils vont sûrement interroger Beth à ce sujet.

— Sûrement, oui... Mais combien de temps ça va leur prendre ?

— Tu crois que je devrais attirer l'attention de Halloran et de Banks sur cet élément à considérer de toute urgence ?

— Est-ce que tu as vraiment envie de parler à Halloran et à Banks en ce moment ? Sachant qu'ils te reprocheront certainement de te mêler un peu trop de leur enquête ?

— Pas particulièrement, non. Alors, que proposes-tu ? Un appel anonyme peut-être ?

— Non. Tout ce que je vois, c'est que le White Horse Hotel n'est qu'à quelques minutes du centre-ville en taxi.

— Oh, Evie, protesta Kitt. Sérieusement, je ne...

— Arrête, ce n'est pas comme si c'était la première fois que tu fourrais ton nez quelque part.

La bouche de Kitt prit un pli contrarié.

— Si tu fais allusion à l'épisode Seaton Carew, je te rappelle que ça devait rester entre nous.

— C'est quoi, Seaton Carew ? demanda Grace, la mine interrogative, mais Kitt leva la main pour lui rappeler qu'elle était en pleine conversation téléphonique.

— D'accord, d'accord. Mais ce que je te demande là n'a rien à voir avec ta visite chez Beth et Georgette, insista Evie. Il se trouve qu'elle a bien sympathisé avec son collègue réceptionniste. Il s'appelle Eli. Je te demande juste d'aller le voir pour essayer de comprendre pourquoi Beth avait emporté des clés de l'hôtel chez elle. Point barre. S'il y a une explication logique, ce sera un coup d'épée dans l'eau et on laissera la police faire son boulot.

— On joue avec le feu, là, quand même.

— Je sais, mais on ne peut pas rester les bras croisés. Chaque minute compte et, tant que l'attention des policiers sera focalisée sur Beth, le vrai meurtrier aura tout le temps de prendre la tangente.

— Peut-être, mais...

— Allez, Kitt... Un hôtel et un meurtre à résoudre. On se croirait dans un roman d'Agatha Christie. Ne me dis pas que tu n'es pas un tout petit peu intriguée...

Kitt ne répondit pas tout de suite. Son amie avait raison : les hôtels tenaient un rôle majeur dans de nombreuses enquêtes d'Agatha Christie, par exemple dans *Un meurtre sera commis le...* où le personnel de l'établissement était mêlé à l'assassinat.

— *À l'hôtel Bertram*, lâcha-t-elle presque malgré elle.

— Qu'est-ce que c'est que ça ? demanda Evie.

— Un roman mettant en scène Miss Marple. Toutes les personnes qui séjournent et travaillent dans cet hôtel font partie d'une bande de dangereux malfrats. Imagine que ce soit la même chose au White Horse. Ça expliquerait pourquoi Beth a donné un faux alibi à la police. En leur révélant l'endroit où elle se trouvait vraiment, elle aurait avoué du même coup ses activités criminelles.

— Mmm, fit Evie, manifestement peu convaincue. C'est une hypothèse, pourquoi pas...

Kitt fit claquer sa langue.

— C'est quand même mieux que de la croire capable de tuer Owen, non ?

— Alors, tu vas y aller ?

— Oui. Mais si cette nouvelle initiative ne nous aide pas à savoir où se trouvait Beth le soir du meurtre, tu devras peut-être te résigner à accepter qu'elle soit, d'une manière ou d'une autre, effectivement mêlée à ce qui s'est passé.

Un soupir se fit entendre à l'autre bout de la ligne.

— Je sais. Mais s'il te plaît, Kitt, pour ma tranquillité d'esprit, j'aimerais juste que tu t'assures que la police n'est pas en train de creuser un mauvais filon.

Même si Evie ne pouvait pas la voir, Kitt hocha la tête.

— Ça, je peux te le garantir.

— Merci, murmura Evie avec la petite voix qu'elle employait chaque fois qu'elle demandait à son amie un service démesuré.

— On se tient au courant.

Après avoir reposé le combiné sur sa base, Kitt rencontra le regard plein d'espoir de Grace.

— On se lance dans une nouvelle aventure, c'est ça ?

CHAPITRE 10

Kitt et Grace descendirent du taxi et levèrent les yeux sur le White Horse Hotel. Situé à la périphérie de la ville, non loin de l'A19, et baptisé d'après la silhouette de cheval blanc creusée à l'époque victorienne dans une colline de calcaire près de Killburn, à une trentaine de kilomètres de là, le bâtiment ressemblait à un cube sobrement composé de pierre grisâtre. De hautes et étroites fenêtres couraient tout le long de la façade est, probablement conçues pour capter les premières lueurs du soleil levant et convaincre du même coup les clients de l'hôtel qu'il y avait aussi de la lumière et de la chaleur dans le nord de l'Angleterre.

En traversant d'un bon pas le parking recouvert de gravier, Kitt remarqua l'enseigne aux lettres argentées placée au-dessus de l'entrée. Elle était ornée d'une silhouette de cheval découpée dans une sorte de métal léger, probablement du fer-blanc. C'était le début de soirée, le crépuscule tombait et deux autres taxis venaient de se garer devant l'entrée pour récupérer des hommes en costume et des femmes en tailleur attendus à des dîners d'affaires en ville ou qui rentraient chez eux à Londres.

— J'ai cherché Seaton Carew sur Internet. C'est un village près de Middlesbrough, déclara Grace alors qu'elles se rapprochaient de l'entrée de l'hôtel.

Comme Kitt demeurait silencieuse, elle ajouta :

— Qu'est-ce qui s'est passé là-bas ?

— Rien d'intéressant, éluda Kitt.

Du coin de l'œil, elle croisa le regard dubitatif de son assistante.

— Bon, comment on opère, sur ce coup-là ? demanda cette dernière.

— *On* n'opère pas, répondit Kitt en retenant son chapeau qu'une bourrasque menaçait d'emporter. C'est moi qui prends les choses en main.

— Je suis ravie de t'avoir accompagnée, ironisa Grace en donnant un coup de pied dans un caillou égaré.

— Je t'avais dit que ce n'était pas la peine.

— Ce à quoi j'ai rétorqué qu'il ne se passait jamais rien dans le coin et qu'il était hors de question que je rate ça. Je vais me contenter de regarder, c'est toujours mieux que rien.

— Ce n'est pas pour ça que Netflix a été inventé ? plaisanta Kitt.

— Je préfère vivre au cœur de l'action, répliqua Grace en décochant quelques coups de poing dans le vide.

S'immobilisant à quelques pas du seuil, Kitt se tourna vers son assistante.

— Tu te sens bien, tu es sûre ?

— Oui, répondit Grace en baissant les bras, s'exposant ainsi à la vengeance de son adversaire invisible. C'est juste que... je trouve ça super excitant.

— Permets-moi de ne pas être d'accord sur ce point. Tu vas devoir te ressaisir si tu veux entrer avec moi. C'est une affaire sérieuse.

L'étincelle qui brillait dans les yeux marron de Grace perdit de son éclat. Elle se redressa.

— C'est mieux, approuva Kitt en poussant la lourde porte aux entrelacs argentés.

Dès l'instant où elle franchit le seuil, elle fut assaillie par une bouffée de ce qu'elle nommait avec humour l'Eau d'Hôtel : ce curieux mélange de pain grillé et de désodorisant d'ambiance ultrapuissant qui flottait dans le hall de réception de tous les établissements hôteliers occidentaux. Le citron semblait être l'arôme de synthèse préféré du White Horse Hotel, détail qui rappela à Kitt qu'elle n'avait malheureusement pas bu de Lady Grey depuis le déjeuner.

Le regard de Kitt se posa sur l'homme posté derrière un imposant bureau en acajou. Autour de lui, deux petites appliques en laiton fixées au mur projetaient sur son visage une lumière jaune peu seyante.

— Bonsoir, puis-je vous renseigner ?

Quelques rides soulignaient ses yeux mais c'était surtout son implantation capillaire qui trahissait son âge. Il avait en effet un grand front pâle et lisse, barré d'un toupet brun qui se détachait du reste de ses cheveux clairsemés, signe d'un orgueil démesuré. Il aurait été plus séduisant s'il avait rasé cette mèche solitaire plutôt que de s'en servir pour tenter de se rajeunir aux yeux d'un observateur distrait.

— Bonsoir, j'aimerais savoir si Eli travaille ce soir, annonça Kitt en s'approchant.

Le sourire de l'homme s'évanouit sur-le-champ.

— Eli est occupé. Il n'a pas le temps de voir des amis pendant le service.

— Oh non, il ne s'agit pas de ça, protesta Kitt en songeant qu'elle avait sûrement affaire au patron acariâtre. Nous souhaitons simplement vous aider dans la situation… délicate où vous vous trouvez en ce moment.

— Quelle situation délicate ? Je ne vois pas de quoi

vous voulez parler, répondit le manager d'un ton plutôt convaincant.

Il leva toutefois les yeux vers le lustre en verre suspendu au plafond, comme pour échapper au regard inquisiteur de Kitt.

— Je vois, lança celle-ci en haussant la voix d'un demi-décibel. Vous n'êtes donc pas au courant que votre réceptionniste a été arrêtée pour meurtre ?

— Chut, chut ! fit l'homme en plaquant ses deux mains sur le bureau, jetant un coup d'œil fébrile aux clients qui allaient et venaient.

— Ainsi, vous êtes au courant.

— Comment pourrais-je l'ignorer ? Si la mère de Beth ne m'avait pas appelé pour me prévenir de cette arrestation, j'aurais appris la nouvelle aux informations.

— Nous sommes là parce que nous aimerions que l'enquête avance rapidement, déclara Kitt.

— En quoi cela vous concerne-t-il ? voulut savoir le manager en chassant un fil de coton blanc égaré sur la manche gauche de son costume noir.

Sa cravate était noire également et Kitt trouvait qu'il ressemblait davantage à un entrepreneur de pompes funèbres qu'au directeur d'un petit hôtel de banlieue.

— Monsieur Buckhurst, commença-t-elle en lisant le nom inscrit sur le badge de son interlocuteur, dès que nous avons appris que Beth avait été conduite au poste de police, nous avons su qu'il s'agissait d'une erreur.

— J'aimerais pouvoir en dire autant, répliqua Buckhurst en esquissant une moue.

Kitt sentit son feu intérieur embraser sa poitrine. Elle aurait tellement aimé foudroyer du regard ce type dépourvu de compassion… Mais si elle voulait parvenir à ses fins, mieux valait éviter de le prendre à rebrousse-poil.

Un changement de tactique s'imposait.

— Oh, je vois, dit-elle d'un ton faussement léger. Grace, je crois que nous allons prévenir les journalistes sans plus tarder.

Devant l'air hébété de son assistante, Kitt soutint son regard avec insistance jusqu'à ce que celle-ci capte le message.

— Oh oui… bien sûr… On va les prévenir, oui.

— Les prévenir ? répéta Buckhurst. Que comptez-vous leur dire, au juste ?

Kitt résista à l'envie de lui décocher un sourire triomphant.

— Nous leur dirons que les procédures de recrutement du White Horse sont tellement laxistes que des meurtriers travaillent dans l'établissement. Surtout, ne le prenez pas personnellement. C'est juste que je ne peux pas, en mon âme et conscience, laisser des gens séjourner dans un endroit d'où ils risquent de ne jamais ressortir vivants.

— Attendez un instant, madame, je crois que vous ne m'avez pas bien compris, déclara précipitamment Buckhurst. Le White Horse Hotel n'emploierait jamais ce genre d'individu, même par mégarde. Nos conditions d'embauche sont extrêmement rigoureuses.

— Dans ce cas, fit Kitt, je suis sûre que vous nous aiderez volontiers à découvrir où se trouvait réellement Beth le soir du meurtre. Puisque vous ne comptez dans votre équipe que des employés irréprochables, vous n'avez certainement aucune envie que l'un d'eux soit accusé à tort d'un meurtre aussi horrible…

— Le problème, c'est que je ne vois pas de quelle manière je pourrais vous aider, répliqua Buckhurst en croisant les bras sur sa poitrine.

— Eh bien, pour commencer, vous pourriez par exemple nous dire qui a utilisé pour la dernière fois les clés magnétiques portant les numéros que voici.

Kitt posa une feuille de papier sur le bureau de la réception en se félicitant d'avoir pensé à prendre des photos lors de sa visite chez Beth. Les chiffres n'avaient jamais été son fort et elle n'aurait jamais réussi à mémoriser cette kyrielle de numéros, même dans le cadre d'une affaire aussi grave.

— Ce sont des clés de l'hôtel ? demanda Buckhurst.

— Oui, nous les avons trouvées chez Beth. C'est bizarre qu'elle les ait rapportées chez elle et nous pensons que cela pourrait nous mettre sur la piste de son véritable emploi du temps le soir du meurtre.

— Je comprends mieux pourquoi nous enregistrons un tel taux de perte sur nos clés magnétiques, bougonna Buckhurst en levant le nez en l'air. Désolé mais je n'ai pas le droit de vous révéler l'identité des derniers clients ayant séjourné dans ces chambres. Ce serait un manquement impardonnable à notre politique de confidentialité.

— Comme vous voulez, susurra Kitt avant d'ajouter à l'adresse de Grace : Je vois déjà la une des journaux : « L'hôtel qui tue ».

Grace pouffa.

— C'est un joli titre pour le *Sun*, ça. Que dis-tu de « Un meurtrier sur son cheval blanc » ?

— Ou « Le Bates Motel de York », renchérit Kitt.

— Un motel ? se récria Buckhurst. Pour votre gouverne, mesdames, le White Horse est un hôtel-boutique.

Kitt lui décocha un regard noir, partagée entre la colère et l'incrédulité. C'était donc tout ce qui comptait à ses yeux, le standing de son établissement ? Il semblait que oui, puisque le mot « motel » était le seul à l'avoir fait réagir. C'était stupéfiant mais après tout, autant profiter de ce point faible.

— J'ai bien peur que le White Horse change de catégorie quand les médias apprendront ce qui se trame entre ses murs, lança-t-elle.

Exhalant un soupir, Buckhurst s'empara de la feuille posée sur le bureau.

— Très bien.

Après avoir inspecté le hall de réception par-dessus leurs épaules, il pianota sur le clavier de l'ordinateur.

— Julian Rampling, annonça-t-il une poignée de secondes plus tard. Voilà pour la première clé.

— Pouvez-vous vérifier les autres, s'il vous plaît ? insista Kitt.

Il tapota de nouveau.

— Julian Rampling, répéta-t-il puis, encore un instant plus tard : Julian Rampling. La dernière carte magnétique a été utilisée samedi soir.

— Le soir du meurtre, fit observer Kitt. Beth ne travaillait pas ce soir-là, je crois ?

— Non, elle n'était pas à la réception. C'était Eli, compléta Buckhurst en enfonçant quatre touches sur le combiné du téléphone. Eli ? Descendez à la réception tout de suite.

Le ton de Buckhurst venait d'attiser le feu qui couvait en elle. Kitt ne supportait pas les supérieurs qui manquaient de respect à leurs subalternes. Peut-être laissait-elle trop de liberté à son assistante mais, en contrepartie, Grace se réjouissait de venir travailler tous les matins à la bibliothèque et il n'y avait rien de plus gratifiant aux yeux de Kitt.

Le silence s'installa. Après un rapide coup d'œil à Grace, Kitt chercha le regard de Buckhurst.

— Savez-vous qui est Julian Rampling ?

— C'est très difficile pour un directeur constamment sollicité de retenir les noms de tous les clients de son établissement, répondit Buckhurst avant d'ajouter : Mais comme il est venu plusieurs fois, je dois forcément le connaître de vue. Ah, Eli…

Kitt se retourna et aperçut un jeune homme en train de descendre l'escalier situé un peu plus loin, sur sa gauche. Il n'avait pas l'air pressé et avançait en gardant la tête baissée, mais quand on avait un patron comme Buckhurst, on devait redouter de croiser son chemin.

Eli s'approcha du comptoir et regarda d'abord Grace, puis Kitt, et enfin le directeur du White Horse.

— Vous vouliez me parler ?

— Est-ce que le nom de Julian Rampling vous dit quelque chose ? demanda Buckhurst sans préambule.

— C'est un habitué. Un agent d'assurances de Leicester.

Leicester. Kitt repensa aux lettres qu'elle avait vues chez Beth. Toutes avaient été postées là-bas.

— Avez-vous d'autres renseignements à nous communiquer sur lui ? insista Buckhurst en toisant son employé. Quelque chose qui aurait un rapport avec Beth ?

La bouche d'Eli se contracta mais il se contenta de secouer la tête sans mot dire. Son regard glissa de nouveau sur le petit groupe et des plis creusèrent la peau mate de son front. Kitt eut l'impression qu'il savait autre chose et que cette vérité pesait sur ses épaules, mais elle se garda bien de formuler ses soupçons à voix haute. Si elle faisait fausse route, Beth pourrait perdre son emploi.

— Quoi qu'il en soit, je vais communiquer son nom à la police, déclara le directeur du White Horse Hotel.

Les yeux noisette d'Eli s'arrondirent de surprise.

— Si vous jugez que c'est nécessaire, fit remarquer Grace en arquant les sourcils.

Kitt croisa le regard de son assistante. Grace avait-elle le même pressentiment qu'elle ?

— Nécessaire ? répéta Buckhurst d'un ton sarcastique. Laissez-moi réfléchir. Ces cartes magnétiques ont été retrouvées chez une personne soupçonnée de meurtre et ont toutes été utilisées par le même individu, très certainement son complice.

— Sauf qu'il y a peut-être une explication tout à fait anodine à cela. Si vous voulez mon avis, vous sauveriez votre hôtel d'une campagne de publicité qui pourrait lui être fatale en appelant directement le fameux Julian Rampling pour essayer de résoudre le problème discrètement.

— Le problème peut être résolu discrètement sans que je m'en mêle, répliqua Buckhurst.

— Je n'y compterais pas trop, à votre place. Les journalistes étaient chez Beth ce matin même.

— Oui, nous avons reçu quelques appels à ce sujet, mais nous avons refusé de répondre.

— Ça leur suffit pour aujourd'hui, fit Kitt. Ils pourront placer la fameuse phrase : « Contacté par la rédaction, le directeur de l'hôtel n'a pas souhaité répondre à nos questions ». Mais si la police décide de prolonger la garde à vue de Beth, les journalistes remueront ciel et terre pour obtenir des réponses et son lieu de travail sera certainement le premier endroit où ils se donneront rendez-vous.

Buckhurst la dévisagea d'un air furibond mais Kitt soutint son regard. Finalement, il se passa la main sur le visage à deux reprises avant de soulever le combiné du téléphone. Les yeux rivés sur l'écran de son ordinateur, il composa un numéro puis patienta en tambourinant sur le bureau du bout des doigts.

Un léger clic se fit entendre à l'autre bout de la ligne lorsque son interlocuteur décrocha. Le froncement de sourcils de Buckhurst s'accentua.

— Non, ce n'est pas Beth à l'appareil ! gronda-t-il en se retenant à grand-peine de vociférer.

Avec un claquement de langue agacé, Kitt lui arracha le combiné des mains. Elles n'obtiendraient aucune information intéressante de la part de Julian Rampling si Buckhurst le questionnait.

— Bonjour, désolée pour le dérangement, déclara Kitt.

— Je… je suis en ligne avec le White Horse Hotel, c'est ça ? bredouilla l'homme à l'autre bout du fil.

— Oui, c'est ça. Vous êtes Julian Rampling ?

— Il me semblait bien avoir reconnu le numéro. Oui, c'est moi. Est-ce que je peux savoir pour quelle raison vous m'appelez ?

— Si nous vous appelons aujourd'hui, monsieur Rampling, c'est parce que Beth, que vous semblez connaître, est actuellement en garde à vue au commissariat de police. On l'a arrêtée car elle est soupçonnée d'avoir commis un meurtre, expliqua Kitt.

— Un m-meurtre ? C'est une blague ?

— J'ai bien peur que non, hélas.

— Mais c'est complètement ridicule, enfin. Beth ne ferait pas de mal à une mouche. Qui est à l'appareil ? Vous travaillez pour la police ?

— Je m'appelle Kitt Hartley, je suis une… relation de Beth. Je suis d'accord avec vous, monsieur Rampling : pour autant que je la connaisse, Beth n'a pas le profil d'une meurtrière.

— Dans ce cas, pourquoi est-elle en garde à vue ?

— Elle connaissait l'homme qui a été assassiné samedi soir.

— Samedi soir, répéta Julian Rampling.

— Beth a fourni un faux alibi, raison pour laquelle elle risque d'être poursuivie pour meurtre. Elle avait en sa possession des clés magnétiques de l'hôtel, poursuivit Kitt, de plus en plus sûre d'avancer sur la bonne voie – c'était la seule explication logique. Toutes ces clés ont été utilisées par vous, monsieur Rampling, dont la dernière en date ce samedi soir. Nous avons donc jugé utile de vous appeler pour vous prévenir.

Il y eut un silence. Puis Julian déclara d'une voix à peine audible :

— Elle… elle était avec moi.

— Je vois, fit Kitt avant de demander, bien que la réponse lui parût évidente : Puis-je savoir pourquoi Beth n'a pas dit la vérité à la police ?

Nouveau silence à l'autre bout du fil.

— Je suis marié.

Kitt hocha la tête avant de se rappeler que Julian ne pouvait pas la voir.

— J'avais pensé à cette éventualité.

— Qu'est-ce que je dois faire ? demanda Julian.

Kitt eut l'impression qu'il se parlait à lui-même, ce qui ne l'empêcha pas de répondre.

— Appelez le commissariat de police de York et demandez à parler à l'inspecteur principal Malcolm Halloran. Dites-lui que Beth était avec vous le soir du meurtre, que vous pouvez attester sa présence ici.

— Oui, murmura Julian. Je suppose que c'est la meilleure chose à faire.

— Effectivement, approuva Kitt en percevant une

certaine hésitation dans la voix de son interlocuteur. Si vous craignez que votre femme l'apprenne, sachez que les enquêteurs font tout leur possible pour éviter d'ébruiter l'affaire. Je ne les imagine pas en train de communiquer aux journalistes votre nom ou tout autre détail personnel.

— D'accord... Tant mieux, fit Julian, apparemment sous le choc. Ce n'est pas une plaisanterie, c'est vrai ?

— Tout ce qu'il y a de plus vrai, monsieur Rampling.

— Comment puis-je savoir que vous dites la vérité au sujet de Beth ?

— Je vous suggérerais bien d'appeler sa mère mais ça risque d'être un peu compliqué de lui expliquer qui vous êtes pour sa fille, répondit Kitt. Vous n'avez qu'à consulter les sites d'information locale. Vous verrez qu'un meurtre a eu lieu à York. La victime s'appelait Owen Hall. Beth vous a peut-être parlé de lui, d'ailleurs...

— C'était son ex. Nom de Dieu...

— Vous comprenez pourquoi la police la soupçonne, d'autant que son alibi est tombé à l'eau ?

— Oui, bien sûr... Je n'arrive pas à croire que...

— Je sais. Tout le monde est sous le choc, ici aussi. En attendant, vous devez impérativement contacter la police pour leur dire que Beth était avec vous.

— Oui, oui.

— Très bien. Je vais vous laisser pour que vous puissiez les appeler sans tarder, d'accord ? fit Kitt avec toute la douceur dont elle était capable.

— Oui, d'accord. Au revoir.

Kitt reposa le combiné. Son regard navigua entre Buckhurst et Grace. Bien qu'ils n'aient entendu que la moitié du dialogue, ils avaient compris ce qui s'était passé. Le directeur d'hôtel hochait la tête, probablement habitué, du fait de sa fonction, à fermer les yeux sur ce genre de rendez-vous secret pendant que, de son côté, Grace affichait un air peiné, comme il fallait s'y attendre de la part d'une jeune femme encore pleine d'illusions. Jetant un coup d'œil à Eli, Kitt devina que Beth avait dû le mettre dans la confidence : son visage n'exprimait aucune trace de surprise.

Elle-même demeura parfaitement impassible. En son for intérieur, cependant, elle espérait de toutes ses forces que Julian contacterait la police au plus vite. Mais pour cela, il fallait qu'il tienne suffisamment à Beth. Et que son désir de la protéger soit plus fort que celui de se protéger lui-même.

CHAPITRE 11

En remontant d'un pas pressé Bishopthorpe Road, Kitt longea la boutique de cadeaux Frankie and Johnny's Cookshop, l'institut de beauté Forever Young, puis son regard se posa sur Sure Bet, un bookmaker installé à quelques mètres de Retro Rags, la friperie où Evie lui avait donné rendez-vous. Elle consulta sa montre. Elle avait encore quelques minutes avant que son amie commence à s'inquiéter. Largement le temps d'aller glaner quelques informations qui l'aideraient peut-être à répondre à la question qui l'avait tracassée toute la nuit, alors qu'elle gigotait dans son lit : si ni Evie ni Beth n'avaient tué Owen Hall, qui était le meurtrier ?

Ce n'était pas à elle de résoudre ce mystère, Kitt le savait bien. D'un autre côté, les textos envoyés par Evie au cours de ces dernières vingt-quatre heures reflétaient une angoisse grandissante – angoisse qui ne s'apaiserait que lorsque le coupable de cet acte monstrueux serait derrière les barreaux. Pour être tout à fait honnête, Kitt était beaucoup trop curieuse pour résister à l'envie de mener discrètement sa propre enquête. Même si cette tendance naturelle lui avait valu quelques déboires par le passé, elle n'avait jamais réussi à la maîtriser totalement.

En poussant la porte du bureau des paris, Kitt maudit

sa curiosité, assaillie par un patchwork olfactif composé de relents de transpiration, de tabac froid et de vieux billets passés depuis plusieurs générations de mains graisseuses en mains crasseuses. Tout bien considéré, l'odeur qui flottait dans les friperies n'était guère plus agréable, songea-t-elle en inspectant les lieux. La moquette bleu électrique ornée de motifs géométriques orange s'enfonçait sous ses pieds comme une éponge humide. Kitt préférait ignorer la nature des liquides absorbés par le revêtement de sol au fil des années – mieux valait penser que l'endroit souffrait d'un taux d'hygrométrie record… Assis dans une petite cabine dans un angle de la pièce, un caissier releva la tête et lui lança un regard à travers les petites lunettes rondes posées au bout de son nez.

— Bonjour, madame, est-ce que je peux vous renseigner ?

Kitt observa le plus discrètement possible les deux autres personnes présentes. Un homme avec une longue barbe hirsute et un ventre qui débordait de la ceinture de son jean était occupé à remplir un ticket de tiercé. Quant au second, mince comme un fil, presque décharné, avec un visage effilé semblable à une tête de lévrier whippet, il suivait une course hippique projetée sur l'un des écrans géants fixés au mur. De cette observation rapide, Kitt conclut qu'elle tranchait avec le lot d'habitués, ce qui signifiait hélas qu'elle ne passerait pas inaperçue.

— Non, je regarde, merci, répondit-elle avant de se rappeler qu'elle ne se trouvait pas dans une librairie d'occasion. Je n'ai jamais parié de ma vie, ajouta-t-elle précipitamment, alors je m'imprègne d'abord des lieux.

Le caissier la détailla, depuis son chapeau de feutre

jusqu'à ses bottines en daim, puis hocha la tête avant de baisser les yeux sur son téléphone portable.

Se dirigeant d'un pas faussement nonchalant vers le comptoir en plastique bleu installé au milieu de la salle, jonché de stylos à bille et de tickets de tiercé, Kitt jeta un nouveau coup d'œil au barbu dont le regard faisait d'incessants allers-retours entre un journal et le morceau de papier sur lequel il cochait les cases appropriées.

— Excusez-moi, lança Kitt.

L'homme leva la tête et la dévisagea. Elle se força à sourire en espérant qu'elle aurait l'air moins perdue comme ça.

— C'est la première fois que je joue au tiercé. Vous auriez quelques conseils à donner à une débutante ?

— Pas question que je vous refile mes tuyaux, répondit-il d'un ton bourru.

— Oh, murmura Kitt en faisant la moue. Le problème, c'est que j'ai besoin d'argent. J'espérais bien toucher le pactole.

La bouche de l'homme prit un pli dur et, en l'observant plus attentivement, Kitt remarqua que ses sourcils étaient tellement broussailleux qu'il était impossible de les différencier de ses cheveux.

— Puisque je vous dis que je ne vous refilerai pas mes tuyaux.

— D'accord, je comprends, fit Kitt en hochant la tête d'un air déçu. Mais vous pourriez peut-être m'indiquer à qui je dois m'adresser pour emprunter de l'argent rapidement. En dehors des circuits habituels, je veux dire.

L'homme la considéra en fronçant les sourcils.

— Vous cherchez un usurier ?

— Si c'est comme ça que ça s'appelle, oui, répondit Kitt d'un air innocent.

Son interlocuteur secoua la tête.

— Je ne vous rencarderai certainement pas sur les paris mais ce que je peux vous dire, c'est que vous devriez rester à l'écart de ces gens-là.

— Pourquoi ? insista Kitt en écarquillant les yeux.

— Pour vous donner une petite idée, certaines personnes qui ont eu la mauvaise idée d'emprunter à ce genre de lascars et qui n'ont pas réussi à rembourser dans les délais ont tout simplement disparu de la circulation.

Kitt plaqua une main sur sa bouche, feignant la stupeur. En face d'elle, le parieur serra les lèvres, visiblement satisfait de sa réaction. Après l'avoir gratifié d'un bref sourire de remerciement, Kitt se dirigea vers la sortie. Elle était presque arrivée devant la porte lorsqu'elle sentit quelqu'un lui tapoter le bras. Pivotant sur ses talons, elle se retrouva face à l'homme-lévrier.

— J'ai entendu votre conversation, lâcha-t-il.

Kitt haussa les sourcils et attendit la suite. Il se tenait devant elle, les épaules voûtées dans son survêtement bleu turquoise, les cheveux blonds plaqués en arrière par une surdose de gel.

Après avoir jeté un coup d'œil par-dessus son épaule pour s'assurer que l'autre parieur était de nouveau absorbé par son ticket de tiercé, l'homme-lévrier reprit la parole.

— Je connais peut-être quelqu'un qui pourrait vous dépanner. Le problème, c'est qu'il ne passe ici que le lundi.

— Merci pour l'info, répondit Kitt. Je reviendrai si je n'ai pas trouvé d'autre solution d'ici là.

Le type lui adressa un clin d'œil en produisant un drôle

de son avec ses lèvres et Kitt pria intérieurement pour découvrir une autre piste – n'importe laquelle – avant lundi.

Sur un dernier sourire, elle ouvrit la porte et sortit sur le trottoir, aspirant avec soulagement une grande bouffée d'air frais.

Moins d'une minute plus tard, elle franchissait le seuil de Retro Rags, la friperie où l'attendait Evie. Elle la repéra aussitôt, occupée à poser sur sa tête un élégant turban rose parsemé de fils dorés. Deux longues plumes bleu marine jaillissaient du faux rubis ornant le devant de la coiffure. En entendant tinter le carillon de la porte, son amie se retourna.

— C'est pas trop tôt ! Qu'est-ce que tu fabriquais ?

— Il y a un monde fou dans les rues, mentit Kitt en refermant la porte derrière elle pour dissimuler son visage.

Elle dirait la vérité à Evie si celle-ci la poussait dans ses retranchements, mais c'était inutile pour le moment, sachant qu'elle ne détenait rien d'autre que l'embryon d'une théorie.

— Des touristes qui déambulent sur les trottoirs, tu vois le genre.

— Qu'est-ce que tu penses de ça ? demanda Evie lorsque Kitt lui fit face.

— Pour ce soir ?

Evie hocha la tête et le turban bringuebala en cadence.

— Je dirais que c'est peut-être… un tout petit peu trop, répondit Kitt en songeant toutefois qu'il s'agissait sans doute de l'accessoire le plus sage qu'Evie avait essayé dans cette boutique depuis qu'elles se fréquentaient.

Combien de pauses-déjeuner avait-elle passées là, à regarder Evie enfiler des tenues que sa grand-mère aurait certainement considérées comme à la pointe de la mode ?

Lorsqu'elle venait seule, Evie s'amusait à essayer en premier le vêtement ou l'accessoire le plus excentrique.

Cette dernière se retourna vers le long miroir étroit appuyé contre le mur et gloussa en contemplant son reflet.

— Je suis surprise que tu aies envie de participer à ce machin, reprit Kitt en faisant allusion au Belle's Ball, la réunion annuelle des entreprises locales spécialisées dans le secteur de la beauté et du bien-être.

Le mot « bal » était un peu exagéré, sachant qu'il s'agissait davantage d'un dîner d'affaires amélioré. Evie avait traîné Kitt à toutes les éditions de cette soirée depuis qu'elles s'étaient rencontrées, huit ans plus tôt, mais vu les circonstances exceptionnelles, la bibliothécaire avait supposé que son amie renoncerait pour une fois à y participer. Après tout, son ex-petit ami avait été assassiné…

— Tu croyais pouvoir échapper aux discussions sans fin sur les meilleurs mascaras waterproof avec une bande de parfaits inconnus, c'est ça ? railla Evie en lui adressant un sourire dans le miroir.

Kitt leva les mains en l'air, paumes tournées vers le plafond enduit de crépi.

— Je trouve simplement que c'est une semaine éprouvante, pour toutes les personnes mêlées de près ou de loin à l'affaire.

— Et nous ne sommes que mercredi, renchérit Evie. Je t'avoue que je me serais bien passée de ce genre de mondanités mais, d'un autre côté, c'est un rendez-vous essentiel pour mon activité. La plupart de mes clients sont envoyés par des personnes que j'ai rencontrées au cours d'une de ces soirées.

Kitt esquissa une grimace.

— Je sais, je sais. Tu as raison.

— Sans compter que toutes les distractions sont bonnes à prendre pour m'épargner de penser à l'enterrement de vendredi, ajouta Evie, la mine soudain sombre.

— Tu as décidé d'y aller, finalement ?

— Oui, je crois. Tu penses que tu pourras te libérer ?

— Ça devrait pouvoir se faire, oui.

— Michelle sera d'accord ?

— Non, mais son avis ne m'a jamais empêchée de m'échapper quelques heures pour affronter des situations de force majeure au cours des dix dernières années.

Evie fit volte-face et dévisagea Kitt, sourcil arqué.

— Sachant que, pour toi, un cas de force majeure consiste à faire la queue devant une librairie de livres d'occasion pour être sûre de ne pas louper leurs soldes sur les éditions originales...

— Exact, reconnut Kitt en souriant.

Tendant la main vers le portant le plus proche, elle saisit une robe à manches courtes parsemée d'oranges et de citrons.

— Qu'est-ce que tu penses de ça ?

— Oooh, roucoula Evie en lui arrachant le vêtement des mains.

En deux temps trois mouvements, elle se débarrassa du cintre et entreprit de passer la robe par-dessus sa tenue de travail en toile écrue, une manœuvre que peu de personnes réussissaient à accomplir avec un tant soit peu de grâce. Grande habituée des friperies dépourvues de cabines d'essayage, Evie avait toutefois mis au point une technique particulièrement efficace.

Sans quitter son reflet des yeux, elle virevolta devant le miroir.

— Épatant !

— Elle irait bien avec ton cardigan moutarde, commenta Kitt.

— Très juste.

Le regard de Kitt alla se poser sur un petit tas de livres empilés sur un guéridon. Elle les examina un par un avant de demander :

— Bon, tu crois qu'on peut parler tranquillement de ta conversation avec Beth, ici ?

Lorsque son amie l'avait appelée pour l'inviter à une virée shopping de dernière minute à l'heure du déjeuner, en vue de dénicher la tenue idéale pour le Belle's Ball, Kitt avait essayé de lui tirer les vers du nez. Evie était alors en train de traverser le pont Skeldergate et, sachant à quelle vitesse se propageaient les rumeurs dans une petite ville comme York, elle avait insisté pour la retrouver dans un endroit moins fréquenté afin de lui raconter par le menu la sortie de garde à vue de Beth, la veille au soir.

Jetant un coup d'œil par-dessus l'épaule de Kitt, Evie inspecta la boutique. Elles étaient les deux seules clientes pour le moment. Quant à la vendeuse perchée sur un tabouret, elle semblait absorbée dans la lecture du dernier numéro de *Vintage Life*.

Evie fit signe à Kitt d'approcher.

— La pauvre était au trente-sixième dessous quand je l'ai appelée, déclara-t-elle à voix basse. Je n'ai pas voulu la retenir trop longtemps mais, en tout cas, elle nous remercie de l'avoir aidée à se sortir de ce mauvais pas.

— Tant mieux, fit Kitt en reposant les livres à leur place avant de faire un pas vers son amie. Et est-ce que tu sais si Georgette a dit quelque chose à la police, au sujet des photos que j'ai prises chez elles ?

— Beth m'avait promis de poser la question. Elle m'a envoyé un texto un peu plus tard pour me dire que Georgette avait été à deux doigts de tout déballer mais qu'elle s'était ravisée au dernier moment. Apparemment, elle était un peu jalouse quand Beth et Owen sortaient ensemble.

— C'est l'impression que j'ai eue, en effet. Elle en pinçait pour Owen, c'est ça ?

Evie secoua la tête.

— Non, je ne pense pas. D'après le message de Beth, je crois plutôt que Georgette était jalouse de la nature même de leur relation, de l'espèce de dévotion qu'Owen témoignait à Beth. Elle trouve que Beth a été bête de tout envoyer balader.

Evie se tut et baissa les yeux. Kitt l'observa en silence. De toute évidence, les paroles qu'elle venait de prononcer étaient en train de faire leur chemin dans son esprit, aboutissant à un douloureux constat. Ce constat, Kitt l'avait déjà fait mais elle n'en avait jamais parlé à son amie, de peur de la blesser. Owen ne l'avait pas aimée aussi passionnément quand ils étaient ensemble. Pas après les premiers frissons de la phase de séduction, en tout cas. Owen traversait une période instable, tiraillé entre sa rupture avec Beth et sa rencontre avec Evie. Il semblait incapable de se lancer dans une histoire sérieuse. En découvrant l'intensité de ses sentiments pour Beth, Kitt prenait conscience qu'Evie n'avait été qu'une béquille pour lui.

— J'imagine que la famille de Beth était soulagée, lança-t-elle, désireuse de changer de sujet.

— Sa mère a piqué une crise en apprenant qu'elle

avait une liaison avec un homme marié. Beth exagérait sûrement mais elle a laissé entendre que les conditions de sa garde à vue étaient plus chaleureuses que l'accueil réservé par ses parents à sa sortie du commissariat.

— La pauvre, comme si elle avait besoin de ça en ce moment.

Evie haussa les épaules.

— Je peux comprendre que ses parents soient contrariés. Ce n'est pas ce que tu souhaites pour ta fille unique, quand même… Être la maîtresse d'un homme marié…

Kitt pencha la tête sur le côté.

— D'après ce que tu m'as raconté sur Beth, ce n'est pas le style de fille à faire intentionnellement du mal aux autres.

— Non, elle m'a dit qu'elle avait complètement craqué pour ce type et je ne doute pas un instant de sa bonne foi, vu les risques qu'elle a pris pour être avec lui.

— Les gens font de drôles de choses par amour, fit observer Kitt. Elle gardait les clés magnétiques en souvenir ?

— On n'a pas abordé ce genre de détail mais je suppose que oui, répondit Evie, les yeux soudain pétillants de malice. Elle m'a dit aussi que les policiers n'étaient pas ravis de la laisser partir.

— Logique. Notre intervention a sorti Beth du pétrin mais les voilà revenus à la case départ. Pas étonnant qu'ils n'aient pas sauté de joie.

— C'est sûr. D'après Beth, Halloran lui a à peine adressé la parole quand il est venu la chercher.

Détachant le regard d'un carré élimé de moquette bleu canard, Kitt dévisagea son amie.

— Pourquoi est-ce que tu ne parles que de lui ? Étant donné le comportement de l'inspectrice Banks quand ils m'ont interrogée à la bibliothèque, je mettrais ma main à couper qu'elle était tout aussi contrariée que lui.

— Je ne fais que rapporter ce qu'on m'a dit, expliqua Evie en affichant un sourire un peu trop réjoui compte tenu de leur sujet de conversation.

— C'est quoi, ce sourire ? fit Kitt avec une pointe de sécheresse.

— Rien, rien. Je te trouve juste un peu dure avec Halloran.

— Halloran est inspecteur de police, Evie. Inspecteur principal, qui plus est. Il est habitué à ce genre d'aléas. Des pistes qui ne conduisent nulle part, il y en a dans toutes les enquêtes, tu sais.

— Quand même, insista Evie, je n'aimerais pas être à sa place. Imagine, une grosse affaire de meurtre et pas le moindre suspect en vue… Ça doit être coton.

— Tu veux postuler pour remplacer Beth ? suggéra Kitt, ironique. Je suis sûre que ça l'arrangerait.

— Une visite au commissariat m'a suffi, merci. Mais…

— Quoi ?

— J'espère de tout cœur que Halloran et Banks résoudront l'affaire rapidement. Ce sont les mieux placés pour retrouver l'assassin d'Owen.

Kitt considéra son amie en silence. Si elle avait l'intention de lui dire qu'elle n'avait pas tout à fait terminé d'enquêter de son côté, c'était le moment ou jamais. Mais ce n'était sans doute pas une bonne idée. La situation était déjà assez compliquée comme ça, ce ne serait pas honnête de faire croire à Evie qu'elle allait fureter ici et là et qu'elle trouverait le coupable en un rien de temps. Même si, compte tenu du comportement de l'inspectrice Banks lors de sa visite à la bibliothèque, rien ne lui ferait plus plaisir que de résoudre l'affaire avant eux. Pour le moment, cependant, il semblait plus prudent de convaincre Evie que la police avait la situation bien en main.

— Tu peux leur faire confiance, assura Kitt en s'approchant de son amie pour l'enlacer par la taille. Ils n'ont pas eu beaucoup de chance jusqu'à présent, mais n'oublie pas que le médecin légiste n'a pas encore rendu son rapport. Il y aura d'autres pistes, j'en suis sûre et certaine.

À cet instant, le portable de Kitt vibra au fond de sa poche. Elle l'attrapa en soupirant. Un gloussement aussi familier que contagieux s'échappa de l'appareil lorsqu'elle le colla à son oreille.

— Grace ? C'est toi ?

— O-o-oui, articula son assistante avant de céder à un nouveau fou rire.

Kitt ferma les yeux et secoua la tête.

— Pourrais-tu arrêter de ricaner trente secondes, s'il te plaît, le temps de m'expliquer a) la raison de ton appel, sachant que je serai de retour à la bibliothèque dans une demi-heure et b) la raison de ton hilarité.

— Est-ce que tu… tu as regardé les infos ?

— Quelles infos ?

— Eh bien, je viens de tomber sur une vidéo sur Twitter – je crois que c'est un extrait du journal télévisé local, les infos de la mi-journée.

— Au risque de me répéter, de quoi s'agit-il ? insista Kitt en retenant de justesse un juron salé.

— C'est au sujet du meurtre. Il y a une séquence où l'on te voit en train de dire que tu ne feras aucun commentaire. Tu as l'air hyper énervée.

À ces mots, Grace éclata encore de rire. Evie pointa le menton en direction de Kitt.

— Je suis ravie que ça te réjouisse à ce point de me voir aux informations télévisées, Grace, ironisa Kitt – là, Evie plaqua une main sur sa bouche pour tenter de dissimuler le sourire qui étirait ses lèvres – mais, si tu veux mon avis, quelqu'un qui refuse de s'exprimer sur un sujet, ça ne relève pas vraiment du scoop.

— En fait, le reportage met en lumière le manque de coopération de la police concernant le meurtre de samedi. Les journalistes reprochent aux enquêteurs de se montrer trop évasifs. Et comme, dans la séquence, tu es à côté d'une policière, ils insinuent que même les habitants de la ville alimentent cette conspiration du silence.

— Ben voyons, c'est tellement typique de leur part, ce genre d'élucubrations. Ils réussissent même l'exploit de transformer une non-information en information.

— Mais c'est tellement drôle, s'esclaffa Grace. Tu devrais regarder la vidéo, vraiment.

— Non, merci. Tu m'appelais juste pour ça ?

— Oui… oh, et aussi pour te dire que Ruby était passée. Elle m'a dit qu'elle te tirerait volontiers les cartes si tu avais envie de découvrir l'identité du meurtrier avant la police.

— Merci, répéta Kitt d'un ton laconique signifiant clairement que c'était hors de question. Je te rejoins dans une demi-heure.

Lorsqu'elle regarda Evie, son amie avait perdu le sourire. Elle avait enlevé la jolie robe aux couleurs éclatantes et observait fixement une tache sur la moquette qui n'avait pourtant rien de spectaculaire.

— Qu'est-ce qui se passe ? demanda Kitt, presque sûre qu'Evie allait fondre en larmes.

Avant de prendre la parole, celle-ci pressa ses lèvres l'une contre l'autre pour les humidifier.

— Je… je viens juste de penser à quelque chose… Ça ne m'avait même pas effleuré l'esprit…

— Quoi donc ?

Evie posa sur elle des yeux ronds.

— Je crois que je sais qui est le meurtrier.

CHAPITRE 12

Le Belle's Ball se tenait tous les ans dans une vieille salle de réception de style Tudor située à quelques pas de la cathédrale de York. Tous les ans, Kitt ressortait du fond de sa penderie la robe de soirée en soie émeraude agrémentée d'un décolleté cœur et, tous les ans, les discussions sur les derniers produits cosmétiques atteignaient de tels niveaux de vacuité qu'elle songeait à s'empaler sur une des épées antiques conservées dans les vitrines qui habillaient les murs de la salle. La perspective d'un séjour aux urgences semblait presque plus réjouissante que d'écouter le flot d'inanités déversé par la multitude de bouches peinturlurées qui la cernaient.

Kitt soupira devant son assiette garnie d'une quiche sans pâte aux poireaux et à la feta. Trois minuscules feuilles de cœur de laitue accompagnaient la tarte. Elle avait oublié à quel point les portions servies lors de ce dîner annuel étaient ridicules. Ou peut-être avait-elle simplement tenté de se persuader qu'elles n'étaient pas aussi chiches que dans son souvenir. Chaque année, hélas, le constat était le même et il n'avait rien de surprenant. Toutes les personnes présentes ce soir-là surveillaient leur tour de taille, une activité inintéressante au possible à laquelle Kitt avait renoncé depuis belle lurette. La vie était courte et cruelle – pourquoi faudrait-il en plus se priver des plaisirs de la chère ?

Kitt promena un regard sur les convives assis autour de la table ronde qu'elle partageait avec Evie. Diane, la propriétaire du salon Daisy Chain où travaillait Evie, menait la conversation autour d'une nouvelle marque de cire coiffante qu'elle utilisait depuis peu. Keith, son compagnon, était assis à côté d'elle. Une certaine mélancolie noyait ses yeux gris – de toute évidence, la discussion le barbait autant que Kitt. Mais ils étaient visiblement une minorité à s'ennuyer : Deniz, le styliste en chef du salon, son petit ami Scott et une apprentie coiffeuse prénommée Jazz buvaient littéralement les paroles de Diane. Et d'après les bribes de conversations qui parvenaient aux oreilles de Kitt, la cinquantaine d'invités réunis autour de tables rondes semblables à la leur débattaient avec animation de sujets similaires.

Incapable d'écouter un mot de plus des explications de Diane sur le taux de phosphate d'ascorbyle de magnésium présent dans cette nouvelle gamme de soins capillaires garantissant des cheveux plus sains plus longtemps, Kitt laissa ses pensées vagabonder vers la révélation – même si le terme était un peu fort – que lui avait faite Evie quelques heures plus tôt. Son amie venait de s'apercevoir qu'elle avait omis un nom en établissant la liste qu'elle avait remise à la police. Il s'agissait de Ritchie Turner, le type qu'elle avait connu sur un site de rencontres. Ils s'étaient vus une semaine avant le meurtre d'Owen et lui aussi connaissait tous les détails de leur rupture. Que cet homme ait fait irruption dans la vie d'Evie juste avant que son ex soit assassiné ne relevait peut-être pas du pur hasard.

— Il y a de fortes chances que le coupable de ce meurtre se soit déjà réfugié dans une autre ville à l'heure qu'il est, déclara Diane, mettant un terme brutal aux réflexions de Kitt.

Apparemment, le petit groupe avait changé de sujet de conversation, ce qui n'était guère étonnant : un meurtre avait été commis quatre jours plus tôt dans la ville où ils résidaient, son auteur était toujours en cavale et, à en croire la presse locale et nationale, les enquêteurs n'avaient toujours pas de suspect.

— C'est censé être rassurant ? demanda Evie, dont l'air maussade contrastait avec la robe à l'imprimé radieux que Kitt avait choisie pour elle.

Les yeux baissés sur son assiette, elle se mit à jouer avec une feuille de salade du bout de sa fourchette. Elle semblait si morose que Kitt en vint presque à regretter les autres sujets de discussion, tellement plus légers. Si seulement ils avaient pu débattre toute la soirée des meilleures méthodes pour faire tenir son rouge à lèvres jusqu'au bout de la nuit…

— Je sais que ça n'a rien de génial, répondit Diane en approchant un grand verre de vin rouge de ses lèvres couleur lilas, mais il faut bien se raccrocher à ce qu'on peut dans ces moments là.

— À mon avis, le meurtrier traîne toujours dans les parages, lança Jazz, qui portait l'une des robes les plus éblouissantes que Kitt ait jamais vues.

Des épaules aux orteils, la peau noire de Jazz était drapée de lamé or et, comme si cela ne suffisait pas, un galon de sequins ourlait son décolleté. Sous le flot de lumière diffusé par le candélabre posé au centre de la table, sa robe brillait tellement que Kitt avait du mal à la regarder en face.

— Et voilà, c'est parti, marmonna Deniz en effleurant sa barbe de deux jours soigneusement entretenue. Jazz, tu es incroyablement macabre. Vous avez déjà jeté un coup d'œil à sa liste d'envies sur Kindle ?

— Ça va peut-être t'étonner, mais je dirige un salon de coiffure et un institut de beauté, alors non, je n'ai pas eu le temps de me pencher là-dessus, persifla Diane. J'ai loupé quelque chose ?

— Disons que ça en dit long sur sa personnalité, répondit Deniz avec une mimique expressive. Tu trouves soit les derniers polars qui te donneront des cauchemars pendant plusieurs mois, soit des essais sur les tueurs en série.

La paupière gauche de Jazz tressauta.

— Non, c'est faux.

— Tu as raison : il y a aussi *Les Pages de notre amour*, rectifia Deniz.

— J'adore ce livre, commenta Scott.

Kitt aurait beaucoup aimé donner son avis sur le roman de Nicholas Sparks, et surtout préciser qu'il existait des livres bien meilleurs que celui-ci quand on aimait les histoires d'amour. Elle ne put s'empêcher de se demander aussi ce que valaient les autres titres de la liste d'envies de Jazz – déformation professionnelle, bien sûr. Mais la théorie de cette dernière concernant le meurtrier et la forte probabilité qu'il n'ait pas quitté la ville n'était pas sans intérêt et méritait d'être creusée. Evie lui en voudrait certainement de s'appesantir sur le sujet mais, d'un autre côté, toute information susceptible de l'écarter définitivement de la liste des suspects et de les conduire sur la piste du vrai coupable valait le coup d'être exploitée.

— Qu'est-ce qui te fait croire que le meurtrier est encore en ville, Jazz ? demanda-t-elle.

— Eh bien, Evie nous a dit qu'il s'agissait d'un meurtre prémédité et mis en scène.

— Et donc ? relança Deniz.

— Donc, les auteurs de ce style de meurtres prennent souvent un malin plaisir à s'attarder dans les parages pour voir ce qui se passe ensuite, expliqua Jazz. Je n'entrerai pas dans les détails parce qu'on est à table mais ce genre d'individu aime bien se nourrir de la panique qu'il a semée.

— On dirait que tous les habitants de la ville ont une théorie sur le meurtrier, déclara Keith en se servant un autre verre de vin, dont la couleur rouge sang se mariait parfaitement à celle de sa chemise en soie.

Comme pour confirmer ses propos, quelques autres convives se mirent à exposer leurs thèses.

— Ça va ? murmura Kitt à Evie.

— Pas vraiment, non. Si j'avais su que l'assassinat de mon ex-petit ami serait disséqué pendant le dîner, j'aurais réfléchi à deux fois avant de venir.

— Désolée, fit Kitt, qui regrettait de ne pas avoir trouvé un moyen plus discret de questionner Jazz. Tu connais les gens du Yorkshire. C'est comme ça qu'on surmonte nos problèmes, ici, en les ressassant entre amis jusqu'à ce qu'ils soient derrière nous.

— Je sais, mais si tout le monde y va de sa petite théorie, je ne vois pas pourquoi je ne pourrais pas livrer la mienne aux inspecteurs Halloran et Banks.

— Je ne t'ai pas interdit de le faire, fit observer Kitt.

— Non, mais tu penses que ce n'est pas une bonne idée.

Kitt pencha la tête sur le côté.

— Je n'ai pas dit ça non plus. Je pense juste que ça ne servait à rien de céder à l'hystérie collective et de lancer des accusations à tort et à travers. Je suis d'accord pour que tu communiques son nom à la police, surtout qu'il est entré dans ta vie quelques jours avant le drame, mais je juge simplement imprudent de le mettre dans une position délicate vu qu'il n'avait a priori aucun mobile. Sans compter qu'aucune preuve matérielle n'a été retrouvée sur les lieux du crime. C'est ce genre de détail qui fera la différence pour la police, tu comprends ?

Croisant les bras sur sa poitrine, Evie dévisagea son amie avec attention. L'ombre d'un sourire étira ses lèvres.

— Toi, tu as lu des bouquins sur les tueurs en série, je me trompe ?

Kitt se redressa sur sa chaise.

— Pas du tout, enfin. Crois-moi, j'ai d'autres chats à fouetter.

— Je n'en crois pas un mot, justement. Ce que je pense, c'est que tu es passée secrètement en mode « recherche et documentation ».

Kitt exhala un soupir.

— Je suis peut-être tombée par hasard sur un ou deux ouvrages traitant du profilage criminel en mettant un peu d'ordre dans les rayonnages cet après-midi, mais de là à dire que je me suis documentée sur la question…

Evie secoua la tête.

— Tu trouverais n'importe quel prétexte pour te plonger dans un nouveau bouquin.

— Quoi qu'il en soit, je ne reviendrai pas sur ce que j'ai dit, déclara Kitt. Ritchie Turner travaille comme barman dans une boîte de nuit en ville et, à notre connaissance, il n'a aucun lien avec Owen. Ce qui veut dire aucun mobile.

Evie haussa les épaules.

— Ashes to Ashes a la réputation d'être le QG des gothiques et des métalleux. Il trempe peut-être dans des histoires louches ?

— Ce n'est pas parce que tu fréquentes les friperies et les brocantes que tu envoies tes messages par pigeon voyageur, rétorqua Kitt en souriant.

— C'est peut-être un brin caricatural, je te l'accorde, reconnut Evie. Mais il n'y a pas de fumée sans feu.

— C'est en suivant ce style de raisonnement qu'on devient intolérant, fit remarquer Kitt.

— Bon, d'accord, je m'incline, capitula Evie avant de boire une gorgée de vin. De toute manière, les clichés m'importent peu. Je sais pourquoi Ritchie a tué Owen.

— Je t'écoute.

— Je n'avais pas mangé grand-chose avant d'aller à ce rendez-vous, alors j'ai très vite été pompette et j'ai tout déballé à Ritchie. Vraiment tout, par le menu.

— Tu m'as dit que tu t'étais étalée sur les circonstances de votre rupture, en effet, et qu'il n'y aurait clairement pas d'autre rendez-vous, mais je ne vois toujours pas ce que ça vient faire avec le mobile de Ritchie.

— Bah, c'est ça, son mobile.

— Comment ça ?

— Je ne me suis pas contentée de lui décrire notre rupture : je lui ai raconté tous les épisodes de notre relation, de A à Z. Je lui ai même parlé des serviettes de toilette.

Kitt haussa les sourcils d'un air incrédule. Quand ils étaient ensemble, Evie avait essayé de faire comprendre à Owen que le blanc, couleur nuptiale par excellence, lui allait bien au teint, en paradant dans leur appartement enveloppée dans de moelleuses serviettes éponge blanches achetées spécialement. La pauvre était persuadée qu'à force de la voir tous les jours drapée de blanc, Owen finirait par la demander en mariage.

— Tu devais être carrément bourrée, ma parole.

— Je préfère dire « pompette », corrigea Evie.

— Et donc, tu crois que t'écouter déblatérer sur ton histoire d'amour passée aurait réveillé son instinct de tueur ?

— Trois heures de jérémiades non-stop… ça pousserait n'importe qui au meurtre, non ?

Kitt enfourna un gros morceau de quiche dans sa bouche en s'efforçant de trouver une réponse pleine de tact. Si Evie n'avait pas été aussi chamboulée par les derniers événements, elle lui aurait volontiers répliqué que dans ce cas, c'est elle-même qui aurait été désignée comme principal suspect. Elle n'avait pas compté les heures passées à écouter l'interminable monologue d'Evie sur sa rupture – cela n'aurait pas été très charitable de la part d'une amie –, mais cela excédait de loin la durée d'un simple dîner.

— Selon la police, Owen connaissait son assassin, fit-elle remarquer après avoir avalé sa bouchée. Il n'y avait aucun signe d'effraction. Or, Ritchie et Owen ne se connaissaient pas et ta théorie sur son mobile est très discutable.

— Ils se connaissaient peut-être, objecta Evie. York est une petite ville, après tout. Et puis, il y a aussi les circonstances de ma rencontre avec Ritchie. C'est ma première expérience sur ce genre de site. Mon premier rendez-vous avec un parfait inconnu. Tous les autres avec qui je suis sortie, je les avais rencontrés par le biais d'amis ou de collègues.

— Sa présence sur un site de rencontres ne fait pas de lui quelqu'un de peu recommandable. Tu t'étais bien inscrite, toi. Comment s'appelle ce site, déjà ? LoveMatch ?

— Oui. Mais tu as raison, c'est juste que tout ça m'angoisse. Je ne connaissais ce type ni d'Eve ni d'Adam et je ne peux m'en prendre qu'à moi-même s'il sait tout de ma rupture avec Owen. Quelle idiote, franchement. Il pourrait même utiliser certaines informations contre moi, s'il voulait.

— Bonsoir, Evie, susurra une voix si suave et veloutée qu'elle en était presque écœurante.

Evie se tourna vers une femme dont les yeux vert d'eau captaient la lumière d'une manière quasi hypnotique.

— Oh, Heather, bonsoir. Kitt, je te présente Heather, la nouvelle magicienne de mes ongles.

— Enchantée, fit Kitt en admirant la chevelure blond cendré qui tombait en cascade sur la robe écarlate de son interlocutrice.

— Moi de même, répondit Heather avant de reporter son attention sur Evie. Je venais prendre de tes nouvelles. J'étais très étonnée de te voir ici compte tenu des événements.

— C'était une décision stupide de ma part, déclara Evie. Mais on dirait que c'est tout ce que je sais faire dans la vie...

— Hé, tu ne parles pas comme ça de ma meilleure amie, la rabroua Kitt d'un ton faussement enjoué.

— Meilleure amie, répéta Heather en les gratifiant chacune d'un sourire. Je suis rassurée de savoir que quelqu'un veille sur toi, Evie, surtout dans ces moments difficiles.

— De ce côté-là, au moins, je suis vernie, reconnut Evie.

Heather se frotta les bras comme si elle avait froid, brusquement.

— On n'habite pas très loin de Fulford, mon ami et moi, et on était de sortie dans le quartier le soir du meurtre. Ça aurait très bien pu être nous.

— Eh bien, ça n'a pas été le cas, murmura Evie en baissant les yeux, songeant probablement à Owen.

— Et toi, dans tout ça ? reprit Heather.

— Comment ça, moi ?

— Est-ce que tu étais… dans les parages quand c'est arrivé ?

Même si Heather ne la regardait pas, Kitt la dévisagea d'un air furibond. Cette femme avait un drôle de toupet. Elle lui demandait son alibi, ni plus ni moins. La situation était déjà suffisamment pénible pour Evie… Si en plus, ses amis la soupçonnaient, la pauvre ne s'en remettrait pas.

— Non, j'étais chez Kitt, de l'autre côté de la ville.

Evie parlait d'une voix fluette, comme si elle redoutait l'opinion des autres convives. La croiraient-ils capable du pire, malgré ses protestations ?

— Oh, je suis tellement contente de savoir que tu n'étais pas dans le coin, déclara Heather d'une voix encore plus mielleuse, comme pour adoucir les accusations qu'elle venait de formuler à demi-mot. J'espère vraiment que le meurtrier sera vite arrêté.

— Moi aussi, renchérit Evie. Qui que ce soit, j'espère que…

— Oh mon Dieu ! s'exclama Jazz d'un ton apeuré en portant à sa joue une main aux ongles longs comme des serres. Ce ne seraient pas les flics qui sont passés au salon l'autre matin ?

Braquant leurs regards dans la même direction que Jazz, Deniz et Scott se lâchèrent la main.

La surprise se peignit également sur le visage de Heather qui recula d'un pas.

— Si, ce sont eux, confirma-t-elle. Ils sont venus me voir, moi aussi.

Tournant la tête vers la gauche, Kitt vit l'inspecteur

principal Halloran se diriger vers elles à grandes enjambées. Sa mâchoire était contractée, ses yeux du même bleu métallique, glacial, que dans son rêve. L'inspectrice Banks marchait sur ses talons.

En arrivant devant leur table, Halloran regarda d'abord Evie, puis Kitt.

— Qu'est-ce que…, commença Kitt avant qu'il l'interrompe.

— Evelyn Bowes. Katherine Hartley, énonça-t-il avant de brandir une paire de menottes. Vous êtes en état d'arrestation pour le meurtre d'Owen Hall.

CHAPITRE 13

Sourcils froncés, Kitt chercha le regard de son amie, mais celle-ci demeura immobile, comme pétrifiée. La bibliothécaire jeta alors un coup d'œil aux visages stupéfaits qui l'entouraient. Les personnes des tables voisines commençaient à se retourner vers elles. Des murmures parcouraient l'assistance et la tension grandissante embrasa le feu qui couvait en permanence dans la poitrine de Kitt. Elle devait à tout prix garder son sang-froid : un accès de fureur ne ferait que confirmer les soupçons des enquêteurs et ce n'était guère le moment d'apporter de l'eau à leur moulin.

Ravalant sa colère, Kitt se leva lentement de sa chaise et fit face à Halloran. Même avec des talons, elle restait plus petite que lui, ce qui ne l'empêcha pas de le foudroyer du regard. L'inspecteur ne cilla pas.

— *Nous* sommes en état d'arrestation ? dit-elle d'une voix sourde aux accents tranchants.

— Vous avez parfaitement entendu, confirma Halloran.

— Pour quelles raisons ?

L'inspecteur observa un moment de silence, hésitant visiblement à répondre à cette question devant un auditoire. Il prit toutefois conscience que Kitt et Evie participaient à un dîner, entourées d'amis et de collègues, et que procéder à leur arrestation sans fournir d'explication pourrait causer d'autres problèmes.

— Nous avons une preuve médicolégale de l'implication de Mlle Bowes dans le meurtre d'Owen Hall et comme vous êtes son alibi, vous êtes en état d'arrestation pour complicité de meurtre.

Kitt cligna plusieurs fois des yeux.

— C'est incroyable. Il doit s'agir d'une erreur.

Elle attendit que quelqu'un autour de la table prenne la parole pour confirmer ses dires. Au lieu de quoi, un silence pesant s'installa. Kitt chercha le regard de Diane, qui employait Evie depuis cinq ans. Les yeux de cette dernière glissèrent sur la nappe tandis qu'elle tripotait nerveusement son couteau. Tous les autres l'imitèrent, évitant soigneusement de croiser son regard.

Les deux amies se retrouvaient donc seules au monde. Seules face à l'adversité.

— Que cela vous semble incroyable n'a aucune importance, rétorqua Banks, martelant les consonnes avec son accent écossais. Vous avez le droit de garder le silence, enchaîna-t-elle avant de débiter le reste du laïus.

Tout le temps de sa litanie, Kitt garda les yeux fixés sur Halloran, pinçant les lèvres de plus en plus fort, écœurée par chaque nouvelle phrase. Tous les invités présents dans la salle les observaient. Dans le silence tendu, la voix pénétrante de Banks ricochait entre les murs de grès, les poutres en bois du plafond et les plaques en acier de l'armure postée dans un angle de la pièce.

— Est-il vraiment nécessaire de nous passer les menottes ? demanda Kitt en jetant un coup d'œil à celles que Halloran tenait dans ses mains.

Il hésita encore, la détaillant de la tête aux pieds comme pour évaluer les risques potentiels, et rangea finalement la paire de menottes dans la poche de sa veste.

Kitt se tourna vers son amie qui n'avait toujours pas ouvert la bouche.

— Evie, dit-elle en lui tapotant l'épaule.

Evie sursauta, comme arrachée à un état de transe.

— Je n'ai rien fait. Ce n'est pas moi qui ai fait ça, articula-t-elle d'un ton mécanique.

— Je sais. Nous n'y sommes pour rien, ni l'une ni l'autre. Mais nous allons devoir suivre les inspecteurs pour arranger tout ça, d'accord ?

Evie hocha imperceptiblement la tête pour signaler qu'elle l'avait entendue.

— Couvre-toi. Il ne fait pas un temps à sortir en robe de soirée, reprit Kitt en montrant l'exemple, enfilant son gros manteau vermillon par-dessus sa robe vert émeraude.

Après l'avoir considérée quelques instants d'un air absent, Evie glissa les bras dans son imperméable bleu.

— Banks ? fit Halloran.

— Chef ?

— Conduisez Mlle Bowes au poste de police.

— Entendu, chef, répondit Banks en posant une main sur l'épaule d'Evie dans un geste étonnamment délicat, avant de l'entraîner vers la sortie.

— Par ici, mademoiselle Hartley, ordonna Halloran en indiquant la porte d'entrée.

Kitt commença à avancer dans la direction que lui avait montrée Halloran et l'inspecteur lui emboîta le pas, si proche qu'elle sentait presque son souffle sur sa nuque. Une main effleurant le creux de ses reins, il la guida entre les tables tandis que les chuchotements enflaient parmi l'assemblée des esthéticiennes et autres spécialistes de la beauté du Yorkshire.

Kitt pressa le pas, préférant ne rien entendre des rumeurs qui commençaient déjà à circuler au sujet de l'incident. Le quartier de la cathédrale aurait retrouvé son calme, à cette heure-ci. Une bonne bouffée d'air frais et une ambiance paisible après le silence oppressant d'une soirée qui avait mal tourné : voilà ce qu'il lui fallait pour mettre de l'ordre dans ses idées.

Dehors, Halloran escorta Kitt jusqu'à sa voiture et ouvrit la portière arrière. Sans un regard pour l'inspecteur, elle s'engouffra à l'intérieur, se glissa sur la banquette et attendit que la portière claque derrière elle. Pour une raison qu'elle ignorait, Halloran ne la ferma pas tout de suite. Kitt leva les yeux, croisa son regard contrarié. Il semblait sur le point de dire quelque chose, mais comme aucun son ne sortait de sa bouche et qu'elle n'avait pas l'intention de lui adresser la parole, elle attrapa la ceinture de sécurité, l'attacha et regarda droit devant elle jusqu'à ce qu'il ferme enfin la portière.

Il régnait dans l'habitacle une odeur de terre et de sous-bois qui rappela à Kitt les bourrasques d'air frais courant sur la lande par les brumeuses matinées de printemps. Elle avait déjà humé ces notes végétales sur Halloran mais, dans sa voiture, l'effet était encore plus puissant, plus masculin aussi. Malgré elle, Kitt se surprit à inspirer profondément pour mieux s'imprégner de l'odeur.

Elle vit Banks passer au volant de sa voiture, de l'autre côté de la rue. Assise à l'arrière, Evie était appuyée contre la vitre. Son visage n'exprimait aucune émotion.

Halloran s'installa au volant et lui lança un regard dans le rétroviseur. Kitt plissa les yeux, secoua la tête et se détourna ostensiblement.

Quelques instants s'écoulèrent, puis Halloran tourna la clé de contact, vérifia l'angle mort et déboîta sur Goodramgate.

— Pour votre information, nous allons procéder à la

perquisition de votre domicile ce soir, déclara-t-il. Nos enquêteurs fouilleront également la maison de Mlle Bowes.

Kitt répondit sans cesser de fixer l'enseigne clignotante d'un kebab qui se reflétait sur le trottoir :

— Inutile de nourrir le chat. Je lui ai donné des croquettes avant de sortir, ce soir.

— Quand nous arriverons au commissariat, vous serez directement conduite dans la salle de garde à vue, l'informa l'inspecteur d'un ton neutre.

— Quelle manière élégante de décrire une cellule de prison, ironisa Kitt. Vous n'avez jamais songé à faire carrière dans l'immobilier ? Ils sont experts quand il s'agit d'enjoliver les choses. Même s'ils ont un peu trop tendance à utiliser l'adjectif « splendide » à mon goût.

Halloran resta concentré sur la route mais Kitt vit sa mâchoire se crisper légèrement.

— C'est la procédure normale, reprit-il. Vous serez également fouillée, on relèvera vos empreintes digitales et on vous prendra en photo.

— Au moins, j'aurai une jolie robe sur ma première photo d'identité judiciaire, c'est déjà ça, lâcha Kitt en croisant les bras et en se tournant de nouveau vers la vitre.

— Je voulais juste vous informer de ce qui vous attendait, déclara calmement Halloran sur un ton d'avertissement que Kitt prit un malin plaisir à ignorer.

— Pourquoi ? Vous avez encore écopé du rôle du gentil flic ?

— Votre attitude ne plaide pas en votre faveur, vous savez, gronda Halloran.

— Ah oui, bien sûr, j'oubliais... Je viens de me faire arrêter par la police et je devrais garder le sourire. Parce que les femmes devraient tout encaisser sans rien dire, pas vrai ?

— Ce n'est pas ce que j'ai dit.

— Qu'essayez-vous de dire, alors ? insista Kitt.

— Ce que j'essaie de dire, c'est que je fais mon travail, c'est tout, et vous devriez peut-être vous montrer un peu plus respectueuse au lieu de me toiser comme si j'étais le diable incarné.

Kitt sentit les traits de son visage se détendre légèrement mais elle revit soudain l'expression absente d'Evie à l'arrière de la voiture de Charlotte Banks et les braises de son feu intérieur s'enflammèrent aussitôt. Pourquoi avaient-ils jugé utile de faire une scène devant tout le monde ? Elles avaient pourtant accepté de coopérer sans broncher depuis le début de l'enquête. Ils auraient tout de même pu leur épargner ce genre d'humiliation.

— Je n'aurais jamais cru qu'un inspecteur de police chevronné se soucierait de l'opinion d'une dangereuse criminelle.

Les mains de Halloran se resserrèrent sur le volant tandis qu'il tournait à droite pour prendre la direction de Fulford.

— Nous sommes tenus de remonter les pistes en fonction des preuves recueillies sur les lieux du crime. C'est comme ça qu'on mène une enquête.

Les remonter à l'aveugle, oui, songea Kitt qui s'abstint toutefois de formuler ce commentaire à voix haute malgré la chaleur qui irradiait sa poitrine.

— L'essentiel, c'est que vous ayez votre conscience pour vous, non ? se contenta-t-elle de dire. Vous n'avez pas besoin de mon approbation, il me semble.

— Je n'ai jamais dit que j'avais besoin de votre approbation.

— Vous m'entraînez dans des bavardages inutiles,

inspecteur. Et pendant ce temps, le vrai coupable a tout le loisir de prendre la poudre d'escampette.

Halloran secoua la tête.

— La coupable est en garde à vue à l'heure qu'il est. Ou tout au moins, la personne la plus susceptible d'avoir commis le meurtre.

Kitt se tourna de nouveau vers la vitre.

— Vous refusez tout bonnement l'idée que votre amie, la principale suspecte, puisse être responsable de ce crime, n'est-ce pas ? reprit Halloran.

— Oui. Evie serait incapable de tuer quelqu'un. La vie est à ses yeux une chose mille fois plus précieuse qu'une paire d'escarpins Chanel vintage et croyez-moi, pour elle, cette comparaison n'est pas à prendre à la légère.

— Pourquoi dites-vous ça ?

Kitt observa quelques instants de silence. Il y avait une réponse précise à cette question, mais elle hésitait à la donner.

— C'est un concept philosophique assez naturel, vous ne trouvez pas ? éluda-t-elle plutôt.

— Ça n'a donc rien à voir avec son overdose ?

À ces mots, Kitt sursauta et, contre toute attente, ses yeux se remplirent de larmes. Elle les ravala à grand-peine, la première surprise passée. Pleurer ne ferait qu'empirer les choses. Elle devait rester forte si elle voulait aider Evie.

— Vous êtes au courant ?

Evie s'était confiée à Kitt quelques années plus tôt et les deux amies n'en avaient jamais reparlé depuis. L'incident dont Evie avait terriblement honte s'était produit alors qu'elle était encore adolescente. Ses parents avaient décidé de divorcer et, dans un geste désespéré, la jeune fille qu'elle était alors avait avalé tous les comprimés de paracétamol de la pharmacie familiale.

— Nous avons accès aux dossiers médicaux quand il s'agit d'affaires graves, expliqua Halloran.

— Elle avait 14 ans, elle n'avait pas mesuré les conséquences de son geste, plaida Kitt.

— Elle n'était pas dans son état normal et a commis l'impensable, renchérit Halloran.

— Exactement, approuva Kitt.

— Et je suis censé croire qu'une telle situation ne se reproduira jamais ?

Kitt retint son souffle. Les enquêteurs comptaient-ils vraiment se servir de ce moment d'égarement pour accabler Evie qui se trouvait déjà dans un état de profonde détresse émotionnelle ? Une bêtise d'adolescence pouvait-elle constituer un élément à charge dans une affaire de meurtre, vingt ans plus tard ? Kitt resta silencieuse pendant le reste du trajet, se demandant à quelle sauce on allait les manger, son amie et elle.

CHAPITRE 14

Kitt fut arrachée à sa sieste impromptue par une petite tape ferme sur l'épaule. Le regard de Halloran plongea dans le sien. Certaine qu'elle rêvait encore, elle sourit instinctivement avant de reprendre brusquement contact avec la réalité. Elle avait dormi en chien de fusil sur un tapis de sol bleu, semblable à ceux qu'on utilisait en cours d'éducation physique à l'école. C'était le seul endroit où l'on pouvait se reposer dans la « salle de garde à vue » qu'on lui avait assignée à son arrivée au poste de police. En pénétrant dans la petite pièce, Kitt s'était promis de rester debout par pur esprit de bravade. Ses résolutions, hélas, n'avaient duré qu'une dizaine de minutes, au bout desquelles elle s'était affalée sur le rectangle caoutchouteux et recroquevillée pour tenter de trouver le sommeil.

— Quelle heure est-il ?

Accroupi à côté du tapis où elle s'était endormie, Halloran consulta sa montre avant de reporter son attention sur elle.

— Presque 2 heures.

— Du matin ?

— Oui, répondit l'inspecteur en se redressant.

Il tendit la main pour l'aider à se lever mais Kitt regarda ses longs doigts d'un air dédaigneux, résistant à l'envie de plisser les yeux pour accentuer l'effet. Puis elle s'assit, prit appui contre le mur et se releva précautionneusement. Ce faisant, elle remarqua que sa robe de soirée n'avait pas été conçue pour servir de chemise de nuit – le décolleté avait glissé, révélant beaucoup plus que ce que la décence autorisait.

Elle remit rapidement en place le corsage de sa robe en soie. C'était une tenue un peu trop élégante pour un séjour en prison mais ce n'était pas sa faute, après tout. Si elle avait imaginé un seul instant qu'on l'arrêterait pour meurtre au beau milieu d'un dîner, elle aurait mis un pantalon en toile tout bête.

La main tendue de Halloran s'abaissa lentement.

— Par ici, mademoiselle Hartley, dit-il en désignant la porte d'un signe de tête.

Il faisait plus chaud dans le couloir que dans la cellule de garde à vue mais la lumière blafarde qui l'éclairait lui fit mal aux yeux. Elle eut malgré tout la chair de poule et frotta ses bras nus pour tenter de se réchauffer.

Halloran observait ses gestes sans mot dire. Puis il lui montra le couloir et, comme il l'avait fait quelques heures plus tôt, posa la main au creux de ses reins pour la guider. Kitt sentit les battements de son cœur s'accélérer mais préféra mettre sa réaction sur le compte de la nervosité. Elle était bouclée dans un commissariat de police pour un crime qu'elle n'avait pas commis – rien d'étonnant à ce que son cœur s'emballe.

À peine une minute plus tard, Halloran s'arrêta devant une porte grise qu'il poussa d'un geste sec.

— Asseyez-vous, ordonna-t-il.

Kitt fit trois pas dans ce qui lui semblait être une salle d'interrogatoire, avant de prendre place sur une chaise en plastique à côté d'une petite table rectangulaire. Elle entendit la porte se refermer derrière elle. Les pas de

Halloran résonnèrent lourdement sur le linoléum du couloir. Elle se retrouvait seule dans une pièce aussi exiguë qu'austère, aux murs gris comme la porte – gris comme l'atmosphère qui y régnait.

Kitt jeta un coup d'œil rageur au miroir immense encastré dans le mur. Était-ce un miroir sans tain comme on en trouvait dans tous les polars à succès – la police du Yorkshire du Nord avait-elle les moyens de s'offrir ce genre d'équipement ? Ses connaissances des procédures judiciaires se limitaient à peu près aux romans policiers d'un autre temps qu'elle avait dévorés pendant son enfance et son adolescence, et elle pressentait déjà que les choses avaient quelque peu évolué depuis l'époque d'Hercule Poirot et d'Alice.

Elle se frotta le bout du nez en essayant d'ignorer l'odeur de renfermé qui flottait dans cette pièce aveugle. Ça sentait un peu le pain rassis en train de moisir, probable vestige olfactif des nombreux sandwichs achetés dans des distributeurs et servis ici après de longs interrogatoires nocturnes. Même cette odeur peu ragoûtante était toutefois une diversion bienvenue qui l'empêcha quelques instants de penser à Evie, et à l'état dans lequel son amie devait se trouver en ce moment même. L'avait-on déjà interrogée ou voulaient-ils d'abord connaître sa propre version des faits ? Avant que Kitt ait le temps d'analyser les techniques d'interrogatoire de Halloran, la porte s'ouvrit dans un grincement lugubre. Se tournant légèrement sur sa chaise, elle vit l'inspecteur entrer dans la pièce d'un pas décidé, suivi de près par Banks.

Halloran tenait dans ses mains une chemise cartonnée jaune moutarde et une couverture bleue. Il s'arrêta près de Kitt pour poser le plaid sur ses épaules.

— Merci, murmura-t-elle en resserrant autour d'elle les pans de la couverture.

Halloran se pencha vers le magnétophone sur la table, appuya sur un bouton puis regarda Kitt.

— Avez-vous été informée de vos droits ?

— Oui.

Sans un mot de plus, les deux enquêteurs tirèrent chacun une chaise en plastique gris dont les pieds métalliques labourèrent la moquette beige élimée, puis s'assirent de concert. Lèvres pincées, Banks enveloppa Kitt d'un regard sévère. L'expression de Halloran était aussi impénétrable que lorsqu'il avait fait irruption à la bibliothèque le jour de leur première entrevue. Sa mâchoire contractée trahissait cependant une certaine solennité.

Kitt les dévisagea à tour de rôle. Elle ouvrit la bouche pour parler mais, avant même qu'elle eût terminé de prononcer son premier mot, Halloran sortit une photo du dossier, la brandit puis la fit claquer sur la table. Pressant deux doigts sur le cliché, il poussa le rectangle de papier vers Kitt. La bibliothécaire quitta les profondeurs bleutées du regard de l'inspecteur pour baisser les yeux sur la photo, sourcils froncés.

Pâle, le regard vitreux, Owen gisait sur ce qui ressemblait à des lames de parquet stratifié. Ses bras étaient croisés sur son torse et il y avait quelque chose d'enfoncé dans sa poitrine. Un stylo-plume Stanwyck ? Kitt n'osa pas se pencher sur le cliché pour s'en assurer.

Elle ferma les yeux quelques instants, secoua la tête.

— Vous étiez vraiment obligés de me montrer ça ?

— Étant donné que vous êtes au moins en partie responsable de ce que vous avez sous les yeux, ça nous semblait assez logique, oui, répliqua Banks.

Kitt referma la bouche et fixa d'un air absent l'espace vide entre les deux enquêteurs.

— Vous ne cherchez pas à nier ? s'étonna Banks.

— Ce serait accorder trop de crédit à une affirmation totalement infondée, riposta Kitt en les regardant tour à tour.

— Dans un commissariat, mademoiselle Hartley, il est préférable de se défendre quand on est accusé de meurtre, déclara Halloran. En supposant évidemment que vous ne vous considériez pas coupable. Dans le cas contraire, nous allons recueillir vos aveux sans perdre plus de temps.

— D'accord, lâcha Kitt. Je nie avoir joué un rôle quelconque dans l'assassinat d'Owen Hall.

Un silence suivit ses paroles.

— Êtes-vous déjà allée au Owl and Star, un pub de Fossgate, mademoiselle Hartley ? demanda finalement Halloran.

— Une ou deux fois, oui. J'habite près de Clifton, je m'arrête donc plus souvent à The Exhibition, qui se trouve sur Bootham.

— Intéressant, commenta Halloran. Un témoin a dit avoir vu une femme correspondant à votre description dans ce pub samedi soir, en compagnie d'Owen. C'est la dernière fois qu'il a été vu vivant.

Kitt fronça les sourcils.

— En quoi cette femme me ressemblait-elle, au juste ?

— Elle était rousse, âgée d'une petite trentaine d'années. Voulez-vous que je vous apporte un miroir ? ajouta Banks, sarcastique.

— Je ne savais pas que j'étais la seule femme correspondant à cette description dans la région de York.

— Très juste, opina Banks. N'oublions pas que vous

avez une sœur jumelle. Peut-être se charge-t-elle de faire le sale boulot à votre place.

— Ça fait des années que ma sœur teint ses cheveux en noir corbeau.

— Ce qui nous ramène donc à vous, intervint Halloran. Sachant que, à notre connaissance, vous êtes la seule rousse à avoir un mobile.

— Ah oui ? Je peux savoir lequel ?

— Eh bien, ça n'a pas dû être facile de voir votre meilleure amie être humiliée comme ça. Recevoir un message de rupture via Facebook après deux ans de relation…

— Je ne dis pas le contraire, reconnut Kitt en balayant l'air de la main. Mais ça n'a fait que confirmer ce que je pensais déjà : Owen ne la méritait pas. Evie s'était jetée corps et âme dans leur relation alors que lui avait l'air de s'en fiche complètement.

— Raison pour laquelle il méritait une bonne leçon, lâcha Banks.

— Non, objecta Kitt. Raison pour laquelle il ne méritait pas les marques d'affection d'Evie.

Banks croisa le regard de son collègue qui sortit une autre pièce à conviction de son dossier. Il s'agissait d'un sachet en plastique ultrafin contenant une feuille de papier à lettres ivoire éclaboussée de rouge cramoisi. Halloran poussa le sachet vers Kitt. À en juger par l'aspect mat de la feuille, il s'agissait d'un papier de qualité supérieure, le genre d'article qu'on ne trouvait plus que dans des papeteries spécialisées. Quelques mots étaient écrits à l'encre épaisse : *Je ne sais pas comment te dire ça autrement…*

— C'est la note dont Evie m'a parlé, c'est ça ? Celle que l'on a retrouvée sur la scène du crime ?

— Exactement, répondit Halloran en scrutant son

visage. Nous n'avons pas trouvé de papier à lettres de ce style lorsque nous avons fouillé votre domicile, mais peut-être aurions-nous plus de chance en perquisitionnant votre lieu de travail ?

— J'avoue avoir un faible pour les beaux articles de papeterie, sans doute à cause de mon métier. Je ne connais pas cette marque, en revanche.

Les deux inspecteurs ne la quittaient pas des yeux.

— C'est de la folie, poursuivit Kitt. Evie et moi étions ensemble au moment du meurtre, ce qui veut dire que nous avons toutes les deux un alibi.

— Un alibi très pratique, en effet, déclara Banks en croisant les bras sur la table.

— Comment ça, pratique ?

— Le soir du meurtre de l'ex-petit ami d'Evie, vous passez comme par hasard la soirée puis la nuit sous le même toit, sans qu'aucun témoin puisse confirmer où vous vous trouviez.

— Pourquoi aurions-nous besoin de témoins ? Je vous signale qu'aucune de nous n'a d'antécédent judiciaire.

— Peut-être, mais vous aviez les moyens matériels de tuer Owen Hall, fit remarquer Halloran.

— Pardon ?

— L'analyse toxicologique réalisée sur le vin ingéré par la victime a montré la présence de toluène et de peroxyde d'hydrogène. Autrement dit, un cocktail mortel.

— Du peroxyde… comme de l'eau oxygénée ? articula Kitt en portant une main à sa gorge tandis que son imagination s'emballait.

— Exact, répondit Halloran. Quant au toluène, il fait partie des composants présents dans le dissolvant.

— Mais qui accepterait d'avaler ces trucs de son plein

gré ? Ça ne passe pas inaperçu, tout de même, un verre de champagne dilué à l'eau oxygénée.

— Le bilan sanguin d'Owen a révélé un taux élevé de diazépam.

Le cœur de Kitt fit un bond dans sa poitrine tandis qu'un pli creusait son front. Evie avait une ordonnance renouvelable de diazépam.

— Que se passe-t-il, mademoiselle Hartley ? s'enquit Halloran d'un ton lourd de sous-entendus. À en juger par votre réaction, vous n'êtes pas sans savoir que votre amie a facilement accès à cette substance.

Kitt se ressaisit rapidement.

— Essayez donc de masser des gens toute la journée, courbé au-dessus d'une table, riposta-t-elle en le foudroyant du regard. Vous comprendrez pourquoi Evie souffre terriblement du dos. Le médecin lui a prescrit du diazépam pour soulager ses contractures musculaires.

— C'est ce qu'elle vous a raconté, en tout cas, commenta Banks. Le problème, c'est qu'Evie Bowes n'est pas seulement en possession de la molécule utilisée par le meurtrier pour endormir la victime, elle a également pu se procurer sur son lieu de travail les deux substances chimiques responsables de l'empoisonnement.

— Evie avait donc les moyens, le mobile et l'occasion, résuma Halloran. Elle n'aurait pas eu besoin d'entrer chez Owen par effraction ; il lui aurait suffi de passer chez lui à l'improviste et il aurait ouvert la porte sans se faire prier. Exactement comme il l'a fait avec son meurtrier.

Kitt enfouit le visage dans ses mains en exhalant un long soupir. C'était un cauchemar. Comment les convaincre qu'Evie n'avait pas tué Owen alors que tous les indices la pointaient du doigt – elle et la mystérieuse rousse qui l'avait prétendument aidée à accomplir son méfait ? Mais ce n'étaient que des foutaises. Elle ne perdait pas la boule, quand même : elles avaient bel et bien passé la soirée puis la nuit de samedi à dimanche chez elle, dans son cottage. Elles n'avaient rien à se reprocher, malgré le faisceau de preuves qui les accablait.

Relevant la tête, Kitt interrogea les deux policiers du regard.

— Je suppose que vous avez des preuves médico-légales tangibles pour étayer votre théorie, inspecteur Halloran ?

— Nous venons de vous exposer le rapport toxicologique…

— Je ne parle pas de ça, le coupa Kitt, à bout de patience. Je parle de preuves concrètes. Les empreintes d'Evie, par exemple. Des traces de son ADN sur le verre de champagne. Tout ça, vous avez ?

La mâchoire de Halloran se crispa davantage.

— Il n'est pas impossible que nous accordions trop d'importance à Evie Bowes, lâcha-t-il d'un ton où perçait la menace. Au fond, elle n'est peut-être qu'un bouc émissaire que vous avez manipulé pour parvenir à vos fins.

— Ah ! parce que maintenant, ce n'est plus Evie, la meurtrière, c'est moi ? Il faudrait savoir.

— Disons qu'elle aurait joué un rôle dans l'affaire. Mais elle ne serait qu'un pion.

— Mademoiselle Hartley, en tant que bibliothécaire, vous êtes spécialiste des études féminines, c'est bien ça ? demanda Banks sans transition.

— Pardon ? Oui, c'est ça. Pourquoi cette question ?

— Vous êtes bien placée pour savoir que les femmes doivent se battre en permanence. Partant de là, il serait assez logique que, voyant la façon dont votre amie avait été traitée, vous ayez décidé de prendre les choses en main, avança Banks.

— À moins que le problème ne vienne pas d'Evie mais de Theo, enchaîna Halloran.

Kitt tourna brusquement la tête vers lui. Ses poumons se vidèrent de leur réserve d'air tandis que les traits de son visage se contractaient douloureusement.

— Comment savez-vous pour Theo ?

— Nous avons trouvé un carnet dans votre sac à main.

— Vous avez lu mon journal intime ? s'offusqua Kitt en croisant les bras sur sa poitrine.

— Oui, répondit Halloran.

— Je n'arrive pas à croire que vous ayez fait ça. Lire mon journal intime, c'est comme me mettre à nu, articula-t-elle en repensant à toutes les choses qu'elle avait couchées sur le papier sans songer un seul instant que quelqu'un les lirait un jour.

Les paragraphes dans lesquels elle s'emportait contre Michelle qui ne s'engageait jamais pour les bonnes causes, les descriptions détaillées de ses sentiments pour Theo, ce qu'elle avait ressenti lorsqu'il était parti et, plus embarrassant que tout le reste pour une célibataire de longue date comme elle, l'éventail de fantasmes sexuels qu'elle avait assouvis entre les pages de son journal plutôt que dans les bras d'un amant.

Halloran la dévisagea sans ciller.

— Je ferai tout ce qui est juridiquement en mon pouvoir pour annoncer rapidement à la mère d'Owen Hall que le ou les responsables de la mort de son fils ont été identifiés et arrêtés.

Un voile fugace passa sur son visage pendant qu'il prononçait ces mots. Préoccupée par le moral de son amie,

Kitt n'avait pas pensé un seul instant qu'ils avaient été obligés d'annoncer la terrible nouvelle à la mère d'Owen. Elle remarqua de nouveau les rides qui encadraient les yeux de l'inspecteur. Correspondaient-elles au nombre de fois où il avait frappé à une porte pour annoncer la plus douloureuse des nouvelles ? Si tel était le cas, il l'avait fait plus souvent qu'à son tour...

— Avez-vous un petit ami, mademoiselle Hartley ? demanda Banks.

— Non, répondit Kitt en clignant plusieurs fois des yeux, décontenancée par la question.

— Depuis combien de temps êtes-vous célibataire ? insista Halloran.

Kitt porta une main à sa tempe.

— Puis-je savoir en quoi cette information est importante pour faire avancer l'enquête ?

— Répondez à la question, ordonna Halloran d'un ton doucereux qui n'augurait rien de bon.

— Ça va faire... dix ans, environ.

Cela faisait aussi un bon moment qu'elle n'avait pas formulé ce constat à voix haute et sa tête lui parut soudain très lourde, prête à plonger en avant. Au prix d'un gros effort, elle parvint à garder le menton levé et soutint le regard pénétrant des deux policiers.

— Dix ans ? répéta Halloran.

Ce fut rapide comme l'éclair mais Kitt eut tout de même le temps de voir les yeux bleus glisser sur son décolleté avant de revenir se poser sur son visage.

— Vous voulez dire qu'il n'y a eu personne depuis Theo ?

— Rien de sérieux, non. Excusez-moi, mais à ma connaissance ce n'est pas un crime d'être célibataire.

— Vous avez raison, mais ça fait très longtemps que

vous êtes seule, commenta Banks en insistant sur l'adverbe. Pourquoi, à votre avis ?

Kitt sentit son estomac se nouer.

— Au risque de me répéter, je ne vois pas en quoi ce genre d'information est utile à l'enquête.

— Lorsque nous interrogeons un suspect, nous sommes tenus d'explorer tous les comportements qui nous semblent inhabituels, expliqua Halloran.

— Et pour vous, le célibat entre dans la catégorie des comportements inhabituels ? lança Kitt sans cacher son irritation.

— Pas s'il dure un ou deux ans mais quand il se prolonge pendant toute une décennie, il peut refléter une personnalité solitaire, voire introvertie. Dans ce genre de situation, les individus nourrissent souvent un profond ressentiment pour la société dont ils se sentent exclus.

Kitt hocha la tête.

— Je vois. Si je m'en tiens à votre analyse, je serais donc complice de ma meilleure amie tout en vivant comme une recluse. Quelle vie compliquée vous me prêtez…

L'inspecteur la fixa d'un air sévère. Réalisant qu'il ne retirerait pas sa question, Kitt soupira avant d'ajouter :

— Il n'y a rien de suspect à être célibataire. J'aimerais bien que cette déclaration figure quelque part dans les annales de la police. Si vous voulez tout savoir, je n'ai rencontré personne qui me donne envie de m'engager dans une relation durable, avec tout ce que cela comporte de concessions. Je ne suis pas du genre à me contenter du premier venu.

— En dix ans, personne n'a réussi à vous faire tourner la tête ? insista Halloran.

— Non, avoua Kitt d'une voix à peine audible.

— Essayez de nous comprendre. Votre meilleure amie a le cœur brisé à cause d'un homme qui l'abandonne en lui envoyant un message sur Facebook. Quant à vous, vous entretenez une colère sourde depuis le départ de Theo.

— Je ne suis pas en colère, objecta-t-elle, priant en silence pour que Halloran cesse enfin de prononcer ce prénom.

— Ce n'est pas ce que dit votre journal intime, riposta l'inspecteur. Entre les pages se dessine le portrait d'une femme furieuse d'avoir été traitée de la sorte. Une femme capable de rebondir, de prendre le taureau par les cornes.

À son grand désarroi, Kitt sentit ses yeux s'embuer. L'idée que Halloran ou quiconque la considère ainsi était difficilement supportable.

— Si vous avez lu mon journal intime de la première à la dernière page et que vous avez une opinion aussi réductrice de ma personne, je vous plains sincèrement.

Les yeux de Halloran papillonnèrent tandis que son visage se crispait légèrement. Ce n'était pas tout à fait une grimace, mais ça y ressemblait drôlement.

Bien décidée à enfoncer le clou, elle poursuivit :

— La seule fois où j'ai pris le taureau par les cornes, comme vous dites, c'est quand vous avez injustement arrêté Beth Myers. Je suppose que M. Rampling vous a parlé de mon intervention.

Halloran s'éclaircit la gorge.

— Oui, en effet.

— Pourquoi vous aiderais-je à mettre hors de cause un suspect si j'avais tué Owen ? Ou si ma meilleure amie était l'auteure du crime ?

— Pour brouiller les pistes. J'ai croisé pas mal de personnes qui avaient été roulées dans la farine par de soi-disant amis animés par des intentions criminelles, ainsi qu'un bon paquet de meurtriers experts en manipulation depuis mes débuts dans la police. Reste à savoir à laquelle de ces deux catégories vous appartenez, conclut Halloran tandis que sa bouche prenait de nouveau un pli dur.

— Vous n'avez aucune preuve tangible contre moi, martela Kitt. Écoutez, je vous ai suivis sans protester, j'ai répondu à vos questions, je vous ai expliqué où je me trouvais le soir du crime. Aucun élément scientifique ne permet de prouver mon implication dans cette affaire. Si vous voulez prolonger ma garde à vue, je serai dans l'obligation de faire appel à un avocat.

Sans mot dire, Halloran et Banks échangèrent un regard.

CHAPITRE 15

Les portes du commissariat coulissèrent dans un chuintement. Kitt se retourna et vit l'inspecteur Halloran se diriger vers elle d'un pas pressé. Elle était bras nus et la fraîcheur nocturne la fit frissonner lorsqu'elle se leva de la marche en béton sur laquelle elle s'était assise. Elle tendit la main pour ramasser sa besace. Submergée par le besoin de respirer une grande bouffée d'air pur dès l'instant où les deux enquêteurs lui avaient annoncé qu'elle était libre de partir, Kitt avait demandé à attendre dehors pendant qu'on rassemblait ses effets personnels.

— Merci, murmura-t-elle à Halloran qui lui présenta son manteau, puis l'aida à l'enfiler.

Derrière ses airs bourrus et son ton tranchant, l'inspecteur cachait donc des manières de gentleman, songea Kitt en boutonnant son manteau. Elle noua l'écharpe bleue autour de son cou et posa son chapeau sur sa tête. Lorsque enfin elle releva les yeux, elle rencontra le regard de Halloran, qui n'avait apparemment rien perdu du spectacle.

— Vous ne voulez vraiment pas libérer Evie ? demanda-t-elle tout à trac.

Kitt n'avait pas été autorisée à la voir et elle osait à peine imaginer dans quel état de nerfs se trouvait la pauvre Evie.

— Nous ne *pouvons* pas la libérer, répondit Halloran d'un ton moins brusque que celui qu'il avait employé pendant l'interrogatoire.

— Mais vous me laissez bien partir, moi…

— Nous n'hésiterons pas à revenir sur notre décision si vous avez quelque chose à ajouter.

— Ce n'est pas ce que je voulais dire, protesta Kitt avec une pointe d'irritation. Mais nous avons le même alibi, toutes les deux.

— Certes, mais vous n'aviez pas accès à l'arme du crime, contrairement à votre amie. Si vous n'êtes pas sa complice, quelqu'un d'autre a peut-être joué ce rôle. Elle n'a pas administré elle-même le poison mortel mais il n'est pas impossible qu'elle ait commandité le meurtre.

— Evie n'a rien à voir là-dedans, j'en suis sûre et certaine, assura Kitt en s'efforçant de parler d'une voix égale. Et la piste des ennuis financiers ? C'est peut-être un mobile à envisager, vous ne croyez pas ? suggéra-t-elle en repensant à ce que lui avait dit le parieur au sujet des personnes qui avaient le malheur d'emprunter de l'argent à des usuriers et qui disparaissaient mystérieusement au moindre défaut de paiement…

Owen avait-il eu des problèmes d'argent ? Avait-il été contraint de s'adresser à ce genre d'escrocs pour tenter de sortir de l'ornière ? La voix de Halloran l'arracha à ses réflexions :

— La situation financière d'Owen Hall n'indique rien de suspect.

Kitt laissa échapper un discret soupir de soulagement. Elle ne serait pas obligée de retourner chez le bookmaker pour rencontrer le contact de l'homme-lévrier, c'était déjà une bonne nouvelle… sauf pour Evie qui aurait été mise hors de cause rapidement si cette piste avait abouti.

— Je vous répète qu'Evie n'a pas tué Owen, déclara Kitt. Pourquoi est-ce que vous refusez de l'entendre ?

Halloran s'approcha d'elle, de sorte qu'il ne se tenait plus qu'à un pas lorsqu'il plongea le regard dans le sien.

— Pourquoi refusez-vous d'envisager que votre amie pourrait vous mentir ? rétorqua-t-il. Les gens ne sont pas toujours comme on aimerait qu'ils soient. Ou comme on les imagine. Sachant qu'Owen était en compagnie d'une femme rousse la dernière fois qu'il a été aperçu, on peut même supposer que votre amie a cherché à vous piéger, ajouta-t-il en fronçant les sourcils.

Kitt dut faire un effort pour soutenir son regard, un peu trop pénétrant à son goût.

— Vous avez vraiment une piètre opinion de la nature humaine. Pourtant, vous êtes censés croire à la présomption d'innocence, non ?

— Ce principe est en vigueur dans les tribunaux, en effet. Mais un enquêteur ne peut pas se permettre de raisonner comme ça. Le prix à payer est bien trop élevé.

Les traits de Halloran s'étaient durcis et Kitt ne put s'empêcher de se demander si le tribut dont il parlait était précisément la confiance qu'il accordait naturellement aux gens et qui avait été trahie, d'une manière ou d'une autre. Elle baissa les yeux. Elle connaissait bien cette inclination. Finirait-elle comme lui, un jour ? Incapable de reconnaître une bonne âme, même chez une personne aussi douce et naïve qu'Evie ?

— Je ne doute pas un instant que, dans ce genre d'affaire, le coupable soit généralement le suspect à qui l'on pense en premier, mais dans ce cas précis je peux vous garantir que vous vous trompez, déclara Kitt, bien décidée à jouer son va-tout. Est-ce trop vous demander d'envisager d'autres pistes, de vous intéresser à des personnes que vous avez écartées jusqu'à présent ?

— Nous pouvons toujours le faire, mais je dois vous prévenir qu'il est peu probable que ces pistes aboutissent, sachant que tous les indices actuellement en notre possession accablent Evie Bowes.

— Sauf qu'il arrive aussi que les indices accablent la mauvaise personne, répliqua Kitt. Il n'y a qu'à penser à *La Pierre de lune*, à *Ils étaient dix*, au *Grand sommeil*...

— Qu'est-ce que c'est que ça ? Des livres ?

— Je vous en supplie, dites-moi que vous avez au moins lu quelques romans de Raymond Chandler à vos débuts... Je suis sûre que ce sont des lectures obligatoires pour les inspecteurs de police, non ?

— Je ne me souviens pas avoir reçu une liste de titres à lire absolument, répondit Halloran en esquissant un sourire à peine visible sous sa barbe. Dois-je vous faire un petit discours sur les grandes différences existant entre la fiction et la réalité ?

Kitt soupira. Les gens étaient souvent réticents à admettre qu'il y avait toujours une part de réalité dans les fictions – pourtant, les écrivains puisaient forcément leur inspiration quelque part.

— D'accord, d'accord... Alors prenons par exemple *High Dive*, *De sang-froid* et euh... *The Long Drop*...

Halloran secoua la tête.

— Je peux savoir à quoi vous jouez, maintenant ?

— Je cite des livres fondés sur des affaires de meurtre réelles.

— On ne trouve pas toutes les réponses dans les livres, vous savez, déclara Halloran en baissant la voix. Certaines réponses arrivent de l'expérience... la perception sensorielle des choses. La vue, le goût, le toucher...

Kitt déglutit avec difficulté. Il y avait quelque chose d'infiniment troublant, voire d'ensorcelant, dans les intonations de l'inspecteur lorsqu'il parlait d'expérience sensorielle. Essayait-il de la distraire de son objectif, à savoir prouver par tous les moyens l'innocence d'Evie ? Si c'était le cas, sa tentative était plutôt fructueuse...

Kitt se reprit à temps. Les beaux yeux de l'inspecteur Halloran ne suffiraient pas à lui faire oublier son amie en détresse. Elle se racla la gorge, mit de l'ordre dans ses pensées.

— Ça ne vous semble pas bizarre que tous les indices présents sur la scène du crime désignent Evie comme coupable ? Quel meurtrier se donnerait la peine d'organiser une mise en scène aussi macabre en utilisant délibérément des éléments qui signent son implication ?

Halloran inspira profondément.

— Il y a en vous une innocence presque touchante, mademoiselle Hartley, et je regrette sincèrement d'être obligé de piétiner cette belle candeur.

Une innocence ? Si Halloran employait cet adjectif pour la décrire, c'est qu'il n'avait pas lu son journal intime aussi attentivement qu'il le prétendait.

— Cela va peut-être vous surprendre, mais certains meurtriers tiennent précisément ce genre de raisonnement pour tenter de prouver qu'ils sont innocents, continua l'inspecteur. Ils utilisent les mêmes arguments que vous : comment auraient-ils pu être assez stupides pour laisser des indices aussi parlants derrière eux ? Et ils prennent un malin plaisir à regarder les enquêteurs s'échiner à assembler les différentes pièces du puzzle alors que la vérité saute pourtant aux yeux.

Kitt secoua la tête. Elle détestait se sentir impuissante. Comment était-il possible qu'elle ne trouve aucune solution pour venir en aide à Evie ? Aucun de ses arguments ne réussirait à convaincre Halloran, tant il semblait décidé à camper sur ses positions. Une seule chose pourrait le faire changer d'avis : l'apparition d'un nouveau suspect crédible.

Ce fut cette réflexion qui fit naître en elle une idée, du genre qui ne paraît lumineuse qu'à 3 heures du matin, alors que la fatigue se fait cruellement sentir.

Elle consulta sa montre. 3 h 10. À sa connaissance, la boîte de nuit Ashes to Ashes ne fermait pas ses portes avant 5 heures. Elle avait encore le temps.

— Je comprends votre dilemme, dit-elle avec un sourire conciliant. Je... j'aimerais rentrer, maintenant.

— Chez vous ?

Kitt acquiesça d'un signe de tête.

— Je dois être à la bibliothèque dans un peu moins de six heures.

— Je vais vous raccompagner.

— Non, merci. Je préfère marcher.

— Laissez-moi vous ramener chez vous, insista Halloran. C'est plus prudent.

— Ne vous inquiétez pas pour moi, inspecteur. Après tout, je n'ai rien à craindre – vous avez arrêté le meurtrier, n'est-ce pas ?

Halloran exhala un soupir puis croisa les bras tandis que Kitt pivotait sur ses talons pour se diriger aussi vite que possible vers le centre-ville.

CHAPITRE 16

Kitt jeta un coup d'œil dans les profondeurs embrumées de Mad Alice Lane, l'une des nombreuses allées serpentines de la ville. Celle-ci avait été baptisée en souvenir d'Alice Smith, personnage légendaire, morte pendue au château de York en 1825 sous prétexte qu'elle avait une araignée au plafond, comme le laissait entendre son surnom de Mad Alice. Kitt avait découvert cette anecdote bien des années plus tôt, lors d'un voyage scolaire organisé par son collège de Middlesbrough. Dans son esprit de gamine de 12 ans, la folie était alors une sorte de lutin malveillant qui s'infiltrait à l'intérieur des cerveaux, s'en emparait sans crier gare puis les emportait dans sa cachette. Bien que l'ambiance sinistre de la contre-allée empestant le tabac froid et les égouts eût joué un rôle indéniable dans la création cauchemardesque de cette vision enfantine, Kitt se fit la réflexion que son imagination n'était peut-être pas aussi débridée que ça. Pire encore, elle se demanda si son cerveau ne venait pas d'être kidnappé à son tour par l'une de ces créatures diaboliques.

Car tout à fait objectivement, si on lui avait dit quarante-huit heures plus tôt qu'elle arpenterait en pleine nuit les allées sombres de la ville pour aller interroger le suspect potentiel d'un meurtre, sur une idée loufoque d'Evie, elle aurait éclaté de rire. Cela dit, jamais elle n'aurait songé que quelqu'un aurait l'idée saugrenue de tuer l'ancien amoureux de son amie, et encore moins en se donnant la peine d'échafauder une mise en scène aussi spectaculaire que mélodramatique. En fait, Kitt avait douté de sa santé mentale dès l'instant où les deux inspecteurs de police avaient franchi le seuil de la bibliothèque trois jours plus tôt et il n'y avait qu'une seule manière de remettre le monde d'aplomb : trouver le véritable assassin d'Owen.

En s'enfonçant dans cette allée, elle finirait par tomber sur Ashes to Ashes, la boîte de nuit où travaillait Ritchie Turner. Les passages sinueux situés à l'écart des sentiers battus par les touristes ne lui avaient jamais fait peur, même dans l'obscurité. La bibliothèque fermait tard le soir pour s'adapter aux horaires décalés des étudiants et Kitt rentrait souvent bien après la tombée de la nuit, en longeant les berges désertes de la rivière.

Mais il s'était passé beaucoup de choses en quelques heures et elle ne pouvait s'empêcher de penser que l'au teur du meurtre, qui qu'il soit, était d'une manière ou d'une autre relié à elle, à sa vie. Si le coupable connaissait tous les détails de la douloureuse rupture vécue par Evie, il était logique de supposer qu'il ou elle savait aussi qui était sa meilleure amie. Et cette histoire de femme rousse qu'on aurait aperçue en compagnie d'Owen quelques heures avant sa mort ne faisait que confirmer les craintes de Kitt : la personne qui essayait de faire porter le chapeau à Evie cherchait à l'incriminer elle aussi.

Malgré le sentiment de malaise qui l'habitait, la bibliothécaire avança dans la pénombre en s'efforçant de chasser la scène stockée dans son esprit depuis que Halloran l'avait forcée à regarder la photo : le corps inerte d'Owen allongé par terre, son regard sans vie. Pourquoi fallait-il que ces images lui reviennent alors qu'elle marchait seule dans une ruelle pas même éclairée par la faible lueur d'un réverbère ? Le claquement de ses escarpins sur les pavés la fit frissonner – elle avait l'impression que de longs ongles griffaient chacune de ses terminaisons nerveuses.

Elle s'enfonça dans l'allée en caressant la fausse fourrure qui ornait les poignets de son manteau écarlate. C'était doux et rassurant. Sa respiration se calma.

Puis elle l'entendit.

Un bruissement, à quelques mètres derrière elle. Comme un bruit de pas étouffés, quelqu'un qui avancerait discrètement à dessein. Un martèlement à peine perceptible.

Ses épaules se contractèrent. Résistant à l'envie de se retourner, elle continua à avancer à la même allure, feignant de n'avoir rien remarqué. La boîte de nuit ne devait plus se trouver très loin et il était fort peu probable que la personne qui marchait derrière elle fût au courant de ses intentions. Si elle arrivait là-bas sans encombre, elle se faufilerait à l'intérieur avant qu'on ait le temps de l'arrêter et, quoi qu'il advienne par la suite, elle ne serait plus seule – il y aurait même un tas de témoins. Elle pourrait toujours appeler un taxi pour rentrer chez elle plus tard. D'un autre côté, elle s'inquiétait certainement pour rien ; il s'agissait sans doute d'un ivrogne ou d'un SDF en quête d'un refuge pour la nuit. Peut-être même n'était-ce qu'un emballage abandonné, un déchet balayé par le vent.

Tout au fond d'elle, pourtant, Kitt n'était pas dupe.

On la suivait. Au même instant, elle aperçut l'enseigne du night-club, ses lettres rouges clignotant dans la nuit, et ne put s'empêcher d'accélérer le pas. Encore quelques mètres et elle serait en sécurité. Enfin, façon de parler, sachant qu'elle allait interroger un suspect de meurtre...

Elle n'aurait pas dû doubler l'allure : derrière elle, son suiveur fit de même. Avait-il deviné où elle se rendait ? Non, c'était impossible.

Renonçant à toute apparence de décontraction, Kitt trottina vers l'imposante porte noire du club et, sans un regard en arrière, s'engouffra à l'intérieur.

Les martèlements de son cœur furent aussitôt engloutis par la rythmique d'une musique rugissante qu'elle étiqueta sans peine. Du heavy metal pur et dur. La boîte de nuit se résumait à une salle obscure traversée d'éclairs stroboscopiques. Dans les flashs vacillants de lumière blanche, Kitt distingua plusieurs têtes de mort rouges peintes au pochoir sur les murs, mais c'était à peu près le seul effort de décoration visible. Une pancarte de fortune scotchée à l'entrée annonçait le tarif : 8 livres. Assis sur une caisse de bière retournée, un type avec une épaisse tignasse verte tombant sur ses épaules surveillait les entrées.

En l'apercevant, il tendit la main et Kitt fouilla dans son sac à la recherche de son porte-monnaie. Tandis qu'elle rassemblait la somme requise, le jeune type lui tamponna le dos de la main. Lorsqu'il eut terminé, le mot « pécheur » apparut en grosses lettres noires sur sa peau blanche. Kitt haussa un sourcil en découvrant l'inscription. Dieu merci, Grace n'était pas là pour assister à la scène – elle en aurait entendu parler pendant des mois...

La bibliothécaire se tourna vers la piste de danse où plusieurs grappes de vingtenaires sautillaient en cadence – si tant est qu'on pût déceler un rythme au milieu de ce vacarme assourdissant –, indifférents aux odeurs nauséabondes et à la décoration minimaliste.

Evie lui avait dit que Ritchie travaillait au bar, situé au

fond de la salle. Kitt se fraya tant bien que mal un chemin à travers la piste, écopant au passage de regards appuyés et intrigués. Quelques doigts se pointèrent sur elle, sans doute parce qu'elle était la seule à ne pas arborer un tee-shirt délavé à l'effigie de son groupe de metal préféré, ou peut-être parce que, fidèle à ses habitudes, elle avançait d'un pas ferme et assuré. Les épaules en arrière, l'œil fixé sur sa destination. Alors évidemment, elle détonnait au milieu des clients alcoolisés dont la plupart tenaient à peine debout.

Lorsqu'elle atteignit enfin le bar, une simple longue pièce de contreplaqué noyé sous une rivière de bière éventée, une serveuse aux cheveux rouge cerise coupés au carré s'approcha d'elle.

— Qu'est-ce que je vous sers ? demanda la fille en tirant sur un collier de chien clouté qui semblait lui serrer un peu fort le cou.

— Euh, en fait, j'aurais voulu parler à Ritchie. Il travaille, ce soir ?

Fronçant ses sourcils noirs comme du charbon, la barmaid la toisa de pied en cap avant de répondre :

— Ouais, il est là-bas, à l'autre bout du bar. Il doit aller collecter les verres alors je me dépêcherais de l'attraper, si j'étais vous.

Sur ce, moulée dans une robe de satin noire, les jambes habillées de bas résille, elle s'éloigna pour prendre la commande d'un autre client.

Dès que Kitt posa les yeux sur le fameux Ritchie, elle comprit pourquoi Evie avait accepté de le rencontrer. Son amie avait un faible pour les grands échalas et craquait pour les bruns. Vêtu d'une chemise noire bien coupée et d'un jean de la même couleur, Ritchie cochait les deux cases. Il portait du vernis noir sur les ongles et Evie, originaire de Thirsk, petite bourgade rurale attachée à ses traditions, avait dû trouver ça original et branché. Sa tenue comportait tout de même un élément problématique : ses chaussures, des espèces de derbies en cuir blanc et à bout pointu, dont les lacets se terminaient par d'affreux glands. Où diable trouvait-on encore ce genre d'horreurs ? Kitt les croyait à jamais disparues depuis 1978. Peut-être les avait-il dénichées dans l'une des nombreuses friperies de Gillygate, s'imaginant à tort pouvoir relancer une mode. Ce crime vestimentaire mis à part, Ritchie n'avait pas l'allure d'un meurtrier. Mais à quoi cela ressemblait-il, au juste, un meurtrier ? Telle était la question, sachant que, selon Halloran, Kitt elle-même correspondait à la description.

Arrivée près de Ritchie, elle lui tapota l'épaule.

— Monsieur Turner ?

Se détournant de la pile de verres qu'il était en train de disposer sur le comptoir, Ritchie la dévisagea avec attention.

— Ouais, c'est moi.

Kitt haussa la voix pour être sûre de se faire entendre.

— Je m'appelle Katherine Hartley. Je suis venue pour vous parler d'Evie Bowes.

Ritchie fronça les sourcils.

— La gonzesse de LoveMatch ?

— La gonzesse ? répéta Kitt en regrettant aussitôt la sécheresse de son ton.

Si elle entamait la discussion comme ça, Ritchie n'accepterait jamais de lui dire où il se trouvait le soir du meurtre. La fatigue commençait à lui jouer des tours, ses pensées s'embrouillaient. Elle avait tout intérêt à se ressaisir rapidement si elle voulait donner un coup de main à son amie.

— Si vous êtes venue parce qu'elle veut me revoir, oubliez ça tout de suite, OK ?

— Ce n'est pas…

— Elle me branchait bien, pourtant, j'avoue, l'interrompit Ritchie. Un rencard avec une masseuse blonde, c'était cool.

Kitt se mordit la langue. Une masseuse… Evie détestait ce terme qu'elle jugeait vulgaire et péjoratif, et elle n'avait sans doute pas tort : ce vocable était souvent assorti de sous-entendus scabreux. Son amie préférait l'appellation « thérapeute en massages corporels » mais comme Kitt avait déjà tiqué au mot « gonzesse », mieux valait éviter d'en rajouter. Elle devait le mettre à l'aise si elle voulait le faire parler.

— J'arrivais pas à croire qu'elle n'avait pas de mec, continua-t-il, mais dès qu'on est arrivés au restau, elle s'est mise à pleurer et ça a duré deux bonnes heures. Apparemment, un des serveurs lui rappelait son ex et à partir de là, c'était mort. Elle m'a déballé toute sa vie, en long, en large et en travers. Vous me direz, elle a payé sa part, c'est déjà ça.

— Elle paie toujours sa part, déclara Kitt en essayant désespérément d'ignorer le feu dans sa poitrine.

D'accord, ça ne devait pas être drôle d'écouter les lamentations d'Evie qui ressassait sa rupture pour la énième fois alors qu'on s'attendait à rencontrer une célibataire en quête de l'âme sœur, mais Evie était une femme meurtrie et il suffisait de l'écouter ne serait-ce que cinq minutes pour savoir qu'elle avait aussi un grand cœur. Alors une petite dose de compassion aurait été la bienvenue, ce fameux soir.

— Bref, fit Ritchie, semblant se rappeler où il était, je bosse, là, je peux pas bavarder. Qu'est-ce que vous voulez, au juste ?

— Je ne vous embêterai pas longtemps, ne vous inquiétez pas. Il s'est passé quelque chose de terrible. Quelque chose d'affreux, vraiment, et dans la mesure du possible j'aimerais vous épargner les détails.

Elle plongea dans les yeux bruns de Ritchie pour tenter d'attiser sa sensibilité – en espérant qu'elle existe.

— Vous me rendriez un immense service en acceptant de me dire où vous vous trouviez samedi soir.

Ritchie recula d'un pas et croisa les bras sur sa poitrine.

— Pourquoi vous voulez savoir ça ?

— Parce qu'il y a eu un meurtre, lâcha Kitt.

— Un meurtre, répéta le barman avant de marquer une pause, comme pour digérer l'information. À York ?

— Oui. Vous n'en avez pas entendu parler aux infos ?

Ritchie secoua la tête.

— Je ne regarde pas beaucoup la télé et je ne lis pas les journaux. La journée, je dors et je bosse toutes les nuits ici.

— Je comprends, ça doit être tuant de travailler la nuit, fit Kitt en réalisant trop tard l'ambiguïté de sa formulation, qui pouvait sonner comme une accusation – mais Ritchie ne releva pas.

Kitt étudia son visage, s'efforçant de déchiffrer son expression, à l'affût du moindre tic, du moindre indice. Il prétendait ne pas être au courant du meurtre. C'était une information intéressante. Si elle s'y prenait habilement, Ritchie se trahirait peut-être en lâchant des choses qu'il n'était pas censé savoir. Kitt essaya donc de se remémorer ce qu'elle avait lu au sujet de l'affaire dans le journal du soir. Quelles informations avaient été livrées au grand public, quels étaient les détails que seul le tueur connaissait, même s'ils étaient moins évidents à cerner. Car bien que le nom d'Evie n'ait pas été mentionné dans l'article, le journaliste signalait que l'ex-petite amie de la victime avait été entendue par la police. Evie avait été catastrophée et tout cela s'était passé quelques heures à peine avant son arrestation. Une nouvelle bouffée de rage et de frustration envahit Kitt. C'était tellement injuste... Celui ou celle qui tentait de piéger Evie méritait de finir derrière les barreaux, et plus vite que ça encore !

Ritchie l'observait fixement.

— Vous êtes de la police ou quoi ?

— Non, répondit Kitt. Je ne suis pas de la police.

— Vous êtes qui, alors ?

— Je suis, euh... Je suis bibliothécaire.

— Bibliothécaire ? répéta le barman avec une pointe de moquerie dans la voix. Ouais, vous avez le look. En même temps, ajouta-t-il en se penchant jusqu'à ce que leurs visages se retrouvent à quelques centimètres l'un de l'autre, on dit qu'il faut toujours se méfier des personnes discrètes.

Kitt soutint le regard de Ritchie.

— Qu'est-ce qui vous fait croire que je suis une bibliothécaire discrète, monsieur Turner ? répliqua-t-elle en s'efforçant de rester impassible. Je vous ai simplement dit quel métier j'exerçais.

— Bah, je ne sais pas trop pourquoi vous voulez me poser des questions mais ce que je sais, en revanche, c'est que je n'ai rien à faire dans cette histoire et que je n'ai pas le temps de parler plus longtemps, lança Ritchie avant de s'éloigner.

Kitt le retint par le bras. Il semblait mal à l'aise et bien que ce ne fût pas un crime, son comportement n'en demeurait pas moins suspect.

— L'ex-petit ami dont vous a parlé Evie... c'est lui qui a été assassiné, expliqua-t-elle.

Ritchie resta de marbre. Pas un mot, pas le moindre changement d'expression. Visiblement, il attendait la suite.

— Plusieurs indices sur la scène du crime laissent penser que le ou la coupable connaissait tous les détails de leur rupture amoureuse. Les personnes qui sont au courant de ces détails ne sont pas très nombreuses et toutes figurent sur la liste des suspects, y compris vous. C'est la raison pour laquelle je vous conseille de me dire où vous vous trouviez samedi soir. Si vous refusez de coopérer, je me verrai dans l'obligation de faire part à la police de mes inquiétudes vous concernant.

Ritchie darda sur elle un regard sombre, pénétrant.

— Vos inquiétudes ? Quel genre d'inquiétudes, sachant que vous ne m'aviez jamais vu avant ce soir ?

— Ce qui m'inquiète principalement, c'est que trois jours après qu'Evie vous a raconté sa rupture dans les moindres détails, son ex a été retrouvé mort avec une note accrochée à la poitrine reprenant mot pour mot le message de rupture qu'il avait envoyé à Evie.

Ritchie avala sa salive et son silence redonna de l'espoir à Kitt. Peut-être allait-il enfin accepter de coopérer.

— Ritchie, j'aurai besoin d'un coup main quand t'auras fini de parler avec ta copine ! lança un autre barman.

Kitt jeta un coup d'œil par-dessus son épaule pour voir qui les avait interrompus à un moment aussi crucial. Un type solidement charpenté les observait à quelques mètres de là. Il devait être un peu plus jeune que Ritchie, à en juger par les rides moins nombreuses autour de ses yeux gris foncé. Ses cheveux coupés ras accentuaient la sévérité de son visage anguleux. Il les surveillait et Kitt remarqua dans son regard une espèce de vide qui fit naître en elle les mêmes sensations qu'on éprouve en rentrant chez soi un soir d'hiver, quand le froid mordant tétanise tous les muscles. En l'observant, Kitt se promit de ne jamais proposer à ses collègues une virée dans les entrailles de cette boîte de nuit. Elle n'aurait certainement pas la force de supporter ce genre d'énergumènes pendant toute une soirée.

— Je n'ai pas le temps de parler de ça, déclara Ritchie, mettant un terme brutal aux réflexions de Kitt.

— Mais…

— Écoutez, la coupa le barman en la saisissant fermement par les bras – pour autant qu'elle s'en souvienne, jamais personne ne l'avait agrippée avec autant de force – puis en la secouant sans ménagement.

— Je vous suggère de lâcher cette dame, ordonna une voix masculine sur sa gauche, juste assez fort pour être entendue par-dessus la musique.

Kitt connaissait cette voix. Desserrant lentement son étreinte, Ritchie se retourna. Halloran se tenait à quelques centimètres de lui. L'inspecteur plongea une main dans la poche intérieure de son pardessus gris anthracite, sortit son badge et le montra au barman.

— Ritchie Turner, je suppose ? J'aimerais vous poser quelques questions.

Sourcils froncés, Ritchie les regarda l'un après l'autre puis fit volte-face pour tenter de s'échapper, probablement par une porte située à l'arrière du bâtiment. Halloran s'élança aussitôt à sa poursuite. Il le rattrapa quelques mètres plus loin, l'obligea à mettre les mains dans son dos puis le ramena au bar. Là, il lui fit poser la tête sur le comptoir et le menotta rapidement.

Kitt roula des yeux ronds en rencontrant le regard orageux de l'inspecteur. Il la dévisagea juste assez longtemps pour lui signifier son profond mécontentement puis se détourna pour reporter son attention sur Ritchie qui continuait de se débattre. Kitt n'avait pas besoin de faire appel aux dons pseudo médiumniques de Ruby pour prédire un deuxième séjour imminent dans la salle de garde à vue et, à cette pensée, elle se mordit la lèvre.

CHAPITRE 17

Halloran se mit à arpenter la moquette beige parsemée de diamants vert foncé d'où émanait une odeur de moisi.

— Vous avez tout intérêt à vous expliquer, et vite.

Quelques minutes plus tôt, un agent de police en uniforme était venu récupérer un Ritchie Turner menotté qu'il avait directement conduit au commissariat. L'inspectrice Banks l'attendait pour l'interroger et sans doute entendrait-elle de nouveau Evie dans la foulée. De son côté, Halloran n'avait pas perdu de temps : sitôt après le départ de Ritchie Turner, il avait emmené Kitt dans le bureau d'Ashes to Ashes pour lui poser quelques questions. La pièce était tapissée de lambris de bois sombre et Kitt préférait ne pas savoir de quand datait la dernière séance de ménage. Au-dessus de leurs têtes, les ampoules du lustre orné de perles noires étaient tellement crasseuses qu'elles n'éclairaient qu'à grand-peine la pièce où flottait une brume nauséabonde de fumée de cigarette.

— Je suis désolée, murmura Kitt, je...

Elle s'interrompit et baissa la tête en soupirant, incapable de penser clairement.

— Vous pourriez commencer par m'expliquer pourquoi, à peine sortie de garde à vue, vous vous êtes précipitée ici pour rencontrer le suspect suivant de la liste, lança Halloran en l'enveloppant d'un regard dur, implacable.

Kitt ouvrit de nouveau la bouche, la referma. Le bruit de pas étouffés dans l'allée. L'intervention de Halloran au moment où Ritchie l'avait saisie par les bras et secouée sans ménagement…

— Attendez une seconde, vous… vous m'avez suivie jusqu'ici depuis le commissariat, c'est ça ?

Halloran pencha la tête sur le côté.

— Vous faites partie des suspects dans une affaire de meurtre. Évidemment que je vous ai suivie.

N'étant pas de la police, Kitt ignorait si ce procédé était aussi normal que ce qu'il laissait entendre. Une chose était sûre, en tout cas : l'inspecteur saisirait toutes les occasions pour résoudre cette affaire au plus vite. Cette pensée aurait dû la rassurer et pourtant, quelque chose la chiffonnait – peut-être parce que ses motivations semblaient un brin obsessionnelles.

Elle le suivit des yeux tandis qu'il continuait à faire les cent pas, soulevant dans son sillage de minuscules panaches de poussière. C'était un élément omniprésent dans le bureau d'Ashes to Ashes, au point que les propriétaires auraient pu, avec un peu de réflexion, se rendre compte qu'appeler leur établissement Dust to Dust aurait tout aussi bien convenu.

— Si je comprends bien, vous ne m'avez pas libérée parce que vous me croyiez innocente, murmura Kitt en sentant son cœur chavirer. Vous vouliez juste voir où je comptais aller.

Halloran la regarda fixement.

— J'espérais surtout que vous rentreriez directement chez vous, comme vous me l'aviez dit.

— Je regrette de ne pas l'avoir fait, répliqua Kitt. Ça m'aurait épargné une nouvelle déconvenue. Moi qui pensais que j'avais réussi à vous convaincre qu'Evie et moi nous n'étions pas responsables du meurtre d'Owen…

— Vous n'avez pas répondu à ma question, trancha Halloran. Expliquez-moi pourquoi vous êtes venue interroger un suspect potentiel.

Kitt ferma les yeux pour les soulager l'espace d'un instant.

— Ma meilleure amie est en train de moisir dans une cellule de garde à vue pour un crime qu'elle n'a pas commis. Ma meilleure amie. Je ne pouvais pas rester là sans rien faire, désolée.

— Si vous aviez des soupçons au sujet de Ritchie Turner, pourquoi n'avez-vous pas mentionné son nom pendant votre interrogatoire ? demanda Halloran.

— Je me suis dit qu'Evie se chargerait de le faire : elle n'a pas arrêté de m'en parler hier.

— Elle a mentionné son nom, en effet. Pourquoi pas vous ?

Kitt planta une main sur sa hanche.

— Parce que j'ai eu l'occasion de voir ce qu'il advenait des personnes soupçonnées à tort d'être mêlées à cette histoire, répliqua-t-elle avec aplomb. Je n'avais aucune intention d'embarquer quelqu'un d'autre dans la même galère avant d'avoir la certitude que la piste en valait la peine.

— C'est à moi de prendre ce genre de décision, pas à vous.

— J'ai agi en mon âme et conscience. Désolée si vous voyez les choses différemment.

Kitt avait haussé le ton mais, devant l'expression contrariée de l'inspecteur, elle tenta de se calmer.

— Ma priorité principale était de faire gagner du temps à la police, ajouta-t-elle d'une voix plus posée. Ou en tout cas de ne pas vous en faire perdre davantage.

Halloran fit un pas dans sa direction.

— Ce n'est pas à vous de décider ce qui nous fait perdre du temps ou pas.

Kitt se passa la main dans les cheveux en soupirant.

— Vous avez vu la réaction de Ritchie quand il a découvert qui j'étais ? insista l'inspecteur.

— Oui. Je dirais qu'à tout le moins il a quelque chose à cacher.

— Et ce quelque chose pourrait être en lien avec le meurtre d'Owen Hall, ajouta Halloran. Et avec Evie Bowes.

Kitt fronça les sourcils.

— Ah, parce que, maintenant, vous pensez que tous les deux sont complices ?

— Contrairement à vous, je dois rester ouvert à toutes les hypothèses.

Kitt contempla l'éventail de rides qui creusait le pourtour de ses yeux.

— D'accord, mais n'oubliez pas qu'ils ne se sont rencontrés qu'une seule fois, la semaine dernière.

— Et donc ?

— Donc, ça me semble un peu court pour préparer un meurtre... Non pas que je sois experte en la matière, mais tout de même, ajouta-t-elle en levant les mains d'un air candide.

Halloran s'éclaircit la gorge.

— Vous semblez animée de bonnes intentions, mademoiselle Hartley, mais vous allez devoir me promettre que vous ne prendrez plus d'initiatives personnelles. C'était dangereux de venir ici.

— Je ne peux rien vous promettre, désolée. Pas tant qu'Evie restera sur la liste des suspects. C'est ma meilleure amie. C'est également l'une des seules personnes au monde qui me comprennent...

Elle se tut brusquement, les yeux arrondis par la surprise. Les mots étaient sortis tout seuls. Elle n'avait pas l'habitude de confier des choses aussi personnelles à quelqu'un qu'elle ne connaissait pas.

— Bref, vous voyez ce que je veux dire.

— Kitt.

C'était la première fois que l'inspecteur Halloran l'appelait par son prénom et son intonation lui donna des frissons.

— Continuez comme ça et il y a de fortes chances que je sois obligé de vous arrêter.

— Encore ? Ça risque de devenir monotone.

— Je ne plaisante pas. Entraver le cours de la justice dans une affaire de ce genre est un délit grave.

— Je comprends. Faites ce que vous avez à faire et je ferai de même de mon côté – pour mon amie et pour être en paix avec ma conscience.

— Kitt...

Halloran s'avança vers elle d'un demi-pas. Il semblait sur le point d'ajouter quelque chose lorsque la poche de son pardessus se mit à vibrer. Exhalant un soupir, il s'éloigna en direction de la porte et sortit son téléphone.

— Halloran à l'appareil. Quoi... ?

Il déglutit tandis que son visage s'assombrissait dans la lumière déjà lugubre de la pièce.

— Quand ? demanda-t-il en jetant un coup d'œil à Kitt. OK. J'arrive tout de suite.

Il rempocha son téléphone sans un mot. Le silence se prolongea – c'était l'un de ces silences pesants qu'on ne sait comment rompre. Il inspira profondément avant de rencontrer son regard.

— Est-ce que le nom d'Adam Kaminski vous dit

quelque chose ? demanda-t-il d'une voix dangereusement calme.

Kitt fronça les sourcils.

— Adam…

— Arrêtez votre cirque : est-ce que vous le connaissez, oui ou non ? gronda Halloran.

— Je ne sais pas qui de nous deux est en train de jouer à un petit jeu sinistre, riposta Kitt, de nouveau troublée par le comportement de son interlocuteur qui ne semblait pas tout à fait maître de ses émotions.

— Vous le connaissez ? aboya-t-il encore.

— Non ! Je n'ai jamais entendu ce nom. Pourquoi ?

Halloran se passa les deux mains dans les cheveux et tira sur une mèche brune. Tout son corps s'était raidi.

— On vient de le retrouver près de l'ancienne chocolaterie. Assassiné.

— Je…, balbutia Kitt en posant une main sur le col de son manteau pour caresser le tissu moelleux, réconfortant. Je suis désolée. Est-ce que cela veut dire que… ?

Halloran s'approcha d'elle.

— Vous êtes-vous rendue dans le quartier de la chocolaterie hier soir ?

— Vous êtes bien placé pour savoir où j'ai passé la soirée et une bonne partie de la nuit, je crois : j'étais au commissariat, en garde à vue.

— Un peu plus tôt dans la journée, alors ?

— J'ai un travail, inspecteur. J'étais à la bibliothèque.

Halloran la considéra fixement.

— Ne soyez pas surprise si je viens de nouveau frapper à votre porte. Je ne baisserai pas les bras tant que je n'aurai pas mis la main sur le coupable, martela-t-il en secouant la tête.

Sur ce, il traversa la pièce d'un pas ferme et quitta

le bureau sous les yeux éberlués de Kitt. Qu'était-elle censée faire, à présent ?

Elle attrapa son téléphone dans sa besace et rédigea un texto à l'adresse de sa sœur Rebecca.

Becca, as-tu déjà soigné des patients qui avaient été empoisonnés ? Dans quel genre de circonstances cela arrive-t-il généralement ? Ne parle de ce message à personne, OK ? Inutile de mettre maman au courant.

Puis elle écrivit un autre texto, à l'intention de Grace.

Bonjour, Grace. Un autre meurtre a été commis. Quand tu te réveilleras, n'hésite pas à utiliser tes super talents de cyber-traqueuse pour rassembler un maximum d'informations sur un certain Adam Kaminski. Il habite à York. Surtout, n'en parle à personne.

CHAPITRE 18

Assise devant son ordinateur, Kitt feignait d'être absorbée dans la lecture du dernier rapport budgétaire de son département alors qu'elle naviguait en réalité entre les chiffres et le site d'informations locales *News on the Ouse* qui venait de publier un article sur le meurtre commis la veille au soir. C'était la troisième fois qu'elle le relisait.

Et cette fois, la police n'avait pas réussi à garder la main sur les informations divulguées à la presse. L'insomniaque qui avait retrouvé le cadavre à proximité de l'ancienne chocolaterie, à un kilomètre environ de l'endroit où se trouvait Kitt en ce moment même, alors qu'il promenait son chien en pleine nuit, avait tout de suite prévenu la police avant d'appeler tous les organes de presse du comté. Interrogé par les journalistes, il ne s'était pas fait prier pour décrire les détails sanglants de la scène qui semblait aussi macabre que celle du premier meurtre, voire plus. Tout comme Owen, Adam Kaminski avait été retrouvé allongé sur le dos, les bras croisés sur le torse, un stylo-plume planté dans la poitrine. La marque n'était pas mentionnée mais Kitt se demanda s'il s'agissait de la même que celle du stylo retrouvé sur Owen, auquel cas une nouvelle piste s'ouvrirait aux enquêteurs. Les acheteurs frénétiques de stylos à plume Stanwyck ne devaient tout de même pas courir les rues.

Kitt était en train de relire le passage retranscrivant le mot glaçant qui avait été retrouvé sur le cadavre : « Touché en plein cœur ! » lorsqu'une grosse pierre atterrit sur son bureau dans un bruit mat. Surprise, elle observa l'objet non identifié avant de lever les yeux. Ruby se tenait devant elle, un large sourire aux lèvres.

— Voilà, voilà, ma belle, lança-t-elle comme si ces quelques mots suffisaient à expliquer pourquoi elle venait de jeter un caillou terreux au beau milieu d'une table de travail.

Croisant les bras sur sa poitrine, Kitt s'adossa à sa chaise. Elle n'avait pas beaucoup dormi à cause de son arrestation et tout le reste, il n'était donc pas impossible qu'elle se fût assoupie… Cela dit, la fatigue continuerait-elle de lui picoter les yeux si elle était en train de rêver ? Ses membres seraient-ils encore endoloris après plusieurs heures passées sur un sol en béton ? Ce genre de désagréments physiques disparaissaient même dans les pires cauchemars, en général. Il y avait donc de fortes chances qu'elle fût parfaitement réveillée, en train de vivre un autre de ces moments surréalistes dont Ruby avait le secret.

— Qu'est-ce que c'est que ça ? demanda-t-elle à la vieille femme.

— Un cadeau, répondit Ruby, les yeux brillants, tandis qu'elle se laissait choir en soupirant sur une chaise, près du bureau de Kitt. J'l'ai trouvé hier, en me promenant sur la lande, et j'ai tout de suite pensé à toi.

— Vous… vous n'auriez pas dû, marmonna Kitt en balayant d'un revers de main le petit tas de terre sèche qui s'était détaché de son « cadeau ».

Elle décocha un regard à Grace, assise derrière le bureau voisin. Pour une fois, son assistante n'était pas en train de rire sous cape, elle qui ne perdait pourtant pas une occasion de se moquer des péripéties souvent rocambolesques vécues par sa responsable. Les yeux rivés sur l'écran de son ordinateur, Grace n'avait même rien remarqué. Kitt ne l'avait jamais vue aussi concentrée – visiblement, ses recherches sur la victime du dernier meurtre l'absorbaient. Compte tenu des similitudes existant entre les deux affaires, Kitt lui avait conseillé de commencer par les ex-petites amies. Une rupture amoureuse avait inspiré la mise en scène macabre du meurtre d'Owen. C'était donc le point de départ le plus logique pour collecter des informations utiles sur les circonstances de la mort d'Adam Kaminski. En outre, Kitt ne pouvait s'empêcher de voir des ressemblances entre ce qui s'était passé et le roman *Un crime étrange*. Le premier meurtre était si fortement imprégné d'échec sentimental qu'elle restait persuadée qu'il y avait un cœur brisé à l'origine de ce désastre.

— Je sais que tu traverses un moment difficile, reprit Ruby, captant de nouveau l'attention de Kitt. Ta meilleure amie est en prison, accusée de meurtre. Sans parler de ce policier qui te tape sur le système.

Les joues en feu, Kitt darda sur Ruby un regard noir.

— Halloran ne me tape pas sur le système, protesta-t-elle.

— Oh, non : je parlais de sa collègue… Banks, si mes souvenirs sont bons, répliqua Ruby en penchant la tête de côté d'un air beaucoup trop innocent pour être crédible. Tu as dit qu'elle avait à peine ouvert la bouche lorsqu'ils sont venus lundi et qu'elle s'était montrée très désagréable quand elle avait enfin desserré les dents.

Kitt hocha la tête. Pour dire la vérité, les insinuations accusatrices de Halloran l'avaient beaucoup plus perturbée que l'attitude mutique de Banks.

— Comment savez-vous qu'Evie a été arrêtée ? C'est déjà passé aux infos ?

— Je ne connais pas les sources d'informations officielles mais la nouvelle circule dans le 59, en tout cas.

Kitt arqua un sourcil perplexe.

— Le 59 ?

— Mais oui, voyons ! Le bus que je prends pour venir en ville. Toutes les informations importantes transitent par le 59 ; le reste, c'est de la gnognotte.

— J'en prends bonne note, plaisanta Kitt. Et donc, la solution à tous mes problèmes se trouverait dans… une pierre ?

— Attention, c'est pas n'importe quelle pierre. C'est une pierre magique.

— Une pierre magique.

— En fait, toutes les pierres sont magiques.

— Oui, eh bien, ne le prenez surtout pas mal, Ruby, mais je doute fort que cette pierre me soit d'une grande aide.

La vieille femme s'agita sur sa chaise avant d'asséner un coup de canne sur le bureau de Kitt.

— Tu crois tout savoir parce que tu as lu quelques bouquins, pas vrai ?

Kitt se renfrogna. C'était la deuxième fois en douze heures qu'on se moquait de sa passion. Depuis quand la lecture rendait-elle *moins* intelligent ?

— Non, je…

— Il y a tout un univers en dehors des livres, tu sais, la coupa Ruby.

— Oui, j'en suis consciente…

— Mets cette pierre dans ta poche et garde-la précieusement.

— Pardon ?

— Garde cette pierre dans la poche de ton manteau.

— Elle est un peu lourde, vous ne trouvez pas ?

— Non, c'est pile la bonne taille. Fais confiance à Ruby. Allez.

Exhalant un soupir, Kitt ramassa le caillou et le fourra dans la poche de son manteau drapé sur le dossier de sa chaise.

— Bien. À partir de maintenant, chaque fois que tu te sentiras mal, dépassée par les événements ou même en danger, tu plongeras la main dans ta poche et tu serreras la pierre entre tes doigts. Elle fait partie de la Terre qui t'héberge. Elle t'aidera à retrouver ton calme, dans n'importe quelle circonstance.

Kitt gratifia la vieille femme d'un sourire. Les raisonnements de Ruby étaient totalement loufoques mais elle avait le cœur sur la main. Son sourire s'évanouit toutefois lorsqu'elle aperçut du coin de l'œil une silhouette familière. Juste derrière Ruby, dans l'allée consacrée à l'histoire du féminisme, se tenait l'homme-chou. Kitt l'avait vu traîner plusieurs fois dans les parages ces derniers jours, même s'il ressortait de leur premier et unique échange que le département consacré aux études féminines ne l'intéressait aucunement. Lorsqu'il se rendit compte qu'elle l'observait, l'homme leva un peu plus haut l'exemplaire du *Deuxième Sexe* de Simone de Beauvoir qu'il tenait à la main, afin de dissimuler son visage. Quel étrange individu. Que fabriquait-il encore ici ?

— Tiens, tiens, murmura Grace.

Kitt se tourna aussitôt vers son assistante.

— Une fulgurance, ma belle ? lança Ruby. Tu travailles sur un truc important ?

— Euh…, fit Grace en interrogeant Kitt du regard.

Celle-ci secoua la tête imperceptiblement.

— Je viens de débloquer un tableau Excel qui me donnait du fil à retordre, pas de quoi fouetter un chat, ajouta-t-elle avant de se retourner pour tapoter fébrilement sur son clavier.

Quelques instants plus tard, un nouveau message électronique apparut dans la boîte de réception de Kitt. L'objet de l'e-mail tenait en deux lettres : AK.

Adam Kaminski. Kitt félicita silencieusement son assistante d'avoir songé à ce nom de code. Elle n'était pas sûre que le service informatique de la bibliothèque vérifiait le contenu des messageries électroniques mais, dans le doute, mieux valait jouer la carte de la discrétion. Il ne manquerait plus que Michelle découvre qu'elles enquêtaient secrètement sur le meurtre d'Owen pendant leurs heures de travail... Kitt s'apprêtait à cliquer sur le message lorsqu'une voix vaguement familière l'interpella :

— Katherine Hartley ?

Elle leva les yeux et reconnut Justine Krantz, la journaliste qui lui avait collé un dictaphone sous le nez quelques jours plus tôt. Celle-là même qui avait posté sur tous les réseaux sociaux la vidéo où on la voyait sur le perron de Beth.

— Vous n'êtes pas autorisés à filmer ici, mademoiselle Krantz, déclara Kitt en foudroyant du regard l'homme qui l'accompagnait, caméra à l'épaule.

— Nous sommes sur un campus public, non ? répliqua Justine. Alors on tourne !

Kitt se leva.

— Excusez-moi, vous n'avez pas entendu ce que je viens de dire ?

— Nous avons appris de source sûre que Mlle Evelyne Bowes et vous-même aviez été arrêtées lors d'un dîner professionnel hier soir. Confirmez-vous l'information, mademoiselle Hartley ?

— Je peux savoir quelles sont vos sources ? demanda Kitt.

— Désolée, je ne peux pas les révéler.

— Sans doute parce qu'elles ne sont pas aussi sûres que vous le prétendez.

Justine lâcha un soupir.

— Je ne peux vous dire qu'une seule chose : nous le tenons d'une personne que Mlle Bowes côtoie professionnellement.

Quel scoop… N'importe quel participant au Belle's Ball pouvait avoir raconté l'incident aux journalistes. D'un autre côté, vu les réactions des collègues d'Evie au moment de leur arrestation, Kitt songea que le mouchard se trouvait peut-être parmi eux. Elle darda sur la journaliste un regard acéré.

— Je vous laisse trois secondes pour arrêter de filmer, prévint-elle d'une voix sourde. Si vous ne m'obéissez pas, je serai obligée d'appeler la sécurité.

— Questions éludées pour la deuxième fois, commenta Justine en se tournant brièvement vers la caméra avant de reporter son attention sur Kitt. Que cachez-vous, mademoiselle Hartley ? Essayez-vous de protéger votre meilleure amie en empêchant la vérité d'éclater au grand jour ?

— Je n'ai aucun commentaire à faire, déclara Kitt.

— Pourriez-vous au moins nous dire si vous connaissiez la deuxième victime, Adam Kaminski ? enchaîna la journaliste, feignant d'ignorer ses propos.

— J'ai connu un Adam autrefois, intervint Ruby. Mais il ne s'appelait pas Kaminski. Il s'appelait Fawcett. Vous connaissez la famille Fawcett ?

Justine considéra Ruby en fronçant les sourcils avant de secouer la tête, contrariée par la diversion.

— Grace, file à l'accueil et préviens les agents de sécurité que nous avons un problème au deuxième étage, d'accord ? lança Kitt en souriant à son assistante, comme si tout était sous contrôle.

Grace se dirigea aussitôt vers l'escalier, mais elle n'avait fait que quelques pas lorsque déboula la dernière personne que Kitt avait envie de voir à cet instant précis.

— Que se passe-t-il ici ? s'exclama Michelle tandis que son regard gris se posait d'abord sur le cameraman, puis sur Justine et enfin sur Kitt.

— Nous allons prévenir la sécurité, répondit Kitt.

Le technicien braqua sa caméra sur Michelle qui posa les poings sur ses hanches et fixa l'objectif d'un air courroucé.

— Quels sont vos liens avec Mlle Hartley ? demanda Justine, imperturbable.

— Je suis la directrice des niveaux un à trois de cette bibliothèque, répondit Michelle. Et à ce titre, je vous demande d'éteindre sur-le-champ cette caméra puis de quitter les lieux dans le calme.

— Étiez-vous au courant que Mlle Hartley avait été arrêtée pour meurtre hier soir ? fit Justine avec un sourire entendu.

La mâchoire de Michelle se crispa.

— Il semblerait qu'elle ait vite été innocentée puisque la voilà libre de ses mouvements aujourd'hui. Maintenant, arrêtez de filmer et partez avant que les agents de sécurité soient obligés de vous raccompagner jusqu'à la sortie.

Ruby émit un petit ricanement.

— Et vlan, prends ça dans les dents.

Dans un soupir, Justine tapota l'épaule du cameraman.

— Arrête ça, ordonna-t-elle avant de dévisager les quatre femmes à tour de rôle. Nous allons partir, mais je continuerai à me démener pour essayer de découvrir la vérité. Des vies sont en danger, au cas où vous l'ignoreriez.

— Seriez-vous seulement capable de reconnaître la vérité si vous croisiez son chemin ? la nargua Kitt.

Il ne servait à rien de poursuivre cette conversation, Kitt le savait, mais la question était sortie toute seule. La situation était cauchemardesque et une visite impromptue de journalistes était bien la dernière chose dont elle avait besoin.

— Vous feriez mieux de vous ranger de mon côté, vous savez, conseilla Justine. On ne peut pas faire confiance à la police dans des affaires comme celles-ci. Ils s'arrangent pour faire croire qu'ils ont la situation bien en main alors que c'est faux et je trouve ça malhonnête de leur part. Quatre-vingt-dix-neuf pour cent des crimes n'arrivent pas à la connaissance de la presse. Demandez-vous pourquoi.

Sur ces mots, la nouvelle « prodige » des médias tourna les talons et adressa un signe au cameraman qui la suivit vers l'escalier. Dès qu'ils furent partis, Kitt passa une main sur son front en soupirant.

— Michelle, je ne vous remercierai jamais assez d'avoir pris ma défense, sur ce coup-là.

Elle était en réalité plus étonnée que reconnaissante mais elle s'efforça de ne pas le montrer. Dans son souvenir, sa cheffe ne l'avait pas soutenue une seule fois depuis qu'elles travaillaient ensemble.

— Oh, ce n'est pas pour vous que je l'ai fait, rectifia Michelle. Il fallait que je me débarrasse au plus vite de ces deux-là et maintenant qu'ils sont partis, je crois que vous feriez mieux de rentrer chez vous, vous aussi.

Kitt fixa sa supérieure d'un air médusé.

— Vous me renvoyez ?

— Je ne sais pas, avoua Michelle. J'ignore ce que nous allons faire de vous étant donné que vous êtes la première de nos employés à connaître cette situation. Une chose est sûre, en tout cas : le conseil des doyens ne tolérera pas que la réputation de l'établissement soit ternie par les agissements d'un membre du personnel.

— Mais je n'ai rien fait de mal ! protesta Kitt.

Elle sentit ses yeux s'embuer à l'idée qu'on pouvait la chasser comme une malpropre de cet endroit qui était toute sa vie depuis dix ans.

— Il est hors de question que des journalistes se faufilent ici à longueur de journée pour vous parler, décréta Michelle. Ce genre d'intrusion trouble la tranquillité des lieux. Rentrez chez vous. Je mentionnerai le problème à la direction et nous verrons ce qu'il convient de faire.

Déglutissant avec peine, Kitt fourra quelques affaires dans son sac. Elle sentait les regards de Grace et de Ruby posés sur elle mais n'osa pas lever les yeux de peur de s'effondrer. L'homme-chou assistait sûrement à la scène, lui aussi, avec tous les autres étudiants présents au deuxième étage. Kitt garda les yeux baissés, incapable d'affronter leurs regards.

Jetant un dernier coup d'œil à l'écran de son ordinateur, elle se rappela soudain le message envoyé par Grace et le lut rapidement.

La dernière petite amie en date d'Adam Kaminski s'appelait Zoe Gray. Elle est actrice. Ils ont rompu il y a huit mois, ce qui explique pourquoi ça n'a pas été facile de retrouver sa trace. En ce moment, elle tient le rôle de Lina Lamont dans *Chantons sous la pluie*, la production du Majestic.

En parcourant le message, Kitt sut comment elle allait occuper son après-midi de repos inopiné. Elle ne connaissait pas Zoe Gray et, d'après ce qu'elle savait, Evie non plus. Il y avait donc peu de chances que celle-ci fût la meurtrière d'Owen, mais elle était en tout cas un maillon de la chaîne qui servirait à sortir Evie de ce mauvais pas. Si cette Zoe savait quelque chose – n'importe quoi – sur les raisons de la mort d'Adam ou d'Owen, Kitt le découvrirait avant la tombée de la nuit.

CHAPITRE 19

— Bonjour, madame, puis-je vous renseigner ? demanda la réceptionniste du théâtre Majestic.

Elle portait un uniforme composé d'une chemise blanche et d'une jupe crayon magenta. Ses cheveux noirs étaient coupés à la garçonne et l'étincelle qui pétillait dans ses yeux trahissait sa jeunesse et son optimisme. Après une nuit presque blanche et son renvoi de la bibliothèque, Kitt avait du mal à voir la vie en rose, mais elle comptait bien profiter de l'enthousiasme de la jeune hôtesse d'accueil pour faire avancer son plan.

— Oh, j'espère, répondit-elle en montrant brièvement son badge de bibliothécaire avec un sourire exagérément jovial. Je travaille à l'université de York et je viens interviewer Zoe Gray dans le cadre d'un article de fond dont on m'a confié la rédaction. On m'a dit de passer avant la représentation en matinée.

— Oh, vous avez rendez-vous avec Mlle Gray, c'est ça ?

C'était à celle qui afficherait le sourire le plus avenant et le plus radieux, songea Kitt qui n'avait jamais vu de pommettes aussi expressives.

— Oui, mentit-elle. Apparemment, elle se réjouit de répondre à mes questions et elle m'a dit que, à l'accueil, on saurait m'orienter vers sa loge.

— C'est super ! s'exclama la jeune femme. Alors,

vous allez prendre par là, vous passez les portes de secours et vous longez le couloir. Ensuite, vous tournerez deux fois à gauche puis à droite et encore une fois à gauche. Vous monterez trois marches, vous en descendrez cinq et là, vous verrez une porte juste en face de vous. Ce n'est pas celle-ci : ça, c'est la lingerie. La loge de Mlle Gray est tout de suite à gauche.

Réprimant un froncement de sourcils, Kitt réussit à rester impassible devant ce flot d'indications. Elle avait tout intérêt à continuer de sourire si elle ne voulait pas éveiller des doutes ou des soupçons dans l'esprit de son interlocutrice. Ou n'importe quoi qui l'amènerait à se poser des questions. Ce n'était pas tant l'itinéraire labyrinthique qui l'inquiétait que le fait qu'on l'autorisât à pénétrer dans les entrailles du théâtre sans même vérifier son identité. Personne n'avait entendu parler du meurtrier en cavale, ici ? C'était incroyable, ce qu'on pouvait obtenir avec un badge exhibé à la va-vite et une attitude pleine d'assurance.

Kitt remercia la jeune femme en la gratifiant d'un dernier sourire puis se dirigea rapidement vers les issues de secours. Elle vit tout de suite qu'elle pénétrait dans un espace réservé au personnel : la belle moquette rouge qui recouvrait le sol du foyer avait soudainement disparu et l'éclairage blafard projetait sur les murs son ombre déformée, légèrement effrayante.

Kitt sentit son estomac se nouer tandis qu'elle avançait dans les couloirs aux murs de brique, s'efforçant d'oublier le silence qui régnait autour d'elle. Le vide et l'isolement. Elle tenta de se changer les idées en comptant combien de mensonges et de demi-vérités étaient sortis de sa bouche depuis une semaine. Était-elle en train de devenir, malgré elle, experte dans l'art de la tromperie ?

Quelques jours plus tôt, elle avait menti en prétendant être une amie de Beth Myers. Aujourd'hui, elle avait récidivé en inventant cette histoire d'interview avec Zoe Gray et, depuis le début de cet horrible cauchemar, elle s'était menti à elle-même en refusant de reconnaître combien l'idée de perdre sa meilleure amie l'angoissait. Jusqu'à présent, elle avait réussi à faire bonne figure devant Evie, mais maintenant que cette dernière n'était plus là pour la voir craquer, Kitt osa se poser la question qui la rongeait sournoisement : que deviendrait-elle si elle ne trouvait aucune information susceptible de l'innocenter une fois pour toutes ? Iago et ses livres étaient certes de bons compagnons mais personne ne pourrait remplacer sa précieuse alliée, si débordante de joie de vivre, d'espièglerie et de gentillesse.

Ce n'était pas la seule question qu'elle esquivait. Il y avait aussi le problème Halloran. Le trouble qu'elle ressentait en sa présence. Et les efforts qu'elle devait fournir pour éviter certaines pensées tout à fait déplacées.

Peu désireuse de s'attarder sur le sujet, Kitt songea aux informations que lui avait envoyées sa sœur au sujet des empoisonnements. Rebecca lui avait expliqué que les cas d'empoisonnement délibérés étaient très rares. Grâce au succès de plusieurs séries policières, les gens semblaient avoir compris que les substances toxiques étaient beaucoup plus facilement identifiables et traçables qu'un siècle plus tôt, à l'époque où les femmes s'en servaient pour se débarrasser de leur mari devenu trop encombrant. Cette méthode restait encore aujourd'hui largement plus utilisée par les femmes que par les hommes, surtout parce qu'elle ne nécessitait pas le recours à la force physique. Malgré la similarité des mises en scène, Kitt ne savait pas encore si Adam Kaminski avait connu le même sort qu'Owen. Dans l'hypothèse où il existerait certaines différences entre les deux crimes, le fait que le meurtrier d'Owen l'ait préalablement drogué avec une forte dose de diazépam indiquait qu'il ou elle était plus un tacticien qu'une force de la nature.

Quelques minutes plus tard, Kitt repéra une porte sur laquelle était scotché un simple rectangle de papier plastifié portant l'inscription : « Zoc Gray ».

Elle inspira profondément, se redressa et frappa.

— Qui que vous soyez, je m'apprête à monter sur scène et je ne veux pas qu'on me dérange, lança une voix étouffée de l'autre côté du battant.

— Mademoiselle Gray, ouvrez, je vous en prie… Je viens vous voir au sujet d'Adam Kaminski.

Il y eut un silence. Puis un bruissement. Et enfin un léger chuintement lorsque la lourde porte s'entrebâilla, laissant apparaître un œil noisette saupoudré de fard à paupières argenté, scintillant comme une myriade d'étoiles sur la peau noire.

— Qui êtes-vous ? Qu'avez-vous à me dire au sujet d'Adam ? demanda l'actrice en ponctuant chaque question d'un lent battement de ses faux cils parfaitement posés.

Kitt se sentit blêmir. Elle n'avait pas prévu ça. Dans son esprit, tout le monde avait vu ou écouté les informations du matin. Elle se mordit la lèvre en prenant conscience qu'il lui faudrait annoncer la mort d'Adam à quelqu'un qui l'avait connu et aimé. C'était donc ça qu'éprouvait l'inspecteur Halloran chaque fois qu'il devait accomplir cette mission.

— Je m'appelle Kitt Hartley. Je travaille à l'université de York et j'aurais vraiment besoin que vous me laissiez entrer pour que je puisse vous expliquer les raisons de ma présence ici, débita Kitt avant d'avaler sa salive. J'ai bien peur d'avoir une mauvaise nouvelle à vous annoncer.

En entendant ces mots, la comédienne ouvrit la porte à toute volée. Elle ne portait qu'un peignoir en soie couleur crème qui semblait deux fois trop grand pour elle. Un ou deux repas dignes de ce nom lui auraient fait le plus grand bien, comme à la plupart des actrices de télévision, songea Kitt.

— Je ne sais pas dans quelle galère s'est encore fichu cet abruti et tout à fait franchement, je m'en fiche !

— Mademoiselle Gray..., tenta Kitt, consciente que Zoe ne tarderait pas à regretter ses paroles.

— Non, la coupa l'actrice en levant une main, paume tournée vers Kitt. Je suis désolée. J'ai définitivement banni cet homme de ma vie.

— C'est-à-dire que...

— Vous savez ce que ça fait d'être traitée comme une idiote ? D'être humiliée publiquement par la personne qui prétendait vous aimer ?

Kitt baissa les yeux sur le plancher de bois brut qui recouvrait le sol de la loge.

— Oui, murmura-t-elle, mais l'actrice ne l'entendit pas.

— De devoir supporter pendant plusieurs mois les cancans et les moqueries de ceux que vous preniez pour des amis ?

Kitt dévisagea la femme qui se tenait devant elle. Un pli aussi profond qu'une ligne de faille creusait son front et ses lèvres ne formaient plus qu'un trait rageur.

— Il vous a malmenée, c'est ça ?

— C'est le moins qu'on puisse dire, oui. Au début, j'ai accepté de sortir avec lui parce qu'il me faisait de la peine, dit-elle, les coins de sa bouche se retroussant légèrement – elle ment, pensa Kitt. Je lui ai sacrifié six mois de mon existence. Vous n'imaginez même pas toutes les promesses qu'il m'a faites.

— Mais il ne les a pas tenues, compléta Kitt avant d'aspirer une grande bouffée d'air, s'efforçant de rester concentrée sur les paroles de Zoe au lieu de se laisser hypnotiser par d'autres images.

Celle du visage de Theo, baigné par la pâle lumière de l'aube. Theo encore assoupi lui murmurant le mot « toujours ». Pourquoi diable fallait-il que les souvenirs les plus perturbants surgissent toujours au plus mauvais moment ? Tout ce qui comptait pour l'instant, c'était Zoe et *son* histoire d'amour catastrophique.

— Eh non…

Pour la première fois depuis que Zoe Gray avait ouvert la porte de sa loge, son expression trahit autre chose que de l'irritation pure. Ses yeux se remplirent de larmes et elle secoua la tête.

— Zoe, écoutez-moi, ordonna Kitt. Il faut absolument que je vous dise quelque chose.

— Quoi donc ?

— Adam…

Les lèvres de Kitt se scellèrent, incapables de prononcer la phrase suivante. Elle s'arma pourtant de courage et força les mots à sortir de sa bouche.

— Il est mort.

— Mort ? s'écria l'actrice en portant la main droite à sa tempe dans un geste que seule une femme de théâtre pouvait esquisser spontanément. Quelle horreur…

— Je suis navrée de devoir vous annoncer ça.

— Je… je crois que je vais être obligée de m'asseoir, murmura Zoe Gray en secouant la tête.

Elle s'éloigna et la porte restée ouverte fut comme une invitation pour Kitt qui la suivit à l'intérieur. La pièce exiguë ressemblait à une alcôve. Il y avait assez de place pour deux, mais guère plus. Sur sa gauche, Kitt remarqua un costume de scène suspendu à la porte d'une armoire en acajou sculpté : une longue robe entièrement brodée de sequins argentés assortie à une étole de fourrure blanche – la tenue parfaite pour le rôle de Lina Lamont. Alignées le long du mur du fond, plusieurs têtes de mannequins arboraient un assortiment hétéroclite de perruques. Boucles blond platine. Longue chevelure rousse. Ondulations soyeuses noir d'ébène.

— Comment est-ce que c'est arrivé ? demanda Zoe Gray en se laissant tomber sur une chaise, en face d'une coiffeuse couverte d'une multitude de pots de crème et de poudre.

— Vous êtes au courant qu'un meurtre a été commis en ville le week-end dernier ?

Zoe acquiesça d'un signe de tête.

— Eh bien, il semblerait qu'Adam ait été assassiné par le même meurtrier. Il a été retrouvé près de l'ancienne chocolaterie par un homme qui promenait son chien un peu avant l'aube, expliqua Kitt.

— Quelle horreur, répéta Zoe tandis que son regard glissait sur la coiffeuse. Ça vous dérange si… ? demanda-t-elle en désignant une grande bouteille de gin et un petit gobelet rangés à droite du miroir.

— Je ne m'immiscerai jamais entre une femme et sa bouteille de gin, répondit Kitt.

Les mains de Zoe tremblèrent lorsqu'elle versa une rasade de gin dans le verre.

— Et vous êtes sûre que… que c'est un meurtre et pas un tragique accident ?

— Compte tenu de la mise en scène, il n'y a aucun doute possible sur la nature de la mort. Désolée.

— Vous êtes de la police ou journaliste ? demanda Zoe.

— Non. Comme je vous l'ai dit tout à l'heure, je travaille à l'université. Disons que je… je mène ma propre enquête. Evie, ma meilleure amie, avait fréquenté l'homme assassiné le week-end dernier. Vous en avez entendu parler, n'est-ce pas ?

Zoe hocha la tête.

— Oui. Aux informations.

— Jusqu'à aujourd'hui, la police soupçonnait mon amie d'avoir commis le premier meurtre. Elle est en garde à vue depuis un peu plus de vingt-quatre heures. Mais certains détails de la scène du crime d'Adam laissent penser que le mode opératoire est le même que pour celui de son ex-petit ami, alors…

— Alors si le meurtre d'hier soir a été commis par la même personne et qu'elle était en garde à vue au moment où ça s'est produit…, compléta Zoe, plongée dans ses réflexions.

— En principe, ça devrait suffire à l'innocenter mais les enquêteurs sont obsédés par l'idée qu'elle pourrait avoir un ou une complice, donc rien n'est gagné d'avance, fit observer Kitt.

— Vous croyez que c'est vrai ? demanda Zoe tout à trac. Vous pensez qu'elle a assassiné Adam ?

— Non. Evie ne ferait pas de mal à une mouche.

— Comment pouvez-vous en être aussi sûre ?

Kitt esquissa une grimace. C'était quoi, cette manie de jeter la pierre avant d'avoir connaissance de tous les éléments ? Elle se racla la gorge, s'efforçant de refouler la colère qu'elle sentait enfler en elle. D'accord, elle se montrait peut-être un peu trop protectrice à l'égard d'Evie, mais elle n'y pouvait rien : c'était plus fort qu'elle.

— Je connais Evie depuis plusieurs années. Elle serait incapable de nuire à quelqu'un et, en plus, la police n'a aucune preuve de son implication dans l'affaire.

L'actrice fut sur le point d'ajouter quelque chose mais Kitt ne lui en laissa pas le temps, désireuse de reprendre les rênes de la conversation.

— À votre place, je m'inquiéterais pour une autre raison, déclara-t-elle.

Zoe lui jeta un regard de biais.

— Ah oui ? Laquelle ?

— Malgré l'absence de preuve concrète, les enquêteurs se sont empressés d'accuser l'ex-petite amie de la victime dans la première affaire de meurtre. Il pourrait très bien vous arriver la même chose.

Les yeux de Zoe s'arrondirent brièvement avant de s'étrécir.

— Il n'y avait peut-être pas de preuve concrète mais il y avait forcément d'autres éléments à charge contre votre amie, fit-elle remarquer.

— C'est vrai, admit Kitt. Plusieurs détails de la scène du crime renvoyaient à la rupture d'Owen et d'Evie. Le meurtre était… bizarre. Comme celui d'Adam, soit dit en passant. Son corps a été retrouvé à proximité de la chocolaterie. Un stylo-plume était… planté dans sa poitrine, retenant un mot sur lequel on pouvait lire : « *Touché en plein cœur* ». Est-ce que ça vous rappelle quelque chose ?

La main de Zoe se mit à trembler plus fort tandis qu'elle portait le verre à ses lèvres pour avaler une grosse lampée de gin.

— Oh non, gémit-elle. Ils vont m'arrêter, c'est sûr. Ils vont venir me chercher.

Elle attrapa un sac de sport noir rangé sous la coiffeuse et y jeta frénétiquement des pots de crème et de lotion.

— Zoe, calmez-vous, ordonna Kitt en posant une main sur le sac. Que se passe-t-il ?

Des larmes se mirent à couler sur ses joues tandis qu'elle s'affalait sur sa chaise.

— Je n'ai pas la force d'en parler.

— Vous feriez mieux de m'expliquer ce qui ne va pas.

L'actrice essuya à deux mains son visage humide puis leva les yeux. À cet instant, Kitt ne put s'empêcher de se demander si elle n'avait pas devant elle une meurtrière.

CHAPITRE 20

— Tout a basculé tellement vite, entre Adam et moi, commença Zoe qui parut glisser dans une espèce de transe tandis qu'elle racontait son histoire. Nous avons vécu une relation idyllique pendant pas mal de temps. Ça marchait tellement bien qu'il n'a pas hésité à aborder la question du mariage dès notre première Saint-Valentin. Il m'a dit qu'il ne pourrait plus vivre sans moi. Et il voulait savoir si je ressentais la même chose pour lui…

— C'était le cas ?

— Oui. On flottait sur un petit nuage. C'était le genre d'histoire qu'on trouve dans les livres et les pièces de théâtre. Alors évidemment, j'étais folle de joie à l'idée que ça durerait toute la vie.

Kitt avait connu ce bonheur, elle aussi. Une éternité s'était écoulée depuis et pourtant, elle se souvenait encore parfaitement de ce sentiment d'excitation qui la tenaillait en permanence et combien il était exquis de penser qu'on avait trouvé ce que tout le monde cherchait désespérément.

— Que s'est-il passé ensuite ?

— Je me suis un peu emballée. J'ai raconté à toutes mes amies ce qu'Adam m'avait dit. Elles ont acheté une bouteille de champagne pour fêter nos fiançailles. Entre copines, on avait presque organisé le mariage.

— Vous deviez être aux anges, remarqua Kitt d'un ton rêveur.

— Je l'étais, oui, admit Zoe avec un sourire teinté de tristesse et d'amertume. Mais deux jours plus tard, hélas, Adam a frappé à ma porte. Il était venu me dire qu'il avait changé d'avis et qu'au lieu de songer à nos fiançailles nous ferions mieux de mettre un terme à notre relation.

Kitt inspira longuement.

— Il a pris peur ?

— Il ne l'a pas dit clairement mais j'imagine que oui.

— Je suis désolée.

— Pas autant que moi.

Kitt dévisagea la comédienne. Que regrettait-elle, au juste ? La fin de leur histoire d'amour ? Les rêves brisés ? Ou autre chose ? Quelque chose qui l'avait poussée à rassembler ses affaires en toute hâte lorsque Kitt lui avait décrit la scène du crime.

— Cela vous a fait de la peine, n'est-ce pas, Zoe ? demanda Kitt avec douceur pour éviter de la contrarier.

— J'étais dévastée, oui.

— Étiez-vous en colère ?

— Oui.

— Aviez-vous envie de vous venger ?

Zoe hésita un instant avant de répondre.

— Oui.

Un froid glacial envahit Kitt, comme si une bourrasque hivernale s'était infiltrée sous une porte mal ajustée.

— Zoe, avez-vous tué Adam ?

Perdu dans le vide, le regard de Zoe sembla se ranimer.

— Quoi ? demanda-t-elle en fronçant les sourcils. Bien sûr que non, voyons !

— D'accord, d'accord, fit Kitt en levant les mains.

— J'étais ici, hier soir. Au théâtre.

— Toute la soirée ? demanda Kitt avant d'ajouter, parce que Zoe plissait les yeux : Ce sont les mêmes questions que vous poseront les enquêteurs de la police. Au dire des journalistes, le cadavre d'Adam a été retrouvé à 3 h 30 du matin mais le meurtre aurait eu lieu autour de minuit. Est-ce que vous avez un alibi pour ce créneau horaire ?

Zoe se leva de sa chaise et vint se poster devant Kitt.

— J'en ai un, oui. J'étais avec les autres acteurs de la pièce. Nous avons bu quelques verres ensemble après le spectacle. Les autres peuvent témoigner.

— Je vous crois, déclara Kitt. Vraiment. Mais comme vous avez dit que vous vouliez vous venger…

— L'envie me démangeait, en effet, admit Zoe. Mais je n'ai pas tué Adam. Je n'aurais jamais…

Sa voix se brisa.

— Je ne lui aurais jamais fait de mal. Même après ce qu'il m'avait fait, lui. Et même si je lui en voulais énormément de m'avoir quittée sans aucune explication.

— Dans ce cas, pourquoi avez-vous paniqué ?

L'actrice croisa les bras sur sa poitrine et caressa du bout des doigts les manches de son peignoir en soie.

— Le jour de la Saint-Valentin, peu de temps avant notre rupture, Adam m'a offert une grosse boîte de chocolats en forme de cœur sur laquelle on pouvait lire une citation d'*Antoine et Cléopâtre*.

— Quelle citation ? voulut savoir Kitt avant de secouer la tête – sa passion pour la littérature se manifestait en toutes circonstances mais ce détail n'était sûrement pas ce qui comptait le plus dans l'histoire.

— « L'éternité était sur nos lèvres et dans nos yeux. » Il avait prononcé cette phrase en guise d'entrée en matière pour parler de nos fiançailles. Rétrospectivement, ça paraît un peu niais mais, sur le coup, j'ai trouvé ça terriblement romantique. Et adorablement désuet. J'étais touchée qu'il ait pensé à m'offrir un cadeau personnalisé qui nous parlait à tous les deux. Parce que *Antoine et Cléopâtre* était la première pièce dans laquelle il m'avait vue jouer. Il m'avait remarquée pendant la représentation. On a commencé à sortir ensemble peu de temps après.

Une tragédie : un choix tellement approprié, quand on connaissait la suite de l'histoire. Kitt se retint de le faire remarquer à Zoe, c'était un peu déplacé. Et puis elle préférait se concentrer sur les circonstances de la rupture.

— Donc il vous a offert un cadeau. Une boîte de chocolats en forme de cœur.

— C'est ça. Et deux jours plus tard, il se pointait chez moi pour m'annoncer qu'il ne voulait plus me voir. Quel genre d'individu se comporte comme ça, vous pouvez me le dire ?

Kitt esquissa un sourire fugace. Elle pensait bien à un autre homme qui avait agi de la même manière. Et qui avait subi le même sort qu'Adam. Elle ne s'était pas trompée, en tout cas : le chagrin d'amour jouait un rôle important dans les deux affaires.

— Comment avez-vous réagi ? demanda Kitt.

Zoe baissa les yeux sur ses pieds.

— Bah, je me suis morfondue quelque temps. Et puis la colère m'a rattrapée. J'étais furax. J'ai donc décidé de lui envoyer un petit cadeau de derrière les fagots. Un autre cœur rempli de friandises.

— C'est une vengeance plutôt sympathique, fit observer Kitt en plissant le nez.

— Sauf que les bonbons étaient…

— Quoi donc ?

— Spécialement fabriqués pour les chiens.

— Les chiens ?

— Bah oui : il s'était comporté comme un chien. Pire, même. Les chiens sont fidèles, eux. J'ai repéré cette boîte de faux chocolats dans la vitrine d'une animalerie – vous savez, le genre de boutique pour les petits compagnons à quatre pattes qui vivent mieux que leurs maîtres ?

— Je vois tout à fait, oui, dit Kitt avec un petit sourire.

— Je l'ai achetée, j'ai écrit un petit mot dessus et j'ai envoyé le tout à Adam.

— Qu'est-ce que vous avez écrit ? demanda Kitt, redoutant de connaître déjà la réponse.

Zoe expira lentement.

— « Touché en plein cœur. » Je voulais le faire culpabiliser un peu. Et j'espérais vraiment qu'il goûterait les chocolats.

— L'inscription qu'on a retrouvée sur lui, murmura Kitt d'un ton songeur.

Zoe secoua la tête.

— Je ne comprends pas…

Kitt posa les mains sur les bras de Zoe. Un geste un peu familier, mais l'actrice devait comprendre à quel point il importait qu'elle dise la vérité.

— À qui d'autre aviez-vous parlé de ça ?

— Il y a beaucoup de gens qui savent qu'on s'est séparés peu après avoir envisagé de se fiancer. En revanche, très peu connaissent les détails plus intimes de notre rupture. J'étais morte de honte, vous comprenez, ajouta Zoe en se libérant pour croiser les bras. Quand quelque chose comme ça vous arrive, vous n'avez pas envie de le crier sur tous les toits.

Sauf quand on s'appelle Evie, songea Kitt. Son amie

n'avait pas attendu plus de dix minutes avant de publier un commentaire à propos du message de rupture d'Owen. Kitt n'avait pas compris pourquoi elle avait souhaité exposer cet épisode douloureux de sa vie privée mais les gens publiaient vraiment tout et n'importe quoi sur Facebook. Des déclarations politiques tendancieuses. Des vidéos de leurs frasques après quelques bières de trop. Les échographies de leur futur bébé. Kitt aimait beaucoup ses amies mais elle n'avait aucune envie de voir à l'intérieur de leur utérus. Il y avait certaines limites à l'intimité amicale…

— Et Adam ? Il en a parlé autour de lui ?

— Je ne crois pas, non. Je me sentais tellement humiliée… D'ailleurs, je lui ai dit que s'il s'avisait de raconter ça à quelqu'un…

— Oui ?

— Je le tuerais. C'était une façon de parler, évidemment. Je n'ai jamais eu l'intention de passer à l'acte.

Zoe leva son gobelet de gin et le vida d'un trait sans sourciller.

— Quel micmac, murmura Kitt en réfléchissant.

Deux hommes assassinés. Deux hommes qui avaient laissé tomber leur petite amie d'une manière pour le moins cavalière. Impossible qu'il s'agisse d'une simple coïncidence.

Zoe se mit à mâchouiller l'ongle de son pouce.

— Qu'est-ce que la police va penser ?

— La meilleure chose qui vous reste à faire, c'est d'aller les trouver pour leur dire tout ce que vous savez, conseilla Kitt. Expliquez-leur que vous avez entendu parler de certains détails concernant le meurtre d'Adam et que vous vous êtes rendu compte qu'ils étaient en lien avec votre rupture.

— Oui, approuva Zoe, le regard traversé par une lueur d'espoir. C'est une bonne idée. Tout leur raconter avant qu'ils me convoquent. Ça jouera forcément en ma faveur. Peut-être même qu'un ou deux journalistes voudront m'interviewer, et je leur dirai dans quel état je me trouvais après ma rupture.

— Oh, vous pouvez compter là-dessus, fit Kitt en repensant à ce qui s'était passé à la bibliothèque à peine une heure plus tôt, alors qu'elle aurait volontiers tout donné pour se débarrasser de Justine Krantz avant que Michelle découvre sa présence dans les locaux de l'université.

— J'irai tout de suite après la représentation, déclara Zoe. Il faut que je finisse de me préparer. Je monte bientôt sur scène.

— Vous vous sentez quand même d'attaque pour jouer ? demanda Kitt avec un hoquet.

La rupture datait de huit mois mais Zoe lui avait dit qu'Adam avait beaucoup compté pour elle. Si Kitt se retrouvait dans la même situation, si un homme qu'elle avait aimé par le passé était assassiné, elle serait incapable d'aller travailler.

— Nous donnons nos dernières représentations aujourd'hui, dit Zoe comme si cela expliquait tout.

— Mais…

— Hors de question que je confie le rôle à ma doublure. Elle est incapable d'imiter correctement l'accent américain.

— OK, je comprends. Je ferais mieux de vous laisser. Oh, avant de partir, tenez…

Extirpant de sa besace un calepin et un stylo, Kitt griffonna rapidement son nom et son numéro de téléphone.

— Si vous repensez à quelque chose qui pourrait faire

avancer l'enquête, n'hésitez pas à m'appeler. Même s'il s'agit d'un petit détail que vous ne jugez pas nécessaire de transmettre à la police de peur de les déranger.

Elle tendit la feuille à Zoe qui y jeta un rapide coup d'œil avant de rencontrer son regard.

— Entendu.

— Une dernière chose... Je crois qu'il vaudrait mieux éviter de parler de notre conversation aux policiers quand vous les verrez, déclara Kitt d'un ton faussement dégagé.

— Pourquoi ?

— Que les choses soient claires : je ne vous demande pas de leur mentir. Simplement, je crois que ça ne ferait qu'aggraver la situation, étant donné qu'Evie est toujours soupçonnée de meurtre. Ce ne serait pas terrible qu'ils s'imaginent que quelque chose vous lie toutes les deux... Parce que ce n'est pas le cas, n'est-ce pas ?

— Comment s'appelle-t-elle ?

— Evie Bowes.

— Non, je n'ai jamais entendu parler d'elle.

— Si les policiers apprennent que je suis venue vous voir, ils penseront peut-être que vous êtes la complice d'Evie, ou ils arriveront à des conclusions qui risquent de ralentir encore la progression de l'enquête. Tout ce qui m'importe personnellement, c'est de découvrir la vérité. Je n'ai aucune intention de mettre des bâtons dans les roues des inspecteurs chargés de ces deux affaires, ou de n'importe qui d'autre, d'ailleurs.

Zoe la considéra un moment.

— D'accord, dit-elle finalement. Je garderai ça pour moi.

— Merci. Au revoir, Zoe, lança Kitt en ouvrant la porte de la loge.

Il faisait plus frais dans le couloir silencieux. Après avoir refermé derrière elle, elle prit la direction de la sortie. Elle n'était pas sûre que Zoe réussirait à convaincre les enquêteurs avec sa version de l'histoire. Elle avait paru sincèrement peinée d'apprendre la mort de son ex-petit ami, mais elle était comédienne de métier, autrement dit experte dans l'art de faire croire aux gens ce qu'elle voulait.

Des pas résonnèrent soudain au bout du couloir, suffisamment fort pour la faire sursauter. Deux personnes avançaient vers elle et découvriraient bientôt sa présence dans une aile du théâtre interdite au public. Les deux visiteurs étaient en pleine conversation et, en tendant l'oreille, Kitt reconnut les intonations graves de la voix masculine.

Halloran. Aucun doute possible. En compagnie de Banks, d'après ce qu'elle entendait.

Kitt rebroussa chemin en toute hâte. Elle devait absolument se cacher – hors de question que les deux inspecteurs la croisent ici. Elle ouvrit la porte voisine de la loge de Zoe, celle de la lingerie, se jeta à l'intérieur, tira la porte et retint son souffle. Les policiers approchaient.

— Mon intuition me dit qu'ils ne sont coupables ni l'un ni l'autre, déclara Banks.

— Ritchie l'a rencontrée la semaine précédant le meurtre d'Owen Hall et il n'a d'alibi que pour le premier crime. Evie et Ritchie pourraient très bien être complices dans les deux affaires.

Kitt brûlait d'envie d'ouvrir la porte à toute volée pour leur crier qu'ils se fourraient le doigt dans l'œil. Au lieu de ça, elle maudit son cœur de battre aussi bruyamment. À en juger par le son de leurs voix, ils se tenaient à quelques pas de la porte.

— Elle… Je ne sais pas…, reprit Banks.

— Quoi donc ?

— Eh bien… je ne pense pas qu'Evie Bowes soit notre coupable.

Un silence suivit.

— C'est une jolie femme, lança finalement Halloran d'un ton taquin qui étonna Kitt.

Nouveau silence, puis :

— Ce n'est pas du tout pour ça que je pense qu'elle est innocente, chef. Elle est mignonne, c'est vrai, mais de toute façon, je ne suis pas son… genre.

Le soupçon de résignation dans la voix de Charlotte Banks lui fit presque de la peine. Presque.

— Toutes les preuves concourent à désigner Evie Bowes comme coupable, répondit Halloran. On ne peut pas se permettre d'écouter notre intuition en ignorant tout le reste. Pas cette fois. Les enjeux sont trop importants.

— Et vous, chef ? Vous tenez le coup ?

— Ça va, oui.

La réponse de Halloran avait jailli un peu trop vite, comme s'il était sur la défensive.

— C'est juste que…

— Je sais, nous sommes sur une affaire de meurtres en série.

— Je voulais être sûre que… Enfin, ça ne doit pas être facile après…

— Puisque je vous dis que tout va bien.

Immobile et muette, Kitt sentit sa curiosité s'éveiller. De quoi parlaient-ils, à la fin ? Mais avant que Banks ait eu le temps d'insister, un coup sec fut frappé à la porte voisine.

— Mademoiselle Gray, je suis l'inspecteur principal

Malcolm Halloran. L'inspectrice Charlotte Banks est avec moi. Pouvons-nous entrer ?

Kitt entendit Zoe les inviter à entrer dans sa loge. La porte se referma dans un claquement sourd. L'actrice pouvait dire adieu à ses deux dernières représentations.

CHAPITRE 21

Une méchante brise secouait bruyamment les boqueteaux d'ifs plantés le long du cimetière de Fulford. Le pasteur jeta une poignée de terre sur le cercueil qui descendait lentement dans son trou. Kitt enlaça les épaules d'Evie et la serra contre elle. La pauvre avait tenu le choc pendant toute la durée de la messe, mais l'aspect irréversible de cette dernière étape eut raison de son calme. Elle fondit en larmes, cachant son visage dans un mouchoir.

L'inspecteur Halloran se tenait de l'autre côté de la tombe, près de la famille d'Owen, les bras le long du corps pour témoigner de son attention, la tête légèrement inclinée pour marquer son respect. Pour la énième fois depuis son arrivée aux obsèques, il dévisagea Evie puis Kitt, sans doute en quête de détails suspects, même dans cet endroit sacré.

Les yeux rivés sur le cercueil de son fils qui disparaissait inexorablement, la mère d'Owen fut secouée de violents sanglots. Ses cheveux gris coupés au carré voletaient autour de son visage tandis qu'elle pleurait toutes les larmes de son corps. Halloran tendit une main et la posa sur l'épaule de la femme éplorée. Elle s'accrocha à lui, sanglotant de plus belle.

Kitt sentit ses yeux s'embuer. Croisant le regard de

l'inspecteur, elle vit qu'il était ému, lui aussi. Il revivrait probablement le même calvaire aux côtés de la mère d'Adam Kaminski. À combien d'enterrements avait-il assisté depuis le début de sa carrière ? Certains étaient-ils plus bouleversants que d'autres ?

— Ne nous attardons pas, hoqueta Evie. C'est trop dur.

— Viens, murmura Kitt en glissant son bras sous celui de son amie. Tu as besoin de repos.

Evie avait été libérée quatre heures plus tôt. Après avoir interrogé Zoe Gray dans l'après-midi de la veille, les enquêteurs avaient enfin conclu que les deux affaires étaient plus compliquées qu'il n'y paraissait. Et dans la mesure où Evie disposait d'un alibi pour les deux meurtres, son avocat avait réclamé la fin de sa garde à vue. Malgré tous les efforts de Kitt pour l'aider à se remettre du cauchemar qu'elle venait de vivre, Evie ressemblait plus à un fantôme qu'à un être humain. Son extrême pâleur formait un contraste saisissant avec le noir de sa robe droite et de son cardigan.

Les deux amies se détournèrent de la tombe et commencèrent à marcher en direction de la grille en fer forgé marquant l'entrée du cimetière.

— Est-ce que je suis censée me réjouir que la police m'ait relâchée ? demanda Evie d'une voix atone.

— Si tu veux mon avis, c'est généralement une bonne nouvelle de ne pas être inculpé de meurtre, répondit Kitt.

Evie n'ayant aucun lien de quelque nature que ce soit avec le deuxième meurtre, Halloran n'avait pas eu d'autre choix que de la libérer, mais Kitt n'avait pas oublié les dernières paroles prononcées par l'inspecteur lorsqu'ils s'étaient quittés la veille au matin, après l'épisode au Ashes to Ashes. Il avait alors sous-entendu qu'elles n'étaient ni l'une ni l'autre définitivement rayées de la liste des suspects.

— Dans ce cas, tu peux me dire pourquoi j'ai l'impression d'être encore derrière les barreaux ? Ou en tout cas, toujours sur la sellette ?

À ces mots, Kitt ravala une nouvelle montée de larmes.

— Tu ressens ça parce que tu es une bonne personne. Tu...

Sa voix se brisa tandis qu'elle plissait les yeux pour regarder du côté de l'entrée.

Evie suivit son regard et elles observèrent toutes deux la silhouette sombre et imposante postée près des grilles ouvragées. L'inconnu portait une longue cape noire à capuche qui masquait à moitié son visage. Il n'y avait qu'un seul détail notable, un élément qui avait attiré l'attention de Kitt : les mèches rousses balayant ses épaules. Si la longueur de la chevelure laissait supposer que la personne à la cape était une femme, sa corpulence faisait davantage penser à un homme.

Halloran avait mentionné une femme rousse durant son interrogatoire. Elle se trouvait quelque part à York et était la dernière personne à avoir vu Owen de son vivant.

Kitt fit trois pas en direction de la grille. Le visage de l'individu resta dans l'ombre, mais elle put mieux observer ses cheveux. Leur couleur ne semblait pas naturelle. Ils étaient teints ou bien... ou bien il s'agissait d'une perruque. Comme celle que Kitt avait vue la veille... dans la loge de Zoe Gray.

— Hé ! s'écria-t-elle sans réfléchir.

Surpris, l'individu baissa la tête et, après avoir jeté un coup d'œil sur sa gauche, détala de l'autre côté.

— Zoe ! appela Kitt bien que la silhouette qui s'échappait

fût trop robuste pour appartenir à la frêle actrice rencontrée la veille.

L'individu s'immobilisa et se retourna brièvement vers Kitt avant de disparaître dans la brume automnale.

La bibliothécaire se précipita vers les grilles et, une fois sortie du cimetière, inspecta soigneusement la route, mais ne détecta aucun signe de la mystérieuse silhouette. Comment avait-elle réussi à se volatiliser dans une avenue résidentielle aussi longue ? Peut-être avait-elle sauté par-dessus une haie avant de se frayer un chemin à travers les jardins du voisinage.

— Qu'est-ce qui se passe ? demanda Evie, à bout de souffle après avoir couru pour la rattraper.

— Tu as vu ça ?

— J'ai vu... quelque chose, en effet, répondit la voix de Halloran derrière elles.

Kitt se tourna vers l'inspecteur en soupirant. Un simple « quelque chose » ne suffirait pas à innocenter Evie.

— Vous l'avez vue ? La personne qui vient de s'enfuir ?

— J'étais un peu loin, je ne l'ai pas bien distinguée. Elle portait une cape noire.

— Et elle avait les cheveux roux, ajouta Kitt. Comme la femme qui se trouvait avec Owen la dernière fois qu'il a été aperçu vivant.

Sans faire de commentaire, Halloran sortit son téléphone et pianota rapidement sur l'écran.

Kitt et Evie échangèrent un regard, sourcils froncés.

— Banks ? Écoutez-moi : il faut lancer un avis de recherche autour du cimetière de Fulford.

Il se tut quelques instants avant de reprendre :

— Oui, commençons par un rayon de trois kilomètres.

Le suspect est roux et porte une longue cape noire... Je sais, oui. C'est bizarre. OK. Merci.

Il rangea son téléphone et les interrogea du regard à tour de rôle.

— Est-ce que cette personne vous semblait familière ?

— En clair, est-ce que nous comptons parmi nos amis quelqu'un qui se baladerait dans une longue cape noire à capuche ? ironisa Kitt.

Halloran lui décocha un regard menaçant mais elle croisa les bras sans se démonter.

— Non, ça ne me dit rien, reprit-elle. Et toi, Evie ?

Son amie secoua la tête.

— Peut-être qu'elle portait du noir pour l'enterrement...

— Dans ce cas, pourquoi s'est-elle enfuie ? objecta Kitt. Et les cheveux roux... c'est quand même une drôle de coïncidence, non ? En plus, j'ai vu une perruque exactement de la même couleur hier.

— Où ça ? demanda Halloran.

Kitt se raidit. Quand apprendrait-elle à fermer sa bouche ?

— Où ça ? répéta l'inspecteur d'un ton dangereusement calme – de toute évidence, il n'apprécierait pas de devoir poser la question une troisième fois.

— Dans la loge de Zoe Gray, avoua Kitt.

Halloran la dévisagea avec attention. Le demi-sourire qui flottait curieusement sur ses lèvres n'augurait rien de bon.

— Excusez-moi ! lança une voix féminine sur sa gauche.

Pivotant légèrement, Kitt aperçut Justine Krantz armée d'un calepin et d'un stylo. Elle n'avait pas entendu la voiture s'arrêter à quelques mètres d'eux tant elle était absorbée par la mystérieuse silhouette à la cape. La journaliste avait-elle obtenu un autre tuyau en cuisinant les collègues d'Evie ou bien avait-elle exploité ses propres talents d'enquêtrice pour trouver l'heure et l'endroit de l'enterrement ?

— Je suis…

— Je sais ce que vous êtes, la coupa Kitt. Un vautour.

Les yeux de Justine s'étrécirent.

— J'essaie juste d'informer le grand public qui a le droit de connaître la vérité.

— Le moment est mal choisi, gronda Halloran, le front barré d'un pli contrarié. La famille a besoin de faire son deuil en paix.

Coulant un regard à Evie, Kitt l'entraîna vers l'arrêt de bus situé sur le trottoir d'en face. Son amie possédait une Morris Minor de 1968 mais elle n'avait pas eu la force de prendre le volant ce matin-là.

Malgré l'avertissement de Halloran, Justine Krantz leur emboîta le pas.

— Vous ne voulez donc pas que le meurtrier d'Owen soit puni ? lança-t-elle en les rattrapant.

Sans crier gare, Evie fit volte-face et pointa l'index sous le menton de la journaliste.

— Je vous interdis de prononcer son nom. Vous ne le connaissiez même pas. Vous vous en fichez complètement, en fait. Tout ce qui compte pour vous, c'est votre satané papier !

Justine Krantz recula d'un pas, impressionnée. Kitt n'avait encore jamais vu le visage de son amie se déformer ainsi. En une fraction de seconde, ses traits s'étaient durcis, figés. Mais l'instant d'après, son visage se décomposa de nouveau et elle se cacha dans l'épaule de Kitt en sanglotant.

— Laissez-nous tranquilles, d'accord ? Je suis sûre que vous avez déjà atteint votre quota quotidien de harcèlement.

Cette fois, Justine ne répliqua pas. Elle retourna vers les grilles du cimetière d'un pas assuré et s'approcha de l'inspecteur, mais ce dernier l'ignora.

— Combien de temps avant le passage du prochain bus ? demanda-t-il en rejoignant Kitt et Evie.

Kitt consulta sa montre puis leva les yeux vers les horaires accrochés au poteau en béton, juste à côté d'elles.

— Vingt minutes pile.

— Je vais vous raccompagner chez vous, déclara Halloran.

— Non, merci, nous…

— Il me semble qu'Evie en a assez bavé pour aujourd'hui, inutile d'en rajouter une couche, vous ne croyez pas ? Nous savons tous que les bus de cette ville sont rarement à l'heure…

Kitt sentit la moutarde lui monter au nez. Halloran avait enfin compris que son amitié pour Evie pouvait être exploitée. Elle avait espéré qu'il serait un peu plus long à s'en rendre compte.

— Vous ne devriez pas plutôt rester dans le coin pour essayer de retrouver l'inconnu à la cape ?

— Banks s'en occupe. Je dois retourner au commissariat. On a deux affaires de meurtre sur les bras, maintenant.

Kitt regarda Evie. Ses grands yeux verts étaient voilés par la fatigue et le chagrin.

— Vous serez à Acomb en moins de dix minutes, insista Halloran.

Avec un soupir résigné, elle indiqua à Evie la voiture de l'inspecteur, qui serait évidemment imprégnée de son odeur de terre humide, tellement troublante. Halloran lui ouvrit la portière arrière. Évitant délibérément de croiser son regard, Kitt retint sa respiration et se glissa sur la banquette.

CHAPITRE 22

Halloran gara sa voiture devant la maison d'Evie, tira le frein à main et détacha sa ceinture de sécurité. Puis il sortit, ouvrit la portière aux deux femmes assises à l'arrière et tendit la main à Kitt, comme il l'avait fait dans la cellule de garde à vue.

Elle contempla la main tendue avant de lever les yeux vers lui.

Elle n'avait pas envie de la prendre. C'était un geste inutile. Elle était tout à fait capable de sortir d'une voiture toute seule. D'un autre côté, il s'était donné la peine de les raccompagner. Il avait aussi libéré sa meilleure amie. Et avait assisté à un enterrement où il avait tenté de réconforter une vieille femme qui venait de perdre son fils. On n'avait pas le droit de dédaigner une marque d'attention de la part d'une personne qui avait accompli ces trois choses en l'espace de six heures. Kitt était à peu près sûre qu'il existait une loi là-dessus.

Aussi posa-t-elle lentement sa main dans celle de l'inspecteur. À ce contact, elle sentit son pouls s'accélérer et lorsque Halloran resserra les doigts autour des siens, son cœur se mit à battre encore plus vite. Sans la quitter des yeux, il l'aida à sortir de la voiture et, comme si cela ne suffisait pas, il retint sa main un tout petit peu plus longtemps que nécessaire.

— Vous pouvez m'aider ? demanda Evie derrière eux.

Kitt s'éclaircit la gorge, redressa les épaules et se retourna pour tendre la main à son amie.

— Merci de nous avoir déposées. Je vais me débrouiller, maintenant.

— En fait, j'aimerais entrer un moment, si ça ne vous dérange pas, déclara Halloran. Je voudrais vous parler de deux ou trois choses.

Kitt se rembrunit. Il ne les avait donc pas raccompagnées par pure bonté d'âme... Au fond, elle n'était pas très étonnée. Elle aurait juste préféré que son geste soit dépourvu de toute arrière-pensée, pour une fois.

— Demandez l'autorisation à Evie. C'est sa maison, pas la mienne, éluda Kitt en espérant que son amie comprendrait, à la sécheresse de son ton, qu'elle n'avait pas envie qu'il entre.

Elles avaient tant de choses à se dire, toutes les deux. Par exemple, Kitt n'avait pas encore rapporté à Evie la remarque que l'inspectrice Banks avait faite à son sujet dans les coulisses du théâtre Majestic. À la réflexion, cependant, elle n'était pas sûre que ce soit à elle de lui parler du béguin de l'enquêtrice.

— Est-ce que vous voulez encore m'arrêter ? demanda Evie.

— Ce n'est pas dans mes intentions, non, répondit Halloran.

— Bon, d'accord. Je suis trop épuisée pour batailler, de toute façon. Venez.

Le trio se dirigea vers la porte d'entrée. Evie habitait la dernière maison d'une rangée de pavillons mitoyens. La façade étroite et modeste, flanquée d'un garage, ne reflétait pas la taille réelle de la bâtisse qui s'étendait à l'arrière. Les pièces se succédaient dans une espèce de longue procession. Une petite entrée ouvrait la marche. Suivaient ensuite le salon, la cuisine, la salle de bains et, enfin, une petite cour située derrière la maison.

Evie franchit le seuil et conduisit directement Kitt et Halloran au salon où elle s'affala sur son siège préféré : une méridienne en acajou garnie de velours vert qui faisait partie des nombreuses trouvailles bon marché qu'elle avait dégotées dans des boutiques solidaires. La plupart des passionnés de décoration vintage jetaient leur dévolu sur une époque spécifique, mais Evie n'avait jamais pu se permettre de faire la difficile et sa maison était un mélange hétéroclite de meubles datant de la fin du XIXe siècle jusqu'aux années 1970. Le résultat était peut-être légèrement perturbant pour l'œil non averti de l'inspecteur mais Kitt, qui avait eu tout le temps de s'y habituer, trouvait l'ambiance très chaleureuse.

Croisant le regard d'Evie, elle comprit qu'elle allait devoir mener la conversation.

— Alors, inspecteur, comment pouvons-nous vous être utiles ? demanda-t-elle en décidant de rester debout – elle voulait éviter qu'il l'imite si jamais elle s'asseyait, et qu'il prenne ses aises.

— Je voulais vous informer de plusieurs choses, déclara Halloran. L'examen des deux scènes de crime fait apparaître clairement que les deux meurtres ont été commis par la même personne.

— Ça saute aux yeux, non ? commenta Kitt.

— Ce n'est pas toujours évident. Surtout dans les affaires de ce genre. Il arrive que certaines personnes imitent délibérément le mode opératoire d'un meurtre commis précédemment. Ou que l'auteur du premier meurtre décide de confier à un tiers l'exécution du deuxième dans les mêmes conditions, moyennant finances, dans le seul but de se créer un alibi et de compliquer l'enquête.

— Oh, fit Kitt. Mais dans ce cas précis, vous êtes sûrs qu'il s'agit d'une seule et même personne ?

— Oui, même si nous ne disposons d'aucune trace d'ADN qui nous en donnerait l'absolue certitude. Dans le cas d'un tueur qui en imite un autre, on relève généralement d'infimes différences dans la mise en scène.

— Mais pas là ?

Halloran secoua la tête.

— Adam Kaminski avait les bras croisés sur la poitrine, exactement comme…

Il s'interrompit et jeta un coup d'œil à Evie. Vu la réaction de cette dernière lorsque Justine Krantz avait prononcé le prénom de son ex-petit ami, Halloran semblait hésiter à terminer sa phrase. Ou peut-être faisait-il preuve d'un excès de sensibilité.

— … la première victime, compléta-t-il. Il semblerait que les mêmes substances chimiques aient été utilisées pour l'endormir puis pour l'empoisonner. Le stylo-plume et le papier à lettres sur lequel a été écrit le mot sont rigoureusement identiques. L'écriture est la même, également. Et comme nous n'avions révélé aucun détail précis aux médias, la piste d'un copycat est peu plausible.

— Et Ritchie ? demanda Evie, les yeux toujours fermés. Kitt m'a dit qu'il avait essayé de s'enfuir en vous voyant.

— Nous avons cru tenir une piste. Il n'avait pas d'alibi pour le deuxième meurtre qui a été commis entre 22 heures et minuit, c'est-à-dire avant qu'il prenne son poste. Il affirme qu'il se reposait, ce qui n'est pas très convaincant. En revanche, il a un alibi pour le premier meurtre et, en l'absence de communications téléphoniques ou de transactions financières en lien avec l'une ou l'autre des victimes, nous avons été obligés de le relâcher.

— Mais alors pourquoi a-t-il essayé de prendre la fuite ? s'étonna Kitt. Il a forcément quelque chose à se reprocher.

Halloran toussota.

— Ritchie Turner était en possession de substances récréatives illicites. Voilà pourquoi il a tenté de se carapater en voyant mon badge.

— Si je comprends bien, il n'y a plus qu'une seule personne sur la liste des suspects et elle porte une longue cape avec une capuche noire et une perruque rousse ? lança Evie en ouvrant les yeux.

— Je ne sais pas encore qui est cette personne mais il est fort probable qu'elle soit impliquée, en effet. Cette catégorie de tueurs prend généralement un malin plaisir à observer les dégâts provoqués par leurs actes. Les obsèques de leur victime les poussent souvent à sortir de leur repaire.

— Mais pourquoi porter un tel accoutrement ? commenta Kitt. Il n'y a rien de mieux pour se faire remarquer.

— Il n'y a rien d'extraordinaire à porter une cape noire pour un enterrement, contrecarra Halloran.

— Pas si on joue dans *La Dame en noir*, en effet, répliqua Kitt. Ça fait un peu 1910, quand même.

— Nous pensons depuis le début que le tueur fait partie de l'entourage des victimes, mais le déguisement donne à croire qu'il n'est peut-être pas aussi proche que ça.

— Exact, approuva Kitt. Il serait tout simplement venu à l'enterrement, sinon. Et personne n'aurait rien soupçonné.

— Il y a donc de fortes chances que le coupable se

tienne à la périphérie. Qu'il observe attentivement sans s'impliquer réellement.

— Vous me fichez la frousse, tous les deux, gémit Evie en secouant les épaules comme pour chasser un insecte qui aurait couru sur sa nuque.

— Désolé, s'excusa Halloran. Je sais que l'idée d'être épié n'est pas très agréable.

Kitt plissa les yeux.

— Attendez une minute... Pourquoi est-ce que vous nous racontez tout ça alors que vous ne vouliez rien nous dire jusqu'à présent ? Je vous trouve très loquace, tout à coup.

Pour la première fois depuis que leurs chemins s'étaient croisés, Kitt vit l'inspecteur esquisser un vrai sourire.

— J'ai une proposition à vous faire.

— Pas intéressée, décréta Kitt.

— On ne sait même pas ce que c'est ! protesta Evie.

— Pas la peine. Si c'est en rapport avec ces affaires de meurtres, on ne veut pas s'en mêler. Parce que c'est peut-être un piège pour nous pousser à commettre un délit qui justifiera ensuite notre arrestation. J'ai déjà entendu parler de ce procédé, commenta Kitt avec une moue désabusée.

Sa tirade arracha à l'inspecteur un autre sourire amusé.

— Si ça peut vous rassurer, je pense être assez compétent pour ne pas être obligé de recourir à ce genre de procédé.

— D'accord, alors allez-y : dites-nous. Mais, franchement, je doute que votre proposition nous intéresse, conclut Kitt en espérant que son petit manège suffirait à dissimuler sa curiosité, même si c'était peu probable.

— Les meurtres ont commencé par vous deux. Je veux

dire, c'est quelqu'un que vous connaissiez qui a été tué en premier.

— Et donc..., murmura Evie d'une voix tremblante.

Après deux nuits en garde à vue, elle redoutait sûrement de dire quelque chose qui pourrait la renvoyer au poste de police.

— Donc, je n'ai aucune certitude pour le moment, mais j'ai l'intuition que vous êtes les éléments clés de cette affaire et, à ce titre, il serait logique que la police vous garde à portée de main.

— Vous voulez dire..., articula Evie, les yeux agrandis par l'angoisse.

— Ce que je veux dire, c'est que vous pourriez collaborer avec nous. Pour faire en sorte qu'il n'y ait pas de troisième meurtre.

— Vous croyez que le tueur va encore frapper ? demanda Evie.

— Dans des cas comme celui-ci, les meurtriers s'arrêtent rarement d'eux-mêmes, répondit Halloran. C'est la police qui les arrête.

— Et donc vous aimeriez... qu'on vous aide ? fit Kitt en plissant le nez.

— Malgré le fait que vous ayez été placées toutes les deux en garde à vue, je dois reconnaître que vous nous avez donné un sacré coup de main – au moins en ce qui concerne la liste des suspects. Julian Rampling serait remonté à la surface beaucoup plus tard si vous ne vous étiez pas penchée sur son cas. Idem pour Ritchie Turner.

— Je ne me suis intéressée à eux que parce que vous soupçonniez Evie, fit remarquer Kitt en se demandant si son incorrigible curiosité n'était pas en train de lui jouer un tour. Je n'ai aucune compétence pour mener une enquête.

— Je ne vous demande pas de mener l'enquête à proprement parler. Ce que j'aimerais, c'est que vous nous communiquiez tous les renseignements que vous obtenez ainsi que les idées qui vous passent par la tête.

— C'est ce qu'on fait depuis le début, il me semble, répliqua Kitt.

— Ah bon ? Je ne me souviens pas avoir reçu un appel de votre part m'informant de l'existence de Julian Rampling. Ou de Ritchie Turner. Ou de Zoe Gray.

Kitt secoua la tête. Il savait pertinemment qu'elle faisait tout son possible pour éviter d'incriminer des innocents.

— Vous ne m'avez jamais donné votre numéro de téléphone, riposta-t-elle néanmoins.

Halloran fit un pas vers elle puis plongea une main dans sa poche.

— Laissez-moi réparer cette erreur, dit-il en lui tendant une carte de visite.

Kitt hésita un instant avant de l'accepter. « Inspecteur principal Malcolm A. Halloran », pouvait-on lire en caractères gras au recto, tandis qu'au verso figuraient ses coordonnées, y compris le fameux numéro de téléphone.

— Si j'avais su que vous brûliez d'envie de l'avoir, je vous l'aurais donné plus tôt, croyez-moi…

— Dit-il d'un air entendu, gloussa Evie.

Kitt se tourna vers son amie en soupirant avant de reporter son attention sur Halloran. À sa connaissance, les inspecteurs de police n'étaient pas censés draguer les suspects, alors de deux choses l'une : soit le commentaire de Halloran signifiait qu'aucun soupçon ne pesait plus sur elle, soit il se fichait de ce règlement comme de sa première chemise.

— Si j'avais réellement brûlé d'envie de l'avoir, je vous l'aurais demandé plus tôt, croyez-moi.

— Là, tu le fais exprès, lança Evie. C'est beaucoup moins drôle quand les sous-entendus se devinent facilement.

— Je vois que tu reprends déjà des forces, plaisanta Kitt.

— Pas vraiment, non. Disons plutôt que ça me rassure de savoir que tu vas participer à l'enquête.

— Je n'ai pas encore accepté, fit remarquer Kitt. En fait, je ne suis pas sûre que ce soit une bonne idée.

Si les meurtres commis jusqu'à présent étaient orchestrés par un psychopathe, comme le laissait entendre Halloran, il n'était pas impossible que les deux premiers lui aient en quelque sorte servi d'échauffement. Que se passerait-il si d'autres éléments étaient semés dans le but de les incriminer, Evie et elle ? Les policiers en déduiraient peut-être qu'elles s'étaient délibérément immiscées dans l'enquête, et positionnées pour avoir une longueur d'avance sur le reste de l'équipe. Pire encore, il n'était pas impossible que Halloran cherche à les manipuler afin de les garder sous sa coupe et pouvoir surveiller le moindre de leurs faits et gestes. Compte tenu de tout cela, n'était-il pas plus prudent de garder leurs distances jusqu'à ce qu'un nouveau suspect soit derrière les barreaux ?

— Oh, je t'en prie, Kitt ! insista Evie. Je serais tellement soulagée de savoir que tu donnes un coup de pouce à la police !

Kitt posa une main sur son front.

— Evie…

— Plus vite l'affaire sera réglée, mieux ce sera, non ?

— Oui, bien sûr, concéda Kitt.

— Dans ce cas, je ne vois pas quel mal il y aurait à communiquer des informations à la police ou à fouiner un peu si quelqu'un commence à se comporter bizarrement dans notre entourage. C'est ce que tu fais déjà, de toute manière.

— Je… je vais y réfléchir, déclara Kitt avant de sursauter en entendant les premières mesures de « Kiss Me, Honey Honey » résonner dans la pièce.

Evie farfouilla dans la poche de son manteau, à la recherche de son téléphone.

— Coucou, maman, lança-t-elle en s'extirpant de la méridienne, pointant un doigt vers la porte pour indiquer qu'elle allait prendre l'appel ailleurs.

Kitt attendit que la porte se refermât et écouta Evie monter l'escalier avant de se retourner vers Halloran.

— Pourquoi avez-vous parlé de ça devant Evie ? attaqua-t-elle sans préambule. Elle est extrêmement vulnérable, en ce moment. Votre proposition l'a encore plus chamboulée.

— Excusez-moi, mais je ne vois pas pourquoi vous refuseriez de nous prêter main-forte.

— Parce que je ne vous fais pas confiance, avoua Kitt.

Halloran encaissa le coup.

— Je suppose que c'est ce qui nous pend au nez, quand on arrête quelqu'un.

— Quelqu'un et sa meilleure amie, renchérit Kitt.

— Exact. Le problème, c'est que je n'ai fait que mon boulot. Acceptez de collaborer avec moi et vous verrez que, dans l'ensemble, je suis considéré comme quelqu'un de fiable.

Kitt le considéra quelques instants avant de hausser un sourcil.

— Dans l'ensemble…

L'inspecteur fit un effort visible pour réprimer un sourire et Kitt l'imita malgré elle.

— Pour être franche, je n'ai pas découvert seule les pistes que nous avons suivies jusqu'à présent : Grace, mon assistante, possède d'inquiétants talents de cybertraqueuse et c'est elle qui m'a aidée à dégoter des renseignements sur certaines personnes dignes d'intérêt.

— Comme Zoe Gray ?

— Oui. Vous n'avez pas paru étonné, tout à l'heure, quand je vous ai dit que j'étais passée la voir au théâtre.

Halloran se dirigea vers la porte.

— Je savais que vous lui aviez parlé.

— Elle vous l'a dit ? demanda Kitt en lui emboîtant le pas.

Zoe lui avait pourtant promis de tenir sa langue.

— Non, répondit Halloran en lui décochant un petit sourire.

Kitt crut déceler dans ce sourire un soupçon d'effronterie mais elle n'était pas sûre que cela colle avec la personnalité de l'inspecteur – peut-être se trompait-elle, qui sait ? Sans un mot de plus, il ouvrit la porte et sortit dans l'air mordant du mois d'octobre.

— Alors comment l'avez-vous su ? insista-t-elle.

Si quelqu'un la suivait ou transmettait des informations sur elle à la police, elle était en droit de le savoir.

Halloran descendit les deux marches du perron puis se tourna vers elle. Restée sur le pas de la porte, Kitt se retrouva pour une fois à la même hauteur que lui. Les yeux dans les yeux.

Il se pencha légèrement en avant et demanda à voix basse :

— Vous voulez vraiment le savoir ?

— Je ne vous aurais pas posé la question, sinon.

Halloran plongea son regard dans le sien.

— Je vous ai sentie.

— Je vous demande pardon ?

Le sourire de l'inspecteur s'épanouit.

— Votre parfum. Il a des notes d'agrumes. Comme une odeur de pamplemousse bien mûr. Il flottait encore dans la loge de Zoe.

Kitt fronça les sourcils. Son estomac se noua bizarrement à l'idée que Malcolm Halloran l'avait reconnue de cette manière, mais elle ne lui donnerait pas la satisfaction de lui montrer qu'elle trouvait ça plutôt romantique. Et encore moins – Jésus, Marie, Joseph – terriblement sexy.

— Ce qui veut dire que je devrais vraiment être plus légère, déclara-t-elle, les joues en feu. Je veux dire, avoir la main plus légère sur le parfum, bredouilla-t-elle en songeant à Evie qui se régalerait de ces nouveaux sous-entendus si elle les entendait.

— J'avais compris, fit Halloran.

Un large sourire fendit son visage et Kitt fulmina.

— Vous êtes toujours aussi insupportable ?

Il soutint son regard.

— Seulement quand la situation l'exige.

Avant qu'elle puisse répliquer, il tourna les talons et s'éloigna en direction de sa voiture. Kitt le suivit des yeux quelques instants puis referma précipitamment la porte. Au cas où il aurait la mauvaise idée de se retourner et de la surprendre en train de sourire bêtement.

CHAPITRE 23

Le lendemain, alors que la matinée cédait tranquillement la place à l'après-midi, Kitt gravit en trombe l'escalier en colimaçon conduisant au deuxième étage. Son estomac se tordait douloureusement, au point qu'elle crut qu'elle allait vomir. Arrivée en haut des marches, elle s'agrippa un instant à la rampe et reprit son souffle avant de se diriger à grandes enjambées vers le bureau des renseignements où se trouvait Grace.

Le samedi, le personnel était réduit à sa plus simple expression et son assistante ne travaillait généralement pas. Kitt avait envoyé un texto pour lui demander de venir exceptionnellement et, à son grand soulagement, Grace avait répondu à l'appel sans hésiter.

Elle comptait lui expliquer qu'elle avait besoin de son aide, et lui raconter les derniers événements, mais les mots restèrent coincés au fond de sa gorge.

— Grace…

Absorbée dans la contemplation de son écran, le visage fendu d'un large sourire, Grace se tourna vers elle. Son sourire se volatilisa instantanément.

— Que se passe-t-il ? Oh mon Dieu ! Il y a eu un autre meurtre, c'est ça ?

Kitt secoua la tête en lui tendant son téléphone d'une main tremblante.

Grace se pencha légèrement pour regarder l'écran. Ses yeux s'arrondirent.

— Une demande d'amis de la part de Theo ? C'est tout ? Tu m'as fichu une de ces peurs ! J'ai cru que c'était grave.

— Mais ça l'est.

Grace inclina la tête d'un air dubitatif.

— Moins grave qu'un meurtre, tu en conviendras. En même temps, tu as raison : les problèmes des vivants ne comptent pas pour des prunes.

Kitt se força à respirer lentement. D'accord, elle dramatisait la situation. Ce n'était pourtant pas son genre. Elle avait été arrêtée pour meurtre, avait passé plusieurs heures en garde à vue sans que cela l'affecte plus que ça. Mais dès qu'il s'agissait de Theo, elle perdait tous ses moyens.

— Tu lui as envoyé un message ?

— Je n'ai absolument pas tenté de le joindre, assura Kitt. J'ai juste jeté un coup d'œil à son profil l'autre jour et j'y suis restée moins d'une minute. Et voilà que sur le chemin de la bibliothèque, je reçois cette notification.

— Oh oh, murmura Grace en glissant une boucle brune derrière son oreille gauche.

Kitt la dévisagea, bras croisés sur la poitrine.

— Comment ça, « oh oh » ?

— Il y a deux scénarios possibles.

Kitt attendit la suite en silence.

— Soit il s'agit d'une pure coïncidence : après dix ans de black-out, il a eu envie de reprendre contact avec toi la semaine où tu as consulté son profil.

— Soit…

— Soit… comment dire… Il existe une application que tu peux télécharger sur ton téléphone et qui t'informe quand telle ou telle personne regarde ton profil.

— Quoi ?

— Oui, je sais... C'est bizarre, comme outil, mais certaines personnes l'installent quand même. C'est le pire cauchemar des fouineurs facebookiens.

Kitt jeta son téléphone sur le bureau puis se laissa tomber sur la chaise la plus proche avant d'enfouir son visage dans ses mains.

— Si j'avais su que ce machin existait, je n'aurais jamais cliqué sur son profil.

— Désolée, fit Grace d'un ton penaud. Je n'ai pas pensé à te le dire. Personne ne se sert de ce truc. Personne de mon entourage, en tout cas. La plupart des utilisateurs n'ont aucune envie de savoir qui a ou n'a pas consulté leur profil.

— Ce n'est pas ta faute, Grace.

C'était la vérité. Elle ne pouvait s'en prendre qu'à elle-même. Et à son incontrôlable curiosité qui l'avait poussée à faire n'importe quoi après tant d'années à essayer de chasser Theo de son esprit. Après une décennie entièrement consacrée à son travail. Après toutes les promesses qu'elle s'était faites de ne plus jamais accorder à ce type la moindre seconde de son temps, la moindre once de son énergie, elle avait fini par céder à la tentation.

— Qu'est-ce que je fais, à ton avis ?

Grace se leva et contourna le bureau.

— Tout dépend de ce que tu veux, répondit-elle en glissant un bras autour des épaules de Kitt. Si tu as envie de reprendre contact avec lui, accepte l'invitation.

— Et si je n'en ai pas envie ?

— Tu ignores la demande.

— Ignorer la demande..., répéta Kitt d'un ton songeur.

Ça paraissait tellement froid, dit comme ça. Mais

beaucoup moins que de disparaître du jour au lendemain, sans laisser le moindre mot d'explication à la femme qui partageait votre vie depuis douze mois.

— Si tu réagis, il prendra ça pour une invitation à entamer la conversation, c'est sûr.

— Même si c'est pour lui dire que je ne veux pas lui parler ?

— Tu sais bien que les hommes ont beaucoup de mal à accepter que nous autres, les femmes, pensons ce que nous disons.

— C'est vrai qu'ils sont un peu à côté de la plaque à ce niveau-là. Enfin, quand ça les arrange.

— Si tu l'ignores, il comprendra que tu ne veux pas lui parler.

Kitt acquiesça. C'était la meilleure solution. Elle avait assez de chats à fouetter comme ça : inutile d'en rajouter en rouvrant d'anciennes blessures.

— Ça fait du bien de te revoir ici, reprit Grace en la gratifiant d'un sourire.

— Oui, je ne sais pas comment tu as réussi à te débrouiller sans moi pendant deux journées entières, plaisanta Kitt en souriant à son tour.

— Grace, Kitt, fit une voix grave et familière.

Grace haussa les sourcils et Kitt pivota sur sa chaise de bureau pour découvrir Halloran et Banks, juste derrière elle. Avaient-ils entendu des fragments de leur conversation ? Si oui, lesquels ?

— Oh, vous êtes déjà là ! lança-t-elle tandis que Grace regagnait son bureau avec une nonchalance feinte.

— Nous sommes un peu en retard, en fait, fit observer Halloran. Vous aviez dit midi, je crois ?

— Oh... Oui, c'est vrai.

La veille, dans l'après-midi, Kitt avait appelé Michelle

pour lui expliquer qu'il y avait eu un malentendu et qu'elle coopérait à présent avec la police au lieu de figurer sur la liste des principaux suspects. De son côté, sa supérieure l'avait informée qu'en l'absence d'accusations formelles à son encontre et compte tenu de ses états de service irréprochables, l'équipe directoriale avait pris la décision de la réintégrer au sein du personnel. Elle était attendue le lendemain, samedi, en début d'après-midi. Et c'était à ce moment précis qu'une idée avait germé dans son esprit…

Halloran les interrogea du regard à tour de rôle.

— Tout va bien ?

— Très bien, oui, répondit Kitt un peu précipitamment. C'est juste que la semaine a été éprouvante.

L'inspecteur pinça les lèvres. Un pli barra son front.

Kitt se pencha en avant pour tenter d'apercevoir sa collègue, à moitié dissimulée par son imposante silhouette.

— Bonjour, inspectrice. Merci d'être venue.

De toute évidence, Charlotte Banks était beaucoup moins enthousiaste que son chef à l'idée d'unir leurs forces avec des civils.

— Je… j'ai terminé la présentation, déclara Grace, apparemment désireuse de mettre un terme au silence gênant qui s'était installé.

Kitt ne put s'empêcher de sourire devant l'empressement de son assistante. Bien qu'elle s'efforçât de ne rien laisser transparaître de son excitation, quiconque la connaissait devinait facilement que cet exposé était très important pour elle – et pas seulement parce qu'elle avait mis son élégant pantalon noir et un chemisier en soie mauve qui lui donnaient un air un tantinet plus sérieux que son style bohème habituel.

— J'ai trouvé quelque chose qui pourrait même vous aider à découvrir le pot aux roses.

— Formidable, déclara Halloran. Nous vous écoutons. Inutile de perdre davantage de temps.

— Suivez-moi, ordonna Grace en conduisant les enquêteurs jusqu'à la salle des ordinateurs.

Kitt leur emboîta le pas. L'inspecteur lui tint ostensiblement la porte ouverte. Sur le point de sourire, elle se rappela l'invitation de Theo et se ravisa sur-le-champ. Elle n'avait ni envie ni besoin d'attention masculine. Et elle devait rester concentrée sur des choses mille fois plus importantes.

Pour des raisons qui lui avaient toujours échappé, une forte odeur de pâte à modeler flottait dans la salle informatique. Ces mystérieux effluves se mariaient à ceux du métal surchauffé. Écœurée par ce curieux mélange, Kitt faisait en sorte de passer le moins de temps possible dans cette pièce. Elle tira une chaise devant l'un des ordinateurs et fit signe aux inspecteurs de l'imiter pendant que Grace se chargeait d'allumer le vidéoprojecteur puis insérait sa clé USB dans l'ordinateur central.

Il avait été décidé d'un commun accord que Kitt et Grace partageraient toutes les informations recueillies jusqu'alors sur les personnes jugées dignes d'intérêt dans les deux affaires. De son côté, Halloran leur transmettrait un maximum de renseignements sans crainte d'être sanctionné pour entrave à l'exercice de la justice, et ils étudieraient ensemble tous les recoupements possibles ou déjà existants. Kitt ayant passé la journée de la veille à un enterrement puis chez Evie pour essayer de réconforter son amie à bout de nerfs, elle avait été obligée de confier à Grace la réalisation de la présentation qu'ils s'apprêtaient à voir. Elle la découvrirait donc en même temps que les inspecteurs.

La première image du PowerPoint apparut sur

l'écran. Le prénom d'Owen s'étalait en caractères gras, juste au-dessus d'une photo de Brad Pitt. Kitt se cacha le visage.

— Nous commencerons par la présentation de la première victime, Owen Hall. Suivra ensuite un récapitulatif des suspects, expliqua Grace.

— Et la photo de Brad, qu'est-ce qu'elle vient faire ici ? demanda Kitt.

— Je voulais étoffer le diaporama avec quelques images mais je n'ai pas eu le temps d'écumer les réseaux sociaux pour récupérer toutes les photos de profil, alors j'ai dû trouver des solutions de rechange.

— Chef, si Percival tombe là-dessus…, commença Banks d'un ton désabusé.

— Le commandant Percival nous a conseillé de prendre toutes les mesures nécessaires pour arrêter les coupables au plus vite, objecta Halloran. Soyez indulgente, Banks.

— On n'a pas de temps à perdre avec tout ça, persista l'inspectrice.

— La précipitation ne nous a menés nulle part, à ce que je sache. Essayons de prendre un peu de recul, d'accord ? Considérons les choses sous un autre angle.

Banks se tut, mais Kitt l'entendit soupirer tandis qu'elle sortait son calepin et son stylo.

Sans se laisser démonter par l'interruption, Grace passa à l'image suivante. Le visage d'Angelina Jolie apparut sur l'écran, accompagné d'un encadré contenant le nom d'Evie.

— La bouteille de champagne, les sédatifs, les produits utilisés pour empoisonner la victime et le mot laissé par le meurtrier sur la première scène de crime désignent Evelyn Bowes comme coupable.

Kitt pria intérieurement pour que Grace évite de s'attarder sur ces premières suspicions. Elle venait tout juste de réussir à convaincre Halloran qu'Evie était innocente – du moins le pensait-elle. Quant à Banks, elle n'avait jamais cru à la culpabilité d'Evie et c'était déjà une bonne chose.

— Evie a fourni à la police la liste des personnes qui étaient au courant de sa rupture et l'alibi de l'une d'entre elles s'est révélé faux.

L'image suivante montrait le visage de Jennifer Aniston, surmonté du nom de Beth Myers, en légère surbrillance.

— Beth a menti à la police sur l'endroit où elle se trouvait le soir du meurtre. Nous avons parlé à Georgette, sa colocataire, et à son patron, M. Buckhurst, le directeur du White Horse Hotel, et avons ainsi découvert que Beth avait passé la soirée avec un homme marié, un certain Julian Rampling. Le comportement de Georgette a toutefois semblé un peu étrange à Kitt.

— Étrange, dans quel sens ? voulut savoir Halloran.

— On aurait dit qu'elle n'avait pas envie d'aider Beth, expliqua Kitt. Comme si elle était jalouse de sa relation avec Owen.

— Elle avait des sentiments pour lui ?

— Apparemment, non. Evie a parlé avec Beth à sa sortie de garde à vue et, selon elle, elle était juste jalouse de la nature même de leur relation.

Halloran échangea un regard avec Banks avant de reporter son attention sur Kitt.

— Ça reste un peu flou, déclara-t-il. On en prend bonne note. Sachant que Georgette était chez elle, seule, le soir du meurtre d'Owen, elle n'a pas d'alibi.

Grace passa à l'image suivante.

— Beth ayant été disculpée, les soupçons se sont de nouveau portés sur Evie et sa meilleure amie.

Cette fois, Kitt resta bouche bée. Pour illustrer son commentaire, Grace avait choisi une photo prise sur le vif avec son portable où Kitt, assise dans le bureau du deuxième étage, portait à sa bouche un gros morceau de son gâteau au gingembre fait maison.

— Grace…, gronda-t-elle en voyant Halloran lui couler un regard de biais puis se frotter le menton pour tenter de dissimuler un sourire. Ne me dis pas que tu n'as pas trouvé d'autre photo que celle-ci !

Grace planta un poing sur sa hanche.

— On m'a demandé de préparer cette présentation ce matin même, figure-toi. J'ai utilisé ce que j'avais sous la main.

Kitt faillit demander à son assistante pourquoi, de toutes les photos volées en sa possession, celle-ci était comme par hasard la seule accessible, mais décida finalement qu'elle préférait ne pas connaître la réponse.

— Je ne vois pas ce qui cloche avec cette photo, commenta Halloran.

Kitt lui jeta un regard furibond. S'il y avait bien une chose qu'elle ne supportait pas, c'était ce genre de platitudes.

L'inspecteur se pencha vers elle sans ciller.

— Dans la vie, il faut savoir écouter ses envies.

— Sauf ses envies de meurtre, objecta Banks.

— Sauf celles-ci, en effet, renchérit Halloran.

— Et ses envies de voler, de commettre des actes violents…

— OK, Banks, on a compris.

La façon dont l'inspectrice avait saboté l'opération séduction de Halloran faillit lui arracher un sourire mais Kitt camoufla vite son amusement en reportant son attention sur l'écran. Pas question qu'il s'imagine qu'elle était sensible à ses avances.

L'inspecteur agita la main en direction de Grace.

— Continuez, je vous en prie.

— La dernière personne qui a été vue en compagnie d'Owen avant sa mort est une femme dont le portrait-robot ressemble à Kitt, poursuivit Grace. Ils ont été aperçus dans un bar dont j'ai oublié le nom.

— Il s'agit de l'Owl and Star, dans Fossgate, précisa Halloran. Les relevés bancaires d'Adam ont montré qu'il était également passé là-bas le soir de son assassinat. À peu près une heure avant d'être retrouvé mort devant l'ancienne chocolaterie.

— Donc, le tueur emmène toutes ses victimes dans le même bar ? demanda Kitt.

— Ou leur donne rendez-vous là-bas, suggéra Banks, émettant sa première idée pertinente depuis le début de la présentation.

— Ce que je vais vous dire est tout à fait confidentiel et je vous demande de le garder pour vous, déclara Halloran : Nous avons déjà interrogé le personnel du bar. Ils ne se rappellent pas avoir vu Adam ni aucune femme rousse, mais je vais sûrement essayer d'aller y faire un tour demain soir afin de surveiller discrètement le comportement des clientes rousses s'il y en a, et peut-être même en aborder une ou deux, histoire de voir ce qu'il en ressort.

Kitt déglutit en s'efforçant de garder son sérieux. Elle s'autorisa à lui lancer un bref coup d'œil, juste le temps d'admirer les contours fermes de son profil. C'était un homme séduisant, inutile de le nier. Il n'aurait aucun mal à faire usage de son charme pour soutirer des informations aux femmes qu'il accosterait.

— Traîner dans un bar un dimanche soir serait donc une méthode d'enquête efficace ? demanda-t-elle d'un ton moqueur.

— L'avantage d'être inspecteur principal, railla Banks. Il a le droit d'aller s'en jeter un derrière la cravate pendant que je me coltine le sale boulot, à savoir éplucher les relevés téléphoniques et compulser les listes de revendeurs de stylos-plume dans la région.

Sourcils froncés, Grace articula l'expression *s'en jeter un derrière la cravate* en interrogeant Kitt du regard. La bibliothécaire fit semblant de porter un verre à ses lèvres et de le vider d'un trait.

Grace hocha la tête et Kitt sourit à l'inspectrice. Qui resta de marbre.

— J'ai fait ça avant vous, rétorqua Halloran. En outre, les deux meurtres ont eu lieu à moins d'une semaine d'intervalle. S'il doit y en avoir un autre, ce sera pour bientôt. Il faut creuser toutes les pistes, et ce pub est le premier lien entre les victimes. Le seul que nous ayons découvert pour le moment.

— C'est peut-être le premier, mais ce n'est pas le seul, objecta Grace.

Kitt n'était pas sûre d'avoir déjà vu le petit sourire satisfait qui étirait ses lèvres.

— Vous avez trouvé quelque chose ? demanda Halloran d'une voix qui trahissait son excitation.

Grace passa à la photo suivante. Un portrait professionnel de Zoe Gray emplit l'écran.

— Certains éléments présents sur la deuxième scène de crime avaient un lien direct avec la rupture de Zoe et Adam, déclara Grace.

— Oui, nous sommes allés l'interroger, fit Halloran, visiblement déçu. Zoe a été mise hors de cause. Les similitudes entre les MO suggèrent cependant que le coupable connaît à la fois Evie, Zoe, Owen et Adam, ou au moins deux d'entre eux.

— Les MO ? répéta Grace.

— Modes opératoires, décoda Kitt.

— Les victimes ont été tuées de la même manière, expliqua Banks.

— Oh, d'accord. Je comprends. Evie et Zoe ont en effet une connaissance commune. Quelqu'un qui a été embarqué au poste pour être interrogé.

— Qui ça ? demanda Kitt.

Grace tapota sur le clavier pour faire apparaître la dernière image.

— Colin Farrell ? demanda Kitt.

Grace contempla la photo.

— Oh, j'étais pressée, j'ai oublié d'écrire le nom, désolée. Il s'agit de Ritchie Turner.

Halloran plissa les yeux.

— Il les connaît toutes les deux ? Evie et Zoe ? Comment est-ce qu'on a pu passer à côté ?

— À votre décharge, le chemin était plutôt sinueux, fit observer Grace.

Son air triomphant n'augurait rien de bon, songea Kitt qui décida cependant de la laisser savourer son instant de gloire. Elle l'avait bien mérité, après tout.

— En consultant le profil Facebook d'Evie, j'ai découvert qu'elle s'était inscrite sur un site de rencontres en ligne, LoveMatch. C'est comme ça qu'elle a rencontré Ritchie.

— Oui, elle nous en a parlé pendant son interrogatoire, commenta Banks d'une voix plus grave que d'habitude.

Était-ce parce qu'elle n'accordait que peu de confiance

aux talents d'enquêtrice de Grace ? Ou bien parce que ce rappel des faits venait lui confirmer qu'Evie resterait à jamais indifférente à son charme ? Si c'était ça, Kitt compatissait de tout cœur. C'était un vrai calvaire, d'aimer quelqu'un qui ne vous rendait pas votre amour, ou pas assez.

— Où est le rapport avec Zoe Gray ? demanda Kitt en s'efforçant de rester concentrée.

Grace haussa ses sourcils noirs.

— J'ai été obligée de créer mon propre profil sur LoveMatch pour avoir accès à l'historique complet des rencontres de Ritchie. Il y avait bien sûr Evie et un bon petit paquet d'autres femmes, parmi lesquelles Zoe Gray qui faisait aussi partie de ses relations amoureuses.

— De ses relations amoureuses ? répéta Halloran.

— LoveMatch est un site conçu pour aider les gens à trouver l'amour et, pour éviter que certains soient tentés de l'utiliser à d'autres fins, chaque profil affiche la liste des personnes avec qui on est sorti, ou on sort encore.

— À quelle autre fin peut-on utiliser un site de rencontres ? demanda Kitt.

Tous les regards se tournèrent vers elle et elle lut dans chacun un mélange de pitié, d'incrédulité et d'amusement.

— On peut s'en servir pour avoir des liaisons extraconjugales, répondit Grace. Ou pour sortir avec plusieurs personnes en même temps. Ou encore pour…

— Oui ?

— Pour espionner quelqu'un.

Sans mot dire, Kitt esquissa un geste pour les inviter à poursuivre leur conversation.

— Donc, vous croyez que Zoe Gray a eu une liaison

avec Ritchie Turner après sa rupture avec Adam ? demanda Halloran.

— Selon la date mentionnée sur le site, ils seraient sortis ensemble il y a quatre mois.

— Mais en supposant que Ritchie Turner soit notre meurtrier et qu'il utilise ce site pour repérer ses victimes, on peut se demander pourquoi il n'a pas tué Adam il y a quatre mois, fit observer Kitt. Il n'a pas perdu de temps pour Owen. Alors pourquoi aurait-il attendu quatre mois avant de s'en prendre à Adam ?

Halloran se frotta la barbe. Kitt, qui l'observait du coin de l'œil, ne put s'empêcher de se demander ce qu'elle ressentirait si elle faisait la même chose. Il croisa son regard, et elle s'empressa de reporter son attention sur le gros plan de Colin Farrell assis au volant d'une voiture de sport verte.

— Compte tenu du degré de préméditation, il y a de fortes chances que le meurtrier y songeait depuis pas mal de temps. Peut-être même fantasmait-il là-dessus, déclara Halloran.

— Il est possible qu'un événement déclencheur l'ait incité à passer à l'acte, ou peut-être n'avait-il plus la force de résister à ses pulsions, ajouta Banks. Si c'est le cas, toutes les femmes figurant sur la liste des relations amoureuses de Turner ont probablement un lien avec la prochaine victime potentielle.

Halloran hocha la tête.

— Il nous faut cette liste. Et nous allons convoquer Turner pour un nouvel interrogatoire.

— Je vais demander qu'il soit directement conduit au poste, fit Banks en sortant son téléphone de sa poche.

Elle quitta la pièce pour passer l'appel.

— Il y a encore une chose, fit Kitt. Je ne sais pas si

c'est important ou pas, mais Justine Krantz a dit qu'un des collègues d'Evie lui avait transmis des renseignements sur l'affaire.

— Elle a donné un nom ? demanda Halloran.

— Non, elle restée vague, mais cette personne était présente au Belle's Ball et, si elle travaille dans le secteur de la beauté, elle a forcément accès aux mêmes produits toxiques qu'Evie.

— Nous allons demander à Justine Krantz de nous communiquer son nom. Si la sécurité des citoyens lui importe autant que ce qu'elle prétend, elle acceptera volontiers de coopérer.

Halloran marqua une pause et rencontra le regard de Kitt.

— Ce serait une bonne idée que vous assistiez à l'interrogatoire de Ritchie Turner.

— Que j'assiste à son interrogatoire ? Je ne crois pas que ce soit judicieux, non. Je ne lui ai pas vraiment fait bonne impression, lors de notre première rencontre.

— Il ne saura pas que vous êtes là. Vous resterez derrière le miroir sans tain. Comme ça, s'il raconte quelque chose sur Evie, vous pourrez confirmer ou contester ses propos sur-le-champ.

— Vous allez l'interroger à quel moment ? demanda Kitt. Parce que j'avais prévu de passer chez Evie pour prendre de ses nouvelles.

Halloran hésita.

— Nous interrogerons Ritchie Turner dès que nous l'aurons localisé et conduit au poste, déclara-t-il finalement.

Kitt fit la moue.

— Dites-vous que c'est pour le bien de votre amie, reprit Halloran. C'est la meilleure chose que vous puissiez faire pour l'aider en ce moment.

Kitt inspira profondément. L'inspecteur avait raison, bien sûr, et elle avait accepté de faire tout son possible pour aider la police à résoudre cette enquête.

— D'accord, dit-elle. Je serai là.

CHAPITRE 24

Kitt s'efforçait de ne pas respirer les relents de moisissure qui imprégnaient la petite pièce mal éclairée où elle se tenait depuis dix minutes. Cela faisait des années que personne n'avait fumé là-dedans – conformément à la législation en vigueur – et pourtant, l'odeur rance et tenace de la nicotine flottait encore dans l'air. Elle était accompagnée de Wilkinson, l'agent de police frais émoulu chargé de perquisitionner le domicile de Beth le matin où Kitt y était passée. Son teint pâle et ses grands yeux lui donnaient des airs de gamin et Kitt se demanda si elle n'avait pas plutôt affaire à un ado du quartier déguisé en policier. Halloween se profilait déjà à l'horizon, après tout.

Tous deux se tenaient devant une grande paroi vitrée. Derrière la vitre, Halloran et Banks étaient assis en face de Ritchie Turner, affalé sur une chaise, les bras croisés sur la poitrine. Interpellé peu après 16 heures à son domicile, le suspect portait une tenue beaucoup plus décontractée que lorsque Kitt avait tenté de l'interroger au Ashes to Ashes. Son jean délavé et son tee-shirt à manches longues kaki contrastaient avec la nervosité qui se lisait sur son visage. De grosses gouttes de sueur perlaient à la racine de ses cheveux tandis que ses yeux bruns fixaient les deux inspecteurs à tour de rôle.

Il gardait le silence, comme pour les obliger à faire le premier pas.

Halloran enfonça la touche « enregistrer » du magnétophone posé sur la table. Ritchie dévisagea l'inspecteur à travers ses paupières à moitié closes, toujours sans mot dire.

— Nous avons parlé avec une personne de votre connaissance, monsieur Turner, commença Halloran.

Sa voix parvenait légèrement assourdie de l'autre côté de la vitre. Même de profil, l'intensité de son regard indéchiffrable réussit à provoquer un certain trouble chez Kitt, tiraillée entre l'appréhension et l'excitation.

— Ah ouais ? Qui ça ? lança Ritchie d'un ton frondeur.

— Une certaine Zoe Gray, répondit Banks en détachant chaque mot.

— Zoe ?

Le regard de Ritchie perdit sa belle assurance. Ses sourcils se rapprochèrent.

— Qu'est-ce qui se passe avec Zoe ? Il y a un problème ?

— Son ex-petit ami a été assassiné, répondit Halloran.

Ritchie rentra le menton.

— Attendez un instant… Comme l'autre gonzesse, là… Evie ?

— L'autre gonzesse, ben voyons, marmonna Kitt derrière la vitre.

Tout bien considéré, les derbies pointues blanches qu'il portait l'autre nuit au Ashes to Ashes lui allaient comme un gant : ses goûts en matière de chaussures et son attitude envers les femmes dataient bel et bien des années 1970.

À côté d'elle, Wilkinson secoua la tête, les yeux rivés sur Ritchie.

— Evie et Zoe n'ont qu'une seule connaissance en commun, poursuivit Halloran. Savez-vous de qui il s'agit ?

Ritchie garda le silence mais Kitt vit ses yeux s'étrécir.

— De vous, monsieur Turner, compléta Banks en joignant les mains et en les posant sur la table, entre elle et Ritchie Turner.

— Je commence à en avoir ras le bol de tout ça, lâcha Ritchie en appuyant fermement l'index sur le plateau en bois. Répondre aux questions de la police deux fois en trois jours alors que je n'ai rien à me reprocher…

— Rien du tout ? le coupa Banks. C'était peut-être de l'origan, la substance que nous avons trouvée sur vous l'autre soir ?

Ritchie se rembrunit.

— J'ai du mal à croire que je suis le seul mec à les connaître toutes les deux. York est une petite ville, vous savez. Le choix est limité.

Les deux inspecteurs échangèrent un regard entendu avant de se concentrer de nouveau sur Ritchie.

— Si vous aviez un alibi, ça pourrait vous être utile, déclara Banks d'un ton neutre.

— Mais j'ai un alibi.

— Pour le premier meurtre, oui : vous étiez au travail. Mais où étiez-vous le soir du second ?

L'agacement se lut de nouveau dans les yeux de Ritchie.

— Je vous l'ai déjà dit : j'étais chez moi, en train de dormir. Vous m'avez vu au boulot juste avant la fermeture, le lendemain matin. Ça vous suffit pas ?

— Pas vraiment, non, compte tenu du fait que le meurtre a été commis entre 22 heures et minuit et que vous n'avez pas pris votre service avant 1 heure du matin.

— Je dormais.

— Seul ?

— Ouais. Ça doit vous arriver de bosser la nuit, vu votre boulot. On essaie de se reposer un maximum avant d'y aller. Cette nuit-là, je me suis levé à minuit quinze et je suis parti au taf direct. Comme je vous l'ai déjà dit.

— Est-ce que quelqu'un pourrait confirmer que vous vous trouviez chez vous ? Une de vos amies, peut-être ?

Ritchie hésita, avala sa salive.

— Non. Mon colocataire est parti voir sa famille en Écosse.

— En d'autres termes, vous n'avez pas d'alibi pour le meurtre qui a eu lieu mercredi dans la nuit, déclara Banks en scrutant attentivement le visage du suspect.

— Bah, non. Mais j'en ai un pour l'autre meurtre. Donc, ça ne peut pas être moi.

— Il se pourrait que vous ayez un complice. Le mode opératoire de ces deux crimes montre un travail de préparation minutieux qui suggère l'implication de plusieurs personnes, répondit Halloran.

— Mais tout ça, c'est juste des… Comment vous appelez ça ? fit Ritchie en agitant une main en direction des inspecteurs.

En le voyant esquisser ce geste, Kitt observa ses doigts et un souvenir afflua brusquement à sa mémoire, un détail auquel elle n'avait pas prêté attention au Ashes to Ashes mais qui, soudain, lui parut important.

— Est-il possible de communiquer avec les inspecteurs ? demanda-t-elle à Wilkinson.

Le jeune policier secoua la tête.

— Non. En plus, je vous déconseille d'interrompre Halloran au beau milieu d'un interrogatoire.

— Juste des quoi, monsieur Turner ? lança ce dernier à l'adresse du suspect.

Turner hésita, continua de chercher ses mots sous les regards inquisiteurs des deux inspecteurs qui le laissaient se débattre en silence. Saisissant l'occasion, Kitt ouvrit sa besace, attrapa son téléphone et envoya un SMS à Halloran. Elle observa ensuite l'inspecteur et nota qu'il fronçait légèrement les sourcils lorsque le message lui parvint. Bien sûr, il avait coupé la sonnerie de son téléphone avant de commencer l'interrogatoire, mais peut-être l'avait-il mis en mode vibreur, au cas où il recevrait des messages urgents. Il ne bougea pas d'un pouce. Kitt renvoya le message. « J'ai besoin de vous parler tout de suite », avait-elle écrit. À nouveau, Halloran fronça les sourcils mais resta immobile.

— Vous envoyez des textos à l'inspecteur ? demanda Wilkinson avec un soupçon d'incrédulité dans la voix.

— Je dois absolument lui parler, répondit Kitt en appuyant encore sur « envoyer » et, cette fois, Halloran tourna la tête vers le miroir sans tain.

— Excusez-moi une minute, déclara-t-il.

— L'inspecteur Halloran vient de quitter la pièce, signala Banks pour l'enregistrement.

Quelques instants s'écoulèrent. Kitt imagina l'inspecteur en train de sortir son téléphone de sa poche pour lire ses messages. Puis la porte s'ouvrit à la volée.

— J'espère pour vous que c'est important, gronda-t-il à l'intention de Kitt. Je suis en train d'interroger un suspect de meurtre, nom de Dieu.

La bibliothécaire s'éclaircit la gorge, bien décidée à garder son calme.

— Je le sais.

— Que se passe-t-il ?

— Ritchie : il porte du vernis à ongles.

— Vous m'avez interrompu pour me dire ça ?

Kitt soupira.

— Le toluène. Vous m'avez bien dit qu'on en trouvait dans le dissolvant, non ?

Halloran ne répondit pas tout de suite. Il jeta un coup d'œil à Ritchie à travers la vitre.

— Il n'en porte pas aujourd'hui, mais quand nous lui avons parlé au Ashes to Ashes…

— Il portait du vernis à ongles noir, compléta Kitt. La silhouette que nous avons aperçue à l'enterrement d'Owen est une silhouette d'homme, à en juger par sa corpulence. J'étais trop loin pour voir ses ongles mais il portait une cape noire, alors pourquoi pas aussi du vernis noir ?

— C'est un indice supplémentaire qui le relie à l'affaire, admit Halloran avant de regarder Kitt droit dans les yeux. Merci.

Elle sourit et le regarda quitter la pièce. Une poignée de secondes plus tard, il réapparut de l'autre côté de la paroi vitrée.

— L'inspecteur Halloran est de retour dans la pièce, déclara Banks. Chef, M. Turner vient de me dire que ce que nous avançons n'est qu'une série de spéculations.

— Ah oui ?

— Ouais, lâcha Ritchie. Le deuxième meurtre a eu lieu près de l'ancienne chocolaterie, c'est ça ? Vous n'avez aucun moyen de prouver que je traînais dans les parages mercredi.

— Qu'est-ce qui vous fait dire ça ? demanda Banks.

— J'étais pas là-bas, c'est tout.

— Mais peut-être que votre complice y était, lui, fit remarquer Halloran avant de baisser les yeux sur les mains de Ritchie Turner. Vous portiez du vernis à ongles la dernière fois que nous nous sommes parlé, n'est-ce pas, monsieur Turner ?

En entendant cette question, Banks se redressa sur sa chaise tandis que Ritchie, plissant les yeux pour montrer qu'il flairait le piège, gardait le silence.

— Compte tenu de vos liens indirects avec les victimes de ces deux meurtres, nous avons déjà demandé l'autorisation de perquisitionner votre domicile, monsieur Turner, l'informa l'inspectrice. Ce n'est donc pas la peine de nier. Si vous mettez du vernis à ongles, nous trouverons forcément des flacons chez vous.

— J'en avais peut-être l'autre soir, concéda Ritchie. J'en mets souvent quand je bosse au club. C'est le style de l'endroit. Mais je ne vois pas quel est le rapport avec les meurtres.

— Nous avons relevé sur les deux scènes de crime la présence d'une substance chimique principalement utilisée dans la composition des dissolvants, expliqua Halloran.

— Des millions de gens se vernissent les ongles, répliqua Ritchie. Les hommes comme les femmes.

— C'est vrai. Mais, à notre connaissance, ces millions de gens n'ont pas eu de rendez-vous galant avec Evie Bowes et Zoe Gray, ironisa Halloran. Trop d'éléments coïncident pour qu'il s'agisse d'un pur hasard, monsieur Turner. Au rythme où vont les choses, la vérité ne tardera pas à éclater. Si vous avez quelque chose à nous dire, je vous conseille donc de le faire sans tarder.

— Je ne vous dirai rien de plus sans la présence d'un avocat, déclara Turner.

— Comme l'a signalé ma collègue, nous avons déposé une demande pour perquisitionner votre domicile et nous procéderons à la fouille dans les plus brefs délais. Vous avez le droit de vous faire assister par un avocat. Nous pouvons contacter le vôtre ou…

— Parce que j'ai une tête à avoir un avocat ? le coupa Ritchie, oubliant sa décision de ne plus dire un mot.

— Ou appeler un avocat commis d'office, compléta Banks à la place de Halloran.

— Mais tant que nous n'aurons pas perquisitionné votre domicile, vous resterez ici, en garde à vue, ajouta ce dernier en se levant.

— Ah ouais ? Je peux savoir combien de temps ça va prendre ? J'ai une vie, moi, au cas où vous le sauriez pas.

— Oui, et deux personnes ont perdu la leur, riposta Halloran.

Ritchie baissa les yeux sur la table.

— Vous ne trouverez rien, lâcha-t-il entre ses dents.

— Ce qui ne veut pas dire que vous n'êtes pas impliqué, d'une manière ou d'une autre.

— Puisque je vous dis que je ne suis pas mêlé à cette histoire. Vous retenez un homme innocent inutilement.

— Une opinion que nous nous accordons à contester, monsieur Turner, lança Banks en se levant à son tour. Deux personnes sont mortes. Vous avez un lien avec les deux victimes. Nous pouvons vous garder pendant quatre-vingt-seize heures si cela s'avère nécessaire et c'est exactement ce que nous allons faire.

Coudes plantés sur la table, Ritchie enfouit le visage dans ses mains.

— Ça ne sert à rien, monsieur Turner. Suivez-nous, s'il vous plaît, ordonna Halloran.

— Fin de l'interrogatoire à 17 h 07, annonça Banks avant d'éteindre le magnétophone.

Ritchie s'exécuta avec lenteur. Le cœur battant à coups sourds, Kitt observa la scène. Les inspecteurs lui passèrent les menottes puis l'entraînèrent vers la porte pour le conduire sans doute jusqu'aux cellules qu'Evie et elle connaissaient déjà. Tandis qu'elle le regardait sortir de la pièce, un frisson glacé la parcourut : peut-être avait-elle un meurtrier sous les yeux.

CHAPITRE 25

Les talons des bottes en daim de Kitt cliquetaient sur les pavés tandis qu'elle marchait en direction de Shambles, un quartier qui, au Moyen Âge, abritait un abattoir en plein air. À l'époque, le sang de cochon rougissait les rigoles de cette artère qui s'était transformée depuis en rue commerçante au charme pittoresque, située un peu à l'écart de Kings Square et bordée de bâtisses à colombages de style Tudor. Dans ce quartier, l'architecture ancienne se moquait des normes modernes et les saillies irrégulières des étages supérieurs donnaient l'impression que les maisons se penchaient au-dessus des passants circulant dans l'allée étroite. L'été, c'était un soulagement de venir se réfugier dans leur ombre rafraîchissante mais les matins d'octobre comme celui-ci, davantage de lumière et de chaleur auraient été les bienvenues, d'autant que les circonstances qui avaient poussé Kitt à s'aventurer par ici un dimanche matin de si bonne heure n'étaient guère réjouissantes.

Presque au milieu de la rue, juste après la confiserie Roly's Fudge, Kitt aperçut Charlotte Banks devant les bandes jaunes délimitant la scène du crime, fluorescentes dans la lumière grisâtre du petit matin. Une question surgit dans son esprit tandis qu'elle se dirigeait vers l'inspectrice : où diable cette femme trouvait-elle l'énergie de se tenir aussi droite alors que le jour venait à peine de se lever ?

— Bonjour, inspectrice Banks, lança Kitt, incapable de dissimuler son bâillement ; et pour cause : elle tenait un gobelet de café dans chaque main. L'inspecteur Halloran est à l'intérieur ?

— Oui, répondit Banks en lorgnant les cafés.

— Je peux entrer ?

L'enquêtrice soupira.

— Halloran vous a donné l'autorisation, oui, dit-elle en soulevant la bande jaune pour permettre à Kitt de passer en dessous. Je vous rejoins bientôt. J'attends juste qu'un agent vienne prendre ma relève.

— Voulez-vous un café ? demanda Kitt, une fois de l'autre côté. Il ne fait pas une chaleur tropicale, ici.

Banks plissa les yeux d'un air méfiant – comme si la proposition de Kitt n'était qu'un piège cruel.

— Je suppose que les deux cafés étaient pour vous et l'inspecteur Halloran.

— Non, pas spécialement, mentit Kitt.

L'attitude de Banks n'invitait guère aux témoignages de gentillesse, mais c'était peut être l'occasion de s'attirer les bonnes grâces de l'inspectrice...

— Je me suis dit qu'il était encore très tôt et que ce serait une bonne idée d'apporter des cafés au cas où quelqu'un aurait besoin d'un petit coup de boost.

— Oh, murmura Banks en baissant de nouveau les yeux sur les deux gobelets.

Kitt devina ses pensées : dans un monde idéal, la bibliothécaire n'aurait pas dû être mêlée au travail d'enquête, mais tandis qu'elle contemplait les cafés la promesse contenue dans les gobelets fit pétiller son regard... et Kitt eut soudain l'impression que ses yeux étaient plus lumineux que d'habitude.

— Alors d'accord, dit-elle finalement, optant pour

le réconfort instantané au détriment de son attitude un brin dédaigneuse.

Kitt lui tendit en souriant le café qu'elle avait initialement pris pour elle. Banks but une gorgée et ferma les yeux, la chaleur du breuvage colorant immédiatement ses joues. Chassant, ne fût-ce que temporairement, le froid mordant de l'automne.

— Au fait, je voulais vous demander, reprit Banks au moment où Kitt allait s'éloigner pour rejoindre Halloran. Comment va Evie ? L'enterrement d'Owen Hall a eu lieu vendredi, c'est bien ça ?

L'inspectrice s'efforçait d'adopter un ton dégagé, c'était évident. Elle savait très bien que les obsèques avaient eu lieu le vendredi : Kitt avait entendu Halloran l'appeler devant la grille du cimetière, juste après la fuite de la mystérieuse personne à la cape noire. D'un autre côté, elle n'avait aucune raison de la taquiner au sujet de son coup de cœur pour Evie, d'autant qu'elle venait de marquer des points en lui offrant un café.

— Merci de vous en être souvenue, dit-elle. Ça a été très dur pour elle.

Banks secoua la tête.

— J'imagine. J'aimerais pouvoir faire quelque chose... enfin, *nous* aimerions pouvoir faire quelque chose pour elle mais, malheureusement, la justice ne fonctionne pas comme ça.

Kitt ne répondit pas tout de suite. À la façon dont Banks parlait d'Evie, il était facile de deviner que celle-ci était bien plus qu'une « jolie femme » pour l'inspectrice, comme l'avait souligné Halloran quelques jours plus tôt. En même temps, Kitt connaissait suffisamment Banks pour savoir que son métier passait avant tout. Il était donc inutile d'aborder le sujet ici. Mieux valait rester neutre et polie.

— Je crois que l'enterrement va lui permettre de commencer à tourner la page, commenta-t-elle finalement. Je suis allée prendre un verre avec elle hier soir et elle m'a semblé un peu plus gaie.

— Un verre ? répéta Banks en esquissant une moue. Ça a dû lui remonter le moral, c'est sûr.

Kitt la dévisagea, s'efforçant de déchiffrer son expression. Son regard était empreint d'une certaine tristesse. Avait-elle de la peine pour Evie ? Ou bien y avait-il autre chose, sachant qu'elle avait reconnu son attirance pour Evie au théâtre ?

— Je crois bien, oui, approuva Kitt. Il y a des étapes à franchir, dans le processus de deuil.

— Exact. C'était sûrement un moment éprouvant pour elle, mais elle a bien fait d'assister à ces obsèques. C'est essentiel de pouvoir dire au revoir aux personnes qui nous quittent.

— Vous avez raison, murmura Kitt en s'évertuant à ignorer la douleur qui lui transperçait le cœur. Les au revoir comptent beaucoup si l'on veut continuer à vivre normalement.

Dommage que Theo ne lui ait jamais donné cette occasion, songea Kitt avant de conclure par un « Enfin, c'est comme ça… » évasif.

À ces mots, Banks retrouva sa posture guindée et hocha la tête.

Pivotant sur ses talons, Kitt leva les yeux vers l'enseigne de la boutique peinte à la main. *Très Parisienne*. La typographie ressemblait à un tourbillon d'arabesques aux couleurs du drapeau français et une tour Eiffel remplaçait le A majuscule. Selon le texto de style télégraphique envoyé par Halloran alors que l'aube pointait à peine, le cadavre d'un homme avait été retrouvé devant la porte arrière de ce qui était sûrement l'un des restaurants les plus fréquentés de la ville.

Franchissant le seuil de l'établissement, Kitt se retrouva au milieu de plusieurs rangées de petites tables nappées de coton blanc. Une composition florale miniature dans des tons de rose et de rouge ornait chacune d'elles et les couverts en argent étincelaient dans la lumière pourtant tamisée. Kitt n'avait jamais mangé ici mais elle savait qu'Owen y avait invité Evie pour un dîner de Saint-Valentin. Son amie avait dû se contenter de ça, en lieu et place d'un vrai voyage à Paris.

Au fond de la salle de restaurant, près des cuisines, l'imposante silhouette de Halloran se penchait vers une jeune femme qui, assise sur une chaise, buvait un verre d'eau en pleurant comme une Madeleine. Elle portait une robe noire bien coupée agrémentée d'un tablier blanc – sans doute un uniforme de serveuse – et, à en juger par le flot de larmes ininterrompu qui coulait de ses yeux vert émeraude, elle devait être la première personne à avoir découvert le corps.

Kitt posa le gobelet qu'elle avait apporté pour l'inspecteur et s'efforça de parler avec douceur, ce qui n'était jamais évident pour elle.

— Bonjour…

Halloran se tourna vers elle, calepin et stylo à la main. Les rides autour de ses yeux semblaient plus profondes, ce matin.

— Diane, je vous présente Kitt Hartley.

— Enchantée, fit la serveuse avec des intonations chantantes qui trahissaient ses origines françaises.

En entendant cette voix pourtant assourdie par la tristesse, Kitt perçut aussitôt son potentiel de séduction. Des centaines d'hommes avaient dû tomber sous le charme de ces accents mélodieux.

— J'ai été désolée d'apprendre ce qui s'est passé, ajouta Kitt.

— Merci, vous êtes très gentille, articula Diane en tentant un sourire, mais elle éclata de nouveau en sanglots. C'est la première fois que je vois une personne morte.

— C'est toujours un choc immense, déclara Halloran. Pour des raisons qu'on ne s'explique pas, ça ne ressemble jamais à ce qu'on imagine.

Kitt scruta le visage de Halloran. Combien de cadavres avait-il vus ? Tout bien réfléchi, elle préférait ne pas le savoir. L'idée qu'il soit obligé de supporter toute cette cruauté, toutes ces horreurs, creusa une espèce de vide en elle.

Diane attrapa le verre d'eau qu'elle avait reposé sur la table et avala une gorgée.

— Il était affalé contre la porte du fond. Au début, j'ai cru qu'il dormait. J'ai pensé que c'était un clochard qui avait trouvé refuge dans l'allée parce qu'il commence à faire froid. Je voulais lui donner les croissants qui restaient du petit déjeuner d'hier. Mais quand j'ai touché son épaule…

Elle ferma les yeux de toutes ses forces, comme si cela pouvait suffire à effacer les images désormais incrustées dans sa mémoire.

— Je n'ai rien touché d'autre. J'ai juste appelé les secours.

— C'est un très bon réflexe, la félicita Halloran. Vous avez également bien fait de vous dépêcher de rentrer dans le restaurant. On ne sait jamais combien de temps un meurtrier peut s'attarder sur les lieux de son crime.

La jeune serveuse blêmit davantage.

— Vous voulez dire qu'il était peut-être encore dans l'allée ? Le tueur ?

— C'est peu probable, mais on n'est jamais trop prudent. Si cela ne vous ennuie pas, Diane, je vais vous laisser quelques minutes, ajouta l'inspecteur. J'aimerais parler en privé avec Mlle Hartley.

Diane le gratifia d'un faible sourire avant de boire une autre gorgée d'eau.

— Venez avec moi, ordonna Halloran en posant une main sur l'épaule de Kitt.

Cette dernière baissa les yeux sur la main de l'inspecteur puis le suivit dans la cuisine.

Compte tenu de la réputation du restaurant, les locaux étaient étrangement exigus. La cuisine tout en longueur abritait néanmoins un four professionnel, deux éviers et un lave-vaisselle. Ainsi que plusieurs plans de travail servant probablement à émincer les ingrédients et à aligner les assiettes prêtes à partir en salle. En revanche, la largeur de la pièce ne permettait pas de se tenir en face de quelqu'un sans envahir son espace vital. Kitt et Halloran restèrent quelques instants dans cette position mais lorsqu'elle sentit le souffle de l'inspecteur caresser sa peau, elle comprit qu'elle aurait un mal fou à se concentrer sur les renseignements concernant la dernière victime. Elle s'éloigna donc à reculons en direction de la porte et s'adossa à un placard, près d'un des éviers.

— Tim Diallo, lança Halloran. Ce nom vous rappelle quelque chose ?

— Tim Diallo ? Non, désolée. C'est la troisième victime ?

Halloran rangea son calepin, sortit son téléphone et fit glisser son index sur l'écran.

— Attention, prévint-il. Ce n'est pas joli à voir, mais

ça vous épargnera de devoir regarder le cadavre en chair et en os – enfin, façon de parler.

Kitt hocha la tête. Elle n'avait pas le cœur de confier à l'inspecteur qu'elle avait déjà eu l'occasion, hélas, de voir un cadavre « en chair et en os ». Elle dut toutefois forcer son courage pour jeter un coup d'œil au téléphone. La photo d'un homme fluet, portant des lunettes de vue, les cheveux noirs coupés très court, emplissait l'écran. Ses yeux gris-vert étaient grands ouverts mais dénués de toute expression. Il avait les bras croisés sur la poitrine, comme les autres victimes, et une auréole de sang maculait son torse.

Kitt s'éclaircit la gorge.

— Je ne le connais pas mais on dirait que c'est le même mode opératoire, non ?

Halloran opina du chef.

— Diallo a été empoisonné. Tous les indices laissent à penser que les mêmes substances chimiques ont été utilisées, mais nous attendons encore la confirmation du labo. Il y avait également un mot accroché de la même manière, à l'aide d'un stylo-plume planté dans la poitrine.

— Qu'est-ce qui était écrit, cette fois ?

— « Nous aurons toujours Paris. »

Kitt fronça les sourcils et inspira profondément.

— La liste des suspects peut donc se resserrer autour des admirateurs de Humphrey Bogart dotés d'un sens de l'humour très noir.

La mâchoire de Halloran se contracta.

— Sans oublier un goût prononcé pour le vernis à ongles.

— Et les stylos-plume ? Ils sont de la même marque ?

— L'information n'a pas encore été révélée à la

presse, je vous demanderai donc de la garder pour vous mais le tueur utilise des stylos de la marque Stanwyck. Leur fabrication a été arrêtée, il s'agit donc forcément de stylos d'occasion. On a pris contact avec les revendeurs locaux et les plateformes de vente en ligne et on a interrogé toutes les personnes ayant acheté plus d'un stylo-plume de cette marque dans la région. La liste est courte et, pour le moment, aucune d'elles n'a de rapport avec l'affaire.

Kitt le regarda. Contrairement à Banks, il ne se tenait pas droit : ses épaules étaient légèrement affaissées, sa nuque courbée, et les cernes sombres qui soulignaient ses yeux étaient le résultat d'une interminable nuit blanche, voire de plusieurs. Kitt n'avait peut-être pas de cernes, mais elle se sentait épuisée, elle aussi. Elle avait tellement de mal à croire que ce cauchemar n'avait commencé qu'une semaine plus tôt.

— C'est une question idiote, je le sais, mais est-ce que ça va ?

— Il faut bien faire aller, répondit Halloran. Je n'ai pas le choix.

— C'est faux, protesta Kitt en esquissant un pas vers lui. Vous n'êtes pas obligé de faire bonne figure quand vous êtes avec moi. Je ne fais pas partie de la police ; je ne dirai rien à votre hiérarchie.

— Je vous remercie de votre sollicitude, fit Halloran en laissant glisser son regard sur les plans de travail jusqu'à rencontrer celui de Kitt, mais ce n'est pas le moment de mollir. Les deux premiers meurtres ont eu lieu à quatre jours d'intervalle. Trois jours seulement séparent le deuxième du troisième.

— Ce qui voudrait dire que… il accélère la cadence, fit observer Kitt.

— On dirait, oui. Nous devons rester vigilants. Explorer chaque piste scrupuleusement.

Cédant à son instinct, Kitt posa une main sur l'épaule de l'inspecteur et serra doucement.

— Ne désespérez pas. On va y arriver, c'est sûr, déclara-t-elle avec un entrain forcé.

Il la toisa du haut de son mètre quatre-vingts et des poussières et posa la main sur la sienne.

L'espace d'un instant, elle fut incapable de songer à autre chose qu'à la pression de ses doigts, à ce poids rassurant, à la chaleur de sa peau. Il avait de grandes mains puissantes et fermes…

— Bref, reprit-elle en laissant retomber sa main, compte tenu des circonstances des autres meurtres, de leurs liens avec des histoires d'amour passées, on peut imaginer que la dernière victime en date s'est montrée d'une grande cruauté avec son ex-petite amie lors d'une escapade à Paris, qu'en pensez-vous ?

— Quelque chose dans ce goût-là, oui, approuva Halloran. Dès que Banks aura été remplacée, elle foncera au poste pour tenter de localiser sa dernière petite copine en date. Malgré ce qu'on pourrait croire compte tenu de l'importance de l'affaire, mon équipe d'enquêteurs est extrêmement réduite. Il y a peu de chances que l'ex en question soit la meurtrière, bien sûr, mais elle pourrait nous livrer de précieux renseignements.

— Et je suppose que Turner est toujours en garde à vue ?

— Sans commentaire, merci, ironisa Halloran. Le crime a été commis alors que nous le détenions, en effet. Il nous est donc difficile de le maintenir sur la liste des suspects.

— Votre théorie des complices tient toujours ?

— Plus les choses se compliquent, plus il devient impossible de penser que le tueur agit seul.

— Quand on y réfléchit, rebondit Kitt, et dans l'hypothèse où il y aurait effectivement un complice, c'était le moment idéal pour commettre un autre meurtre. Ça prouve l'innocence de Ritchie – en théorie, en tout cas.

— On pourrait s'en tenir à ce raisonnement, c'est vrai. Mais c'est tout de même très circonstanciel et nous ne pouvons pas le retenir plus longtemps en l'absence de preuves concrètes. Nous avons reçu le compte rendu de la perquisition : les enquêteurs ont trouvé du dissolvant en petite quantité mais aucune bouteille de peroxyde ni aucune boîte de diazépam. Nous attendons encore les résultats d'analyses des prélèvements effectués dans son vestiaire, sur son lieu de travail.

— Et cette scène de crime, alors ? Le meurtrier n'a laissé aucun indice derrière lui ? Aucune preuve médico-légale ? Il va bien finir par commettre une erreur, bon sang.

— Le papier sur lequel était écrit le mot est identique à celui retrouvé sur les autres victimes. On pourra peut-être trouver quelque chose de ce côté-là, mais c'est mince, comme indice. Disons qu'il reste quand même une lueur d'espoir, conclut Halloran.

— De l'espoir ? Vous voulez dire que je vous ai remonté le moral pour rien, tout à l'heure ? plaisanta Kitt avec un petit sourire.

L'étincelle qu'elle avait entraperçue dans les yeux de l'inspecteur sur le perron d'Evie le vendredi brilla de nouveau fugacement.

À quoi pensait-il, en cet instant précis ? Mieux valait éviter de chercher des réponses : sa curiosité ne lui valait que des ennuis, elle aurait dû le savoir, pourtant. Pour éviter d'autres désagréments, elle avait suivi le conseil de Grace et ignoré l'invitation de Theo sur Facebook. Affaire classée, c'était déjà ça. Mais elle ne pouvait prendre le risque de s'attacher à l'inspecteur alors que tant de choses étaient en jeu. Si cette sordide affaire de meurtres et plus généralement son expérience personnelle lui avaient appris quelque chose, c'était que les histoires d'amour se terminaient mal, en général.

— Il y a une caméra de vidéosurveillance dans l'allée, derrière le restaurant. Nous devrions donc avoir des images, déclara Halloran.

— Vous auriez pu le dire plus tôt !

— Désolé. La fatigue.

Kitt haussa les sourcils.

— Vous croyez que le tueur sera sur la vidéo ?

— Si c'est le cas, ce sera sûrement délibéré de sa part.

— Comment ça ?

— Il s'est montré extrêmement méticuleux, jusqu'à présent. Aucune trace d'ADN. Peu d'indices. Ce serait une imprudence trop grossière.

— Mmm. Patrick Bateman.

Halloran la dévisagea d'un air intrigué.

— *American Psycho* ?

Le sourire de Kitt s'élargit. Elle aimait l'idée qu'un inspecteur de police ait lu ce roman, ou au moins vu le film qui, à sa grande surprise, lui avait vraiment fichu la trouille. Grace avait d'ailleurs pris un malin plaisir à la charrier lorsqu'elles en avaient discuté ensemble. Le problème n'était pas tant les effusions de sang ni les scènes gore. Mais plutôt l'idée qu'un individu aussi charmant et séduisant que le personnage issu de l'imagination de Bret Easton Ellis puisse cacher en lui un être aussi profondément démoniaque. Qui n'aurait pas succombé au charme ravageur de Christian Bale, dans le film ? Toujours tiré à quatre épingles. Classe, élégant. Cultivé.

— Patrick Bateman se livrait à une sorte de jeu, reprit-elle. Il repoussait les limites pour voir jusqu'où il pouvait aller. Et prenait par conséquent de plus en plus de risques.

— C'est ce qui les fait vibrer.

— Et c'est une bonne nouvelle, déclara Kitt.

— Comment ça ?

— Ça veut dire que notre meurtrier ira trop loin à un moment ou à un autre. Et donc qu'on finira par l'attraper.

— Ça, je n'en ai jamais douté, fit remarquer Halloran. Le problème avec des affaires comme celles-ci, ce n'est pas de savoir si on va arrêter le coupable. C'est plutôt d'essayer de l'arrêter avant qu'il commette un nouveau crime.

— Je pourrais envoyer le nom de la dernière victime à Evie pour voir si ça lui dit quelque chose, qu'est-ce que vous en pensez ? Il y a peut-être un lien de ce côté-là ?

Halloran cligna des yeux.

— Bonne idée, oui. Et je passerai au Owl and Star ce soir.

Kitt hocha la tête.

— Il faudrait chercher à savoir comment le tueur est au courant de toutes ces ruptures amoureuses. Il en entend peut-être parler là-bas, au Owl and Star. Les conversations de ce style vont bon train dans les pubs.

— Il est plus probable que le tueur a un rapport direct avec les victimes, d'une manière ou d'une autre, mais ce n'est pas non plus une piste à négliger. Et compte tenu de l'accélération du rythme des meurtres, il ne serait pas étonnant qu'il aille faire un tour là-bas ce soir.

— Dans le Yorkshire, on règle la plupart de ses problèmes au pub, c'est bien connu, renchérit Kitt. Je ne vois pas pourquoi il en serait autrement pour une affaire de meurtres en série.

— Vous devriez venir avec moi, déclara Halloran tout à trac en rencontrant son regard.

— Pardon ?

— J'attirerai moins l'attention si je ne suis pas seul, mais malheureusement je n'ai pas les moyens de mobiliser un agent de police pour la soirée.

— Oh… Je vois. Eh bien…

— Vous êtes partante ? Ça vous dirait de m'aider à jouer la carte de la discrétion ?

Kitt chercha une excuse. À la vérité, elle avait très envie d'accepter. Plissant les yeux, elle soutint le regard de l'inspecteur et posa une main sur sa hanche.

— Je ferai de mon mieux mais je ne vous promets pas de miracle.

Un sourire éclaira le visage de Halloran.

CHAPITRE 26

— Les remparts ? lança Evie.

Kitt regarda son amie d'un air perplexe.

— Excuse-moi… quoi ?

— Tu veux passer par les remparts ? répéta Evie en pointant un doigt vers la grille métallique ornée de l'emblème du comté, une rose blanche, qui conduisait aux remparts de l'ancienne cité romaine au niveau de Victoria Bar.

— OK, allons-y ! Il y aura certainement moins de touristes que dans les rues du centre, à cette heure-ci.

En route pour aller déjeuner de l'autre côté de la ville, les deux amies gravirent les marches en pierre d'un pied léger. Les rafales balayant le haut des remparts soulevèrent leurs cheveux et Kitt retint son chapeau jusqu'à ce qu'elles aient atteint un endroit moins exposé. Là s'offrait un panorama plongeant sur les toits des maisons de brique rouge couronnant la ville. La lumière d'un pâle soleil perçait timidement la gaze grisâtre des nuages, recouvrant d'un voile terne les couleurs ordinairement plus éclatantes des bâtisses en contrebas. Un certain sentiment de sérénité se dégageait toutefois du monde quand on le contemplait d'en haut. Comme pour rappeler qu'il était toujours bon de changer de point de vue, de remettre les choses en perspective.

— Tu as demandé à Zoe si elle connaissait Tim

Diallo ? demanda Evie tandis que Kitt s'efforçait de ne pas regarder la silhouette lugubre de l'ancienne chocolaterie qui se dressait plus loin, au milieu d'un fatras de pavillons et de culs-de-sac.

Elle se tourna plutôt vers la cathédrale. Où que l'on se trouvât dans le centre-ville, on pouvait apercevoir ses flèches gothiques datant du XIIIe siècle, capables de transpercer les brouillards les plus épais.

— La police se charge de lui poser la question. Je devais juste voir ça avec toi, répondit Kitt en essayant de distinguer au loin les voiles du moulin à vent de Holgate.

Elle réussit à les repérer malgré la brume. La vue de ce vieux moulin restauré et remis en état de marche par des amoureux du patrimoine local lui arrachait généralement un sourire. Hélas, elle n'avait pas beaucoup souri depuis une semaine et elle n'était certainement pas la seule. Dans des villes comme Londres ou Manchester, ce genre de fait divers marquait forcément les esprits, mais dans une bourgade de la taille de York, une tragédie comme celle-ci jetait une ombre sur toute la communauté et cette ombre monstrueuse s'infiltrait dans tous les coins et recoins de la ville, jusque-là sans danger.

Evie exhala un soupir.

— J'aimerais tellement avoir ne serait-ce qu'un minuscule fragment d'information, un petit truc qui nous aiderait à élucider cette affaire. Les gens arrêteraient de me prendre pour une meurtrière et la ville retrouverait son calme. Quand est-ce que tout ça va s'arrêter ?

— Je ne sais pas, avoua Kitt en gratifiant son amie d'une petite tape sur l'épaule. Tout le monde ne te soupçonne pas. Moi, je sais que tu n'as rien fait. Grace et Charlotte Banks aussi.

Elle aurait aimé pouvoir ajouter Halloran à la liste,

mais le doute semblait encore subsister dans l'esprit de l'inspecteur.

— L'inspectrice Banks me croit innocente ?

— C'est ce qu'elle a dit, oui.

Kitt s'abstint de préciser dans quel contexte cette révélation avait été faite mais il lui paraissait nécessaire de donner un peu d'espoir à son amie.

— Ah, c'est déjà une bonne chose. Elle sait peut-être ce que ça fait d'être larguée sans préavis par son amoureux. Elle comprend.

— En l'occurrence, ce serait plutôt par une amoureuse. Mais tu as raison : elle a peut-être vécu une rupture douloureuse. Bref, quoi qu'il en soit, elle ne croit pas en ta culpabilité.

Un léger sourire joua sur les lèvres d'Evie. Elle garda le silence un moment, s'écartant pour laisser passer un jeune couple qui marchait plus vite qu'elles. Kitt l'imita et suivit des yeux les deux tourtereaux qui se faufilèrent sur l'étroit sentier, espérant secrètement que le jeune homme n'aurait pas la mauvaise idée d'abandonner lâchement sa dulcinée. Par les temps qui couraient, ce genre d'initiative pouvait nuire gravement à sa santé.

Une fois que le jeune couple se fut éloigné, Kitt et Evie se remirent en marche.

— Je suis désolée de ne pas pouvoir te renseigner sur Diallo, déclara cette dernière.

— Ce n'est pas grave. Ça élimine simplement certaines hypothèses, à ce stade de l'enquête. J'ai déjà envoyé un texto à Halloran pour qu'il en tienne compte.

Evie tourna la tête vers elle et un sourire entendu étira ses lèvres pleines, peintes en carmin.

— J'ai l'impression que tu envoies pas mal de textos à l'inspecteur, ces temps-ci, je me trompe ?

— Quelques-uns, oui, au sujet de l'enquête, répliqua Kitt d'un ton faussement dégagé.

— Seulement au sujet de l'enquête ?

— Tu as très bien entendu, oui.

— Vous ne parlez de rien d'autre, tous les deux ?

— Non, répondit Kitt un peu brusquement. Enfin, si, on a évoqué l'impact de l'affaire sur son moral mais, objectivement, ça ne dépasse pas le cadre de l'enquête.

— Il se confie un peu à toi, alors ? Il te parle de ce qu'il ressent ?

— Un peu.

Evie gloussa.

— J'ignore à quoi tu penses, reprit Kitt, mais je t'en prie : n'en dis pas plus.

— Il doit y avoir de sacrés avantages à sortir avec un inspecteur de police.

— Evie, arrête de te moquer, tu veux ?

— Je ne me moque pas. Je dis juste que ça doit être pratique d'avoir un représentant de la loi sous le coude. Fini les contraventions pour stationnement gênant.

— Ça m'étonnerait que ça marche encore, ce genre de passe-droit.

— Tu es aux premières loges de tout ce qui se passe de trépidant en ville.

— Au dire de Ruby, il suffit de prendre le bus 59 pour être au courant des derniers scoops.

— C'est pas la même chose, objecta Evie. En plus, c'est toujours sympa de sortir avec un type qui possède des menottes.

Kitt jeta un coup d'œil à son amie en soupirant.

— Tu sais ce que je préférerais, là, tout de suite ? Un bâillon.

— Oooooh, roucoula Evie en partant d'un rire amusé. Coquine.

— Ça dépend avec qui, riposta Kitt, refusant de donner à Evie la satisfaction de la voir se troubler.

Pas question non plus que son amie devine à qui elle pensait à cet instant précis… Halloran et ses grandes mains fermes. Puissantes. Qu'elle n'aurait certainement pas envie d'entraver avec des menottes en cas de rapprochement intime…

— Est-ce que tu sais si le tueur a été filmé par la caméra de surveillance, comme l'espérait Halloran ? Et qui, parmi tous les participants au Belle's Ball, a communiqué l'information à la presse ? demanda Evie, renonçant finalement à interroger son amie sur la nature de ses relations avec l'inspecteur.

— Non, je n'ai rien appris de plus. Avec un peu de chance, j'en saurai davantage ce soir.

Evie haussa un sourcil interrogateur.

— Qu'est-ce qui se passe, ce soir ?

— Je dois retrouver Halloran au Owl and Star pour une séance de travail incognito. Et avant que tu fasses la maligne, oui, je sais comment ça s'appelle : une couverture, et non, on ne sera pas « sous les couvertures ». C'est une mission sérieuse, figure-toi.

Evie s'esclaffa.

— Ça, c'est toi qui le dis… La troisième victime a été repérée là-bas aussi, c'est ça ?

— Oui. La police avait identifié ce lien avant le troisième meurtre et les relevés de carte bancaire de la dernière victime montrent qu'il a bu un verre dans ce pub, hier soir.

— Vous ne serez que tous les deux, ce soir ?

— Je ne sais pas.

— Je te parie cent livres que oui.

— Si tu veux mon avis, Halloran a d'autres chats à fouetter que de monter des plans pour se retrouver en tête à tête avec moi.

— Quand on est occupé comme lui, on songe efficacité avant tout. Tu crois vraiment que le tueur va se pointer au pub ce soir ?

— Halloran dit que le rythme des meurtres s'accélère. Que le tueur ne va pas tarder à s'en prendre à quelqu'un d'autre. Alors, oui, c'est fort possible qu'il retourne au Owl and Star aujourd'hui.

— J'aimerais beaucoup être dans les parages quand vous le coincerez, fit Evie. D'ailleurs, je sors prendre un verre avec Jazz et Heather, ce soir.

— Tu trouves que c'est prudent de sortir en ce moment ? Je te rappelle quand même qu'un tueur en cavale continue de sélectionner ses prochaines victimes…

— Des hommes, précisa Evie. Pas des femmes.

— Oui, tu as raison, admit Kitt. Pour une fois que les femmes peuvent se sentir à peu près en sécurité après la tombée de la nuit…

— On pourrait peut-être faire un tour au Owl and Star quand on aura terminé au Maltings ?

— Même si ça me ferait très plaisir de te voir, je ne pense pas que ce soit une bonne idée, répondit Kitt en posant une main sur le bras de son amie. Si le tueur est dans la salle, ta présence lui mettra peut-être la puce à l'oreille. Il changera ses plans à la dernière minute et nos chances de le repérer tomberont à l'eau.

— Mmm, pas bête. À moins que ce soit juste une excuse pour garder Halloran pour toi…

— Arrête tes bêtises, tu veux ? Il n'y a absolument rien d'ambigu entre nous.

— Pas encore, susurra Evie, mais tout le monde sait que c'est super sexy, les missions sous couverture.

— Pas telles que je les conçois.

— On en reparlera, vieille branche.

CHAPITRE 27

À peine entrée dans le pub, Kitt tenta de repérer un visage familier dans la foule venue prendre un verre en début de soirée. Il lui fallut une bonne minute avant de l'apercevoir enfin. Elle cherchait un homme vêtu d'un élégant costume sombre, mais celui qui l'attendait portait un tee-shirt blanc à col en V près du corps et un jean délavé. Il lui fit signe dès qu'il la vit. L'individu en question ressemblait de manière saisissante à l'inspecteur Halloran, sans être tout à fait lui.

Sourcils froncés, Kitt continua d'avancer vers la table d'angle où il était installé. Il se leva pour l'accueillir.

— Merci d'être venue. Je vais vous chercher quelque chose à boire ?

— Je veux bien, merci. Mais pas d'alcool. Une limonade, ce sera très bien, répondit Kitt en posant son chapeau sur la table puis en accrochant sa besace à la chaise la plus proche.

— Vous êtes sûre ? Ce n'est pas parce que je suis en service que vous n'avez pas le droit de vous détendre un peu, fit Halloran avec un sourire.

— Non, une limonade fera parfaitement l'affaire, inspec…

Elle s'interrompit en voyant Halloran secouer vigoureusement la tête. Bien sûr, quelle idiote… Quel était l'intérêt qu'il vienne ici en civil si elle clamait sur tous les toits qu'il était inspecteur de police ?

— Malcolm, corrigea-t-elle.

— Vous pouvez m'appeler Mal.

— Mal, répéta Kitt en tournant sa langue autour du L – c'était une sensation exquise et elle s'efforça de ne rien trahir du plaisir qu'elle prenait.

Kitt enleva son manteau et s'installa tandis que l'inspecteur s'éloignait en direction du bar. Ça faisait belle lurette qu'elle n'avait pas mis les pieds dans ce pub, deux ans peut-être, mais il continuait apparemment à attirer une grosse clientèle dominicale. Avec son parquet ciré, son bar lambrissé et sa solide cheminée en brique, l'établissement cultivait une atmosphère chaleureuse et conviviale. C'était l'endroit idéal quand on voulait oublier qu'on devait se lever tôt pour aller travailler le lendemain.

Kitt sentit un sourire étirer ses lèvres, mais lorsqu'elle posa les yeux sur l'inspecteur, occupé à commander sa limonade au bar, son sourire s'effaça. Il s'était penché légèrement au-dessus du comptoir pour régler la consommation et la manche courte de son tee-shirt dévoilait les contours d'un tatouage sur son bras gauche. Cela ressemblait à une suite de lettres dont seul le bas dépassait, de sorte qu'elle ne put lire le mot. Elle sourit de nouveau et ses lèvres picotèrent à l'idée d'embrasser les arabesques de ce tatouage. En tant que lectrice assidue, il était tout à fait normal qu'elle soit attirée par l'encre… sous toutes ses formes.

Kitt se redressa sur sa chaise, essayant de chasser le trouble qui la tenaillait. Sans succès. Sa respiration s'accéléra. Il était tellement grand, tellement imposant, même dans sa tenue décontractée. Elle avait bien tenté d'ignorer ce qui se passait depuis que leurs chemins s'étaient croisés, mais elle ne pouvait plus le nier. Elle désirait cet homme, et c'était la découverte la plus angoissante de la semaine. Presque plus que les meurtres horribles, son arrestation et sa garde à vue.

Lorsque Halloran se retourna pour venir la rejoindre, Kitt détourna brusquement la tête.

— Et voilà, lança-t-il en posant devant elle le verre de limonade avant de se rasseoir.

La table était petite et leurs jambes se touchèrent. Kitt aurait pu se décaler d'un demi-centimètre pour rompre le contact mais elle ne bougea pas. Ils occupaient un espace exigu, l'inspecteur avait de longues jambes : les excuses étaient toutes trouvées pour continuer à savourer tranquillement la chaleur émanant de son corps.

— Vous avez repéré quelqu'un qui pourrait coller à la description du tueur ? reprit-il d'un ton soudain plus professionnel.

— Laissez-moi une petite minute, je viens d'arriver, prétexta Kitt en s'abstenant d'ajouter qu'elle avait été beaucoup trop occupée à le dévorer du regard pour prêter attention aux autres clients.

— Au fait, on l'a vu sur la vidéo de surveillance.

— Qui ? Le tueur ? Vous avez vu son visage ?

— Pas exactement, non. Mais il y a eu un léger revirement de situation. Vous voulez voir ? demanda Halloran en sortant son téléphone de la poche de son jean.

— Vous avez gardé une copie ?

— Oui. Et pour être tout à fait franc, je n'étais pas censé le faire. Alors si quelqu'un vous pose la question, vous n'avez jamais vu cette vidéo. C'est clair ?

— Comme de l'eau de roche. Dire que la plupart des gens ont des vidéos de chats toutes mignonnes sur leur téléphone...

— Je trouve ça adorable que vous pensiez ça, ironisa

Halloran. Quand vous êtes inspecteur de police, vous êtes obligé d'ouvrir les yeux sur les recoins les plus sombres de la nature humaine.

— Étant donné que je faisais moi-même partie des suspects il y a quelques jours, j'imagine que cette phrase me concerne également...

Halloran esquissa un sourire.

— Rien de ce que j'ai découvert ne m'a dérangé. Bien au contraire...

— Ça vous a... arrangé ?

Il laissa échapper un petit rire.

— Je vois que nous sommes d'humeur littérale, ce soir. Disons que ça m'a intrigué.

Peu désireuse de s'aventurer sur ce terrain glissant, Kitt baissa les yeux sur le téléphone qu'il tenait dans ses mains.

Il pianota sur l'écran et la vidéo démarra.

La scène s'étant déroulée dans la pénombre d'une contre-allée, les images étaient un peu floues, mais Kitt parvint à distinguer une silhouette à la longue chevelure rousse. Elle crut d'abord que cette dernière était en train d'attaquer Tim Diallo et il lui fallut un moment pour comprendre qu'elle était en train de l'embrasser. Comme Diallo tenait à peine debout, l'étreinte paraissait plus agressive qu'elle ne l'était en réalité. Il était évident que le tueur avait administré du diazépam à sa victime, cette fois encore. Un moment plus tard, la silhouette tendit une bouteille à Diallo, celle que l'on avait retrouvée sur les lieux du crime. Ce dernier porta le goulot à ses lèvres en souriant et commença à boire. L'autre saisit alors le culot et pencha la bouteille pour le forcer à avaler une grande gorgée. Tim Diallo chancela et recula contre le mur, portant les deux mains à sa gorge, secoué par de violentes convulsions.

Kitt plaqua une main sur sa bouche pour étouffer un cri horrifié.

— Ça va ? murmura Halloran en effleurant son bras d'un geste apaisant.

Incapable d'articuler le moindre son, elle garda les yeux rivés sur l'écran.

Moins d'une minute plus tard, Diallo cessa de s'agiter. La silhouette se pencha vers lui et plaça la bouteille entre ses mains. Chevauchant sa victime, elle baissa un bras puis le leva en l'air avant de l'abattre brutalement, comme pour donner un coup de couteau. Impossible de voir ce qui s'était vraiment passé. Kitt ne put que supposer que le tueur venait de transpercer le cœur de Diallo.

Il y eut encore du mouvement après ça. La silhouette tournait toujours le dos à la caméra, masquant ses gestes – sans doute était-il en train de croiser les bras de sa victime sur sa poitrine et d'accrocher le mot à l'aide d'un stylo-plume.

Le tueur se releva lentement, arrangea sa capuche et se tourna face à la caméra, la tête légèrement baissée de façon à dissimuler son visage. Puis il leva les bras dans un geste théâtral et s'inclina en avant, maintenant la pose quelques secondes avant de s'éloigner à grands pas vers le fond de l'allée.

Kitt resta immobile sur sa chaise, comme pétrifiée.

— Oh mon Dieu ! C'est… c'est pire qu'un film d'horreur. Vous m'avez montré ça pour que je fasse des cauchemars ?

— Est-ce une manière de me faire comprendre que vous avez peur de rester seule ce soir ?

Redressant les épaules, Kitt gratifia Halloran d'un regard insolent.

— Quel dévouement, inspecteur... Mais il m'en faut plus que ça pour m'effrayer, merci quand même.

Halloran la considéra sans rien dire. Mal à l'aise, Kitt remua la paille dans son verre de limonade. Les glaçons tintèrent. Elle n'était pas aussi nerveuse, d'habitude, mais elle avait besoin de se donner une contenance.

— Vous avez parlé d'un revirement de situation, tout à l'heure...

— Oui. Pour commencer, le tueur est un homme. Il n'y a plus de doute là-dessus.

— Comment le savez-vous ?

— Eh bien, il suffit de regarder attentivement sa corpulence sur les images vidéo. Elle est plus massive que la grande majorité des femmes.

— Certaines d'entre nous sont plus costaudes que d'autres, vous savez.

Halloran leva les mains en l'air.

— Oui, et il n'y a pas de mal à ça, mais ce qu'il faut savoir aussi, c'est que Diallo était homosexuel. On peut donc en conclure que la personne qui l'embrassait sur la vidéo était un homme.

— Vous en êtes sûr ?

— Presque. Pourquoi ?

Kitt haussa les épaules.

— Ce n'est peut-être qu'un détail mais... Ma sœur Rebecca est médecin et je lui ai posé quelques questions sur les cas d'empoisonnement. Elle m'a dit que c'étaient surtout les femmes qui utilisaient cette méthode.

— Il n'est pas impossible que nous ayons affaire à un duo d'assassins, un homme et une femme qui seraient de mèche, fit observer Halloran en posant les mains sur la table, près de celles de Kitt.

— Donc vous croyez qu'il s'agit d'un homme avec une perruque ?

— Oui. Au dire de l'ex-petit copain de Diallo, ils se travestissaient de temps en temps, tous les deux.

— Avez-vous parlé à Zoe Gray de la perruque que j'ai vue dans sa loge ? Est-ce qu'elle connaissait Tim Diallo ?

— Oui. La perruque appartient au théâtre. Elle aurait très bien pu s'en servir, certes, mais elle n'avait aucun moyen de se procurer les substances chimiques et le sédatif. En plus, elle a un alibi pour les trois meurtres. Et elle ne connaît pas Diallo.

— OK, donc on oublie Zoe. Et l'ex-petit ami de Tim, dans tout ça ?

— Francis, enchaîna Halloran. Banks l'a retrouvé. Leur liaison remonte à six mois. Il a surpris Diallo en train d'envoyer des SMS à un autre alors qu'ils étaient en week-end à Paris, au sommet de la tour Eiffel.

— Comme c'est romantique, lâcha Kitt en s'efforçant de garder un ton neutre.

— N'est-ce pas ? Quoi qu'il en soit, impossible de l'épingler comme suspect : il n'a pas pu se procurer les substances incriminées et n'a aucun lien avec Owen et Adam. Ce qui ne nous empêche pas de continuer à creuser cette piste.

Continuaient-ils de creuser aussi du côté d'Evie ? se demanda Kitt, sans toutefois se risquer à poser la question. La discussion déraperait forcément et elle n'avait pas envie de se disputer ce soir. Elle fit glisser ses mains, pourtant ravies de se trouver près de celles de Halloran, vers le bord de la table.

— En résumé, les deux premières victimes étaient hétérosexuelles et la troisième homosexuelle. C'est ça, le revirement que vous évoquiez ?

Halloran hocha la tête.

— Il n'est pas rare d'assister à ce genre de choses dans les affaires de meurtres en série. Le tueur change un détail dans son mode opératoire. Histoire de casser le schéma établi et de réduire les risques de se faire arrêter. On tient une nouvelle piste, cela dit.

— Une piste qui va vous aider à résoudre l'affaire ?

— Possible. L'analyse des relevés bancaires de Diallo a montré qu'il s'était rendu plusieurs fois au Ashes to Ashes au cours du mois dernier.

— Ce qui le relie à Turner.

— Très juste. Le problème, c'est que Ritchie Turner était en garde à vue lorsque le troisième meurtre a été commis, et on attend encore le résultat des prélèvements réalisés dans son vestiaire. On pourrait croire que, pour une affaire de cette envergure, ces fichues analyses seraient prioritaires, mais le processus est interminable.

— Le fait que Diallo soit passé au Ashes to Ashes ne vous autorise pas à embarquer Ritchie ?

Halloran secoua la tête.

— Il nous faut des preuves concrètes pour retenir quelqu'un en garde à vue. Je n'arrive pourtant pas à me sortir de l'esprit qu'il est impliqué dans l'affaire, d'une manière ou d'une autre. Qu'il sait quelque chose. On ne tombe pas trois fois sur le même suspect sans raison.

— Pour ma part, j'ai du mal à imaginer son mobile. Il est maintenant évident que le, la ou les coupables se sentent investis d'une espèce de mission de vengeance des cœurs brisés.

Les yeux de Halloran pétillèrent.

— J'ignorais que vous étiez experte en profilage criminel.

— Est-ce vraiment nécessaire ? Dans chaque cas, la

victime s'est très mal comportée avec son ex. Le ou les tueurs ont clairement développé une fixation là-dessus.

— Vous avez raison, mais les relations amoureuses de Turner ont toutes été de courte durée, assez banales, sans rien d'extraordinaire. Il est donc difficile de conclure qu'il s'agit d'une vengeance à des fins personnelles. Certaines personnes sauteront sur n'importe quelle excuse pour endosser le rôle de pseudo-justicier. D'autres souffrent juste d'un complexe de supériorité.

Kitt eut un sourire sans joie.

— Tout ce que je sais, pour l'avoir vécu à travers Evie, c'est que ce genre d'épisode est terriblement douloureux pour celui ou celle qui se retrouve seul.

— Je sais, murmura Halloran en baissant les yeux sur son soda. Francis a confié à Banks qu'il ne s'était pas encore remis de leur rupture. Il lui a dit que Tim était le premier homme qu'il aimait sincèrement.

Kitt sentit son corps se raidir.

— Il n'est pas facile de surmonter ce genre de déception, dit-elle en cherchant désespérément un moyen de changer de sujet. Et Justine Krantz, au fait ? Est-ce qu'elle a révélé ses sources ?

— On a dû insister un peu, mais oui, elle a fini par passer aux aveux. La personne qui lui a refilé les tuyaux s'appelle Jasmine Brewster.

— Jasm... Jazz ? Qui travaille dans le même institut qu'Evie ? Elles sont sorties prendre un verre ensemble, ce soir.

— Je ne crois pas qu'il faille s'inquiéter.

— Ah bon ? Parce que, au cas où cela vous aurait échappé, elle a accès aux mêmes produits qu'Evie...

— Et elle a aussi un alibi pour les trois meurtres.

Kitt exhala un soupir.

— Dans ce cas, pourquoi irait-elle tout raconter aux journalistes ?

— Elle a expliqué à Banks que Justine Krantz l'avait embobinée.

— Je la crois volontiers.

— En plus, il semblerait que Diane Phelps, la propriétaire de l'institut, ait également encouragé son personnel à répondre aux questions des journalistes.

— Ah bon ? fit Kitt en fronçant les sourcils. Mais pourquoi ?

— Elle a pensé que ce serait préférable pour l'image du salon. Elle voulait que tout le monde sache qu'ils coopéraient aussi avec la police.

— Oui, ça peut se comprendre, commenta Kitt.

Son téléphone s'était mis à vibrer et, voyant le nom d'Evie s'afficher sur l'écran, elle jeta un regard contrit à Malcolm Halloran avant de répondre à son amie.

— Allô, Evie ?

— Kitt ! hurla Evie dans l'appareil.

— Evie ? répéta Kitt en haussant la voix pour être sûre de se faire entendre.

— Il est à nos trousses, Kitt, il nous poursuit ! Heather a reçu un coup de couteau.

— Quoi… Vous êtes où ?

— On s'est réfugiées au Wonky Donkey.

— Ne bougez surtout pas. On arrive.

CHAPITRE 28

Kitt entra en trombe dans le Wonky Donkey, officiellement baptisé le Three-Legged Mare, un pub situé dans High Petergate. Halloran la suivait de près. Il n'y avait pas grand monde à cette heure-ci, un dimanche, et Kitt n'eut aucun mal à repérer Evie, Jazz et Heather assises autour d'une table ronde. Les deux premières étaient encore emmitouflées dans leurs manteaux mais Heather avait retiré le sien et maintenait autour de son avant-bras une serviette blanche maculée de taches rouges.

Entièrement absorbé par la blessure de Heather, le petit groupe ne remarqua pas leur arrivée. Kitt se dirigea vers elles à grandes enjambées en appelant son amie.

En l'entendant, Evie bondit de sa chaise et se jeta dans ses bras.

— Comment ça va ? Qu'est-ce qui s'est passé ? demanda Kitt en enlaçant son amie pour l'entraîner vers la table.

— On a vu le tueur, annonça Jazz en déboutonnant son duffle-coat vert.

— Vous avez vu son visage ? demanda Halloran.

Jazz secoua la tête.

— Pas complètement. Juste le bas, à partir du nez. Il portait une espèce de… de cape à capuche et une perruque, apparemment. Rousse.

Les épaules de Halloran se contractèrent.

— C'est la personne que nous avons vue devant le cimetière, à l'enterrement d'Owen, ou quelqu'un qui s'était habillé pareil, ajouta Evie.

— Il nous a suivies dans Mad Alice Lane alors qu'on allait prendre un dernier verre, expliqua Jazz.

— Mad Alice Lane, répéta Kitt en jetant un coup d'œil entendu à l'inspecteur. L'allée du Ashes to Ashes.

— Turner, grommela Halloran.

— Heather a essayé d'aller lui parler, intervint Jazz.

— Vous avez pris un risque énorme.

— C'était idiot de ma part, je sais, reconnut Heather. Je me suis dit qu'on était en position de force, à trois contre un, et que c'était l'occasion ou jamais de démasquer le tueur et d'en finir avec tout ça. Le problème, c'est qu'il avait un couteau.

— Vous avez une vilaine blessure.

— Ce n'est pas aussi grave que ça en a l'air, enfin je ne crois pas. Mais je ne suis pas médecin.

— Quand il s'en est pris à Heather, on s'est mises à courir comme des dératées, expliqua Evie. Il n'était pas là pour rigoler.

— Vous avez bien fait, approuva Halloran. Excusez-moi, je dois passer un coup de fil pour signaler l'incident.

L'inspecteur s'éloigna et Kitt se tourna vers la table. Un frisson la parcourut lorsqu'elle promena son regard sur le petit cercle d'amies.

— Ça n'est pas arrivé par hasard, déclara-t-elle.

Evie pencha la tête sur le côté.

— Qu'est-ce que tu veux dire par là ?

— Le tueur savait forcément où vous seriez ce soir. Ça ne peut pas être une simple coïncidence.

Evie avala sa salive.

— Tu veux dire que… qu'il nous épie et qu'il nous a suivies ?

— Non, ça lui prendrait trop de temps. Il est plus probable qu'il concentre son attention sur une seule personne, répondit Kitt en évitant délibérément de croiser le regard de son amie.

Il y eut un silence durant lequel Evie digéra la nouvelle.

— Ce serait moi, c'est ça ? finit-elle par demander. C'est moi qu'il espionne ?

— Ce serait logique, ma belle, déclara Heather. La victime du premier meurtre avait un lien direct avec toi.

— Mais ça doit être ennuyeux comme la pluie, de surveiller le moindre de mes faits et gestes.

— Peut-être que le tueur prend son pied en regardant les gens se faire masser, suggéra Jazz.

— Ce ne serait pas plus bizarre que le reste, au bout du compte, murmura Evie.

— La police devrait missionner un agent pour assurer ta sécurité, fit Kitt.

Evie fronça les sourcils.

— Ce serait peut-être un poil exagéré, non ?

— Disons que ça pourrait les aider à coincer le tueur. Ils le repéreraient plus facilement dans le paysage, s'ils restaient dans les parages. Quoi qu'il en soit, on ne peut pas se permettre de prendre des risques avec ce genre de psychopathe. Ça ne se termine jamais bien, crois-moi. Tu n'as jamais lu *Never Let You Go* ?

— Non, répondit Evie, et j'ai comme l'impression que ce ne serait pas la lecture la plus rassurante qui soit en ce moment…

— Tu as sans doute raison. Bien que l'histoire soit totalement différente de la tienne… sauf si tu as un ex-mari violent qui vient de s'évader de prison et dont tu aurais oublié de me parler.

Un sourire amusé flotta sur les lèvres d'Evie. Elle n'était pas dupe : elle savait que Kitt essayait tant bien que mal de lui changer les idées après cet épisode traumatisant.

— Je pense que la vérité aurait éclaté au grand jour, depuis le temps.

— Je préférais m'en assurer. Ce genre de bricoles peut facilement nous sortir de la tête, plaisanta Kitt.

— Bon, lança Halloran en les rejoignant, tous les flics de la ville recherchent activement votre agresseur et Ritchie. S'il traîne encore dans le coin avec l'intention de commettre un crime ce soir, il y a de fortes chances que nous l'attrapions. Est-ce que vous avez d'autres choses à ajouter ?

— Kitt vient de m'annoncer une nouvelle géniale, dit Evie. Selon elle, l'incident signifie sûrement que le tueur me suit à la trace. Elle aimerait savoir si je peux bénéficier d'une protection rapprochée.

— Nous n'avons pas les moyens de mettre en place ce genre de dispositif vingt-quatre heures sur vingt-quatre, sept jours sur sept, mais nous pouvons vous héberger dans un endroit sûr jusqu'à ce que les coupables soient derrière les barreaux.

— Vous voulez dire que... que je devrais rester cachée ? murmura Evie en enroulant ses bras autour d'elle.

Halloran acquiesça d'un signe de tête.

— En attendant l'arrestation des meurtriers, oui.

— Non, je ne crois pas en avoir très envie.

— Evie, intervint Jazz, prends au moins le temps d'y réfléchir. J'ai lu un paquet de romans policiers et crois-moi, tu n'imagines même pas ce dont ces gens-là sont capables.

— Je ne veux pas me cacher. Même si j'ai la trouille, je refuse de donner au tueur la satisfaction d'avoir remporté une victoire.

Un large sourire fendit le visage de Heather.

— C'est très courageux de ta part.

— En effet, renchérit Halloran. Mais si vous tenez à votre liberté, restez au moins sur vos gardes.

— Comment dois-je m'y prendre ?

— Souvenez-vous de ce que nous avions dit le jour de l'enterrement : le ou la coupable n'y avait pas assisté à visage découvert parce que cela aurait attiré l'attention. Vous connaissez cette personne mais ce n'est pas un proche à proprement parler. Vous allez devoir observer les gens qui gravitent autour de vous. Et guetter les moindres comportements suspects.

Evie dévisagea longuement Heather puis Jazz et enfin Kitt, comme si l'une d'entre elles pouvait être l'assassin. Exhalant un soupir, cette dernière secoua la tête. Son amie avait déjà subi pas mal de chocs émotionnels, ces derniers temps. Si elle devait en plus se méfier des personnes censées veiller sur elles…

— Nous ferions mieux de vous conduire aux urgences, reprit Halloran à l'adresse de Heather.

— Oh ! non. Je ne crois pas que ce soit nécessaire. Ça ne saigne presque plus. Et puis les urgences sont suffisamment débordées comme ça…

— Vous devriez tout de même montrer ça à un médecin.

— Non, je vous assure, ça va aller. L'entaille est superficielle. Ça m'a surtout choquée.

— Vous êtes sûre ?

— Sûre et certaine. Ce qui m'inquiète plus, c'est de savoir comment nous allons rentrer chez nous. Vous voulez qu'on partage un taxi ?

— Pas la peine, déclara Halloran. Ma voiture est juste au bout de la rue. Je vais toutes vous déposer là où vous voulez. Au cas où notre tueur déciderait de faire une nouvelle apparition.

Kitt s'apprêtait à protester : il n'avait pas besoin de se donner tout ce mal – il y avait peu de risques que le meurtrier tente de nouveau sa chance ce soir et elles trouveraient facilement des taxis à l'angle de Bootham Bar – mais avant même qu'elle ait eu le temps de prononcer un seul mot, un concert de remerciements s'éleva autour de la table et les trois amies confièrent à l'inspecteur leur soulagement d'être raccompagnées chez elles sous bonne escorte.

— Ne prenez pas cet air contrarié, mademoiselle Hartley, lança Halloran d'un ton blagueur. Je sais que vous rêviez secrètement de passer une soirée en tête à tête avec moi. Mais pour vous consoler, vous monterez à l'avant.

Kitt le foudroya du regard mais regretta aussitôt sa réaction en entendant Evie pouffer.

— Je suis navrée pour vous, inspecteur, riposta-t-elle le plus dignement possible. Je suppose que c'est le stress qui vous fait délirer parce que, à ma connaissance, personne dans cette salle n'aurait envie de rivaliser avec votre principal admirateur, c'est-à-dire vous-même.

D'autres gloussements fusèrent.

Halloran fit un pas vers Kitt.

— Vous sous-estimez l'amour que je me porte si vous pensez me blesser avec ce genre de remarque. Car comme tout narcissique qui se respecte, je me suffis à moi-même et aucune critique ne saurait m'atteindre.

Malgré le tour dramatique qu'avait pris la soirée, Kitt ne put s'empêcher de rire. L'arrogance était à ses yeux un défaut rédhibitoire mais l'autodérision, en revanche, avait un charme certain. Décelant une lueur amusée dans les yeux de l'inspecteur, elle rit de plus belle et savoura ces quelques instants de répit à leur juste valeur.

— OK, reprenons notre sérieux, se ressaisit-elle. Nous avons des demoiselles en détresse à raccompagner chez elles.

— Je n'avais pas oublié, dit Halloran en faisant signe au petit groupe de le suivre.

Kitt leur emboîta le pas en dernier, bien décidée à tempérer son enthousiasme. L'inspecteur allait-il lui demander de s'asseoir à l'avant une fois à la voiture ? Aurait-elle une bonne excuse pour s'asseoir à côté de lui, cuisse contre cuisse ou presque, la main du conducteur sur le levier de vitesse et les siennes sagement posées sur ses genoux, brûlant d'envie de le toucher ?

CHAPITRE 29

Halloran gara sa voiture devant la maison de Kitt et tira le frein à main. Lorsqu'il pivota sur son siège, elle s'efforça de chasser de son esprit le drôle de regard que lui avait décoché Evie au moment où ils l'avaient déposée chez elle, dix minutes plus tôt. Un regard vraiment bizarre. À en juger par la mimique qui l'accompagnait, son amie avait essayé de lui faire comprendre que Halloran allait certainement tenter une opération séduction. Kitt avait secoué la tête en agitant la main tandis qu'Evie s'enfermait chez elle. Elle commençait à en avoir assez des allusions vaseuses sur sa relation avec l'inspecteur – et encore plus maintenant qu'elle avait admis qu'il ne la laissait pas indifférente. Un constat qui, objectivement, frôlait le désastre.

Après sa rupture avec Theo, elle avait cru qu'il lui faudrait déployer des efforts surhumains pour résister au charme de certains hommes, mais avec le temps elle s'était rendu compte qu'elle n'était pas du genre à succomber facilement. Bien sûr, Halloran était différent des autres.

Ses yeux bleus chatoyaient dans le halo doré projeté par le réverbère. Son tee-shirt blanc – porter des manches courtes au mois d'octobre, comme si le froid n'avait aucun effet sur lui… – épousait les contours de son torse musclé et, plus bas, un petit bedon qui ne se voyait pas quand il était debout. Kitt s'imagina en train d'effleurer son ventre du bout des doigts. Ce serait doux et moelleux par contraste avec les bras puissants qui l'enlaceraient. S'obligeant à détourner les yeux, elle s'éclaircit la gorge.

— Il commence à se faire tard.

Halloran fit glisser son pouce et son index le long de ses sourcils.

— Oui. Je me demande parfois ce qui m'a pris d'accepter de travailler le soir.

— Vous devez le savoir, non ?

Si le radar à histoires d'amour d'Evie fonctionnait correctement, plus Kitt s'attarderait dans la voiture, plus Halloran aurait une chance de se jeter à l'eau. Cela dit, la remarque s'était échappée de sa bouche sans calcul de sa part.

L'inspecteur émit un rire grave.

— C'est pour de mauvaises raisons.

— Je ne vous crois pas.

Halloran la dévisagea fixement.

— Quand j'étais gamin, il y avait beaucoup de choses que je ne pouvais pas contrôler. Et ça ne me plaisait pas du tout.

— Comme la plupart d'entre nous, je suppose, fit remarquer Kitt.

— En choisissant de devenir flic, je savais que je devrais assumer beaucoup de responsabilités mais, en contrepartie, j'aurais l'occasion de grimper les échelons de la hiérarchie pour pouvoir mener mes propres enquêtes.

— Vous avez atteint vos objectifs, on dirait.

Un soupir fila entre ses lèvres tandis qu'il posait les deux mains sur le volant.

— Les apparences sont parfois trompeuses.

Le sourire qui étirait les lèvres de Kitt disparut.

— Que voulez-vous dire ?

— Ce que je veux dire, c'est que la vie réclame sans cesse des contreparties. Il y a un prix à payer pour tout.

— Quoi par exemple ?

Kitt était consciente de se montrer insistante mais après tout, c'était lui qui avait lancé la conversation... Elle pouvait donc assouvir sa curiosité sans scrupule.

Halloran parut réfléchir, l'air soudain grave.

— J'ai été marié.

Cette information traversa Kitt avec la force et la vitesse d'un éclair et elle retint de justesse une grimace. Pourquoi était-elle surprise ? Comment avait-elle pu croire qu'un homme pareil serait un célibataire au long cours ? Il n'était pas si jeune que ça. Ils n'avaient pas abordé la question directement mais, à en juger par sa chevelure poivre et sel, Kitt lui donnait une quarantaine d'années.

— Et donc... votre métier a eu raison de votre couple ?

— On peut dire ça comme ça, oui, fit Halloran d'une voix étrangement enrouée, comme sur le point de se briser.

Cette fois, Kitt n'osa pas insister, préférant attendre en silence qu'il changeât de sujet.

— Ma femme a été... assassinée. Il y a cinq ans.

Involontairement, Kitt porta une main à son cœur. Elle aurait aimé se rapprocher de lui, le prendre dans ses bras, mais de tels gestes auraient été déplacés dans un moment aussi chargé en émotion.

— Je ne sais pas quoi dire, avoua-t-elle. Je ne peux

même pas imaginer ce que vous avez dû ressentir. Je suis sincèrement désolée.

— C'est entièrement ma faute.

— J'ai du mal à le croire.

— C'est mon impression, en tout cas, commenta Halloran d'une voix entrecoupée. Elle est morte… à cause d'une affaire sur laquelle j'enquêtais. L'homme qui l'a tuée était le suspect principal dans une affaire de meurtres en série. Je n'ai pas eu le temps de rassembler suffisamment de preuves pour l'arrêter à temps.

— Ce n'est pas pour ça que vous êtes responsable de la mort de votre femme, assura Kitt. Le coupable, c'est l'homme qui a commis ce crime affreux. Vous le savez.

— Je le sais, oui, mais une part de moi refuse de l'accepter. Je n'en parle pas, d'habitude… mais je voulais que vous compreniez pourquoi je vous avais embarquées, vous et Evie, dès que nous avons eu en notre possession ce que nous pensions être des preuves de votre implication.

Kitt sourit timidement.

— Je savais que vous ne faisiez que votre boulot.

— Peut-être, mais vous n'avez pas du tout apprécié notre manière de procéder.

— J'aimerais pouvoir dire le contraire… Quels que soient vos arguments, je ne suis pas sûre en effet d'apprécier le fait que vous ayez lu mon journal intime.

— Maintenant que vous connaissez mon histoire, vous comprendrez peut-être mieux pourquoi j'ai fait ça.

— Est-ce que vous… vous l'avez vraiment lu entièrement ?

— J'ai été obligé, oui.

— Même les… enfin, vous savez… les passages érotiques ?

— C'est ce que je sous-entendais en confirmant avoir tout lu.

— Je vois. Bon… Si vous croyez que je regrette d'avoir écrit ça, vous vous trompez. Et ne me lancez surtout pas sur le sujet des injustices subies par les femmes qu'on accuse notamment d'être à la fois trop prudes et trop provocantes en ce qui concerne le sexe.

Halloran la considéra un instant, le front barré d'un pli.

— Permettez-moi de déclarer officiellement que je ne critique absolument rien de ce que j'ai lu dans les pages de votre journal intime et que je soutiens complètement les femmes qui aiment le sexe, quelle que soit leur manière d'en profiter.

Kitt sentit ses joues s'enflammer et remercia la pénombre qui régnait dans la voiture. Un instant tentée de baisser la tête pour échapper au regard de Halloran, elle s'obligea au contraire à le soutenir sans ciller, par pur esprit de bravade. Comment la conversation avait-elle pu déraper à ce point ? Elle se rappela soudain l'invitation de Theo sur Facebook et, de fil en aiguille, combien il était facile de se laisser entraîner par sa propre curiosité sur des terrains dangereux et déstabilisants.

— Il se fait vraiment tard, maintenant. Je ferais mieux de vous souhaiter une bonne nuit.

— Oh, je suis curieux de voir comment une fille de Middlesbrough dit bonne nuit.

Kitt détacha sa ceinture de sécurité, bien décidée à ne pas laisser l'inspecteur tirer profit de la conversation intime qu'ils venaient d'avoir.

— On dit souvent : « Bonne nuit, faites de beaux rêves. »

Elle ouvrit la portière, sortit de la voiture et se pencha à l'intérieur pour récupérer son sac.

— Kitt, murmura Halloran en posant une main sur son bras.

Elle haussa des sourcils interrogateurs mais resta silencieuse.

— En lisant votre journal, j'ai appris que vous aviez beaucoup souffert à cause de Theo.

Kitt sentit les muscles de son corps se relâcher et elle secoua la tête, ne sachant que dire.

— Si vous voulez, je peux lui mener la vie dure, reprit l'inspecteur.

— Mais non, je ne veux surtout pas que vous... Qu'est-ce que vous feriez, au juste ?

Halloran frotta sa barbe et, une fois de plus, Kitt eut très envie de faire pareil.

— Quand cette enquête sera terminée, je peux me pencher sur ses déclarations d'impôt, par exemple.

Incapable de se retenir, Kitt éclata de rire. Halloran se joignit à elle avant de recouvrer son sérieux.

— C'est si drôle que ça, vous trouvez ?

— Oui, vraiment : punir un type qui s'est conduit comme un goujat en fouinant dans ses déclarations fiscales... J'ai l'impression que Theo est l'Al Capone des cœurs brisés !

Il rit de nouveau, d'un rire sonore et grave qui emplit l'habitacle.

— Sachez que ma proposition tiendra toujours si vous changez d'avis. J'étais sérieux quand je disais que tout a un prix, dans la vie. Y compris l'amour. Mais qui serait prêt à renoncer à vivre une belle histoire dans le seul but d'éviter de souffrir en cas de rupture ? Personne, si vous voulez mon avis.

Kitt approuva d'un petit hochement de tête.

— Vous avez raison, et c'est bien embêtant.

— J'espère seulement qu'un jour vous pourrez vous ouvrir à quelqu'un aussi spontanément que vous le faites lorsque vous écrivez dans votre journal, ajouta Halloran. Parce que vous avez beaucoup de choses à donner.

Kitt baissa les yeux.

— Je ne sais pas si j'en serai capable.

— Si vous n'êtes pas certaine d'en être incapable, c'est qu'il y a de l'espoir, répliqua l'inspecteur.

Un sourire aux lèvres, Kitt referma doucement la portière et glissa la main dans son sac à la recherche de son trousseau de clés. Quelques instants plus tard, elle s'immobilisa sur le perron de sa maison plongée dans le noir où personne, à l'exception d'un félin pas très accueillant, ne l'attendait.

Si elle n'avait pas envie de se retrouver seule, elle n'avait qu'une chose à faire : se retourner et inviter Malcolm Halloran à venir prendre un dernier verre. Il avait démarré la voiture mais ne faisait pas mine de vouloir partir, probablement désireux de s'assurer qu'elle rentrait chez elle sans encombre. Lui aussi savait ce que c'était de retrouver une maison vide tous les soirs. Elle pourrait faire volte-face, lui décocher un sourire aguicheur et lui faire signe de la rejoindre d'un geste sensuel, comme les héroïnes audacieuses et décomplexées des romans qu'elle aimait lire. Si elle avait eu leur courage, elle aurait déjà savouré le poids du corps de Halloran sur le sien, senti ses mains lui emprisonner les poignets. Elle saurait quel genre d'homme il était, une fois libéré de ses fonctions de représentant de l'ordre public. Mais Kitt n'était ni audacieuse ni courageuse – en tout cas pas sur le terrain amoureux. Et elle ignorait comment s'y prendre pour changer. Elle fit donc ce qui lui paraissait le plus raisonnable : elle tourna la clé dans la serrure, alluma le salon et verrouilla la porte sans regarder le beau visage de celui qui, si elle avait eu un peu de cran, aurait pu se réveiller dans son lit le lendemain.

CHAPITRE 30

— OK, c'est bon, lança Grace. Je déclare terminée ce qui fut probablement la journée la plus barbante de toute l'histoire de l'humanité.

— Ça a un peu traîné en longueur aujourd'hui, concéda Kitt en espérant que sa voix ne trahirait pas sa déception.

La bibliothécaire n'avait pas reçu la moindre nouvelle de Halloran depuis qu'ils s'étaient quittés la veille au soir. Pourtant, elle avait cru – et un peu espéré – qu'il lui enverrait un signe quelconque, après les confidences qu'il lui avait faites. Elle se serait même contentée d'une photo d'Al Capone dans sa boîte mail, en guise de clin d'œil. Mais il était 20 heures et Scarface n'avait toujours pas montré le bout de son nez dans sa messagerie. Au fond, ce n'était pas si étonnant. Malcolm Halloran était en train de résoudre une affaire de meurtres en série. Il avait à l'évidence d'autres priorités.

— La bonne nouvelle, c'est qu'on n'a reçu aucun appel nous signalant la découverte d'un nouveau cadavre, reprit-elle d'un ton faussement enjoué. C'est déjà bien, non ?

— Oui, c'est vrai. Je préfère me passer de ce genre de rebondissement. Tiens, regarde qui voilà. On dirait que l'homme-chou a senti qu'on s'apprêtait à mourir d'ennui.

Pour la première fois en une demi-heure, Kitt leva les yeux de son écran d'ordinateur et repéra aussitôt entre les rayonnages la silhouette en anorak vert forêt, désormais familière.

— Seigneur Dieu, derrière quel ouvrage féministe a-t-il choisi de se cacher, aujourd'hui ?

— *Quand la beauté fait mal,* je crois.

— Je ne comprends pas à quoi joue ce type, fit Kitt en secouant la tête.

Elle se tut et réfléchit. Plusieurs pièces d'un puzzle incomplet commencèrent doucement à s'assembler.

— Halloran nous a demandé d'ouvrir l'œil, déclara-t-elle d'une voix atone, comme si les mots étaient sortis de sa bouche tout seuls.

— Kitt ? Tu te sens bien ? demanda Grace.

Kitt rencontra le regard perplexe de son assistante.

— Halloran a dit que le tueur faisait probablement partie de notre paysage quotidien. Pas un proche, mais plutôt quelqu'un qui évoluait autour de nous. Il nous a conseillé de rester sur nos gardes, de repérer toutes les personnes dont le comportement nous paraîtrait louche.

Grace fronça les sourcils.

— OK...

Jetant un coup d'œil à l'homme-chou, son visage s'éclaira.

— Tu ne penses quand même pas que... Lui, l'homme-chou ?

— J'ai fait sa connaissance le jour où la police nous a rendu visite pour la première fois.

— Ouais, je m'en souviens bien. Tu avais la gueule de bois. Je n'ai pas oublié ton humeur de chien de ce fameux lundi.

— Depuis ce jour-là, il n'arrête pas de...

— Traîner ici en douce, compléta Grace.

— Je n'aurais pas dit mieux. Comme s'il nous épiait.

— Mais il ne connaît pas Evie, si ?

— Il n'a pas besoin de la connaître. Il a très bien pu la suivre et, de fil en aiguille, remonter jusqu'à moi.

— Mais pourquoi est-ce qu'il l'aurait suivie ?

— Les esprits tourmentés n'ont pas besoin de raisons particulières pour passer à l'acte. Tu as lu *Le Parfum* ?

Grace posa une main sur sa hanche.

— Disons que ce roman ne figure pas en haut de la liste de tous les titres que tu m'as conseillés depuis la semaine dernière.

— Dans ce livre, le tueur suit et tue sa première victime juste parce qu'il aime son odeur.

— Voilà une bonne raison de ne pas se doucher tous les jours, plaisanta Grace. Mais l'homme-chou, là-dedans ?

— Il n'y a qu'un seul moyen de savoir s'il a quelque chose à cacher, répondit Kitt en se levant de sa chaise et en lissant les plis de sa jupe bleu marine.

— Qu'est-ce que tu vas faire ?

Kitt considéra son assistante. À la vérité, elle ne savait pas trop quoi répondre… ce qui ne l'empêcha pas de se diriger d'un pas décidé vers l'homme-chou. Arrivée derrière lui, elle attira son attention en lui donnant une légère tape sur l'épaule. Il se retourna. Ses yeux bruns s'arrondirent de surprise.

— Bonjour, puis-je vous aider à trouver quelque chose ? Je crois vous avoir dit l'autre jour que nous n'avions aucun exemplaire de *Tess d'Urberville* à cet étage.

— Je sais, je sais, bredouilla l'homme. C'est que je… euh…

— Ma collègue et moi-même avons noté que vous étiez venu pas mal de fois ici, depuis la semaine dernière.

Bien joué, se félicita intérieurement Kitt. C'était plutôt futé de sa part de lui faire comprendre qu'elle n'était pas la seule à avoir remarqué son petit manège.

— Je ne savais pas que lire des livres dans une bibliothèque était un acte répréhensible, riposta l'homme-chou.

— Ça ne l'est pas, vous avez raison. Ce qui nous semble bizarre, en revanche, ce sont les regards furtifs que vous n'arrêtez pas de nous couler entre deux pages. Pourriez-vous nous en expliquer la raison ?

L'homme-chou reposa le livre de Naomi Wolf sur l'étagère la plus proche.

— Je n'ai pas à me justifier.

Sans un mot de plus, il la bouscula légèrement pour pouvoir s'éclipser.

— Hé, une minute ! lança Kitt.

Si elle faisait fausse route, elle serait sûrement renvoyée, mais en attendant, elle ne pouvait pas se permettre de laisser l'hypothétique tueur lui échapper. Tueur ou complice, peu importait.

— Je dirige cet étage de la bibliothèque et, à ce titre, j'ai le droit de savoir s'il se trame quelque chose de louche sur mon lieu de travail.

— De louche ? répéta l'homme-chou en sautillant d'un pied sur l'autre. De louche ? Euh, je peux savoir de quoi vous m'accusez ?

— Je ne vous accuse de rien, répondit Kitt en s'efforçant de garder son calme. J'aimerais simplement que vous m'expliquiez pourquoi vous passez votre temps à nous observer du coin de l'œil, ma collègue et moi-même, et ce depuis une semaine. Votre comportement nous inquiète et je serai dans l'obligation de le signaler si vous refusez de nous fournir des explications.

— Je ne vous observe pas.

— C'est pourtant l'impression que nous avons, toutes les deux.

Après avoir regardé Kitt puis Grace, il soupira bruyamment.

— OK, c'est vrai : je viens souvent à cet étage.

— Et vous nous regardez.

— Oui, mais pas pour les raisons que vous imaginez.

— Quelles sont ces raisons, à votre avis ?

— Je ne sais pas, mais vous avez l'air d'avoir peur alors qu'il n'y a pas de quoi s'inquiéter.

— Je ne suis pas d'accord avec vous, désolée, objecta Kitt.

— Vous tenez vraiment à savoir pourquoi je vous observe en douce ? J'essaie de trouver le courage de venir vous présenter mes excuses, voilà.

Kitt croisa les bras.

— Vos excuses ?

— J'ai réfléchi à ce que vous m'avez dit, la première fois que nous nous sommes vus. À propos de ces voix différentes de la mienne.

— Ah oui ?

— Oui. Et j'ai décidé de lire quelques livres de ce département pour essayer de comprendre à quoi vous faisiez allusion. Que les choses soient claires, attention : au début, je voulais surtout affûter mes arguments… pour démontrer qu'un département réservé aux études féminines était purement inutile. Mais…

Kitt jeta un coup d'œil en direction de son assistante avant de reporter son attention sur le jeune homme.

— D'après ce que j'ai lu, j'ai eu tort de me montrer condescendant. J'avais l'intention de vous présenter mes excuses mais j'étais trop gêné.

Kitt fronça les sourcils. Le type semblait sincère, mais

comment un tel revirement était-il possible ? S'il y avait une faille, elle devait la trouver rapidement. Le comportement de l'homme-chou était trop bizarre pour que la réponse fût aussi simple.

— Si vous vous sentiez aussi gêné, pourquoi avez-vous continué à venir ici régulièrement ? Vous auriez très bien pu acheter les ouvrages qui vous intéressaient pour les lire tranquillement chez vous, il me semble ?

— Ces bouquins coûtent une fortune, vous êtes bien placée pour le savoir, non ?

— Les ouvrages académiques ne sont pas donnés, je vous l'accorde. Alors, c'est tout ?

— C'est tout, oui. Je suis désolé. Voilà.

Depuis qu'elle exerçait le métier de bibliothécaire, c'était la première fois qu'un étudiant qui lui avait manqué de respect venait lui présenter des excuses. Bon, d'accord, il avait d'abord essayé d'imposer ses préjugés absurdes, mais face à son échec il avait décidé de se documenter sur la question et avait même eu l'intention de faire amende honorable. Peu de gens auraient suivi le même cheminement dans pareilles circonstances. Kitt n'avait plus qu'une seule chose à faire : l'encourager à poursuivre sur cette voie.

— L'écriture de Naomi Wolf vous plaît ?

— Disons que c'est... éclairant.

Kitt récupéra le livre qu'il avait remis à sa place une minute plus tôt.

— Alors empruntez-le, il est fait pour ça. Vous avez votre carte de bibliothèque ?

L'homme sourit avant de lui emboîter le pas jusqu'au bureau.

— Enchantée de faire votre connaissance... Vincent Clarke, reprit Kitt en lisant le nom inscrit sur la carte qu'il lui tendait.

Elle scanna le code-barres puis celui apposé à l'intérieur du livre.

— Je m'appelle Kitt et voici Grace. Si vous avez des questions, n'hésitez pas à venir nous voir : nous serons ravies de pouvoir vous aider.

Grace sourit à Vincent qui les regarda à tour de rôle, les yeux brillants.

— Merci.

— Tout le plaisir est pour moi, assura Kitt.

Sur ce, Vincent se dirigea vers l'escalier en colimaçon en brandissant le livre – probablement pour la remercier encore.

Dès qu'il fut hors de vue, Grace éclata de rire. Kitt lui jeta un regard interrogateur.

— C'était complètement dingue, hoqueta Grace.

— Je ne vois pas pourquoi.

— Tu plaisantes ou quoi ?

Vive comme l'éclair, Grace attrapa le chapeau de Kitt qui traînait sur son bureau et le posa sur sa tête. Elle se redressa puis tendit le bras, l'index pointé sur un point invisible à sa gauche.

— Votre petit manège n'a que trop duré, espèce d'assassin !

Puis, bondissant de l'autre côté et fixant du regard l'endroit où elle se trouvait encore une seconde auparavant, elle leva les bras en signe de reddition.

— Désolé, mademoiselle, j'avais juste envie de me familiariser avec la littérature féministe.

Reprenant sa place initiale d'un nouveau bond sur le côté, elle remit le chapeau, tendit le bras et s'exclama :

— Consulter la littérature féministe dans le département des études féminines ? Oui, c'est plausible.

— Grace ! gronda Kitt dans l'espoir de mettre un

terme à ce sketch improvisé. Ça ne s'est pas du tout passé comme ça.

— Peut-être, mais c'est comme ça que j'ai envie de raconter la scène.

— Il est l'heure pour toi de partir, non ?

— Oui, et merci encore, Kitt : je savais que je pouvais compter sur toi pour mettre un peu de piment dans une journée monotone comme celle-ci.

— File et sois prudente, fit Kitt tandis que son assistante enfilait son manteau et ramassait son sac à dos.

Grace porta deux doigts à sa tempe pour esquisser le salut militaire plein d'insolence qu'elle réservait à sa supérieure, puis s'éloigna en direction de l'escalier.

Dès que Kitt eut l'assurance qu'elle ne reviendrait pas sur ses pas, elle extirpa son téléphone de sa besace. Elle ne le consulterait plus avant d'être rentrée, se promit-elle, mais elle voulait y jeter un rapide coup d'œil avant de se mettre en route. Juste au cas où.

Aucun message en attente dans sa boîte de réception.

Quelque chose ne tournait pas rond. Ce n'était pas tant le fait de ne pas avoir reçu de nouvelles de Halloran, même s'il s'était manifesté tous les jours depuis qu'elle avait accepté de l'aider à mener l'enquête. Non, ce qui l'inquiétait davantage, c'était le silence d'Evie. Son amie se remettait encore de son passage en garde à vue quelques jours plus tôt, d'accord, mais dans des circonstances normales, il se passait rarement une matinée ou un après-midi sans qu'un texto d'Evelyn Bowes vienne l'informer de ses dernières tribulations. Qu'elle n'ait même pas cherché à savoir comment s'était terminée la soirée avec Malcolm Halloran relevait résolument de l'incompréhensible.

Aucune nouvelle de l'inspecteur. Aucune nouvelle d'Evie.

La dernière fois qu'Evie s'était montrée aussi silencieuse remontait au lundi où elle avait appris le meurtre d'Owen. Ce fameux matin où Halloran et Banks avaient débarqué à la bibliothèque pour interroger Kitt. Une semaine s'était écoulée, jour pour jour. Une sensation de nausée lui retourna l'estomac. Les enquêteurs avaient-ils reçu d'autres preuves démontrant l'implication d'Evie, comme celle-ci le redoutait ? Si c'était le cas, l'inspecteur Halloran la tiendrait-il informée ? Et s'il la manipulait depuis le début ? S'il l'utilisait dans le seul but d'obtenir des informations sur Evie ? Il lui avait fait comprendre qu'elle ne le laissait pas indifférent, mais après tout, tout cela n'était peut-être qu'une mascarade. Car franchement, et en toute objectivité, qu'est-ce qu'un homme comme Malcolm Halloran pouvait bien lui trouver ? Elle n'avait certes pas un physique désagréable, mais elle était plutôt du genre glaciale, voire légèrement rigide. Plus elle y réfléchissait et plus l'évidence lui sautait aux yeux : les avances de l'inspecteur n'étaient qu'une farce.

La veille au soir, il lui avait délibérément révélé des choses très intimes. L'histoire tragique de sa femme assassinée par un tueur en série n'était en fait qu'un tissu de mensonges destiné à l'amadouer pour lui tirer plus facilement les vers du nez. L'hypothèse selon laquelle il avait réussi à convoquer Evie pour un nouvel interrogatoire expliquerait le silence radio de l'une et de l'autre.

Plissant les yeux, Kitt chercha le numéro de l'inspecteur dans sa liste de contacts. Elle s'apprêtait à appuyer sur « appeler » lorsqu'elle entendit la dernière chose qu'elle aurait imaginé entendre un jour :

— Salut, Kitt Kat…

Impossible que cette voix grave fasse partie de sa réalité. Im-po-ssible. Son corps tout entier se raidit tandis qu'elle pivotait sur ses talons.

— Theo ?

CHAPITRE 31

Elle était encore en plein rêve – ou en pleine rêverie, Kitt ne savait plus trop où elle en était, à dire vrai. Mais oui, c'était forcément ça : elle rêvait une fois de plus à tout ce qu'elle dirait à Theo s'il se matérialisait devant elle.

Le mirage portait des lunettes, une longue veste en daim marron et un pantalon couleur mastic. Une besace en cuir, probablement bourrée de livres, pendait à son épaule. Comme Kitt, il était passionné de lecture et préférait le contact du papier. Il fit un pas en direction du bureau. Kitt battit rapidement des cils. Une fois. Puis une autre. Le mirage refusa de s'effacer.

Les yeux arrondis par la surprise, elle ouvrit la bouche pour parler mais aucun son n'en sortit. Étrange. Dans tous ses autres rêves, une réplique à la fois acerbe et pleine d'esprit s'échappait de ses lèvres. Le genre de bon mot que la mégère sortirait dans un film noir des années 1940, lorsque le grand amour de sa vie reviendrait vers elle en rampant après l'avoir lâchement abandonnée.

— Désolé de passer à l'improviste, reprit Theo tandis que Kitt suivait les mouvements de ces lèvres qu'elle avait un jour trouvées si douces et adoré embrasser. Et à cette heure-ci, qui plus est, poursuivit-il. Heureusement, quelqu'un à l'accueil m'a dit que tu travaillais tard, aujourd'hui.

Passer à l'improviste ? C'était donc ainsi que ça s'appelait, faire irruption dans la vie de quelqu'un après une absence de dix ans ? Kitt resta muette. Elle ne se sentait pas la force de parler. Et puis, si elle le faisait, cela confirmerait que Theo se trouvait bel et bien là, devant elle.

— Bah, dis quelque chose, Kitt Kat. Je te donne même l'autorisation de te moquer de mon look, plaisanta Theo.

Kitt parcourut du regard la salle de la bibliothèque. Il n'y avait plus personne, à cette heure-ci. S'il s'agissait vraiment d'une hallucination, peut-être était-il préférable de jouer le jeu. Cela pourrait même avoir une fonction cathartique.

Avec une lenteur délibérée, elle se leva de sa chaise, déglutit et contourna le bureau pour s'approcher de l'endroit où se tenait l'hologramme de Theo. Elle plongea dans son regard noisette, chercha désespérément ses mots mais n'en trouva aucun, comme s'ils avaient tous été dévorés par ce feu intérieur qu'elle n'avait jamais réussi à éteindre.

Avec des gestes d'automate, Kitt leva la main et lui asséna une gifle sur la joue gauche. Le contact brutal entre sa paume et une peau, des os bien réels, la fit bondir en arrière.

— Oh mon Dieu ! s'écria-t-elle en portant la main à sa bouche et en secouant la tête.

Theo laissa échapper un grognement et recula d'un pas, craignant visiblement de recevoir une autre gifle. Au bout de quelques instants, il frotta sa joue empourprée, dardant sur Kitt un œil noir.

— Tu es…, balbutia cette dernière. Je ne pensais pas que tu étais… Je ne voulais pas te gifler, je suis…

Elle se tut brusquement. Elle avait failli lui dire qu'elle était désolée, mais aucun mot d'excuse ne franchirait le barrage de ses lèvres. Ils auraient en tout cas cruellement manqué de sincérité.

Le regard de Theo commença à s'adoucir tandis qu'un sourire de petit garçon espiègle étirait ses lèvres.

— Si tu réagis comme ça chaque fois que tu es étonnée, je suis bien content de n'avoir jamais organisé de fête surprise pour ton anniversaire.

Une infime part d'elle-même aurait voulu sourire à la blague de Theo, lui répondre sur le même ton enjoué, mais les flammes qu'elle connaissait bien embrasaient sa poitrine et les larmes qui menaçaient d'envahir ses yeux ne suffiraient pas à étouffer l'incendie. Il essayait de dédramatiser la situation, de prendre les choses à la légère, comme il l'avait toujours fait à l'époque où ils étaient ensemble. Pour être franche, c'était aussi ce trait de caractère qui l'avait séduite : il la faisait rire et elle adorait son humour. Tant d'autres couples autour d'eux semblaient déjà aigris. On aurait pu dire bien des choses sur Kitt et Theo en 2008, mais certainement pas qu'ils ne savaient pas s'amuser.

À cet instant précis cependant, Kitt n'avait pas envie de rire avec Theo le boute-en-train. Il n'y avait rien de drôle à débarquer ici comme une fleur et, à cette pensée, elle retrouva sa langue.

— Qu'est-ce que tu fiches ici ?

Elle n'avait pas de temps à perdre en plaisanteries absurdes, autant le prévenir tout de suite. Les affaires de meurtre et tout ce qui se passait autour de l'enquête l'accaparaient suffisamment comme ça.

— J'avais envie de te voir. Enfin, je voulais savoir si tu allais bien, répondit Theo.

Il avait gardé les yeux fixés au sol mais en terminant sa phrase, il les releva pour les plonger dans ceux de Kitt.

— C'est bizarre que tu aies subitement envie de savoir ce que je deviens, après dix ans de silence total, rétorqua-t-elle sèchement.

— Je t'en prie, Kitt, ne sois pas comme ça. Je t'ai aperçue à la télé, aux infos... Au sujet de ce meurtre, tu sais... Et quand j'ai vu que tu avais consulté mon profil Facebook, je me suis dit que tu voulais me contacter mais que tu n'osais peut-être pas.

Kitt secoua la tête.

— Eh bien, tu avais tort. Je n'ai jamais eu l'intention de te contacter.

— OK. Qu'est-ce qui t'a poussée à faire ça, alors ?

— Je... je n'en sais rien. Je voulais vérifier que tu étais encore en vie, je suppose.

— Désolé de te décevoir sur ce point, railla Theo.

Un sourire malicieux effleura le coin de ses lèvres mais le regard furibond de Kitt l'effaça instantanément.

— Maintenant que tu as constaté que j'allais bien, tu peux partir, déclara-t-elle.

— Quoi ? C'est tout ?

— Parce que tu t'attendais à quoi ?

— Je ne sais pas, je...

Theo s'interrompit pour passer une main dans ses cheveux bruns coupés court.

— Je me disais qu'on pourrait aller boire un verre ensemble, par exemple.

— Boire un verre ? répéta Kitt. Pourquoi on ferait ça ? On n'est pas amis, toi et moi. On ne se connaît pas.

— Je sais que tu ne penses pas ce que tu dis.

Kitt croisa les bras sur sa poitrine sans répondre.

— Tu sais, reprit-il en faisant un pas vers elle, je n'ai jamais cessé de penser à toi.

— Oh non, s'il te plaît, épargne-moi ça ! Si c'est vrai, qu'est-ce qui t'a empêché de prendre contact avec moi ?

— Bah, je pensais que tu n'aurais pas envie de me revoir après…

— Après ta disparition inexpliquée ?

— Oui, admit Theo. Mais j'ai pensé à toi, Kitt… Énormément, je t'assure, et je regrette tellement que ça se soit passé comme ça. Je suis sérieux.

Kitt esquissa un sourire. Theo ne la connaissait plus assez bien pour percevoir le danger contenu dans ce rictus.

— Moi aussi, j'ai souvent pensé à toi, susurra-t-elle.

— C'est vrai ?

— Oh oui… Je me suis souvent demandé pour quelle raison un homme ferait ce genre de chose à la femme qui l'aime. Pourquoi ? Voilà ce que je me suis demandé, encore et encore et encore.

Theo exhala un soupir.

— Tu as raison : je te dois une explication.

— Tu me *dois* une explication ? répéta Kitt en haussant la voix. Il ne s'agit pas de ce que tu me dois ou pas, Theo. Il s'agit de ce que je mérite. Et je ne méritais pas ce que tu m'as fait.

Même si j'ai cru le contraire bien longtemps, ajouta-t-elle in petto. Car c'était sa faute à lui. Il lui avait fait croire qu'elle n'était pas…

— Je sais, Kitt, et je suis désolé, crois-moi. C'était… impardonnable de ma part, de rompre de cette manière. J'étais jeune, j'étais idiot et j'ai eu la trouille. Voilà la vérité. Tu étais tellement passionnée, Kitt… Je n'ai pas su gérer. Ça fait dix ans que j'essaie d'oublier ce qu'on a vécu tous les deux. Mais quand je t'ai vue à la télé, l'autre jour, quand j'ai vu la femme que tu étais devenue, j'ai eu le choc de ma vie. Personne ne m'a jamais aimé comme toi et qu'il soit trop tard ou pas, je voulais te dire que je regrette de t'avoir quittée.

Kitt songea un instant à lui balancer une autre gifle. Pas tant parce que cela l'aurait soulagée mais surtout parce qu'elle n'en croyait pas ses oreilles. Six mois, un an, bon sang : trois ans même après la disparition de Theo, elle aurait bu ses paroles comme du petit-lait, trop heureuse de l'avoir enfin retrouvé. Mais en l'entendant dix ans plus tard, une pensée lui lacéra le ventre, aussi douloureuse qu'un coup de couteau : ses excuses arrivaient trop tard, elle n'en voulait plus. L'amour qu'elle lui portait à l'époque s'était évaporé depuis belle lurette. Si elle n'avait pas voulu s'engager dans d'autres relations depuis, ce n'était pas parce qu'elle l'aimait encore – pas du tout. Non, si elle était restée célibataire c'était pour se protéger, car elle n'avait aucune envie de souffrir encore.

Plantant son regard dans celui de Theo, Kitt se mit à parler d'une voix sourde, étonnamment posée.

— Est-ce que tu sais seulement ce que j'ai ressenti quand tu as disparu du jour au lendemain, sans prévenir ?

— Kitt Kat…

— Arrête de m'appeler comme ça. Ce n'est pas mon prénom.

Le silence enfla entre eux. La tristesse qu'elle lut dans les yeux de Theo la secoua plus qu'elle ne l'aurait imaginé, mais il devait assumer les conséquences de ses actes. On ne jouait pas impunément avec les sentiments des autres.

— Merci d'être venu, ajouta-t-elle. Merci de m'avoir

donné l'occasion de dire ce que j'avais envie de dire depuis dix ans… Adieu, Theo.

Elle le regarda baisser la tête puis la relever. Finalement, au bout de dix longues années, il réussit à la regarder droit dans les yeux et prononça les paroles qu'il aurait dû lui dire à l'époque :

— Au revoir, Kitt. Si jamais tu… enfin… Je ne suis pas loin si tu as besoin de moi.

Kitt retint son souffle et sentit tous les muscles de son corps se raidir. Theo tourna les talons puis se dirigea vers l'escalier. Elle le suivit du regard et aperçut soudain Malcolm Halloran. Les deux hommes se croisèrent sans s'adresser la parole, se contentant de se toiser mutuellement. Depuis combien de temps l'inspecteur était-il là ? Au fond, quelle importance ? Cette conversation avec Theo ne le regardait pas et elle s'efforça de se comporter le plus naturellement possible en le voyant approcher.

— Inspecteur Halloran, qu'est-ce qui vous amène ici à cette heure tardive ?

— J'ai essayé de vous appeler mais vous n'avez pas répondu.

Kitt jeta un coup d'œil en direction de l'escalier. La tête de Theo disparut de son champ de vision et elle sut que c'était la dernière image qu'elle garderait de lui.

— Kitt ? insista Halloran.

— Oh, je mets mon téléphone sur vibreur quand je suis au travail. Mais j'ai terminé. Je range mes affaires et c'est bon.

En réalité, elle n'était pas censée partir avant une demi-heure, mais elle éprouvait le besoin pressant de rentrer chez elle, d'enfouir la tête dans son oreiller et de hurler de toutes ses forces. Elle rattraperait la demi-heure escamotée le lendemain soir – avec un peu de chance, un ex-amoureux ne débarquerait pas sans crier gare pour la supplier de le reprendre.

— Très bien. Je voulais vous annoncer que nous avions fait une découverte majeure dans le cadre de l'enquête, expliqua Halloran sans cacher sa satisfaction.

— Vraiment ? fit Kitt d'un ton faussement intéressé en jetant pêle-mêle son carnet, son stylo et ses clés dans son sac.

Elle était curieuse de savoir de quoi il s'agissait, bien sûr, mais le feu qui crépitait dans sa poitrine tenait davantage du magma en fusion, à présent, et elle devait à tout prix s'isoler quelque part avant l'inéluctable éruption.

— Oui, fit Halloran en modérant son entrain après cette réponse évasive. En fait, je crois que nous tenons notre coupable.

Kitt était en train d'enfiler son manteau lorsque les paroles de l'inspecteur la frappèrent. Elle suspendit son geste, chercha son regard. Puis elle s'apprêta à formuler une remarque à la fois sincère et pertinente mais, pour une raison qui lui échappa, les mots se transformèrent dans sa bouche.

— Ah oui ? Et c'est qui, aujourd'hui ? Si vous croyez de nouveau que c'est moi et que vous êtes venu m'arrêter, autant vous prévenir tout de suite : je risque de m'énerver.

Halloran inclina la tête et la dévisagea d'un air perplexe. Inutile d'être inspecteur de police pour percevoir que quelque chose clochait.

— Vous avez la dent dure, dites donc. Il y a un problème ?

— Tout va très bien, merci, mentit Kitt en attrapant sa besace avant d'éteindre son ordinateur.

Elle sentit un flot de larmes picoter ses paupières et déglutit péniblement pour tenter de les ravaler.

— Excusez-moi, mais j'ai très envie de rentrer chez moi.

— Je vous raccompagne, si vous voulez, proposa Halloran.

— Je préfère rentrer à pied, merci.

Elle avait besoin de sentir l'air froid dans ses poumons brûlants. Besoin de faire le vide dans sa tête, d'écouter le ruissellement mélodieux de la rivière. C'était la seule manière d'éteindre le feu qui la consumait.

— Je n'aime pas beaucoup vous savoir dehors à cette heure-ci alors qu'un meurtrier est toujours en cavale, objecta Halloran.

— Bah, je croyais que vous l'aviez attrapé, rétorqua Kitt en dévalant les marches de l'escalier, Halloran sur les talons.

Les rayonnages garnis de livres défilèrent en périphérie de son champ de vision. Quelques instants plus tard, ils franchissaient ensemble les grandes portes en chêne du hall d'entrée.

— On en a coincé un, en effet, déclara l'inspecteur. Mais on le soupçonne d'avoir agi avec l'aide d'un complice, vous vous souvenez ?

Comme Kitt ne répondait rien, Halloran allongea le pas pour rester à sa hauteur tandis qu'elle trottinait en direction du pont de Skeldergate.

— Vous n'avez pas envie de savoir qui c'est ?

— Si, bien sûr. Désolée, il fallait absolument que je sorte de là au plus vite, expliqua Kitt en tirant légèrement sur l'écharpe qui protégeait son cou.

Elle n'aurait jamais dû cliquer sur le lien Facebook. Jamais dû rouvrir cette porte. Après tous les efforts qu'elle avait faits pour rayer Theo de sa vie, comment avait-elle pu être assez bête pour tout fiche en l'air d'un simple clic de souris ?

— Nous avons trouvé des traces de diazépam et d'autres substances qui ont servi à empoisonner Owen Hall dans le vestiaire de Ritchie Turner, annonça Halloran.

Sa curiosité piquée, Kitt jeta un coup d'œil à l'inspecteur et fronça les sourcils.

— Alors c'était lui. Pourtant, il avait un alibi pour le premier meurtre.

— En effet, il travaillait. Et où avons-nous retrouvé ces preuves ? Sur son lieu de travail, justement. Il y a donc de fortes chances pour que son ou sa complice travaille au même endroit.

— Oh, fit Kitt.

— Je pensais que vous seriez contente d'apprendre que nous sommes sur le point de résoudre l'affaire, lança Halloran en l'observant d'un air intrigué.

— Évidemment que je suis contente.

Elle marqua une pause avant de demander :

— Il est passé aux aveux ?

— Non. Mais, d'après mon expérience, les preuves ne mentent pas alors que les personnes soupçonnées de meurtre, si. Surtout lorsqu'elles viennent d'être arrêtées.

— Mmm.

— Désolé, je ne parle pas encore couramment la langue des bibliothécaires. Vous allez être obligée de me traduire ce « mmm ».

Kitt eut envie de sourire mais ses lèvres refusèrent de lui obéir.

— C'est juste que… Est-ce que nous connaissons le mobile de Ritchie ?

— On y travaille encore, admit Halloran. Mais il

n'a pas l'air très sensible ni très respectueux envers les femmes en général. Disons que ça pourrait être une piste.

— Ça pourrait, oui. Comme j'aimerais qu'il soit le seul homme à correspondre à cette description…

CHAPITRE 32

Les yeux bleus de Kitt glissaient sur le sentier longeant la rivière Ouse, jusqu'à la rive nord où les lumières de la ville formaient un halo dans le ciel bleu nuit. Comme nimbées d'or, les flèches de la cathédrale de York étincelaient. Ils étaient presque arrivés au pont de Skeldergate et, bientôt, elle se blottirait dans son lit avec un bon livre, loin de ce monde rempli d'assassins et d'anciens amoureux. Elle se força à ralentir sa respiration, inspirant puis expirant les bouffées d'oxygène aussi doucement que possible.

— Vous êtes sûre que tout va bien ? demanda Halloran.

— Oui, répondit Kitt, consciente que le mot était sorti trop vite, trop brusquement.

— On ne dirait pas, fit remarquer l'inspecteur.

— Et alors ? s'écria-t-elle.

Ce n'était pas à Halloran qu'elle s'adressait mais à la rivière, aux étoiles, à la fraîcheur nocturne qui lui piquait déjà les oreilles.

— Qu'est-ce que ça peut faire que je n'aille pas bien ? Pourquoi est-ce que je devrais aller bien tout le temps ?

Ces questions, en revanche, étaient destinées à Halloran qui l'observait en silence.

— Puisque, apparemment, c'est votre boulot de trouver la vérité partout, coûte que coûte, eh bien non, c'est vrai : je ne vais pas bien.

Impassible, il continua à la regarder tandis qu'elle poursuivait :

— Je veux dire, comment il croyait que j'allais réagir ? Merde à la fin ! Ça fait dix ans ! Dix ans que je me demande pourquoi il a bousillé notre histoire sans un mot d'explication et comme vous ne vous êtes pas gêné pour lire mon journal de A à Z, vous devez forcément savoir de qui je parle !

La bouche de Malcolm Halloran se durcit.

— De Theo. C'était donc lui, tout à l'heure.

— Bravo pour votre perspicacité, ironisa Kitt en plaquant une main sur son front. Il se pointe à la bibliothèque comme s'il était allé faire une course chez l'épicier du coin et moi, maintenant, je ne pourrai plus jamais regarder l'endroit où il se tenait sans avoir l'impression de le voir là, à deux pas de mon bureau. Dès que je lèverai les yeux de mon écran ou que je me dirigerai vers les rayonnages, je me souviendrai de lui, posté juste là. En train de prononcer tous ces mots qui ne veulent rien dire du tout, je le sais pertinemment. Je les ai déjà entendus. Et combien d'autres femmes avant moi ? Combien ont cru à ces mensonges ? « Personne ne m'a jamais aimé comme toi… », foutaises, oui ! Combien de femmes, vous pouvez me le dire ?

— Je ne sais pas, mais en ce qui vous concerne…

— Et vous savez quoi ? Les gens prétendent toujours que le pardon, on l'accorde d'abord pour soi, pas pour la personne qui vous a fait du mal. Il suffit de jeter un coup d'œil à n'importe quel réseau social pour trouver une citation là-dessus. Mais c'est du bla-bla, tout ça… Exactement comme le baratin qu'il m'a servi. Tout ce que je sais, c'est qu'à cause de lui, je… j'ai cru que je n'étais pas digne d'être aimée et ça, je ne le lui pardonnerai jamais. Jamais, vous m'entendez ? Jamais, jamais…

L'inspecteur posa ses mains sur les épaules de Kitt pour tenter de la calmer. Elle s'était emportée, sa respiration était rapide et saccadée et elle le foudroyait du regard comme s'il était l'élément déclencheur de sa colère. Il garda le silence sans cesser de la fixer de son regard bleu. Plongeant dans la profondeur de ses yeux, Kitt reprit peu à peu son souffle. Les mains de Malcolm Halloran étaient toujours posées sur ses épaules et une expression de grande concentration se lisait sur son visage. Il l'observait. Leurs regards restèrent soudés un long moment – une minute interminable pour Kitt qui sentit mille frissons minuscules courir le long de ses bras lorsque l'inspecteur leva lentement une main vers sa tempe et fit glisser ses doigts sur une mèche de cheveux roux.

Une question tourbillonna dans la partie rationnelle de son esprit : que faites-vous ? Mais en la formulant en silence, elle se rendit compte qu'elle connaissait déjà la réponse et qu'elle n'avait aucune envie de la poser à voix haute – ni celle-ci ni n'importe quelle autre.

Sans la quitter des yeux, Halloran fit un pas vers elle, puis un second, et la poussa doucement contre le parapet de pierre du pont. Il s'immobilisa de nouveau, le regard toujours soudé au sien, sans prononcer le moindre mot. Après avoir manqué d'air sous le coup de l'exaspération, Kitt osait à peine respirer. Halloran se pencha lentement en avant et son visage s'approcha, centimètre par centimètre. Elle tressaillit lorsque, tournant légèrement la tête sur le côté, il appuya la joue contre la sienne et exerça une pression tout juste perceptible, un peu à la manière des lions en pleine parade de séduction dans la savane. Kitt ferma les yeux dès l'instant où elle sentit le contact de sa peau. Elle l'entendit respirer son odeur et inhala à son tour. Une bouffée de notes végétales rappelant la lande après l'averse la submergea. Le souffle tiède de Malcolm Halloran glissa sur sa joue, caressa sa peau. Pantelante, elle renversa la tête en arrière, dévoilant son cou. C'était visiblement le signe qu'il attendait.

Les mains de son compagnon quittèrent ses épaules. L'instant d'après, ses bras se refermèrent autour d'elle. Il l'attira vers lui et, retenant sa respiration, elle l'enlaça. Les senteurs de tourbe et de bruyère de son parfum lui tournaient la tête, brouillant toutes les pensées parasites qui s'y baladaient encore. Une nouvelle vague de volupté la submergea lorsque les lèvres, la langue et la barbe de Malcolm Halloran entrèrent en contact avec sa gorge frémissante. Elle s'arqua contre lui. Un gémissement à peine audible lui échappa, aussitôt happé par la bouche chaude de l'inspecteur.

Au début, Kitt entrouvrit timidement la sienne mais elle céda bien vite aux caresses exquises, délicieusement tentatrices des lèvres de Halloran. Lorsque leurs langues se mêlèrent, Kitt entendit une sorte de grognement sourd, une plainte envoûtante qui l'électrisa, la poussant à embrasser son compagnon avec encore plus d'ardeur. Grisée par le désir, elle savoura la texture à la fois douce et rugueuse de sa barbe qui avait dissimulé pendant tout ce temps des lèvres fermes, avides.

Leur baiser s'intensifia. Plaquée contre le parapet, Kitt répondait avec fougue à chaque caresse, chaque effleurement. Elle ne pouvait pas bouger et cela l'arrangeait bien. Leurs mains commencèrent à s'aventurer sous les vêtements, leurs lèvres se scellèrent, leurs corps se rapprochèrent. Kitt avait très envie de se noyer dans ce baiser fougueux qui lui coupait le souffle. Elle n'avait pas éprouvé de sensations aussi intenses depuis... depuis...

Elle ouvrit grands les yeux et, sans prévenir, s'écarta brusquement en repoussant Halloran. Il était fort, mais son geste le prit au dépourvu. Le souffle court, il recula d'un pas et la dévisagea en silence.

— Je dois rentrer chez moi, déclara-t-elle.

Comment pouvait-elle être aussi stupide ? Dix minutes plus tôt, elle avait enfin tourné la page sur son dernier chagrin d'amour et voilà qu'elle retombait déjà dans le panneau.

— C'est... c'est ce que tu veux, vraiment ? demanda Halloran.

Kitt soutint son regard, sourcils froncés.

— Je... je...

Une courte vibration se fit entendre dans sa besace. Ensemble, ils baissèrent les yeux sur le sac puis se regardèrent. D'un air contrit, Kitt plongea la main sous le rabat en cuir et attrapa son téléphone. C'était un texto d'Evie. Elle fit glisser son doigt sur l'écran pour accéder au message. Ses yeux s'agrandirent tandis qu'elle lisait le contenu du SMS. Ses mains se mirent à trembler.

— Que se passe-t-il ? demanda Halloran. Kitt, qu'est-ce qu'il y a ?

Le front barré par un pli soucieux, Kitt secoua la tête.

— C'est Evie...

— Elle a un problème ?

— Elle... elle dit que c'est elle.

— Comment ça, c'est elle ?

— C'est elle... La meurtrière.

CHAPITRE 33

Halloran s'assit en soupirant à côté de Kitt autour de la table de cuisine d'Evie, un vieux meuble bancal que cette dernière avait dégoté dans un magasin solidaire du coin. Kitt effleura du bout des doigts les roses sculptées sur le rebord.

— Elle a eu le coup de foudre pour cette table, murmura Kitt, perdue dans ses souvenirs. Mais à l'époque, elle n'avait pas de voiture alors on l'a transportée toutes les deux jusqu'ici, à pied. C'était l'heure de pointe dans Holgate Road et tout le monde nous regardait comme si on était folles.

Halloran referma les doigts autour des siens. Elle contempla un moment leurs mains jointes posées sur le plateau en bois avant de se libérer et de se lever.

— Il doit bien y avoir un indice ici qui pourra nous éclairer sur ce qui se passe vraiment.

Elle quitta la cuisine pour regagner le salon où Banks retournait les coussins du canapé d'un air maussade, sondant les plis et les renfoncements d'une main gantée.

— On dirait que vous n'avez pas besoin d'aide, ici, déclara Kitt en se dirigeant vers la porte donnant sur l'escalier.

Elle entendit derrière elle les pas de l'inspecteur, plus lourds que les siens sur les marches de bois tapissées d'une fine moquette à motifs floraux.

Kitt ouvrit la porte de la chambre d'Evie, alluma et promena un regard circulaire sur la pièce.

À gauche, une coiffeuse en chêne – d'occasion, comme tous les objets composant son mobilier – trônait près de la fenêtre. Une tête de mannequin coiffée d'une perruque rousse reposait sur le plateau.

Elle ressemblait à celle que portait le tueur sur la vidéo de la caméra de surveillance et faisait partie des nombreux éléments à charge trouvés par les deux inspecteurs lorsqu'ils étaient arrivés sur les lieux. Ils n'avaient pas eu besoin d'entrer par effraction : Kitt savait où Evie cachait sa clé de secours – sous un des nains décorant le jardin, derrière la maison.

— Kitt..., commença Halloran.

— Ça ne colle pas, le coupa Kitt. Mais pas du tout, ajouta-t-elle en faisant les cent pas le long du lit d'Evie. Regarde-moi ça !

D'une main, elle saisit les draps parsemés de fleurs.

— Je n'ai jamais rien vu d'aussi vieillot et romantique que cette parure de draps. Jamais un meurtrier n'aurait l'idée de dormir là-dedans.

— Kitt, répéta Halloran en avançant vers elle, mais elle s'esquiva pour aller s'appuyer contre le mur opposé.

— La perruque. Les produits chimiques dans le placard de la salle de bains, le papier à lettres et le stylo-plume. La cape. Toutes ces preuves... c'est trop. C'est un piège, ça saute aux yeux.

— Ou c'est au contraire une explication claire et limpide, objecta Halloran.

— Elle était avec moi le soir du meurtre d'Owen.

— Elle a indiqué dans son message que Ritchie était son complice.

— Mais il a un alibi pour le premier meurtre, lui aussi. Il travaillait. Tu l'as vu sur les vidéos de télésurveillance.

— Les images ont peut-être été falsifiées. Ou bien la date des prises de vues était erronée. L'ordre des séquences est parfois chamboulé. Surtout dans les entreprises privées qui ne conservent les enregistrements qu'au cas où il se passerait quelque chose dans leurs locaux et que quelqu'un menacerait de les poursuivre en justice.

— Malcolm, fit Kitt en enveloppant l'inspecteur d'un regard pénétrant. Je connais Evie. Elle serait incapable de faire ça.

En quelques pas, il fut près d'elle et caressa ses cheveux du bout des doigts.

— Je n'ai pas plus envie que toi que ce soit Evie, tu sais. Mais nous devons garder à l'esprit qu'elle a essayé de mettre fin à ses jours quand elle était adolescente... De là à s'en prendre à quelqu'un d'autre, il n'y a qu'un pas, finalement.

— C'est faux, martela Kitt. Tu ne la connais pas, tu ne peux pas comprendre.

— Hé, n'essaie pas de m'écarter, protesta l'inspecteur avec une pointe d'irritation dans la voix.

Posant une main sur le mur de chaque côté du visage de Kitt, il plongea son regard dans le sien avant d'ajouter :

— Je te connais.

— Ça ne fait qu'une semaine qu'on s'est rencontrés.

— Je te connais bien, pourtant. Je t'ai lue. Chaque page. Chaque mot. Les vides entre les lignes.

— Dans ce cas, fais-moi confiance, implora Kitt.

En le voyant baisser les yeux au sol, elle sut qu'elle en demandait trop. Une seconde plus tard, les notes rauques des trompettes éclatèrent dans la pièce. Kitt reconnut aussitôt les premières mesures, bien qu'étouffées, de « Kiss Me, Honey Honey ».

— C'est le téléphone d'Evie, déclara-t-elle en inspectant la chambre avant d'examiner le plancher. On dirait que ça vient de sous nos pieds.

À son tour, Halloran scruta le parquet ciré pour tenter de localiser la source du bruit. Mettant un genou à terre, il souleva une lame descellée, révélant le téléphone d'Evie. « Maman », indiquait l'écran. À côté de l'appareil se trouvait une enveloppe. Adressée à Kitt.

— On répond ? demanda-t-elle.

— On rappellera la mère d'Evie dans un petit moment, quand on en saura un peu plus, répondit Halloran en lui tendant l'enveloppe.

Elle la prit d'une main tremblante, souleva le rabat et sortit l'épaisse feuille de papier ivoire, identique à celles retrouvées sur les victimes. Ses yeux s'embuèrent dès qu'elle se mit à lire.

Chère Kitt,

Je sais que tu seras la première à vouloir prendre ma défense. Je sais que tu refuseras de croire que j'aie pu faire ça. Mais c'est ma faute si Owen n'est plus parmi nous, ma faute si les autres sont morts. Le soir où j'ai tué Owen, je suis sortie de chez toi sans faire de bruit après m'être assurée que tu dormais. Tu avais beaucoup bu, je savais que tu ne te réveillerais pas avant le lendemain matin. J'ai pris un taxi jusqu'au nouvel appartement d'Owen. Même si j'avais tout programmé, je n'étais pas sûre de vouloir le tuer. Tout s'est décidé au moment où je lui ai servi un verre de champagne. Il n'aurait pas dû me traiter comme il l'a fait, et ça vaut pour tous les autres.

On entend un paquet de confidences sur des histoires d'amour malheureuses quand on travaille dans un institut de beauté. C'est comme ça que j'ai repéré mes victimes. Pour être franche, je n'y prêtais pas attention avant que ça m'arrive personnellement. Je ne supportais plus d'avoir été humiliée comme ça et je ne voyais pas pourquoi les responsables s'en tiraient à si bon compte. Les briseurs de cœur ne sont jamais punis. On ne les enferme pas en prison, ils ne paient même pas d'amende alors qu'ils devraient assumer les conséquences de leurs actes, subir une sanction, d'une manière ou d'une autre. Les vraies victimes sont les personnes qui doivent se remettre d'un chagrin d'amour. C'est encore pire que la mort, ce genre de souffrance.

Évidemment, ma vie à moi touche aussi à sa fin. Je ne pourrai pas continuer à venger éternellement les cœurs brisés et d'ailleurs je n'en ai jamais eu l'intention. La police aurait fini par me coincer. C'est pourquoi j'ai décidé de passer aux aveux puis, dès que l'occasion se présentera, je remplirai mes poches de cailloux et je me jetterai dans la rivière. C'est la seule façon de faire taire la douleur.

Je n'ai sans doute pas le droit de te demander une faveur mais peut-être accepteras-tu de me rendre ce dernier service, au nom de notre amitié. Quand tu penseras à moi, j'aimerais que tu chasses tout ça de ton esprit. Souviens-toi plutôt de cette journée du mois d'août que nous avons passée à arpenter la lande. Le monde ressemblait alors à un océan de violets. Quand tu penseras à moi, souviens-toi des bruyères qui dansaient sous nos yeux comme mille flacons de vernis roses et mauves.

Avec toute mon affection,
Evie

Halloran examina la lettre.

— C'est l'écriture d'Evie ?

Kitt hocha la tête.

— Oui, mais ça ne veut rien dire, argua-t-elle. Elle l'a peut-être écrite…

— Kitt…

— … sous la menace, ou quelqu'un lui a peut-être tendu un piège.

Halloran la saisit par les bras.

— Toutes nos unités la recherchent activement. Sa voiture est dans le garage, nous avons alerté la gare et les compagnies de cars. Elle n'ira pas loin. Nous aurons le fin mot de l'histoire dès que nous l'aurons coincée, mais en attendant, je crois que tu devrais te préparer à accepter l'idée qu'Evie est peut-être bel et bien coupable.

— Comment peux-tu me dire ça ? Tu sais qu'Evie est ma meilleure amie.

— Ce n'est pas agréable pour moi non plus, crois-moi. Mais écoute : dans sa lettre, Evie confesse être ressortie de chez toi le soir du meurtre d'Owen. Ritchie n'a pas d'alibi pour le deuxième meurtre. Est-ce qu'Evie en a un pour le troisième ?

— Oui, c'était le lendemain de l'enterrement. Je suis sortie prendre un verre avec elle, expliqua Kitt, les yeux agrandis.

— À quelle heure ?

— Entre 19 heures et 21 h 30.

Halloran secoua la tête.

— Tous les meurtres ont été commis entre 22 heures et minuit.

— Et l'autre soir, alors ? Quand le tueur les a agressées toutes les trois, Evie, Jazz et Heather ?

— On peut imaginer qu'il s'agissait d'une mise en scène visant à la blanchir de tout soupçon, répondit Halloran. Ritchie avait été libéré et, quand nous l'avons interrogé au sujet de l'incident, il a été incapable de nous donner un alibi.

— Tu peux me dire pourquoi je m'obstine à parler de ça avec toi ? Je me contrefiche de ces détails logistiques, fulmina Kitt.

— Pas moi, répliqua Halloran. C'est mon boulot de les collecter et de les analyser.

— OK, mais mon boulot à moi, c'est de retrouver mon amie, décréta Kitt en se libérant de l'étreinte de Halloran d'un haussement d'épaule pour pouvoir le contourner.

— Kitt... J'essaie de t'aider. Je suis déjà passé par ce que tu vis en ce moment. Tu dois étudier les faits objectivement.

Kitt le regarda en secouant la tête. Elle aurait aimé lui demander dans quelles circonstances il avait vécu le même scénario mais savait que ça ne pouvait pas être exactement la même chose. En l'occurrence, il s'agissait d'Evie et Kitt savait qu'elle pouvait faire confiance à son amie. Elle regrettait simplement que Malcolm Halloran ne lui fasse pas suffisamment confiance à elle pour écouter son intuition.

— Je ne sais pas qui se cache derrière cette mascarade mais ce qui est certain c'est que tu es en train de tomber dans le panneau cette fois encore, lança-t-elle froidement. Evie n'a tué personne et, si tu refuses de me croire, je vais t'apporter les preuves de ce que j'avance.

Sur ces mots, Kitt s'élança vers la porte. L'inspecteur l'appela mais elle ne ralentit pas sa course. Dix secondes plus tard, elle franchissait le seuil de la maison et se dirigeait d'un pas pressé vers Holgate Road. Evie avait écrit qu'elle allait se jeter dans la rivière. Si elle devait passer la nuit à arpenter les berges de l'Ouse et de la Foss, son affluent, elle le ferait.

CHAPITRE 34

Kitt n'aurait su dire ce qui la réveilla d'abord : les premières lueurs du jour ou la morsure du froid. Toujours est-il qu'elle sursauta en découvrant qu'elle n'était pas sous ses couvertures moelleuses, bien à l'abri dans sa maisonnette, mais affalée sur un banc écaillé au bord de la rivière. Ses yeux fatigués inspectèrent les alentours : elle se trouvait plus précisément en bas de North Street, à mi-chemin entre les ponts de Lendal et de Skeldergate.

Ses épaules s'affaissèrent lorsqu'elle se souvint avoir passé une bonne partie de la nuit à déambuler sur les berges. Dans sa lettre, Evie avait confessé son intention de se jeter dans la rivière et bien que Kitt fût convaincue que ce message était un faux, un stratagème de plus élaboré par celui ou celle qui se trouvait derrière tous ces meurtres, elle n'avait pas voulu prendre de risque. De deux choses l'une : soit la lettre disait la vérité, soit elle contenait un indice sur l'endroit où Evie se trouvait actuellement. Et Kitt avait bien l'intention de faire tout son possible pour veiller à la sécurité de son amie. Parcourir les berges n'avait hélas rien donné. Au fil de son errance, le froid l'avait pénétrée jusqu'aux os et, à 5 heures du matin, elle s'était assise sur ce banc, terrassée par la fatigue. Dans l'intention de se reposer cinq minutes.

Kitt ouvrit sa besace et récupéra son téléphone pour

vérifier l'heure. La batterie était à plat, hélas. Elle se frotta les yeux en soupirant. Le soleil se levait à peine. Compte tenu de la saison, il devait être juste un peu plus de 7 h 30. La bibliothèque se trouvait à vingt minutes de marche. Sans doute était-il préférable de s'y rendre directement plutôt que de repasser chez elle. Elle était tellement épuisée qu'elle n'aurait certainement pas le courage de résister à l'appel de son lit si elle rentrait pour se changer. Il n'était pourtant pas question de se reposer. Evie avait besoin d'elle.

À la bibliothèque, elle irait faire un tour aux toilettes pour remettre un peu d'ordre dans sa tenue avant de réfléchir à la situation sous un nouvel angle. Elle refusait de croire que son amie fût un génie du crime ; il y avait forcément une explication logique derrière tout ça.

Kitt se leva, passa la bandoulière de sa besace par dessus sa tête et commença à marcher à contre-courant de la rivière, en direction de Rowntree Park. Enfonçant les mains dans les poches de son manteau pour tenter de les réchauffer, elle sentit un objet lourd, granuleux au toucher. Intriguée, elle s'en empara et découvrit la pierre que Ruby lui avait offerte. La vieille femme lui avait conseillé de la toucher chaque fois qu'elle se sentait perdue. Perdue… C'était bien le terme approprié pour décrire son état d'esprit. Elle replongea les mains dans ses poches et continua à marcher en caressant du bout des doigts les nombreuses facettes de la pierre.

Absorbée dans la contemplation de l'eau agitée de remous, Kitt repensa à la lettre écrite par Evie. Pourquoi avait-elle rédigé pareil message ? Ce n'était pas un acte volontaire, Kitt en aurait mis sa main au feu. Depuis le début, le ou les tueurs avaient fait leur possible pour lui faire porter le chapeau. Le mot de rupture sur les lieux du premier crime. Le champagne. Le diazépam. Les produits chimiques. Le fait que les meurtres avaient été commis uniquement à des moments où elle et son complice supposé n'avaient pas d'alibi avéré. Et la perruque rousse, dans tout ça ? De la même couleur que les cheveux de Kitt – était-ce une coïncidence ? La meilleure amie de leur bouc émissaire préféré. Si les choses s'étaient passées un peu différemment sur le terrain, les tueurs auraient-ils essayé de faire croire que Kitt était plus impliquée dans les assassinats ? Et si ces mêmes tueurs avaient décidé depuis le début de faire porter le chapeau à Evie, il n'était pas impossible qu'ils l'aient enlevée après l'avoir forcée à rédiger une fausse lettre d'aveux. Il n'y avait aucun signe d'effraction à son domicile, mais c'était le cas chaque fois. Les victimes semblaient toutes s'être jetées dans la gueule du loup.

À cette pensée, un frisson qui n'avait rien à voir avec la fraîcheur matinale lui parcourut l'échine. Qui était ce mystérieux individu qui rôdait parmi eux et orchestrait toute l'affaire ?

Dans sa lettre, Evie prétendait avoir entendu les autres histoires de ruptures malheureuses à l'institut de beauté où elle travaillait. C'était crédible. Lorsqu'elle prenait rendez-vous chez le coiffeur ou chez l'esthéticienne, Kitt prévenait toujours la personne qui s'occupait d'elle qu'elle préférait ne pas parler, si cela ne la dérangeait pas. Elle recevait souvent un sourire en retour ou un regard empreint de soulagement. Ce devait être épuisant de parler vacances et histoires de couples à longueur de journée. C'était sûrement la même rengaine, encore et encore. Sauf dans certains cas assez rares où l'on tombait sur une anecdote hors du commun. Une histoire déchirante, comme celles qu'évoquait Evie dans sa lettre.

Que l'idée fût plausible ne signifiait pas que cela s'était réellement passé ainsi. Cela dit, le vrai tueur avait peut-être trouvé ses victimes comme ça, ce qui voudrait dire que… qu'il ou elle travaillait dans le même institut de beauté.

Kitt se remémora la soirée du Belle's Ball où Evie et elle avaient été arrêtées. Assis autour de la table, tous les employés de l'institut avaient alors discuté avec entrain du meurtre qui venait d'avoir lieu.

Parmi eux se trouvait le coupable et une personne s'était montrée plus loquace que les autres.

Jazz.

Elle avait émis l'hypothèse que le meurtrier rôdait encore dans les parages. Quel adjectif avait utilisé Deniz pour décrire la bibliothèque numérique de Jazz ? Macabre. Pleine de romans policiers et de livres sur les tueurs en série. Pour couronner le tout, c'était Jazz qui avait poussé les journalistes à s'intéresser à elles. Elle s'était défendue en prétendant qu'on lui avait tendu un piège mais c'était peut-être un mensonge – un de plus… Et bien sûr, elle aussi avait facilement accès aux produits toxiques incriminés. Si quelqu'un au salon devait être soupçonné, c'était Jazz. Incontestablement.

Kitt n'était plus qu'à quelques pas de la bibliothèque à présent. Elle pourrait continuer de creuser cette piste là-bas, avec l'aide de Grace.

En approchant de la sombre silhouette du pont de Skeldergate, Kitt s'immobilisa un instant et retint son souffle, la gorge soudain nouée. Elle se dirigea à pas lents vers l'endroit où, la veille au soir, Malcolm Halloran l'avait plaquée contre les pierres froides pour l'embrasser. Elle posa une main à plat sur le parapet et ferma les yeux. Si elle réussissait à se concentrer, peut-être ressentirait-elle de nouveau les vibrations de ce moment, la pression ferme de ses lèvres sur les siennes, les chatouillis de sa barbe, ce mélange de douceur et de force lorsqu'il avait plongé une main dans ses cheveux.

— Kitt ?

Elle sursauta et fit volte-face, se retrouvant soudain nez à nez avec son assistante qui se rendait sans doute à la bibliothèque.

Kitt ôta vivement sa main.

— Est-ce que… tout va bien ? demanda Grace en détaillant sa supérieure de la tête aux pieds, sourcils froncés.

— Oui, je… euh… J'avais cru voir qu'une pierre s'était détachée à cet endroit.

— Ah bon ?

— Oui. Il faut être vigilant, tu sais. L'eau de la rivière érode les piles du pont, c'est inévitable. Quand on repère ce genre d'anomalie, il faut tout de suite le signaler à la mairie.

Pour confirmer ses dires, Kitt reposa les deux paumes contre l'ouvrage en pierre et fit mine de pousser d'un geste théâtral.

— Non, tout a l'air en ordre, conclut-elle.

— OK, fit Grace. Kitt…

Cette dernière se tourna vers son assistante qui la dévisageait, toujours intriguée.

— Tu es sûre que ça va ?

Kitt essaya de trouver une réponse évasive mais les mots refusèrent de sortir. Les yeux emplis de larmes, elle secoua la tête.

— Non, ça ne va pas du tout…

Grace la prit par les épaules.

— Viens, je vais te préparer une bonne tasse de Lady Grey et tu vas me raconter ce qui se passe, d'accord ?

Au prix d'un effort surhumain, Kitt ravala ses larmes et parvint à esquisser un semblant de sourire en hochant la tête. Les deux collègues prirent la direction de la bibliothèque en silence. De temps en temps, Grace resserrait son étreinte dans un geste réconfortant pendant que Kitt, les yeux toujours rivés sur les eaux enflées de la rivière, écoutait la question qui tourbillonnait dans son esprit : où es-tu, Evie ?

CHAPITRE 35

— Grrrrrrr, fit Grace en repoussant la souris et en s'affalant sur sa chaise de bureau.

— L'impasse dans laquelle nous nous trouvons ne justifie aucunement les mauvais traitements que tu infliges à ton beau vêtement en t'avachissant de la sorte, la rabroua Kitt en jetant un coup d'œil désolé à la magnifique kurta de soie turquoise qu'arborait son assistante.

Grace avait cassé le côté solennel de la tunique en la mariant à un jegging noir mais le résultat n'en demeurait pas moins somptueux.

— Attends d'entendre ce que j'ai trouvé dans cette impasse avant de dire ça, répliqua Grace en se redressant.

— OK. Vas-y : je t'écoute.

— Jazz n'est pas mêlée aux meurtres. Du moins, c'est peu probable.

— Tu n'as rien trouvé sur elle ?

Grace secoua la tête.

— Au contraire, j'ai trouvé plein de choses. Elle est accro à Facebook : elle poste des photos sur son mur chaque fois qu'elle sort, en mentionnant le nom des amis qui l'accompagnent. Et elle était de sortie les trois soirs où les meurtres ont été commis.

— Halloran m'a dit qu'elle avait des alibis mais il ne m'a pas précisé s'ils avaient été vérifiés. Les enquêteurs sont persuadés que le meurtrier n'agit pas seul, ne l'oublions pas. Peut-être que quelqu'un bosse pour elle…

— Je n'ai trouvé aucun élément sur les réseaux sociaux qui puisse nous mettre sur la piste d'un mobile. Elle sort beaucoup, semble très appréciée par ses amis et toutes ses publications, tous les commentaires qu'elle poste sur le Net sont sympas, drôles et bienveillants. Je n'ai repéré aucune trace de colère ou de souffrance chez elle… C'est presque déprimant.

— La personne qui se cache derrière tout ça est experte en manipulation. Ce n'est peut-être qu'une mascarade, insista Kitt, refusant d'écarter trop vite sa théorie.

— Mais quand on y réfléchit, Jazz a elle aussi été victime du meurtrier, d'une certaine manière. Il…

— Ou elle…

— C'est vrai : il ou elle a essayé de les attaquer l'autre soir. Evie, Jazz et Heather.

Kitt exhala un soupir.

— Halloran pense qu'Evie a mis en scène l'agression pour être totalement innocentée. La même logique pourrait très bien s'appliquer à Jazz.

— D'accord… Jazz t'a paru comment, après l'incident ?

— Bouleversée. Sous le choc, vraiment, et elle n'avait pas l'air de faire semblant. En revanche…

— Quoi donc ?

— Heather… Elle ne semblait pas si apeurée que ça.

— Pourtant, c'est elle qui a reçu un coup de couteau, non ?

— C'était une simple entaille, mais oui, elle était blessée et c'est elle qui s'est approchée du tueur, au risque d'y laisser sa peau… Oh, non ! s'écria Kitt, traversée par une fulgurance.

— Qu'est-ce qui se passe ?

— La lettre d'Evie. Sa dernière phrase…

— Eh ben quoi ?

— Elle parle d'une balade que nous avions faite toutes les deux dans la lande et me demande de me rappeler ce jour-là lorsque je penserai à elle. Ses derniers mots m'ont paru étranges, mais j'étais tellement chamboulée que je n'y ai pas prêté attention sur le coup. Elle me demandait de me souvenir des bruyères qui ressemblaient à mille flacons de vernis roses et mauves.

— Tu crois que c'était un message codé, sachant que Heather est sa manucure… ? Elle a voulu te mettre sur la piste, c'est ça ?

— Mais oui ! Pourquoi n'y ai-je pas pensé plus tôt, bon sang ? C'était la dernière phrase de sa lettre. C'est toujours essentiel, les derniers mots d'un texte.

— Je ne suis pas sûre qu'une nuit presque blanche ait amélioré tes capacités de déduction, mais…

Kitt haussa les sourcils mais Grace enchaîna :

— Tu ne crois pas que Heather aurait perçu le stratagème ? Si c'est elle qui a orchestré tous ces meurtres, elle doit être d'une rigueur terrifiante et ce genre de détail ne lui aurait certainement pas échappé.

— C'est vrai, mais au dire de Malcolm Halloran, les tueurs de ce genre se croient dans une espèce de jeu. Ils aiment bien prendre des risques, repousser les limites et narguer la police pour mieux lui échapper. Alors oui, elle a peut-être compris ce qu'Evie avait tenté de faire mais elle a décidé de jouer le tout pour le tout.

Grace secoua la tête.

— C'est complètement délirant d'imaginer que cela puisse se passer dans cette petite ville endormie.

— Ce n'est pas moi qui te dirai le contraire. En

revanche, je ne peux pas rester là les bras croisés. Evie a disparu, il faut absolument la retrouver. Je vais aller voir Heather.

Le téléphone de Kitt bourdonna sur le bureau. Par chance, une employée de l'accueil lui avait prêté un chargeur compatible avec son appareil et en le rallumant un moment plus tard, elle avait espéré de toutes ses forces trouver un message d'Evie, mais son vœu n'avait pas été exaucé. Seuls plusieurs messages inquiets de Malcolm Halloran emplissaient sa boîte vocale. En attrapant le téléphone, Kitt lut le nom de l'inspecteur sur l'écran.

— Inspecteur ? dit-elle à voix basse, consciente du regard de Grace posé sur elle.

— Nom de Dieu, Kitt, quel soulagement d'entendre ta voix…

— Je sais, désolée. Je vous ai envoyé un SMS dès que j'ai eu vos messages. Je n'essayais pas de vous éviter ou quoi que ce soit.

Elle lui en voulait encore un peu et avait été tentée, c'est vrai, de retarder sa réponse, mais elle ne connaissait que trop bien les affres de l'attente et ne souhaitait les infliger à personne. Sans compter qu'elle en avait assez de jouer à ces petits jeux – c'était épuisant et parfaitement inutile.

— Je suis passé chez toi plusieurs fois hier soir et j'ai poussé jusqu'à la bibliothèque mais tu n'y étais pas non plus. Où étais-tu passée ?

— Je cherchais Evie.

— Seule ?

Kitt hésita. Devait-elle lui mentir ? Mais au fond, à quoi bon ? Il n'était pas son chaperon, après tout.

— Oui, mais ne vous inquiétez pas pour moi. Je ne

me suis pas ennuyée un seul instant. Il faut dire que je suis d'assez bonne compagnie.

— Tu n'aurais pas dû y aller seule. C'est dangereux.

La pointe d'agacement perceptible dans la voix de l'inspecteur ne plut guère à Kitt. Son amie avait disparu, bon sang, que voulait-il qu'elle fasse ? Qu'elle reste tranquillement chez elle, plongée dans la lecture de *Guerre et Paix*, peut-être ? Elle aurait aimé pouvoir s'adonner à ce genre de plaisir mais il y avait tout de même péril en la demeure, non ?

— C'est ma meilleure amie, siffla-t-elle entre ses dents pour montrer son mécontentement.

Un soupir retentit à l'autre bout de la ligne.

— Comment pourrais-je l'oublier ?

— Ritchie est passé aux aveux ?

Cette fois, Kitt s'était efforcée d'adopter un ton dégagé, malgré l'ironie sous-jacente de sa question.

— Pas encore, non. Il nie tout en bloc mais les preuves contre lui sont trop nombreuses pour être ignorées.

— Sauf que vous n'avez toujours pas de traces ADN ou d'empreintes digitales qui les désignent concrètement comme coupables, Evie et lui, fit remarquer Kitt.

— Les enquêtes criminelles sont rarement aussi parfaites que dans les séries télévisées.

— Bon, ce n'est pas la peine de perdre du temps à batailler inutilement. Je dois vous laisser.

— Kitt, nous sommes toujours à la recherche d'Evie, tu sais.

— Comme suspecte ?

— C'est le motif officiel, oui.

— Et officieusement ?

— Officieusement, j'espère que nous la retrouverons saine et sauve et qu'elle pourra nous aider à y voir plus clair.

— Merci. J'apprécie.

— On se voit ce soir, d'accord ?

Kitt laissa passer quelques instants. Elle n'avait pas envie de s'amouracher d'un inspecteur de police convaincu que sa meilleure amie était coupable d'un triple homicide. En acceptant de le voir, elle aurait l'occasion de lui dire en face qu'elle préférait garder ses distances.

— Oui, à ce soir.

— Super. Et, d'ici là, promets-moi de ne pas faire de bêtises.

— Ça fait trente-cinq ans que j'en fais alors je ne peux rien promettre… mais je vais essayer.

— Envoie-moi un texto quand tu seras prête et je passerai te prendre à la bibliothèque.

Kitt entendit le sourire de l'inspecteur dans les intonations de sa voix. Elle aurait aimé que les papillons qui tourbillonnaient dans son ventre à l'idée de le revoir cessent de s'agiter.

— D'accord.

Elle raccrocha en coulant une œillade furtive en direction de son assistante. Sans surprise, cette dernière la fixait avec attention.

— Tu devrais peut-être lui envoyer un texto pour lui parler de Heather, suggéra-t-elle.

— Il y a eu tellement de rebondissements dans cette affaire que je n'ai pas envie de l'enquiquiner avec une nouvelle piste tant que je ne saurai pas si ça vaut le coup ou non. En attendant, il n'y a plus une minute à perdre. Evie est peut-être en danger de mort, à l'heure qu'il est.

— C'est quoi, le plan ?

— Tu lances des recherches sur Heather et tu m'envoies un SMS si tu tombes sur quelque chose d'intéressant.

— Et de ton côté, qu'est-ce que tu comptes faire ?

— Je vais voir Heather. J'essaie de trouver de quelle manière elle peut être mêlée à cette affaire. Si Michelle s'étonne de mon absence, dis-lui que je ne me sentais pas bien et que je suis partie à la pharmacie pour acheter des médicaments, d'accord ?

— Promets-moi d'être prudente, Kitt. Tu fonces peut-être tête baissée vers un nid de scorpions.

— Ne t'en fais pas pour moi. La connaissance est le pouvoir et j'ai beaucoup lu, dans ma vie. J'ai un plan.

CHAPITRE 36

Accrochée à la porte de l'institut de beauté Forever Young, une pancarte indiquait : « Soins uniquement sur rendez-vous. Merci de consulter notre site ». Kitt pressentit toutefois que Heather ferait une exception pour elle. Après tout, c'était un peu grâce à elle si l'esthéticienne avait pu regagner son domicile sous bonne escorte l'autre soir, après avoir été attaquée par l'inconnu à la cape…

Kitt poussa la porte du salon. Une cloche tinta tandis qu'elle avançait sur l'épaisse moquette crème. Malgré le grand nombre de chaussures boueuses qui avaient dû la fouler depuis l'arrivée de l'automne, celle-ci restait étonnamment propre et lumineuse.

Peinte en lilas du sol au plafond, la pièce sentait l'acétone, comme la plupart des instituts du même genre. À la droite de Kitt se dressait un comptoir vitré sur lequel reposaient un téléphone, un bloc-notes et un stylo-plume. Il n'y avait aucun autre signe de vie dans le salon. Un stylo-plume… de la marque Stanwyck. Et les feuilles du bloc-notes étaient de la même couleur que celles utilisées par le tueur dans ses mises en scène macabres. Mais était-ce vraiment le même papier ? Evie l'aurait sûrement remarqué en venant pour sa séance de manucure, non ? D'un autre côté, son amie n'avait mis les pieds ici qu'une seule fois, et l'attention qu'elle portait à son entourage et à son environnement n'était pas sa qualité principale. Kitt tendit la main vers le bloc-notes…

— Oh, Kitt, bonjour, fit une voix suave, désormais familière.

Kitt laissa retomber son bras le plus naturellement possible en affichant un sourire de circonstance. Heather se tenait dans le fond de la pièce, sur le seuil d'une porte donnant probablement sur une cabine de soins. Une autre femme l'accompagnait – une cliente, sans doute. Cette dernière se dirigea vers les patères fixées près de l'entrée en tirant sur son cardigan jacquard.

— Merci, Heather. C'est parfait, comme d'habitude.

— Avec plaisir. J'ai noté votre prochain rendez-vous. À bientôt, lança l'esthéticienne pendant que la cliente récupérait son manteau.

Elle sortit quelques instants plus tard sur un dernier au revoir. Heather s'approcha alors de Kitt. Un pantalon en toile blanc et un haut bleu marine fluide épousaient les courbes de sa silhouette apparemment ferme et musclée.

— Bonjour, Heather. Je suis désolée de vous déranger, j'imagine que vous devez être débordée, mais…

— Vous avez besoin d'une épilation d'urgence, c'est ça ? la coupa Heather, les yeux fixés sur les sourcils de Kitt.

— Oh ! Non, répondit-elle en résistant à l'envie de porter une main à son front pour estimer l'ampleur des dégâts.

Cela faisait une bonne semaine qu'elle ne s'était pas occupée de ses sourcils – à sa décharge, elle avait des problèmes bien plus importants à régler que quelques poils disgracieux.

— Oh, désolée, fit Heather en contractant sa mâchoire,

de toute évidence consciente de sa bévue. Malgré la pancarte accrochée à la porte, de nombreuses personnes viennent encore me demander si je peux les prendre entre deux rendez-vous pendant leur pause déjeuner.

— Je comprends. Mais en fait, je ne suis pas là pour parler beauté…

— Tout va bien ?

OK, songea Kitt. Elle n'était pas sûre de posséder des talents d'actrice mais, le cas échéant, le moment était venu de les mettre à profit. Elle afficha une mine décomposée.

— Vous n'êtes pas au courant ? Oh, ça n'a rien d'étonnant, en fait. La police essaie d'étouffer l'affaire.

— D'étouffer quelle affaire ?

— Je ne suis pas censée l'ébruiter… Vous me promettez de garder ça pour vous ? Je peux vous faire confiance ?

Un mince sourire étira les lèvres de Heather.

— Bien sûr. Je serai muette comme une tombe.

— Si quelqu'un vous pose des questions, ne dites surtout pas que c'est moi qui vous en ai parlé… Il y a eu un autre meurtre.

Heather ne se départit pas de son sourire mais Kitt la vit déglutir avec peine.

— Quoi ? fit-elle d'un ton exagérément poli, vu les circonstances.

— Oh, je sais, c'est affreux, pas vrai ? Ça s'est passé exactement de la même manière que les trois autres. L'empoisonnement. Le stylo planté dans le cœur.

— Mais, mais… c'est impossible. Il ne peut pas y avoir eu de quatrième meurtre…

Kitt l'observa en fronçant les sourcils.

— Qu'est-ce que vous voulez dire par là ?

Les yeux de Heather s'arrondirent une fraction de seconde. Si Kitt avait cligné des yeux au même moment, elle n'aurait rien vu. Mais ce ne fut pas le cas et elle se réjouit intérieurement d'avoir obtenu ce qu'elle était venue chercher : une réaction, si infime fût-elle.

— Ce que je veux dire, répondit finalement Heather avant de marquer une nouvelle pause, comme pour gagner du temps, c'est que c'est trop affreux. Je n'arrive pas à y croire.

— Je ne voulais pas y croire non plus. Et il y a pire. Evie a disparu.

Kitt avait échafaudé son plan avec soin, mêlant des éléments que la coupable connaîtrait déjà à un fait qui lui semblerait invraisemblable afin de rendre l'histoire plus crédible. Il s'agissait de la désarçonner, de la prendre à contre-pied, pour une fois.

— Disparu ? Oh, non...

Elle ne chercha pas à savoir quand cela s'était produit, ni comment ni pourquoi – autant de questions qu'elle aurait spontanément posées si elle n'avait pas déjà été au courant.

Kitt prit un air abattu avant de reprendre, ce qui compte tenu de l'inquiétude qui la tenaillait, fut un jeu d'enfant :

— Vous ne l'avez pas vue, par hasard ?

— Non. Je ne l'ai pas vue, non, répondit Heather en pianotant sur le comptoir avec ses longs ongles. Vous vouliez me dire autre chose ?

Kitt retint un sourire. Heather désirait se débarrasser d'elle au plus vite, probablement pour se renseigner sur ce meurtre imaginaire. Le seul qu'elle n'avait pas vu venir.

Il était temps de passer à la phase deux.

— En fait, j'aurais bien aimé papoter un peu. J'ai vraiment besoin d'une oreille amie, avec tout ce qui se passe, expliqua-t-elle avec un petit sourire penaud.

— Une oreille amie ?

— Oui, si ça ne vous embête pas, bien sûr.

— C'est que…

Le téléphone de Kitt vibra dans sa poche.

— Oh, excusez-moi… C'est sûrement mon assistante, à la bibliothèque. Ils ne peuvent pas se débrouiller trois secondes sans moi, là-bas.

Heather respirait plus vite, la panique commençait à la submerger, c'était évident. Kitt débloqua l'écran de son téléphone et un texto de Grace apparut dans la boîte de réception.

Elle fit défiler le texte :

Heather larguée par son fiancé le jour de son mariage il y a 2 ans selon FB. Des messages enragés en lettres capitales adressés à son ex, directement publiés sur son mur. J'espère que tu n'es plus là-bas… Sinon, va-t'en vite. J'essaie de prévenir la police.

— Tout va bien ? demanda Heather en se rapprochant brusquement.

Surprise, Kitt lâcha son téléphone. Heather tendit la main pour le ramasser mais elle parvint à le récupérer juste à temps.

— Oui, oui, merci. Je suis sur les nerfs, en ce moment. Il faut dire que l'idée qu'un tueur en série se balade en ville me fiche un peu la frousse.

— On est tous dans le même cas, fit observer Heather en esquissant un autre de ses petits sourires.

La phase deux du plan consistait à parler avec Heather pour tenter de mettre en lumière son mobile, mais ce n'était plus la peine, à présent : Grace s'en était occupée à sa place. Il ne lui restait plus qu'à tout raconter à Halloran et la police se chargerait du reste.

— Excusez-moi, je vais devoir retourner à la bibliothèque plus tôt que prévu. Des dossiers à classer de toute urgence… Je sais : ma vie est trépidante.

Le visage de Heather s'éclaira instantanément. De toute évidence, elle était ravie de se débarrasser de Kitt.

— Oh, je comprends. Pas de problème. Je suis vraiment désolée pour Evie, ajouta-t-elle. J'espère que tout rentrera vite dans l'ordre.

— Moi aussi, fit Kitt en plantant son regard dans celui de l'esthéticienne. Je n'aimerais pas être à la place de celui ou celle qui s'en est pris à elle. Parce que je compte bien m'occuper de son cas personnellement…

Les yeux de Heather s'étrécirent presque imperceptiblement et Kitt décida qu'il était temps de filer avant que l'autre devienne trop méfiante. Mais au moment où elle se tournait vers la sortie, quelque chose qu'elle n'avait remarqué que vaguement entra dans son champ de vision : la rangée de patères fixées près de la porte auxquelles étaient suspendus plusieurs manteaux d'homme.

Étrange… Apparemment, Heather était la seule esthéticienne de l'institut et il n'y avait personne d'autre qu'elles deux dans le salon de beauté. En examinant les manteaux de plus près, elle sentit son cœur s'emballer. Sous l'un des pardessus dépassait un minuscule rectangle de laine turquoise piqueté de gouttes bleues. Sans réfléchir, Kitt repoussa le lourd vêtement marron et retint son souffle.

— C'est le manteau d'Evie.

À peine les mots étaient-ils sortis de sa bouche que les mains de Heather se refermèrent autour de son cou. L'attaque par-derrière était aussi imprévisible que féroce. Implacable. Les doigts de l'esthéticienne se resserrèrent comme un étau, comprimant la trachée de Kitt qui suffoqua rapidement. Elle n'avait pas eu le temps de reprendre son souffle et, déjà, le monde autour d'elle devenait flou. Elle agrippa les mains de Heather pour essayer de les écarter, sans succès. Privés d'oxygène, ses bras et ses jambes se ramollirent.

Une idée traversa soudain son esprit embrumé.

Elle plongea les mains dans ses poches, à la recherche d'un objet pointu ou tranchant, quelque chose qui pourrait l'aider à se défendre, n'importe quoi… Mais elle ne trouva que son portable et… autre chose. Un truc dur et rugueux.

S'en saisissant aussi fermement que possible, Kitt sortit de sa poche la pierre que Ruby lui avait offerte et s'en servit pour taper de toutes ses forces sur les doigts de Heather. Elle répéta son geste encore et encore, sans s'arrêter. Heather se mit à hurler, ses mains se desserrèrent mais ne la lâchèrent pas tout à fait. Kitt continua à marteler, pierre sur os, jusqu'à ce que les doigts la libèrent enfin. Elle se rua alors sur la porte.

Les mains en sang, Heather s'élança à sa poursuite mais ne dépassa pas le seuil du salon. Des passants marchaient dans la rue – des témoins potentiels. Heather était coincée : elle ne pouvait rien tenter sans attirer l'attention sur elle. Portant une main à sa gorge, Kitt prit ses jambes à son cou et courut sans se retourner dans Bishopthorpe Road, en direction du centre-ville.

Puis elle attrapa son téléphone et pianota fébrilement sur l'écran.

— Halloran ? hoqueta-t-elle d'une voix tremblante avant d'émettre un grognement en entendant le message automatique de sa boîte vocale.

Elle mit un terme à la communication puis composa le numéro du standard de la police nationale.

— Bonjour, j'aimerais être mise en relation avec la

police de York, déclara-t-elle en traversant à la hâte le pont de Skeldergate pour se rendre au commissariat. J'ai des informations essentielles à communiquer aux enquêteurs concernant une affaire de meurtres en série.

CHAPITRE 37

Lorsque Kitt pénétra dans le hall d'entrée du commissariat de police un quart d'heure plus tard, une certaine agitation régnait autour du bureau d'accueil et elle ne fut pas étonnée de découvrir les responsables d'un tel charivari.

Grace et Ruby bredouillaient des paroles presque inintelligibles à l'adresse de l'homme qui se tenait derrière le comptoir – un certain Jasper, avait appris Kitt lors de sa dernière visite dans les locaux de la police. Pour une raison inexplicable, les deux femmes s'étaient mises à baragouiner en même temps, de sorte qu'il était impossible de capter autre chose qu'un verbe ou un nom au détour d'une phrase décousue. Des mots comme « institut », « danger » et « meurtre » fusaient régulièrement.

Logiquement, au moins deux de ces vocables auraient dû alerter Jasper mais ce dernier, impassible, les priait simplement d'une voix neutre de bien vouloir se calmer.

Kitt se dirigea vers ses deux amies paniquées et posa une main sur leur épaule.

— Kitt ! s'écria Grace en l'enlaçant fougueusement.

— Tu es vivante ! s'exclama Ruby en se joignant à leur étreinte.

Pendant quelques instants, Kitt eut l'impression d'avoir été happée par les anneaux d'un boa constrictor.

— Si vous pensiez que j'étais morte, lança-t-elle en s'écartant juste assez pour pouvoir reprendre son souffle, pourquoi est-ce que vous n'avez pas appelé les secours ?

— Bah, on n'était pas sûres à cent pour cent, répondit Ruby.

— On ne voulait pas appeler pour rien, au risque d'encombrer la ligne, renchérit Grace.

Kitt hocha la tête puis, après s'être libérée en douceur de leur étreinte, se tourna vers l'homme posté derrière le comptoir.

— Jasper, ça fait un quart d'heure que j'essaie de vous joindre via le standard.

— Je ne pouvais pas répondre au téléphone : j'essayais de décoder ce que ces deux-là voulaient me dire. Il était question d'une vision prémonitoire. Il faut dire que Mlle Barnett n'en est pas à son coup d'essai, précisa Jasper.

Kitt jeta un coup d'œil à Ruby en soupirant.

— Vous n'auriez pas pu mettre vos talents de voyante en sourdine, pour une fois ?

— Ce n'est pas une chose qu'on peut allumer ou éteindre, ma belle, rétorqua Ruby.

— Vous avez raison, admit Kitt avant de reporter son attention sur Jasper. L'inspecteur Halloran est là ? C'est très urgent.

— L'inspecteur Halloran est en train d'interroger un suspect.

— Plus maintenant, claironna la voix de Malcolm Halloran. Que se passe-t-il, ici ?

Kitt se retourna. Les deux inspecteurs se tenaient devant la porte à double battant donnant sur la salle d'interrogatoire.

Croisant le regard pénétrant de Malcolm Halloran, elle se souvint soudain qu'elle portait les mêmes vêtements que la veille, qu'elle n'avait pas dormi plus de deux heures et qu'elle avait failli mourir étranglée. Elle avait prévu de passer chez elle pour se rafraîchir et se changer avant de rejoindre l'inspecteur dans la soirée mais, une fois de plus, des priorités plus urgentes l'avaient accaparée et son apparence était bien le cadet de ses soucis, vu les circonstances. Halloran semblait s'en fiche aussi – pas seulement de sa tenue mais aussi de l'opinion des autres.

Sourcils froncés, il vint vers elle et, plaçant délicatement deux doigts sous son menton, l'obligea à renverser légèrement la tête. Pour une raison qui lui échappait, Kitt se laissa faire – peut-être parce qu'elle avait besoin de l'avis d'un professionnel sur la gravité de sa blessure après l'attaque de Heather. Ou peut-être parce qu'elle ne connaissait rien de plus délicieux que le contact de ces doigts sur sa peau. Peut-être aussi aimait-elle l'idée que quelqu'un se soucie de ce qui lui était arrivé.

Le visage de l'inspecteur se rembrunit tandis qu'il examinait son cou.

— Qu'est-ce qui s'est passé ?

— J'ai une piste sérieuse sur le meurtrier. C'est Heather. J'ai essayé de vous appeler mais vous n'avez pas répondu, je...

Kitt porta une main à sa gorge. Le simple fait de parler lui faisait mal. Que n'aurait-elle pas donné pour une bonne tasse de thé...

— Elle a voulu vous étrangler, c'est ça ? demanda-t-il en contractant ses mâchoires.

Kitt acquiesça.

— J'ai vu le manteau d'Evie. Nous devons l'aider, ça urge. Dieu seul sait où elle se trouve et même pire, si elle est vivante.

Sa voix se brisa et elle secoua la tête. Elle devait à tout prix éviter de penser à ce genre de choses. Evie était en vie, il ne pouvait pas en être autrement.

— Où avez-vous vu son manteau ? demanda Halloran.

— Il était accroché à une patère, près de la porte de l'institut de beauté de Heather. Sous un grand manteau d'homme. Elle s'est rendu compte que je l'avais vu. Elle a failli me tuer mais je l'ai frappée avec une pierre.

— Une pierre ? répéta Banks d'un ton perplexe. Vous vous baladez avec des pierres dans les poches, vous ?

— C'était… un cadeau, avoua Kitt. De Ruby. C'est une pierre magique… enfin, on dirait.

On pouvait lire sur son visage qu'elle ne croyait pas un mot de ce qu'elle disait, mais cela n'empêcha pas Ruby d'esquisser un sourire radieux en pointant un pouce vers sa poitrine.

Une étincelle fugace pétilla dans le regard de l'inspecteur. Exhalant un soupir, il lâcha le menton de Kitt et posa la main sur sa joue.

— Je suis désolé.

Kitt fronça les sourcils.

— Pourquoi ?

— Si j'avais placé la bonne personne en garde à vue, ça ne serait pas arrivé.

— Malcolm…

Son prénom lui avait échappé, elle secoua la tête.

— J'aurais dû vous en parler avant d'aller la voir. Mais j'avais peur de vous embêter avec une nouvelle fausse piste.

— Vous n'êtes pas responsable de l'enquête, Kitt. C'est moi qui le suis, fit l'inspecteur avant de croiser les bras sur son torse, avec l'air de celui qui reprend le contrôle de la situation. Vous avez réussi à la faire parler ? Elle vous a expliqué pourquoi elle avait fait ça ?

— Je n'ai pas eu le temps, non.

— Mais les raisons, on les connaît, intervint Grace. Son fiancé l'a quittée le jour de leur mariage, il y a deux ans, et d'après ce que j'ai pu voir elle ne s'en est jamais remise.

— Ce serait donc une histoire de vengeance ? s'étonna Halloran.

— Ça en a tout l'air, oui. Abandonnée au pied de l'autel… une vraie Miss Havisham – Charles Dickens aurait apprécié. OK, elle ne se morfond pas dans une chambre délabrée devant un gâteau de mariage pourri mais d'après ce que Grace a vu sur sa page Facebook, elle a réagi assez violemment.

— Et ce n'est pas tout, ajouta Grace. J'ai également découvert comment elle s'y prenait pour repérer ses victimes.

— Comment ? demandèrent Kitt et Halloran à l'unisson en échangeant un petit sourire.

— Elle faisait de la publicité sur LoveMatch et offrait une réduction à tous les abonnés du site qui prenaient rendez-vous dans son institut.

— Un site de rencontres en ligne… L'endroit rêvé pour glaner un maximum d'histoires de ruptures traumatisantes, commenta Kitt.

— Et puis les gens publient tellement de choses sur Internet, de nos jours, renchérit Grace. Une fois qu'elle avait écouté leurs mésaventures, elle n'avait plus qu'à les surveiller pendant quelque temps, histoire de s'imprégner un peu de leur quotidien.

— Mais elle n'a pas pu agir seule, observa Banks.

En supposant que Ritchie n'est pas son complice, qu'il s'est fait piéger comme Evie, qui donc a bien pu l'aider à commettre ces meurtres ?

— Elle a parlé d'un petit ami, déclara Kitt. Au Belle's Ball... juste avant que vous m'embarquiez.

— Alors que vous étiez sur le point de résoudre l'affaire, c'est ça ? lança Halloran avec une lueur espiègle dans les yeux.

Kitt haussa les épaules en levant les paumes vers le plafond blanc cassé.

— Ça, on ne le saura jamais.

Halloran secoua la tête puis se tourna vers sa coéquipière.

— Banks, il faut arrêter Heather avant qu'elle prenne la fuite.

Sur ce, les deux inspecteurs s'éloignèrent vers la porte pour échafauder une stratégie.

Ruby s'approcha de Kitt et lui donna un petit coup de coude.

— T'as reçu un sacré coup de main aujourd'hui, pas vrai, ma belle ?

— Euh... comment ça ?

— La pierre que je t'ai donnée t'a bien aidée, on dirait.

Kitt se retint de lever les yeux au ciel, gratifiant plutôt la vieille dame d'un sourire.

— C'est vrai... même si ce n'est pas vraiment l'usage dont vous m'aviez parlé...

— Et n'oublions pas le manteau.

— Quel manteau ?

Ruby se dandina sur place.

— Je t'avais bien dit qu'un manteau bleu jouerait un rôle important dans cette affaire.

— Non, vous ne m'avez jamais rien dit de tel.

— Oh, c'est vrai ? Je voulais t'en parler, pourtant. Ça m'est sûrement sorti de l'esprit.

— Merci pour votre aide, en tout cas, Ruby.

Elle aurait ri de bon cœur si Evie avait été à ses côtés. Mais l'affaire était encore loin d'être résolue.

— Alors, alors…, murmura Grace.

Kitt regarda son assistante. Quelque part derrière la porte à double battant qu'elle avait franchie plus de fois qu'elle l'aurait souhaité, des voix de baryton résonnèrent.

— Y a-t-il autre chose que tu aimerais nous dire ? insista Grace.

— Je vous ai déjà tout raconté.

Grace lança un regard en direction de Halloran avant de considérer Kitt d'un air amusé.

— Permets-moi d'en douter…

— Je n'ai rien d'autre à dire, déclara Kitt en pinçant les lèvres.

— Voyons, ma douce, Kitt a raison, fit Ruby à l'adresse de Grace. La façon dont l'inspecteur se comporte avec elle en dit suffisamment long, tu ne crois pas ?

— Chut, fit Kitt en voyant Malcolm Halloran revenir vers elles.

Elle-même ne savait pas vraiment ce qui se passait entre elle et l'inspecteur mais une chose était sûre, en tout cas : elle n'avait pas besoin que Grace et Ruby s'en mêlent.

— Bon. L'inspectrice Banks part cueillir Heather dans son institut de beauté. De mon côté, je vais faire un tour chez elle au cas où elle aurait déjà fermé la boutique. Je suis curieux de voir ce que – ou qui – je vais trouver là-bas. Jasper, préviens la gare et les compagnies de bus.

— Tout de suite, chef, répondit l'agent de police en soulevant le combiné du téléphone.

— Je viens avec vous, annonça Kitt.

— Pas question. C'est trop risqué.

— Si Evie se trouve quelque part, c'est forcément là-bas. Elle aura besoin de sa meilleure amie. Je viens.

CHAPITRE 38

Assise sur le siège passager dans la voiture de Malcolm Halloran, Kitt sentit son regard glisser, comme aimanté, sur la grande main posée sur le levier de vitesse. Elle s'en voulut aussitôt de s'attacher à ce genre de détail vu les circonstances. Ce serait tellement facile de tendre le bras et de poser sa main sur celle de son compagnon comme s'ils partaient pour une escapade en amoureux. Alors qu'ils s'apprêtaient en réalité à appréhender une tueuse en série et à sauver, avec un peu de chance, sa meilleure amie.

— Tu penses à Evie ?

— Oui, mentit Kitt, honteuse de s'être laissé distraire.

À sa décharge, Evie avait occupé toutes ses pensées au cours des douze dernières heures. Elle pouvait peut-être s'autoriser une petite pause…

— J'espère vraiment qu'elle est chez Heather, reprit-elle. Je ne vois pas où elle pourrait être, sinon.

— Moi, aussi, je l'espère. Si elle n'est pas là-bas…

— Quoi ?

Halloran garda le silence.

— Si elle n'est pas là-bas, quoi ? insista Kitt.

— Ce ne serait pas bon signe.

La bouche de Kitt frémit.

— Tu crois que… cela voudrait dire que… qu'elle est morte ?

— Dans le pire des cas, oui.

— Et dans le meilleur ?

Kitt se tourna vers Malcolm Halloran. Elle n'aurait su dire s'il avait besoin de rester concentré sur la route ou s'il évitait son regard – pour la première fois depuis qu'ils se connaissaient. Comme elle, il n'avait pas ou peu dormi la nuit dernière. Les cernes autour de ses yeux s'étaient encore assombris. Mais quelque chose qu'elle n'arrivait pas à définir l'avait vieilli en l'espace de quelques minutes.

— Mal…

— Dans le meilleur des cas, cela voudrait dire qu'elle est de mèche avec Heather.

Kitt resta bouche bée.

— Ne me dis pas que tu la soupçonnes encore…

— C'est mon boulot de soupçonner les gens, gronda-t-il.

Kitt lui décocha un regard furibond.

— Tu sais quoi ? Il y a des choses mille fois plus importantes que ton boulot, dans ce monde.

— Ah oui ? Comme quoi ?

— Comme l'amitié, l'amour et la confiance mutuelle.

— Dans mon métier, la confiance est un luxe que je ne peux pas me permettre.

Kitt se tourna vers la vitre. Un SDF arpentait le trottoir en faisant la manche.

— Même pas avec moi ? risqua-t-elle.

— Il ne s'agit pas de la confiance que je te porte.

— Si, justement.

Sa voix résonna soudain plus fort à ses oreilles. Avait-elle haussé le ton sans s'en rendre compte ou bien était-ce dû au volume réduit de l'habitacle ?

— Evie est mon amie depuis huit ans. Je la connais

bien. Je n'arrête pas de te répéter qu'elle est innocente mais tu refuses de le croire. De *me* croire.

— Nous faisons parfois des erreurs de jugement, déclara Halloran en serrant le volant entre ses doigts.

— Parle pour toi.

— C'est ce que je fais, en effet, dit-il d'une voix empreinte d'un léger tremblement.

Kitt l'enveloppa d'un regard perplexe.

— Tu ne me dis pas tout, c'est ça ?

La voiture s'arrêta à un feu rouge. Halloran frappa le volant du plat de la main droite dans un geste de défaite.

— Ma femme, lança-t-il en jetant un coup d'œil à Kitt. Elle a été assassinée par un ami. Un agent de police.

Ce fut au tour de Kitt d'éviter son regard, fixant plutôt le disque rouge du feu de circulation.

— Alors c'est ce que tu voulais dire... quand tu as laissé entendre que tu avais vécu la même situation. Je suis désolée.

— Tu ne pouvais pas savoir.

— Je ne sais pas quoi dire... sauf que personne ne devrait jamais vivre ça, murmura Kitt.

— Il n'y a rien à dire. Je n'ai pas réussi à la sauver et il est hors de question que je refasse la même erreur.

— Tu n'es pas responsable de ce qui s'est passé, Malcolm, martela Kitt, mais elle vit qu'il ne l'écoutait pas.

— Je ne pourrai plus jamais...

— Quoi ?

— Accorder ma confiance.

— Tu n'as rien à te reprocher, insista Kitt. C'est ton ami, le coupable.

Le feu passa au vert et l'inspecteur se concentra de nouveau sur la route tandis que la voiture redémarrait.

— Je sais que tu as raison, dit-il. Je tiendrais les

mêmes propos si quelqu'un d'autre se trouvait à ma place. Mais…

— Je sais, le coupa Kitt. Je sais à quel point c'est douloureux, d'être trahi par quelqu'un en qui on avait confiance.

— Comme j'aimerais que tu ne le saches pas…

— Et moi, j'aimerais pouvoir t'aider, mais les conseils que je prodiguerais sur la question seraient plutôt hypocrites.

— Comment ça ?

— Tu as sans doute remarqué que je n'ai rencontré personne depuis Theo.

— Peut-être pas sur le plan amoureux, mais tu t'es fait une amie, fit observer l'inspecteur. Evie.

— C'est vrai, concéda Kitt. Je me suis sentie en sécurité dès le début avec elle, tu vois ce que je veux dire ?

— Ça passe avant tout, ce sentiment de sécurité, mais peu de gens s'en rendent compte. Ça fait partie des premières choses qu'on t'enseigne à l'école de police.

— Je suppose que les policiers ont aussi besoin de gens auprès de qui ils se sentent en sécurité, fit remarquer Kitt.

Halloran sourit.

— Oui.

Halloran leva le pied de l'accélérateur et engagea la voiture dans White Rose Street. C'était là qu'habitait Heather, selon le système informatique de la police.

L'inspecteur se gara le long du trottoir. Kitt pointa soudain un doigt devant elle.

— Malcolm, c'est elle ! C'est Heather !

— En train de monter dans la voiture ? Qui est avec elle ?

— Cette silhouette me dit quelque chose, répondit Kitt en examinant le jeune homme trapu et chauve occupé à pousser quelqu'un à l'arrière de la voiture.

Une femme avec les poings liés…

Kitt retint son souffle.

— Je n'arrive pas à savoir où j'ai vu ce type, mais je sais qui il est en train de malmener.

— Evie, lâcha Halloran.

Kitt détacha sa ceinture de sécurité.

— Qu'est-ce que tu fabriques ?

— Je vais récupérer Evie.

— Tu ne réussiras pas à pied, regarde !

Heather était déjà assise derrière le volant lorsque son complice claqua la portière arrière et alla prendre place à côté d'elle. Le moteur vrombit. Kitt aperçut brièvement un visage familier par la vitre arrière avant que le véhicule s'éloigne à vive allure vers l'autre bout de la rue.

— Evie !

— Ne t'inquiète pas, on va les rattraper. Accroche-toi, ordonna Halloran en démarrant en trombe.

Il pressa un interrupteur sur le tableau de bord et, l'instant d'après, le hurlement des sirènes emplit les oreilles de Kitt.

CHAPITRE 39

Halloran enfonça un bouton sur le levier de vitesse.

— Officier numéro 9969, appel de renforts, en route vers le sud sur Crichton Avenue, terminé.

— Officier numéro 9969, inspecteur principal Halloran, bien reçu, grésilla une voix de femme à la radio.

— Nous sommes à la poursuite de deux suspects au volant d'une Ford rouge. Numéro d'immatriculation Alpha, Juliette, 5, 3, Lima, Victor, Sierra. Les suspects ont emmené une personne disparue et pourraient être armés.

Tout en parlant, Halloran doubla une Volvo qui roulait au ralenti devant eux et, se rappelant les consignes de l'inspecteur quelques instants plus tôt, Kitt s'agrippa aux rebords de son siège pour éviter de basculer.

— Bien reçu. Dispatchons toutes les unités disponibles dans ce secteur, répondit la femme.

Halloran coupa la communication puis se concentra sur la route. Kitt ne l'avait jamais vu arborer une expression aussi austère, pas même dans les moments les plus éprouvants de l'enquête. Ses yeux bleus se plissèrent tandis qu'il fixait sa cible sans ciller. Quelques voitures devant eux, la Ford rouge zigzaguait à vive allure pour tenter de semer son poursuivant.

Le profil ciselé de Halloran se découpait sur les rangées

parfaitement alignées des maisons de brique rouge caractéristiques des banlieues anglaises. Peu après, un faisceau de lumière jaune apparut dans son champ de vision périphérique. Détachant son regard de l'inspecteur, elle eut un léger sourire en apercevant deux autres véhicules de police stationnés au bout de Crichton Avenue, mais il s'évanouit lorsque la Ford bifurqua brusquement à droite. Le changement de cap fut tellement soudain que Halloran dut appuyer de toutes ses forces sur la pédale de frein puis tirer sur le frein à main pour prendre un virage à angle droit. Les roues arrière dérapèrent violemment, Kitt sentit son estomac chavirer mais l'inspecteur enfonça l'accélérateur et la voiture se redressa rapidement. Les ongles plantés dans son siège, Kitt jeta un coup d'œil par-dessus son épaule : les deux autres véhicules de police s'élançaient à leur suite dans un concert de sirènes.

Reportant son attention sur la route, elle poussa un cri en voyant plusieurs piétons bondir sur le trottoir, esquivant de justesse la voiture de Heather. Kitt plaqua une main sur sa bouche, songeant soudain que ses exclamations horrifiées risquaient de nuire à la concentration de son compagnon.

— Désolée, murmura-t-elle après s'être ressaisie. Je n'ai pas trop l'habitude des courses-poursuites.

— Je ne voudrais surtout pas t'inquiéter mais ça fait quelques années que je n'ai pas pratiqué non plus.

— Comme c'est rassurant, articula Kitt, partagée entre l'envie de fermer les yeux et celle d'assister à la suite des événements.

La voiture de Heather fit une nouvelle embardée à droite pour s'engouffrer dans Grosvenor Road. Dans cette rue plus étroite, la Ford érafla une rangée de véhicules garés d'un côté de la chaussée, laissant dans son sillage bosses et éraflures, arrachant le rétroviseur d'une camionnette.

— À quoi elle joue, bon sang ? demanda Kitt. Elle croit vraiment pouvoir nous semer dans ce quartier résidentiel plein de petites rues ? J'ai bien peur que ça se termine mal…

— Elle ne s'attendait pas à nous voir si tôt, expliqua Halloran en virant de nouveau à droite. Elle panique, ce qui veut dire qu'elle va commettre une erreur, tôt ou tard.

— Les autres voitures ne sont plus derrière nous, fit remarquer Kitt en pivotant sur son siège.

— Non, le protocole prévoit une dispersion des véhicules pour pouvoir encercler la cible et lui bloquer la route.

— Logique, commenta Kitt. Pas comme la conduite de Heather, ajouta-t-elle en voyant la Ford tourner à gauche dans Bootham.

— Nom de Dieu, elle se dirige vers le centre-ville, marmonna Halloran en s'accrochant au volant.

— Pendant les heures de rush de la pause déjeuner ? s'étonna Kitt. Elle est folle ou quoi ? Pourquoi est-ce qu'elle ferait ça ?

Halloran secoua la tête.

— Si elle avait continué tout droit, elle aurait débouché sur l'A19, c'est-à-dire une voie à sens unique sans aucune échappatoire. Comme elle n'est pas vraiment au volant d'une Ferrari, elle ne peut pas compter sur la vitesse pour nous semer. Elle pense peut-être pouvoir nous perdre dans les petites rues du centre et abandonner sa voiture quelque part.

— Espérons qu'il n'y aura pas trop de monde en train de se nourrir de bière devant les pubs, fit Kitt en se forçant à adopter un ton léger. D'après ce que j'ai vu, Heather n'est pas du genre à se laisser enquiquiner par qui que ce soit, aujourd'hui.

Ignorant le feu rouge dans Bootham Bar, la Ford tourna et prit la direction du Theatre Royal dans une cacophonie de klaxons. Halloran s'engouffra dans son sillage mais les automobilistes mécontents se gardèrent bien de klaxonner une voiture de police signalée par les hurlements de sa sirène.

Une seconde plus tard, Heather utilisa le même stratagème au croisement de Museum Street. Cette fois cependant, une Mercedes vert foncé percuta la Ford, suffisamment fort pour l'immobiliser, mais pas assez pour la mettre hors d'état de nuire. Avec une étonnante rapidité, Heather fit marche arrière puis contourna la Mercedes accidentée pour continuer sa route. Halloran n'eut pas le temps de lui bloquer le passage. Le conducteur impliqué dans la collision n'eut pas le temps de sortir de sa voiture pour demander des comptes. En désespoir de cause, il baissa sa vitre et lança un chapelet d'insultes en direction de la fuyarde. Les vitres de la voiture de police étant fermées, Kitt n'entendit pas ce qu'il braillait mais elle n'eut aucune peine à lire les injures sur ses lèvres.

Halloran évita la Mercedes et reprit la chasse de la Ford. Sur le pont de Lendal, Kitt ne lâcha pas des yeux la voiture rouge qui serpentait entre les files de véhicules, évitant de justesse un nouvel accident avec une Citroën noire. Cette fois-ci, Kitt se détourna et aspira une grande goulée d'air en appuyant sur le bouton d'ouverture de la vitre, s'obligeant à fixer son attention sur la rivière qui courait en contrebas.

— Ça va ? demanda Halloran.

— Ne t'inquiète pas pour moi, concentre-toi sur la

route, articula Kitt, regrettant amèrement le sandwich œuf-mayonnaise qu'elle avait partagé avec Grace avant d'aller voir Heather.

Elle ne s'était pas sentie aussi barbouillée depuis qu'une de ses copines l'avait mise au défi de monter sur l'attraction judicieusement baptisée le Terrorizor lors d'une sortie scolaire. L'expérience datait d'une bonne vingtaine d'années mais elle avait encore la nausée rien qu'en y repensant.

Son estomac chavira de nouveau lorsque la voiture fit une embardée à gauche et elle ferma brièvement les yeux.

— Ça y est : on la tient, déclara Halloran.

Rouvrant aussitôt les yeux, Kitt se rendit compte qu'ils remontaient à présent Skeldergate, une route parallèle à la rivière. En face d'eux, à quelques mètres de la Ford rouge de Heather mais roulant rapidement à sa rencontre, se trouvaient les deux voitures de police qui les avaient suivis un peu plus tôt avant de partir dans d'autres directions. Heather pila brusquement puis tourna à gauche pour s'engager dans une petite rue perpendiculaire.

— Cette rue débouche droit sur le quai, remarqua Kitt. Ils seront bloqués par la rivière.

Un sourire flotta sur les lèvres de Halloran. Apparemment, il avait déjà tiré la même conclusion. La course-poursuite était terminée. Heather n'avait aucun moyen de leur échapper.

L'inspecteur braqua et s'engouffra dans la rue juste à temps pour voir la Ford rouge traverser le quai comme un boulet de canon avant d'atterrir lourdement dans les eaux vaseuses de l'Ouse.

Halloran enfonça la pédale de frein. La voiture s'arrêta dans un crissement de pneus. Les yeux écarquillés de stupeur, la bibliothécaire et l'inspecteur de police virent le capot de la Ford rouge s'enfoncer lentement dans la rivière, bientôt suivi par le reste de la carrosserie.

— Non ! hurla Kitt en agrippant le bras de son compagnon. Evie ! Elle était ligotée !

Sans un mot, Halloran détacha sa ceinture de sécurité et ouvrit la portière à toute volée, abandonnant derrière lui Kitt, abasourdie.

CHAPITRE 40

Ouvrant à son tour sa portière, Kitt courut après l'inspecteur. Lorsqu'elle le rejoignit, il avait déjà retiré ses chaussures et laissé tomber sa veste.

Elle l'observa, bouche bée.

— Tu ne vas pas… Malcolm, tu ne peux pas faire ça, le courant est trop fort, dit-elle en jetant un coup d'œil sur les eaux d'un gris métallique.

Parcourue de violents remous, la rivière était en train d'engloutir la voiture en l'entraînant loin de la berge et Kitt ne put s'empêcher de penser au nombre de noyades signalées dans les journaux locaux. Tous les ans, plusieurs personnes périssaient dans ce cours d'eau. L'Ouse était une rivière impitoyable et tous ceux qui vivaient auprès d'elle le savaient.

— Je n'ai pas le choix, répondit Halloran. Et pas le temps de discuter.

Les sirènes des deux autres voitures se rapprochèrent.

— Je t'en prie, Malcolm, n'y va pas tout seul. Attends au moins les renforts.

Halloran désigna une bouée accrochée à un poteau métallique peint en orange, sur le bord de la rivière.

— Jette-moi cette bouée quand je te ferai signe, d'accord ? Je te préviens, Kitt, il est hors de question que tu me suives dans l'eau. Je suis très sérieux. Si je meurs, ce sera un dommage collatéral acceptable mais s'il t'arrive quelque chose, la police se retrouvera devant les tribunaux.

— Comment peux-tu dire que ta mort serait un dommage acceptable ? Pas pour moi, en tout cas, objecta Kitt en haussant le ton dans l'espoir de le raisonner.

— Ce qui peut m'arriver n'a aucune importance, répliqua-t-il. Tout ce qui compte, c'est Evie.

— Bien sûr que si, ça a de l'importance, protesta Kitt avant d'ajouter, prenant soudain conscience de la vérité : C'est important pour moi.

— Je n'ai pas de temps à perdre en discussion, insista Halloran à mi-voix.

L'instant d'après, il pivota sur ses talons et s'élança en courant vers la voiture en train de sombrer. Kitt le regarda s'approcher du bord. Lorsqu'il fut à hauteur du véhicule, il empoigna sa matraque, prit une longue inspiration et se jeta à l'eau dans un grand bruit d'éclaboussures.

— Malcolm ! s'écria Kitt tandis que les sirènes se faisaient de plus en plus stridentes.

Les deux autres véhicules de police s'immobilisèrent sur le quai. Banks émergea de la première, Wilkinson de la seconde.

Se rappelant les paroles de l'inspecteur, Kitt se précipita vers la bouée de sauvetage et la décrocha de son support. Elle le vit nager vers l'arrière de la voiture, cheveux noirs plaqués sur la tête, chemise blanche collée à la peau. L'eau devait être glaciale. Les rivières du nord du Yorkshire n'étaient jamais très chaudes pendant les mois d'été. Au mois d'octobre, le froid était sûrement insupportable. Sa seule consolation fut de constater que Malcolm Halloran était un bon nageur. Ses mouvements de bras déliés et puissants l'aidaient à surmonter la force du courant. Pour le moment, en tout cas. Car il finirait forcément par se fatiguer. Kitt ne pouvait que prier pour qu'il soit déjà de retour sur la terre ferme lorsque cela se produirait.

Même à trois mètres de distance, elle percevait les hurlements de panique d'Evie, étouffés mais perçants. Le son le plus horrible qu'elle ait jamais entendu. Des larmes roulèrent sur ses joues lorsqu'elle vit Halloran tirer de toutes ses forces sur la poignée de la portière arrière, hélas verrouillée. Il cria à Evie de s'écarter de la vitre et, à l'aide de sa matraque, fit voler en éclats le verre de sécurité en trois coups fermement assénés. Après avoir déblayé les éclats de verre, il plongea les mains à l'intérieur de la voiture qui continuait de couler lentement. Quelques instants plus tard, la voix de Banks résonna aux oreilles de Kitt.

— Oh mon Dieu, vous l'avez laissé se jeter à l'eau ?

— Disons plutôt que je n'ai pas réussi à l'en empêcher, rectifia Kitt en jetant un coup d'œil à l'inspectrice. Heather et son complice sont encore dans la voiture.

Les deux femmes regardèrent Halloran soulever un corps inerte, trempé, et le tirer par la vitre brisée.

— Oh mon Dieu, répéta Banks d'une voix assourdie par l'angoisse. C'est Evie ?

— J'en ai bien peur, confirma Kitt en promenant son regard sur la rivière dans l'espoir de repérer quelques bateaux de plaisance susceptibles de leur prêter main-forte.

Il n'y en avait aucun, hélas. La saison estivale était terminée, il n'y avait pas non plus de touristes pilotant leurs embarcations.

Halloran laissa échapper un grognement sonore lorsqu'il extirpa le corps d'Evie, alourdi par l'eau.

— Maintenant ! cria-t-il à l'adresse de Kitt en nageant

vers elles à l'aide de son bras libre. Lance la bouée maintenant !

Sans perdre un instant, elle jeta la bouée de sauvetage aussi loin que possible dans leur direction. Son lancer fut un peu court, hélas, et l'inspecteur dut nager quelques mètres de plus avant de s'en emparer. Avec des gestes sûrs, il la passa autour d'Evie et s'assura qu'elle ne risquait pas de glisser.

— Ramène-la sur la berge, ordonna-t-il alors.

Kitt s'exécuta et, avec l'aide de Charlotte Banks, tracta Evie qui grelottait de froid. Ses cheveux mouillés s'étaient agglutinés en petits paquets hirsutes. L'effroi agrandissait ses yeux. Plus inquiétant encore, son visage saignait abondamment. Deux estafilades zébraient sa tempe droite et sa mâchoire, du côté opposé. Les entailles semblaient profondes mais Kitt espéra que ce n'était pas aussi grave que cela en avait l'air.

En moins d'une minute, Evie fut à leur portée et elles entreprirent de la tirer hors de l'eau. À la surprise de Kitt, cette étape s'avéra plus difficile que prévu et Wilkinson vint les aider à la hisser sur le quai. Agenouillée au bord de la rivière, les mains toujours attachées, Evie toussa, recracha de l'eau et fondit en larmes.

Kitt s'accroupit à côté d'elle et la prit dans ses bras.

— Tout va bien, Evie, vous êtes en sécurité maintenant, assura Charlotte Banks en dénouant la corde autour de ses poignets.

Reportant son attention sur la rivière, Kitt récupéra la bouée pour la lancer à l'inspecteur mais lorsqu'elle scruta les remous grisâtres, elle n'aperçut rien d'autre que le toit de la Ford, presque entièrement engloutie. Malcolm Halloran avait disparu.

CHAPITRE 41

— Malcolm ! s'écria Kitt avant de poser sur Charlotte Banks un regard affolé. Oh mon Dieu, non... Il devait être épuisé... Le courant l'a tiré vers le fond.

Détachant ses yeux d'Evie, Banks scruta l'endroit que Kitt montrait du doigt. Puis, sans un mot, elle retira ses chaussures et sa veste, exactement comme son collègue quelques minutes plus tôt.

— Wilkinson ! Va chercher des compresses dans la trousse de secours pour soigner ces blessures. Il faut que je retrouve Halloran.

— Oh non, protesta Kitt. C'est beaucoup trop dangereux.

— Je n'ai pas le choix.

— Halloran vous interdirait sûrement d'y aller, insista Kitt.

— Il y est bien allé, lui, non ? répliqua Banks. Tenez-vous prête à me lancer la bouée, ajouta-t-elle avant de se diriger vers le bord du quai d'un pas décidé.

Elle prit une longue inspiration puis plongea dans la rivière et reparut quelques instants plus tard, le souffle coupé par le froid, mais nageant à brasses régulières en direction de la voiture dans l'espoir de retrouver Halloran.

Libérée de ses liens, le visage ensanglanté, Evie bascula en arrière et s'allongea sur les pavés du quai en gémissant.

— Evie, ça va aller… C'est fini, murmura Kitt.

Wilkinson les rejoignit avec une couverture et des pansements. Après avoir drapé le plaid sur les épaules d'Evie, il s'occupa de ses blessures tout en gardant un œil sur la progression de sa collègue.

— Ce ne sont que des pansements temporaires, déclara-t-il. En attendant qu'on vous transporte à l'hôpital. Vous aurez certainement besoin de quelques points de suture.

Sans doute dédramatisait-il délibérément la situation pour éviter d'alarmer Evie, songea Kitt en examinant les profondes entailles qui lui balafraient le visage.

Elle se mit ensuite en devoir de frotter les bras de son amie pour réactiver sa circulation sanguine tout en surveillant la rivière, espérant apercevoir la tête brune de l'inspecteur, attendant le signal de Banks pour jeter la bouée.

— J'ai cru que j'allais mourir, articula Evie.

On aurait dit qu'elle pleurait, mais elle ruisselait de partout après sa baignade forcée dans les eaux froides de l'Ouse, au point qu'il était difficile de savoir si c'était des larmes qui mouillaient son visage.

— Je sais, ma belle. Ça a dû être horrible. Comment s'y sont-ils pris pour te kidnapper ? demanda Kitt en feignant de ne pas remarquer les compresses déjà imbibées de sang.

— Ils m'ont tendu un piège, expliqua Evie en fermant les yeux. Ils m'ont invitée à sortir prendre un verre et ont prétexté qu'ils devaient s'arrêter chez eux en chemin.

— Ils vous ont retenue en otage là-bas, c'est ça ? voulut savoir Wilkinson, partageant son attention entre Evie et Banks qui venait d'atteindre la voiture et nageait autour pour détecter d'éventuels signes de vie.

— Ils m'ont ligotée, répondit Evie. Et bâillonnée.

— Oh là là, mais c'est presque excitant, dis-moi, plaisanta Kitt, prête à tout pour essayer d'oublier les vilaines plaies qui défiguraient son amie.

Leurs regards se croisèrent. Evie fit des efforts visibles pour réprimer un sourire.

— C'est trop tôt, c'est ça ? ajouta Kitt.

— Attends que j'aie enfilé des vêtements secs, d'accord ?

— D'accord.

Un sourire amusé joua sur les lèvres de Wilkinson, vite remplacé par une expression inquiète lorsqu'il scruta de nouveau la rivière.

— Tu as trouvé la lettre ? demanda Evie entre deux claquements de dents. Ce n'était qu'un tissu de mensonges, bien sûr. Ils menaçaient de me tuer comme les autres si je refusais de l'écrire.

— Je n'y ai pas cru un seul instant, affirma Kitt.

— Je le savais. Ils ont essayé de me persuader du contraire, pourtant. Ils m'ont dit que ma famille et mes amis me prendraient pour une meurtrière et que je ferais tout aussi bien de me suicider comme je l'avais écrit. J'ai refusé, alors ils ont dit qu'ils s'en chargeraient à ma place et maquilleraient leur crime pour faire croire à un suicide. En début d'après-midi, ils… ils m'ont menacée avec un couteau et m'ont forcée à avaler six comprimés de diazépam.

— Oh, Evie, je suis tellement désolée. Tu as vécu un vrai cauchemar…, murmura Kitt en secouant la tête, s'efforçant d'assimiler tout ce que son amie venait de lui confier tout en surveillant la rivière.

— Vu ce qui s'était passé pour les autres victimes, j'ai vraiment cru que ma dernière heure était arrivée. Je ne me souviens plus de grand-chose après ça, parce que je somnolais à moitié. Je ne savais ni où j'étais, ni ce qu'ils allaient faire de moi.

Evie porta sa main droite, désormais libre, à son visage mais grimaça de douleur en heurtant involontairement l'une de ses blessures.

Kitt se pencha en avant pour consoler la malheureuse mais un bruit de verre brisé attira soudain son attention. À l'aide de sa matraque, Banks était en train de casser le petit rectangle de pare-brise encore visible à la surface de l'eau. Après quelques coups, la vitre céda et, un instant plus tard, une grande plaque de verre remonta à la surface avant d'être emportée par le courant, manquant de percuter l'inspectrice. Banks s'enfonça de nouveau sous l'eau, plongeant vers l'avant de la voiture.

— Je rêve ou elle va vraiment essayer de sauver Heather ? demanda Kitt.

— Elle veut que la coupable réponde de ses actes, expliqua Wilkinson.

— Mais pourquoi elle ne remonte pas ? s'affola Kitt, les yeux rivés sur la seule partie du toit encore émergée.

Impuissants, Wilkinson, Evie et Kitt fixaient la rivière en silence. Au bout d'une minute qui leur parut une éternité, le visage de Charlotte Banks réapparut enfin. À bout de souffle, la bouche grande ouverte. Portant dans ses bras un corps immobile. Celui de Heather, apparemment à moitié inconsciente. Refoulant sa déception – elle aurait tellement voulu que ce corps inerte fût celui de Malcolm Halloran ! –, Kitt lança la bouée de sauvetage à l'inspectrice qui l'attrapa aussitôt. Aidée par Wilkinson, elle ramena ensuite les deux femmes vers la rive.

Heather trouva la force de la foudroyer du regard

lorsqu'elle fut sur le quai. Sa longue chevelure blonde était plaquée sur ses épaules, son teint avait viré au bleuté. Allongée au sol, face contre terre, elle respira bruyamment et cracha de longs jets d'eau. Kitt s'occupa ensuite de hisser Banks sur la berge. L'inspectrice était hors d'haleine. La douleur crispait les traits de son visage.

— Je dois retourner chercher Halloran, annonça-t-elle d'une voix entrecoupée.

— Non, objecta Kitt. C'est de la folie. Vous êtes à bout de forces. Vous allez vous noyer.

— Je ne peux pas le laisser mourir.

— Je sais…

Elle scruta la surface de l'eau. Malcolm Halloran lui avait interdit de le suivre dans la rivière mais il n'envisageait pas le pire en prononçant ces mots. Elle devait lui porter secours. À tout prix.

Elle enleva ses bottines en daim, s'approcha du bord et fixa la rivière comme pour mieux se préparer au choc du froid.

— Hors de question que vous vous jetiez à l'eau, intervint Wilkinson. Si quelqu'un doit y aller, c'est moi.

— Vous êtes bon nageur ? demanda Kitt en le détaillant des pieds à la tête.

Frêle comme une brindille, le policier ne résisterait pas longtemps au courant.

— Je me débrouille, répondit-il.

Kitt secoua la tête et commença à enlever son manteau.

Puis elle avança vers le bord du quai, inspira profondément. « Courage, ma fille. Force et métal », murmura-t-elle, mais lorsqu'elle baissa de nouveau les yeux sur les eaux tumultueuses, quelque chose la freina dans son élan. Une forme sombre flottait à la surface. Un visage. Un visage d'homme. Des yeux d'un gris sombre, lugubre.

Dans un brusque clapotis, la tête émergea de l'eau et Kitt poussa un cri en reculant d'un bond. C'était le complice de Heather. Ou son petit ami, peut-être ? Quoi qu'il en soit, en le voyant d'aussi près, Kitt se souvint où elle l'avait déjà croisé. Il travaillait au bar du Ashes to Ashes la nuit où elle avait interrogé Ritchie. Et ceci expliquait cela, bien sûr : ç'avait été un jeu d'enfant pour lui de dissimuler des preuves compromettantes dans le vestiaire de Ritchie. Quelques instants plus tard, la tête de Malcolm Halloran jaillit de l'eau à son tour. Il reprit son souffle, crachota l'eau qu'il avait avalée.

Kitt aida les deux policiers à ramener d'abord le suspect, puis l'inspecteur sur le quai. Dès que la main de Malcolm Halloran fut dans la sienne, une vague de soulagement submergea Kitt. Elle était heureuse qu'il soit sain et sauf et se réjouissait aussi de ne pas avoir dû sauter dans la rivière pour lui porter secours – car autant l'admettre : ce genre d'exploit aquatique ne faisait pas partie de ses passe-temps préférés.

Trempé comme une soupe, entaillé par des éclats de verre, Halloran respirait bruyamment pour soulager ses poumons en feu. Dardant sur Heather un regard sévère, il puisa probablement dans ses dernières forces pour se redresser sur les genoux et lança à l'adresse de la suspecte, promptement menottée par Wilkinson :

— Heather Young, vous êtes en état d'arrestation pour entrave à la justice, pour l'enlèvement d'Evelyn Bowes ainsi que pour les meurtres présumés d'Owen Hall, Adam Kaminski et Tim Diallo.

— Comme vous voulez, répliqua Heather en soutenant le regard de l'inspecteur. Rien de tout cela n'a d'importance, de toute façon.

— Je crois que vous tiendrez un autre discours quand

vous découvrirez votre cellule. Et que vous vous mettrez à la place de votre ex-fiancé et saurez ce qu'il ressent en vous voyant au journal télévisé.

Heather serra les dents.

— Vous dites n'importe quoi, siffla-t-elle. Lloyd comprendra. Il verra à quel point je l'aime.

— À votre place, je n'en serais pas si sûr.

— Taisez-vous ! hurla Heather avant de se tourner vers Evie. Owen t'a oubliée tellement vite, tu sais... Les autres ont été plus difficiles à convaincre, mais lui m'a invitée à entrer chez lui sans que j'aie besoin d'insister. Tout ce qui l'intéressait, c'était la promesse d'un bon moment.

Les yeux encore humides d'Evie s'emplirent de nouvelles larmes. Kitt la serra contre elle.

— Ça suffit, décréta Wilkinson. Vous nous raconterez tout ça au poste.

— Avec grand plaisir, susurra Heather tandis qu'il l'aidait à se mettre debout. Je ne vous épargnerai aucun détail, comptez sur moi. Je vous dirai à quel point ça a été facile de les séduire pour qu'ils tombent dans le piège mortel. Je vous décrirai leurs expressions, juste avant de mourir...

— Allez, c'est bon, la coupa Wilkinson d'un ton bourru en l'entraînant vers la voiture de police.

À peu près remise de sa baignade improvisée, Banks passa les menottes au barman de la boîte de nuit, encore haletant.

Croisant le regard de Kitt, Halloran sourit. Elle lui rendit son sourire mais l'expression triomphante disparut rapidement du visage de l'inspecteur, remplacée par une grimace de douleur. Il plaqua une main sur son flanc et Kitt aperçut un filet de sang entre ses doigts.

— Qu'est-ce que…, murmura-t-elle en écartant sa main pour voir ce qu'il cachait.

Une profonde blessure entaillait sa hanche. Elle plaqua ses deux mains sur la plaie et exerça une légère pression.

— Qu'est-ce qui s'est passé ?

— C'est le… le petit ami de Heather, balbutia Halloran. Il avait un couteau.

Kitt l'aida à s'allonger.

— On a besoin d'une ambulance ! cria-t-elle à Banks.

— Les secours sont déjà en route. Ou devraient l'être, en tout cas, répondit l'inspectrice. Je les ai appelés dès que j'ai vu la voiture dans la rivière.

— Foutues restrictions budgétaires, marmonna Kitt. On a trois fois le temps de crever avant qu'une ambulance se libère.

— Merci du soutien, ironisa Halloran dans un pâle sourire.

Kitt esquissa une moue penaude.

— Désolée, dit-elle en lui caressant les cheveux.

— Je vais aller voir où ils en sont, déclara Banks.

Wilkinson lui tendit une main pour se relever et l'inspectrice se dirigea d'un pas encore hésitant vers sa voiture pour interroger les équipes de secours.

Kitt attrapa son manteau pourpre et le plia rapidement pour le glisser sous la nuque de Malcolm Halloran. Puis elle écarta les mèches de cheveux qui lui barraient le visage. Il se mit à tousser. Ses yeux semblaient incapables de se fixer sur un point précis. Sa chemise blanche maculée de sang avait souffert pendant l'éprouvante opération de sauvetage. Lacérée de toutes parts, elle ne cachait plus le tatouage ornant son bras droit. C'était un prénom de femme : « Kamala ».

Malcolm Halloran avait fait graver le prénom de sa

femme sur sa peau. Kitt sentit son estomac se contracter et sa gorge se serrer. La vue de ce tatouage lui était presque insupportable, tout comme l'idée qu'il avait aimé une femme au point de vouloir garder son prénom sur son corps, telle une trace indélébile.

— Je suis désolé pour tout ça, dit-il d'une voix à peine audible.

Arrachée à ses pensées, Kitt secoua la tête et sourit.

— J'espère bien que tu es désolé. Tu aurais pu éviter de te faire poignarder, quand même... Ça tombe vraiment mal.

Il parvint à esquisser un petit sourire.

— Je suis sûr que mon look de soldat blessé ne te laisse pas insensible, articula-t-il entre deux claquements de dents.

— Mmm, c'est pas faux. Tu es... disons dix fois plus séduisant avec une plaie ensanglantée sur le ventre mais surtout, ne le dis à personne, répliqua Kitt en serrant la main libre de Malcolm Halloran dans la sienne.

Leurs doigts s'entremêlèrent.

— Moi qui croyais que les filles de Middlesbrough étaient des dures à cuire... C'est une simple égratignure pour toi, ça, non ?

— Exactement, mais ce ne serait pas très sympa de ma part de le faire remarquer. Tout le monde croirait que c'est du chiqué, fit Kitt avec un entrain forcé.

Une lueur traversa brièvement le regard de l'inspecteur, signe qu'il aurait volontiers souri s'il en avait eu la force. Au même instant, Kitt entendit sa respiration ralentir.

— Je ne veux pas être là.

Les mots glissèrent de ses lèvres tremblantes.

— C'est drôle, je pensais exactement la même chose, dit Kitt. Où aimerais-tu être ?

Les traits de son visage se contractèrent douloureusement pour esquisser un sourire qui s'estompa beaucoup trop vite. Ses paupières se fermèrent.

— Malcolm... Malcolm, répéta Kitt, certaine d'avoir lu quelque part que le son le plus réconfortant aux oreilles d'une personne n'était autre que son propre prénom.

C'était ce qu'apprenaient les équipes de secouristes pendant leur formation. En entendant leur prénom, les blessés se sentaient en sécurité et cette technique pouvait même empêcher certains de perdre connaissance. En l'occurrence, hélas, le froid qu'il supportait depuis trop longtemps eut raison de ses dernières forces et Kitt, impuissante, vit son visage se relâcher pour devenir totalement inexpressif tandis qu'au loin les sirènes des ambulances poussaient leurs lamentations stridentes.

CHAPITRE 42

— Je ressemble à la fiancée de Frankenstein, gémit Evie, assise dans son lit d'hôpital.

C'était la première fois qu'elle osait inspecter dans le miroir ses plaies soigneusement suturées, l'une sur la tempe droite, l'autre en bas de la joue gauche.

— C'est le bouquet !

Kitt secoua la tête en souriant. Même dans les circonstances les plus délicates, Evie trouvait toujours la force d'émailler une conversation d'expressions surannées.

— J'ai toujours trouvé qu'Elsa Lanchester avait une classe folle, dans ce rôle.

Evie lâcha le miroir et adressa une grimace à son amie.

— Ce ne sont pas les points de suture, le plus drôle à voir, ce sont tes mimiques, crois-moi, ajouta Kitt avec une lueur espiègle dans les yeux.

Evie reprit le miroir et examina de nouveau son reflet.

— Bigre, tu as raison : j'ai l'air vraiment bizarre quand je fais cette moue !

Elle laissa échapper un petit rire mais, l'instant d'après, elle porta une main à son visage pour effleurer ses blessures du bout des doigts, évaluant l'étendue des dégâts. Kitt espérait que son amie se remettrait sans trop de mal de tous les traumatismes qu'elle avait endurés au cours des dernières semaines. Pas seulement physiques, mais émotionnels.

— Bonjour, lança une voix familière.

— Inspectrice Banks…

Kitt ouvrit des yeux ronds : vêtue d'un pantalon en toile noire et d'un ample sweat-shirt gris à capuche, l'inspectrice avait lâché ses cheveux qui flottaient, encore légèrement humides, sur ses épaules. Compte tenu de ce qu'elle savait, Kitt ne fut pas surprise de constater qu'il avait fallu un accident de voiture presque fatal pour que Banks renonce enfin à ses chignons sévères. Elle se tenait à l'entrée du box délimité par un fin rideau bleu.

— Maintenant que vous m'avez sortie de la rivière, je crois que nous pouvons nous appeler par nos prénoms, déclara-t-elle avec un soupçon d'amusement dans la voix.

— D'accord, Charlotte, fit Kitt.

— Charley, corrigea l'inspectrice.

— Charley, répéta Evie. C'est joli.

Du coin de l'œil, Kitt la vit détailler Charlotte Banks qui, sans son tailleur et avec ses cheveux libres, ne ressemblait plus du tout à l'inspectrice sévère qu'elles connaissaient. Tout en elle paraissait plus doux. Plus surprenant encore, elle eut l'air sincèrement embarrassée lorsque Evie la complimenta sur son prénom.

— Comment vous sentez-vous ? demanda-t-elle en se rapprochant du lit.

— Pas trop mal, tout compte fait, répondit Evie en haussant les épaules. Les médecins m'ont dit que je garderais sûrement des cicatrices. Donc soit je devrai suivre des traitements spéciaux pour les atténuer, soit je serai obligée de changer de métier.

Kitt se tourna vers son amie, sourcils froncés.

— Pourquoi ? Tu adores masser…

— Je sais… Mais je pense que je vais avoir du mal à me faire embaucher dans un institut de beauté avec mon visage balafré. Ce n'est pas vraiment l'image que désirent véhiculer ce genre d'entreprises obnubilées par le physique.

— N'importe quoi, lâcha Kitt.

— Je ne suis pas souvent d'accord avec Kitt, intervint Charlotte Banks, mais cette fois-ci, je pense qu'elle a raison. Personne ne songera à remettre en cause vos compétences professionnelles pour deux malheureuses cicatrices.

— Vous croyez ?

— Oui. Et dans le cas contraire, vous n'aurez qu'à venir m'en parler. En plus, c'est souvent plein de charme, une cicatrice…

— C'est vrai ?

— Je trouve, oui, confirma Banks dans un sourire.

Se tournant soudain vers Kitt, qui commençait à se sentir de trop, elle ajouta :

— Halloran aimerait vous voir, Kitt. Prenez le couloir en sortant d'ici puis tournez à gauche. C'est la troisième porte sur votre droite, si mes souvenirs sont bons.

Elle se demanda si l'inspecteur l'avait vraiment réclamée ou si c'était un prétexte inventé par Charlotte Banks pour se retrouver seule avec Evie.

— J'y vais de ce pas.

Elle pressa doucement la main de son amie et Evie la gratifia d'un sourire rassurant. Pivotant sur ses talons, elle écarta le rideau, sortit du box et suivit les instructions de Banks.

La porte était ouverte et l'inspecteur était assis au bord du lit. Un infirmier vêtu de bleu tentait de le convaincre de rester allongé.

— Je vous en prie, inspecteur. Le médecin vous a formellement déconseillé de vous lever. C'est beaucoup trop tôt.

— Je me sens en pleine forme, déclara Halloran en réprimant une grimace de douleur alors qu'il venait de passer une main dans ses cheveux, ébouriffés par la séance de natation improvisée.

Il était aussi décoiffé que la veille au soir, après le baiser qu'ils avaient échangé… après qu'elle avait enfoui les doigts dans l'épaisseur de sa tignasse.

— Ce patient vous donne du fil à retordre ? lança Kitt en pénétrant dans la chambre.

Les deux hommes se tournèrent vers elle. Le froncement de sourcils de Halloran se métamorphosa en sourire désinvolte.

— Je vais m'occuper de lui, ne vous inquiétez pas, reprit-elle à l'adresse de l'infirmier qui, après les avoir dévisagés à tour de rôle, hocha la tête et les laissa seuls.

Posant les mains sur les épaules de l'inspecteur, Kitt lui fit signe de lever les pieds et le força à se rallonger.

— Tu dois obéir aux ordres du médecin et te reposer.

— Ça me dérange beaucoup moins quand c'est toi qui viens me border, plaisanta Halloran en lui emprisonnant la main.

Elle contempla leurs doigts entrelacés, posés sur la couverture d'hôpital vert menthe, puis suivit du regard les contours de son bras gauche jusqu'au bas de la manche du tee-shirt qu'il avait enfilé. On ne voyait plus son tatouage mais Kitt le devinait presque à travers le tissu. S'ils décidaient de faire un bout de chemin ensemble, elle devrait accepter de vivre dans l'ombre d'une autre femme.

— Kitt ? murmura Halloran en détachant les yeux de

son visage pour les baisser sur le point qu'elle scrutait fixement.

Elle se força à rencontrer son regard, esquissa un sourire.

— Banks a dit que tu voulais me voir.

— Évidemment que je veux te voir, répondit-il sans cesser de l'observer d'un air perplexe.

— Des nouvelles de Heather ? demanda Kitt, désireuse de donner à la conversation un tour plus professionnel.

— Oui…

Kitt haussa les sourcils et attendit la suite.

— Au dire de Wilkinson, son petit ami a tout déballé. Il a raconté que Heather avait passé plusieurs mois à tout planifier : elle a quitté Manchester pour monter une nouvelle affaire à York puis elle a acheté de l'espace publicitaire sur le site de rencontres LoveMatch. Elle a même utilisé les compétences informatiques apparemment hors pair de son copain pour pirater plusieurs comptes sur les réseaux sociaux, ainsi que des fichiers bancaires et médicaux, tout ça dans le but de rassembler un maximum d'informations nécessaires au bon déroulement de leur plan. Ils ont récolté plusieurs histoires intéressantes, repéré plusieurs boucs émissaires potentiels, mais l'ordonnance de diazépam délivrée à Evie figurait dans son dossier médical, ainsi que son overdose médicamenteuse. D'après lui, c'est pour cette raison que Heather a choisi de lui faire porter le chapeau. Elle savait qu'elle pourrait facilement exploiter ces éléments. Et puis il y avait aussi le message compromettant sur son compte Facebook. Ils savaient que tout cela orienterait l'enquête et que, dès lors que l'existence d'un complice serait envisagée, les alibis ne pèseraient plus aussi lourd dans la balance.

— D'accord, mais il y a une chose que je ne comprends pas : pourquoi est-ce que les ex des autres victimes n'ont pas mentionné Heather dans la liste des personnes informées de leurs ruptures difficiles ? Si son nom avait figuré sur au moins deux de ces listes, nous l'aurions soupçonnée plus tôt.

— Eh bien, c'est sur ce point qu'ils se sont montrés particulièrement habiles et ça explique aussi pourquoi ils ont attendu tout ce temps avant de passer à l'acte... Crois-tu vraiment que tu te souviendrais de la conversation que tu as eue avec ton esthéticienne quatre ou six mois plus tôt ?

— Non, tu as raison, admit Kitt. Je pense que je me concentrerais plutôt sur les personnes qui occupent une place plus importante dans ma vie.

— Et c'est exactement ce qu'ont fait Zoe et Francis. Le petit ami de Heather a avoué qu'ils avaient d'abord envisagé de faire porter le chapeau à Zoe Gray ; ils espéraient que la police penserait qu'elle s'était laissé emporter par son goût pour la mise en scène. Mais ils savaient qu'ils devaient temporiser. S'ils étaient passés trop vite à l'action après avoir rassemblé les informations sur leur victime suivante, ils auraient augmenté les risques de se faire coincer. Quand ils ont fouillé dans le passé d'Evie et découvert tant d'éléments exploitables, ils ont décidé que l'heure avait sonné.

— S'ils craignaient tellement de se faire attraper, Heather aurait dû éviter de laisser traîner un stylo-plume Stanwyck sur son bureau.

Halloran approuva d'un signe de tête.

— Ils ont pris trop d'assurance en voyant que l'enquête piétinait. Je peux te dire que nous n'avons absolument rien trouvé de suspect quand nous avons rendu visite à Heather sur son lieu de travail au début de l'affaire.

Kitt frissonna.

— Et cette histoire de stylos-plume, justement ? Est-ce qu'ils ont expliqué pourquoi ils faisaient ça ?

— Oui, et c'est vraisemblablement le détail le plus macabre de la confession du petit copain. Heather lui avait raconté que, lors de leur rupture, son ex lui avait écrit un mot avec un stylo-plume Stanwyck qui avait appartenu à la mère de Heather, aujourd'hui décédée.

— Oh, et je parie qu'il avait utilisé le même papier que celui retrouvé sur les victimes, commenta Kitt.

— Gagné. Heather a acheté les stylos sur une période de deux ans, en espèces, dans des boutiques solidaires. Raison pour laquelle il nous était impossible de retrouver ces achats.

— Le petit ami en question devait être totalement sous son emprise pour accepter de marcher dans son jeu.

— J'ai l'impression que ça lui plaisait bien, malheureusement.

Kitt laissa échapper un soupir.

— Tout ce gâchis juste pour se venger de son ex-fiancé ?

— N'oublie pas que nous avons affaire à une déséquilibrée. Certains individus, quand ce genre de mésaventure leur arrive, adoreraient pouvoir se défouler sur la personne qui leur a fait du mal, mais l'aiment trop pour passer à l'acte et se rabattent donc sur d'autres. C'est leur manière de canaliser leurs sentiments.

Kitt secoua la tête. Elle n'avait aucune envie d'excuser Heather, qui avait commis des actes atroces, mais pour être tout à fait franche, elle comprenait. Pas ce qu'elle avait fait, bien sûr, mais les émotions qui l'avaient poussée au pire. Qu'avait écrit Evie dans la lettre que Heather l'avait forcée à rédiger… ? Que les personnes qui brisaient des cœurs n'étaient jamais punies pour la souffrance qu'elles infligeaient. Kitt n'aurait jamais eu l'idée de se venger de Theo mais, pendant très longtemps, elle s'était dit qu'il méritait de souffrir pour ce qu'il lui avait fait. Comble de l'ironie : il avait bel et bien souffert et regretterait probablement toute sa vie sa décision. Oh, il serait aimé par d'autres femmes, Kitt n'en doutait pas un instant. Mais aucune ne l'aimerait comme elle l'avait fait. Voilà ce qu'il avait perdu. Pour de bon.

— Kitt, murmura Halloran.

Elle sursauta, arrachée à ses pensées.

— Au sujet de ce baiser…

Elle lui sourit et posa doucement les doigts sur ses lèvres, savourant le léger picotement de sa barbe sur sa peau.

— Pas maintenant, mon cœur. Tu dois reprendre des forces. Tu as sûrement une foule de choses à régler au commissariat mais avant ça, tout comme moi, tu as besoin d'une bonne nuit de repos. On en reparlera demain, d'accord ?

Halloran embrassa les doigts posés sur sa bouche. Kitt ferma les yeux, grisée. Comme il aurait été facile, et tellement naturel, de le prendre dans ses bras… de lui avouer son désespoir lorsqu'elle avait cru qu'il ne sortirait pas vivant de la rivière. De lui dire qu'elle le désirait – même s'il les avait arrêtées et soupçonnées à tort, Evie et elle. Cela aurait été la chose la plus simple et la plus évidente au monde… Pour n'importe qui d'autre que Kitt, car cela faisait des années qu'elle gardait ses distances avec les hommes et, à cet instant précis, elle était persuadée d'avoir besoin de temps pour réfléchir.

— Inspecteur Halloran, on m'a dit que vous n'étiez pas très obéissant avec les infirmiers, déclara une voix de femme depuis le seuil de la chambre.

Jetant un coup d'œil par-dessus son épaule, Kitt découvrit une médecin occupée à griffonner quelques notes dans le dossier qu'elle tenait à la main.

— J'espère que vous écrivez que l'inspecteur n'est pas un client facile, plaisanta Kitt en se libérant pour aller rejoindre le docteur au pied du lit.

— Exactement, approuva cette dernière d'un ton faussement réprobateur. Je vais même le noter au stylo rouge, histoire que toute l'équipe sache à quoi s'attendre.

Elle se tourna vers Halloran.

— Il est temps pour moi d'examiner cette blessure.

Malgré la gravité de la situation, Kitt dut se retenir de rire, amusée par l'attitude de la médecin. Halloran, qui avait arboré toute la semaine un air sévère, arrogant, implacable, se retrouvait à présent comme un petit garçon entre les mains du personnel soignant. Quel juste retour des choses…

— Je vais vous laisser, déclara-t-elle.

— Est-ce que je pourrai passer à la bibliothèque demain ? demanda-t-il d'un ton hésitant, comme s'il n'était pas sûr de la réponse.

Kitt fit mine de réfléchir. Lorsqu'elle posa les yeux sur lui, un sourire étira lentement ses lèvres.

— Vers midi, ça m'arrangerait. Et si vous pouviez apporter mon manteau chez le teinturier ? Il vous a servi d'oreiller. Je vous en serais très reconnaissante. Me balader dans un vêtement qui sent la vase ne figure pas sur ma liste de priorités cette semaine.

Halloran rit de bon cœur avant de grimacer, traversé par une onde de douleur. Kitt referma la porte sans bruit.

En regagnant le box d'Evie, Kitt toucha d'un air pensif le pendentif *Jane Eyre* attaché à son cou, puis posa la paume de son autre main à plat sur sa poitrine. Elle sentit une chaleur diffuse sous ses doigts. Ce n'était pas la brûlure douloureuse qui la taraudait d'habitude, non. C'était plutôt la chaleur réconfortante d'un feu de cheminée par une journée d'hiver. C'était rassurant, sûr, enveloppant. Et totalement nouveau.

CHAPITRE 43

La journée du lendemain fut terriblement ordinaire comparée aux périlleuses tribulations aquatiques de la veille. Après tout ce qui s'était passé, cependant, Kitt se réjouissait presque d'aller assister à une réunion comptable – alors qu'elle détestait ça en temps normal. En regagnant le bureau des renseignements, elle découvrit Grace assise à sa place, coiffée de son chapeau et en pleine conversation téléphonique.

— Oui, eh bien, comme je vous l'ai déjà dit, lança-t-elle avec les intonations guindées qu'elle prenait chaque fois qu'elle imitait sa supérieure, je ne suis pas pour grand-chose dans la résolution de cette affaire. Si la police a pu arrêter les coupables, c'est surtout grâce aux talents d'enquêtrice de ma formidable assistante, Grace Edwards. Elle est également très photogénique, au cas où vous vous poseriez la question. Voulez-vous que j'épelle son nom de nouveau ?

Kitt s'immobilisa, bras croisés sur la poitrine. Lorsqu'elle l'aperçut, Grace écarquilla les yeux.

— Enfin, bref, reprit-elle en laissant échapper un gloussement nerveux, je dois vous laisser. J'ai une urgence avec le système de classification décimale de Dewey... Petite blague de bibliothécaire, désolée. Au plaisir !

Grace reposa le combiné d'un geste brusque.

— Coucou, patronne, enchaîna-t-elle sans transition en ôtant le chapeau de Kitt pour le poser sur la table.

— Au plaisir ? répéta cette dernière en haussant les sourcils. Quand est-ce que tu m'as entendue dire ça ?

— Tu le dis toujours… non ? minauda Grace en repoussant une mèche brune derrière son oreille, un sourire mielleux aux lèvres.

Kitt posa une main sur sa hanche.

— Non, c'est faux. Je veux bien fermer les yeux sur tes saynètes improvisées, Grace, mais franchement, « au plaisir », c'est trop.

— J'essayais juste de répondre aux sollicitations des journalistes, comme on se l'était dit.

— D'accord, mais je crois que je ferais mieux de m'en occuper, maintenant, déclara Kitt avant d'ajouter, en voyant Grace porter deux doigts à sa tempe : Et arrête avec ce pseudo-salut militaire, petite insolente !

Grace laissa retomber sa main.

— Je crois que je vais aller jeter un coup d'œil aux demandes des étudiants.

— Excellente idée.

— Salut, ma jolie, lança une voix qu'elles connaissaient bien.

Kitt se retourna. Ruby arrivait à petits pas, accompagnée d'Evie.

— Salut, vous deux ! Vous êtes venues ensemble ?

— Non, ma belle, répondit Ruby. C'est une pure coïncidence. On s'est croisées en arrivant. Je voulais passer à la bibliothèque et venir te faire un petit coucou.

— Vous ne croyez pas aux coïncidences, fit remarquer Kitt en inclinant la tête sur le côté.

Elle consulta discrètement sa montre. 11 h 55. Halloran

n'allait pas tarder. Aujourd'hui, Kitt ne croyait pas non plus aux coïncidences.

— Evie est là parce que j'ai dû laisser échapper que Malcolm Halloran passait me voir vers midi, reprit-elle en gratifiant son amie d'un regard faussement réprobateur.

Evie se laissa choir sur une chaise en riant. Elle avait légèrement forcé sur le maquillage et ramené ses cheveux vers l'avant pour tenter de camoufler les points de suture qui couraient sur sa tempe. Kitt n'eut pas le cœur de la rabrouer. Evie avait bien besoin de ce genre de distraction pour oublier ses blessures de guerre. Kitt ignorait encore comment son amie se sentait par rapport à ces cicatrices ; elle devrait rester vigilante dans les semaines à venir et s'assurer que tout aille aussi bien que ce qu'elle laissait paraître.

Quant à Ruby, c'était une autre histoire.

— J'en conclus donc, chère Ruby, que vous avez appris d'une manière ou d'une autre que l'inspecteur Halloran devait passer ici aujourd'hui, aux alentours de midi, lança Kitt à l'adresse de la vieille femme.

— C'est que j'ai eu une vision, déclara Ruby en lui donnant un coup de coude.

— Pitié, changez de disque.

— Oh, bon, d'accord : une des passagères du bus 59 est infirmière à l'hôpital. Elle a entendu quelqu'un qui a entendu quelqu'un raconter qu'un inspecteur de police avait conté fleurette à une bibliothécaire dans une des chambres, hier. Elle était au courant de tous les détails.

Kitt porta une main à son front en soupirant. Pourquoi était-elle montée sur ses grands chevaux face à la curiosité insistante des journalistes, la semaine passée ? Il était difficile, voire impossible, de préserver sa vie privée dans une petite ville comme York.

— Vous fêtez quelque chose, c'est ça ? lança Michelle à la cantonade en s'approchant du bureau.

Son regard glissa sur le petit attroupement et Kitt étouffa un rire en voyant Evie baisser précipitamment les yeux. Elle avait mentionné tant de fois le regard de Gorgone de sa supérieure hiérarchique que son amie n'osait plus la regarder en face.

Une semaine plus tôt, les railleries de Michelle et son indifférence envers tout ce qui s'était passé l'auraient plus qu'agacée, mais il fallait croire que les mésaventures dramatiques de ces derniers jours l'avaient rendue hermétique à la mesquinerie de sa responsable.

— On n'attendait plus que vous, Michelle, répliqua-t-elle en riant sous cape.

— Je ne pensais pas que vous auriez le temps de vous livrer à ce genre d'activités, Kitt, après toutes les petites balades que vous vous êtes octroyées récemment.

— Les petites balades ?

— J'ai appris de source sûre que vous aviez quitté votre poste une demi-heure plus tôt, lundi soir.

Nom d'une pipe, cette femme avait des espions à sa solde partout.

— Et n'allez pas croire que votre absence est passée inaperçue, hier après-midi.

Au prix d'un effort surhumain et malgré le ton peu amène de Michelle, Kitt continua de sourire.

— Vous n'aurez qu'à déduire tout ça des dix jours de congé que je n'ai pas pu prendre l'an dernier parce que vous n'aviez trouvé personne pour me remplacer, riposta-t-elle d'un ton très neutre, très posé, de sorte que Michelle, décontenancée, se contenta de soupirer en prenant un air contrit. Ne vous inquiétez pas, poursuivit Kitt, l'enquête est terminée. Il n'y aura plus de « petites balades », comme vous dites…

Au même instant, elle aperçut le visage de Malcolm Halloran en haut de l'escalier et s'empressa d'ajouter :

— À part là, maintenant, tout de suite…

Elle sentit le regard réprobateur de Michelle peser sur ses épaules tandis qu'elle se dirigeait vers l'inspecteur, mais sa supérieure n'était pas seule à l'observer. Un sourire aux lèvres, Kitt s'approcha de Malcolm Halloran. Il avait revêtu un costume et portait sur son bras le manteau bleu de la bibliothécaire, enveloppé dans une housse en plastique de pressing.

Il s'apprêtait à dire quelque chose, mais Kitt posa un doigt sur ses lèvres.

— Chut, ce n'est pas prudent de parler ici, murmura-t-elle en pivotant légèrement vers Grace, Evie, Ruby et Michelle, qui ne perdaient pas une miette de la scène.

Halloran suivit son regard et lâcha un rire amusé.

D'un geste assuré, Kitt lui fit signe de la suivre, imitant les femmes insouciantes et audacieuses qui peuplaient ses romans préférés. Puis elle dévala l'escalier, traversa le hall d'accueil en trombe, franchit la porte de la bibliothèque et se dirigea à grands pas vers la rivière. C'était une journée radieuse pour un mois d'octobre. L'eau scintillait et les flèches de la cathédrale chatoyaient sous les rayons de soleil automnal.

— Alors ça y est, tout est réglé ? Heather est derrière les barreaux ? demanda Kitt.

Tant d'autres choses lui trottaient dans la tête. Mais elle avait aussi besoin de savoir que tout était terminé.

— Elle est passée aux aveux. La lecture de sa déposition fait froid dans le dos. Elle n'y exprime aucun remords.

— Il aura suffi d'une seule rupture pour la détruire, fit observer Kitt en croisant les bras sur sa poitrine.

— Et Heather aura détruit à son tour de nombreuses autres vies, renchérit-il d'une voix morose.

— Ça fait réfléchir sur l'importance de savoir tourner la page.

— Exact. S'accrocher à son passé conduit parfois à des situations dangereuses… Kitt…

— Je sais que tu aimes prendre les choses en main, l'interrompit-elle en cherchant son regard, mais j'aimerais parler d'abord, pour une fois.

L'étincelle désormais familière brilla dans les yeux bleus de l'inspecteur.

— Comme tu veux.

En entendant ces trois petits mots s'échapper de ses lèvres, Kitt sentit un délicieux frisson lui parcourir le dos, mais elle feignit de l'ignorer et soutint sans ciller son regard.

— Alors voilà : je crois que je te plais, c'est assez évident.

Halloran éclata de rire et Kitt l'imita.

— Ah oui ? Et qu'est-ce qui te fait dire ça ? demanda-t-il après avoir recouvré son sérieux.

— Oh, « laisse-moi t'en compter les façons », déclama Kitt en lui lançant une œillade malicieuse.

Il souriait mais n'avait visiblement pas compris l'allusion au poème « Comment je t'aime ? ».

— C'était un petit clin d'œil à Elizabeth Barrett Browning, crut-elle bon d'ajouter.

— Je te crois sur parole.

— Oh mon Dieu. Toute une éducation à refaire, on dirait. Et ça ne va pas être de la tarte…

Halloran fit un pas vers elle, repoussa une longue mèche rousse et dit dans un murmure :

— J'ai plein de choses à t'apprendre, moi aussi.

Kitt retint son souffle, la tête soudain emplie d'images infiniment sensuelles. Elle s'écarta légèrement pour pouvoir le regarder dans les yeux.

— Le truc, c'est que je veux bien tourner la page. Mais… tu as le prénom de ta femme tatoué sur le bras.

Halloran détourna les yeux.

— Tu l'as remarqué.

— Difficile de faire autrement. C'est un beau prénom, cela dit.

Si elle n'osa pas le prononcer à voix haute, elle pensait sincèrement ce qu'elle venait de dire. C'était un prénom aux consonances exotiques. Kamala devait être très belle.

— Je l'aimais, Kitt, tout comme tu aimais Theo. Nous n'avons plus 16 ans.

Kitt pinça les lèvres et caressa la barbe délicieusement douce de Malcolm Halloran.

— C'est évident en ce qui te concerne, plaisanta-t-elle.

— On a tous les deux un passé.

— C'est vrai, et il faut vivre avec. Ce qui ne m'empêche pas d'avoir très envie de toi.

Un sourire se dessina sur les lèvres de son compagnon.

— Moi aussi, j'ai envie de toi.

— Très bien : nous sommes d'accord sur le principe. Il ne reste plus qu'à régler certains détails…

Le sourire de Malcolm s'élargit.

— Comme quoi ?

— J'aimerais que tu me dises franchement ce que tu recherches. Si c'est juste pour le sexe, ça me va…

— C'est vrai, ce mensonge ? fit Halloran en haussant un sourcil moqueur.

Kitt lui donna une petite tape sur l'épaule.

— Si tu veux plus, ça me va aussi. J'ai juste envie de savoir dans quoi je m'embarque. Je veux de la franchise. On va devoir… apprendre à se faire confiance.

Halloran étudia le visage de Kitt. Puis, avec une lenteur délibérée, il attrapa une mèche de ses cheveux et l'enroula délicatement autour de ses doigts. À chaque tour supplémentaire, la respiration de Kitt s'accélérait. On les regardait sans doute, mais c'était le cadet de ses soucis. La seule chose qui comptait pour elle en cet instant précis, c'était la douceur avec laquelle Malcolm Halloran lui faisait basculer la tête en arrière pour que leurs regards se rencontrent.

— Je veux plus, chuchota-t-il d'une voix sourde avant de capturer ses lèvres dans un baiser avide, fougueux.

L'onde de chaleur qui franchit les lèvres de Kitt se propagea jusqu'au bout de ses orteils et de ses doigts. Jusque dans son cœur.

Remerciements

Ce livre a grandement bénéficié des connaissances expertes de Sarah Urwin, Hazel Nicholson, Dan Freedman, Matthew Tyson et Amanda Lawson. Les personnes susnommées m'ont prodigué de précieux conseils sur de nombreux éléments de l'intrigue, notamment les méthodes journalistiques, les procédures policières, les affaires médicales, la vie dans une bibliothèque et tout ce qui arrive précisément à une voiture tombée à l'eau. Je vous remercie infiniment d'avoir accompagné ma bibliothécaire-détective tout au long de son aventure de papier.

J'aimerais également remercier les personnes qui ont lu mon texte et m'ont encouragée et conseillée dans les moments où j'en avais le plus besoin. Je pense à Claudine Mussuto, Ann Leander et Graham Lawson. Un merci spécial à mon partenaire d'écriture de longue date, Dean Cummings, qui continue de se démener comme un beau diable pour m'empêcher de disparaître totalement dans mon terrier de lapin – et ce n'est pas chose facile.

Tous mes remerciements à Irene Georgiou, Aneta Mitchell et Androulla Georgiou de la Highgate Library. Vous avez partagé vos gâteaux avec moi. Vous m'avez aidée à garder le sourire. Vous êtes les preuves vivantes que les bibliothécaires et les amoureux des bibliothèques méritent mille fois plus de reconnaissance pour tout ce qu'ils apportent à la communauté. Je dédie ce livre à toutes les personnes comme vous.

Profonde gratitude à tous mes amis, ma famille et mes collègues qui me soutiennent au quotidien : maman, papa, Sheena, Elaine, Barbara, Ray, Steven, Phil, Christine, John, Tom, Gigi, Katie, Katell, Jackson, Maria, Louisa, Mags, Karl, Eloise, Ian, Nigel, James, Matt et Paul. Votre esprit positif m'aide à garder le cap quand les choses dérapent un peu.

Merci du fond du cœur à mon agent-gardien Joanna Swainson qui, il y a trois ans, m'a posé cette question fatidique : « Pourquoi n'écrirais-tu pas une intrigue policière avec York pour toile de fond ? » Elle m'a ensuite épaulée alors que j'essuyais de nombreux refus, travaillant sans relâche pour me dégoter l'éditeur idéal. Tu es un trésor.

Toute ma reconnaissance à mon éditrice Therese Keating. Merci d'avoir donné une chance d'exister à ma galerie de personnages fantasques, et à moi. Merci aussi d'avoir illuminé le parcours éditorial. Ton professionnalisme et ta sensibilité m'ont épatée dès le début de l'aventure. J'ai une chance inouïe d'avoir travaillé avec toi et toute l'équipe de Quercus Fiction pour cette série.

Je remercierai finalement et comme d'habitude mon mari Jo Pugh qui accepte sans broncher de me voir passer des journées entières en pyjama, à l'approche de la date de remise du manuscrit.

Composition et mise en pages
Nord Compo à Villeneuve-d'Ascq

MIXTE
Papier
FSC FSC® C003309

L'éditeur de cet ouvrage s'engage dans une démarche
de certification FSC® qui contribue à la préservation
des forêts pour les générations futures.

Pour en savoir plus :
www.editis.com/engagement-rse/

Achevé d'imprimer par
Normandie Roto Impression s.a.s.
61250 Lonrai (Orne)
N° d'impression : 2200688

Imprimé en France